DER AUGEN SAMMLER

SEBASTIAN
FITZEK

DER AUGENSAMMLER

PSYCHOTHRILLER

Weltbild

Besuchen Sie uns im Internet:
www.weltbild.de

Genehmigte Lizenzausgabe für Verlagsgruppe Weltbild GmbH,
Steinerne Furt, 86167 Augsburg

Umschlaggestaltung: Johannes Frick, Augsburg
Umschlagmotiv: © Masterfile und Johannes Frick
Gesamtherstellung: CPI – Clausen & Bosse, Leck
Printed in the EU
ISBN 978-3-8289-9592-5

2014 2013 2012 2011
Die letzte Jahreszahl gibt die aktuelle Lizenzausgabe an.

In Erinnerung an Rüdiger Kreklau
Es sind die Phantasten, die die Welt verändern,
und nicht die Erbsenzähler.

Spielen ist Experimentieren mit dem Zufall.

Novalis

It's the end where I begin.

The Script

Epilog

Alexander Zorbach (Ich)

Es gibt Geschichten, die sind wie tödliche Spiralen und graben sich mit rostigen Widerhaken tiefer und tiefer in das Bewusstsein dessen, der sie sich anhören muss. Ich nenne sie *Perpetuum morbile*. Geschichten, die niemals begonnen haben und auch niemals enden werden, denn sie handeln vom ewigen Sterben.

Manchmal werden sie einem von einer gewissenlosen Person erzählt, die sich an dem Entsetzen in den Augen ihres Zuhörers ergötzt und an den Alpträumen, die sie mit Sicherheit auslösen werden – nachts, wenn man alleine im Bett liegt und die Decke anstarrt, weil man nicht schlafen kann.

Hin und wieder findet man solch ein *Perpetuum morbile* zwischen zwei Buchdeckeln, so dass man ihm entfliehen kann, indem man das Buch zuschlägt. Ein Ratschlag, den ich Ihnen jetzt schon geben möchte: Lesen Sie nicht weiter!

Ich weiß nicht, wie Sie an diese Zeilen geraten sind. Ich weiß nur, dass sie nicht für Sie bestimmt sind. Das Protokoll des Grauens sollte niemandem in die Hände fallen. Nicht einmal Ihrem größten Feind.

Glauben Sie mir, ich spreche aus Erfahrung. Ich konnte die Augen nicht schließen. Das Buch nicht weglegen. Denn die Geschichte des Mannes, dessen Tränen wie Blutstropfen aus den Augen quellen – die Geschichte des Mannes, der das verdrehte Bündel menschlichen Fleisches an sich presst, das nur wenige Minuten zuvor noch geatmet, geliebt und

gelebt hat – diese Geschichte ist kein Film, keine Legende, kein Buch.
Sie ist mein Schicksal.
Mein Leben.
Denn der Mann, der am Höhepunkt seiner Qualen erkennen musste, dass das Sterben erst begonnen hat – dieser Mann bin ich.

Letztes Kapitel. Das Ende

»Schlaf, Kindlein, schlaf.
Der Vater hüt' die Schaf …«

»Sagen Sie ihr, sie muss damit aufhören«, brüllte die Stimme des Einsatzleiters in mein rechtes Ohr.

»Die Mutter schüttelt's Bäumelein.
Da fällt herab ein Träumelein …«

»Sie soll sofort aufhören, dieses verdammte Lied zu singen.«
»Ja, ja. Ist mir klar. Ich weiß schon, was ich zu tun habe«, antwortete ich über das winzige Funkmikrophon, das der Techniker des mobilen Einsatzkommandos mir vor wenigen Minuten an mein Hemd gepappt hatte und über das ich nun mit dem Einsatzleiter die Verbindung hielt. »Wenn Sie mich weiter so anschreien, reiße ich mir den verdammten Knopf aus dem Ohr, verstanden?«
Ich näherte mich der Mitte der Brücke, die über die A100 führte. Die Stadtautobahn, elf Meter unter uns, war mittlerweile in beiden Richtungen gesperrt – mehr, um die Autofahrer zu schützen als die verwirrte Frau, die eine Omnibuslänge von mir entfernt stand.
»Angelique?«, rief ich laut ihren Namen. Dank des kurzen Briefings, das ich in der provisorischen Kommandozentrale erhalten hatte, wusste ich, dass sie siebenunddreißig Jahre alt war, zwei Vorstrafen wegen versuchter Kindesentfüh-

rung hatte und von den letzten zehn Jahren mindestens sieben in einer geschlossenen Anstalt hatte verbringen müssen. Leider hatte ein verständnisvoller Psychologe vor vier Wochen ein Gutachten erstellt, das ihre Wiedereingliederung in die Gesellschaft empfahl.

Schönen Dank, Herr Kollege. Jetzt haben wir den Salat!

»Ich komme etwas näher, wenn Sie nichts dagegen haben«, sagte ich und hob die Hände. Keine Reaktion. Sie lehnte an dem verrosteten Geländer, die Arme vor dem Oberkörper zu einer Wiege verschränkt. Hin und wieder schwankte sie leicht nach vorne, so dass ihre Ellbogen über die Brüstung ragten.

Ich zitterte ebenso vor Anspannung wie vor Kälte. Zwar lagen die Temperaturen für den Monat Dezember noch erstaunlich weit über dem Gefrierpunkt, doch die gefühlte Temperatur konnte mühelos mit der von Jakutsk mithalten. Drei Minuten hier draußen im Wind, und mir fielen fast die Ohren ab.

»Hallo, Angelique?«

Schotter knirschte unter meinen schweren Stiefeln, und sie drehte zum ersten Mal den Kopf zu mir; ganz langsam, wie in Zeitlupe.

»Mein Name ist Alexander Zorbach, und ich würde gerne mit Ihnen sprechen.«

Denn das ist mein Job. Ich bin heute der Verhandlungsführer.

»Ist es nicht wunderschön?«, fragte sie im gleichen Singsang, in dem sie eben noch das Kinderlied intoniert hatte.

Schlaf, Kindlein, schlaf …

»Ist mein Baby nicht wunder-, wunderschön?«

Ich bestätigte es ihr, obwohl ich aus der Entfernung kaum erkennen konnte, was sie da an ihren schmächtigen Oberkörper presste. Es hätte ebenso eine Kissenrolle sein können, ein zusammengefaltetes Laken oder eine Stoffpuppe. Doch so viel Glück war uns nicht beschieden. Die Wärmebildkamera hatte es bestätigt. In ihren Armen lag etwas Lebendiges, etwas Warmes. Noch konnte ich es nicht sehen, dafür aber hören.

Das sechs Monate alte Baby schrie. Etwas entkräftet, aber immerhin schrie es noch.

Das war bis jetzt die beste Nachricht des Tages.

Die schlechte war, dass der Säugling nur noch wenige Minuten zu leben hatte.

Und zwar selbst dann, wenn die geistig verwirrte Frau ihn nicht von der Brücke werfen würde.

Verdammt, Angelique. Du hast dir diesmal in jeglicher Hinsicht das falsche Baby ausgesucht.

»Wie heißt denn der süße Fratz?«, versuchte ich erneut ein Gespräch mit ihr in Gang zu bringen.

Wegen einer verpfuschten Abtreibung konnte die Frau keine Kinder bekommen. Eine Tatsache, über der sie den Verstand verloren hatte. Nun hatte sie bereits zum dritten Mal ein fremdes Baby entführt, um es als ihr eigenes auszugeben. Und zum dritten Mal war sie von Passanten in der Nähe des Krankenhauses entdeckt worden. Heute hatte es nur eine halbe Stunde gedauert, bis einem Fahrradkurier die barfüßige Frau mit dem weinenden Baby auf der Brücke aufgefallen war.

»Es hat noch keinen Namen«, sagte Angelique. Ihr Verdrängungsprozess war so weit fortgeschritten, dass sie in diesem Augenblick fest davon ausging, das Kind in ihren Armen wäre tatsächlich ihr eigen Fleisch und Blut. Ich wusste, es war sinnlos, sie vom Gegenteil überzeugen zu wollen. Was sieben Jahre Intensivtherapie nicht erreicht

hatten, würde mir in sieben Minuten ganz sicher nicht gelingen – aber das war auch gar nicht meine Absicht.
»Was halten Sie von ›Hans‹?«, schlug ich vor. Mein Abstand zu ihr betrug jetzt höchstens noch zehn Meter.
»Hans?« Sie löste einen Arm von dem Bündel und öffnete die Wickeldecke. Erleichtert hörte ich, wie das Baby anfing zu plärren.
»Hans klingt schön«, sagte Angelique selbstvergessen. Sie trat einen kleinen Schritt zurück und stand nun nicht mehr so nah an dem Geländer. »Wie ›Hans im Glück‹.«
»Ja«, pflichtete ich ihr bei und setzte vorsichtig einen weiteren Schritt nach vorne.
Neun Meter.
»Oder wie der Hans aus dem anderen Märchen.«
Sie drehte sich zu mir und sah mich fragend an. »Welches andere Märchen?«
»Na das von der Nymphe Undine.«
Um genau zu sein, war das eher eine germanische Sage als ein Märchen, aber das war im Augenblick irrelevant.
»Undine?« Sie zog die Mundwinkel herab. »Kenn ich nicht.«
»Nein? Ach, dann muss ich es Ihnen erzählen. Es ist wunderschön.«
»Was haben Sie vor? Sind Sie jetzt völlig übergeschnappt?«, schrie der Einsatzleiter in meinem rechten Ohr, was ich ignorierte.
Acht Meter. Schritt für Schritt arbeitete ich mich in ihren Strafraum vor.
»Undine war ein gottgleiches Wesen, eine Nymphe, so wunderschön wie keine Zweite. Sie verliebte sich unsterblich in den Ritter Hans.«
»Hörst du, mein Süßer? Du bist ein Ritter!«

Das Baby quittierte das mit einem lauten Schrei.
Es atmete also noch. Gott sei Dank.
»Ja, aber der Ritter war so schön, dass ihm alle Frauen hinterherliefen«, fuhr ich fort. »Und leider verliebte er sich in eine andere Frau und verließ Undine.«
Sieben Meter.
Ich wartete, bis ich das Baby wieder plärren hörte, dann fuhr ich fort. »Darüber war Undines Vater, der Meeresgott Poseidon, so erzürnt, dass er Hans verfluchte.«
»Ein Fluch?« Angelique hielt in ihrer Wiegebewegung inne.
»Ja. Fortan konnte Hans nicht mehr unbewusst von alleine atmen. Er musste sich darauf konzentrieren.«
Ich sog geräuschvoll die kalte Luft in meine Lungen und stieß sie beim Sprechen stoßweise wieder aus. »Einatmen. Ausatmen. Einatmen. Ausatmen.« Mein Brustkorb hob und senkte sich demonstrativ.
»Würde Hans nur ein einziges Mal nicht daran denken zu atmen, müsste er sterben.«
Sechs Meter.
»Wie endet das Märchen?«, fragte Angelique misstrauisch, als ich mich bis auf eine Autolänge vorgetastet hatte. Dabei schien ihr jedoch weniger meine Nähe als die Wendung zu missfallen, die das Märchen genommen hatte.
»Hans tut alles, um nicht einzuschlafen. Er kämpft gegen die Müdigkeit an, aber am Ende fallen ihm doch die Augen zu.«
»Er stirbt?«, fragte sie tonlos. Jede Freude war aus dem ausgezehrten Gesicht gewichen.
»Ja. Denn im Schlaf wird er unweigerlich vergessen zu atmen. Und das bedeutet seinen Tod.«
In meinem Ohr knackte es, doch dieses eine Mal hielt der Einsatzleiter den Mund. Hier draußen war nun nichts zu

hören außer dem entfernten Rauschen des Stadtverkehrs. Ein Schwarm schwarzer Vögel zog hoch über unseren Köpfen Richtung Osten.

»Das ist aber kein schönes Märchen.« Angelique wankte etwas nach vorne, wiegte jetzt mit dem gesamten Körper das eng an sie gepresste Baby. »Nicht schön.«

Ich streckte ihr die Hand entgegen und kam noch näher.

»Nein, ist es nicht. Und eigentlich ist es auch gar kein Märchen!«

»Sondern?«

Ich machte eine Pause, wartete wieder darauf, dass ich irgendein Lebenszeichen des Kleinen hörte. Doch da war nichts mehr. Nur Stille. Mein Mund war wie ausgedörrt, als ich es ihr sagte. »Es ist die Wahrheit.«

»Die Wahrheit?«

Sie schüttelte energisch den Kopf, als ahne sie bereits, was ich jetzt sagen wollte.

»Angelique, hören Sie mir bitte zu. Das Baby in Ihren Händen leidet am Undine-Syndrom, einer Krankheit, benannt nach dem Märchen, das ich Ihnen eben erzählt habe.«

»Nein!«

Doch.

Die Tragik war, dass ich ihr keine taktische Lüge auftischte. Das Undine-Syndrom ist eine seltene Störung des zentralen Nervensystems, bei der die betroffenen Kinder ersticken, wenn sie sich nicht willentlich auf ihre Atmung konzentrieren. Eine schwere, lebensgefährliche Krankheit. Bei Tim (so hieß der Säugling wirklich) reichte die Atemaktivität in seinen Wachphasen noch aus, um den kleinen Körper mit genügend Sauerstoff zu versorgen. Nur wenn er schlief, musste er beatmet werden.

»Es ist *mein* Kind«, protestierte Angelique wieder mit ihrer Schlafliedstimme.

Schlaf, Kindlein, schlaf …

»Sehen Sie nur, wie friedlich es in meinen Armen schlummert.«

O Gott, nein. Sie hatte recht. Das Baby gab keinen Ton mehr von sich.

Der Vater hüt' die Schaf.

»Ja, es ist Ihr Baby, Angelique«, sagte ich eindringlich und näherte mich einen weiteren Meter. »Das bestreitet niemand. Aber es darf nicht einschlafen, hören Sie? Sonst stirbt es, so wie der Hans im Märchen.«

»Nein, nein, nein!« Sie schüttelte trotzig den Kopf. »Mein Baby ist nicht böse gewesen. Es wurde nicht verflucht.«

»Nein, das wurde es ganz sicher nicht. Aber es ist krank. Geben Sie ihn mir bitte, damit die Ärzte Ihren Jungen wieder gesund machen können.«

Jetzt war ich so nah bei ihr, dass ich den süßlich-ranzigen Duft ihrer ungewaschenen Haare roch. Den Geruch der geistigen und körperlichen Verwahrlosung, der jede Faser ihres billigen Jogginganzugs durchtränkte.

Sie drehte sich zu mir, und zum ersten Mal konnte ich einen Blick auf das Baby werfen. Auf sein leicht gerötetes, auf sein winziges … auf sein *schlafendes* Gesicht. Erschrocken sah ich zu Angelique. Und da setzte es bei mir aus.

»Scheiße, nein, tun Sie das nicht!«, brüllte die Stimme des Einsatzleiters in meinem Ohr, die ich zu diesem Zeitpunkt schon gar nicht mehr hörte. *»Runter damit. Runter!«*

Diese und die folgenden Sätze entnahm ich später dem Einsatzprotokoll, das mir der Leiter der Untersuchungskommission vorlegte.

Heute, sieben Jahre nach dem Tag, der mein Leben zerstörte, bin ich mir nicht mehr sicher, ob ich es wirklich gesehen hatte.

Es.

Dieses Etwas in ihrem Blick. Den Ausdruck reinster, völlig verzweifelter Selbsterkenntnis. Aber damals war ich mir sicher.

Nennen Sie es Vorahnung, Intuition, Hellsichtigkeit. Es ist, was es ist, und ich spürte es mit all meinen Sinnen: In der Sekunde, in der sich Angelique zu mir drehte, war ihr ihre psychische Störung bewusst geworden. Sie hatte sich selbst erkannt. Wusste, dass sie krank war. Dass ihr das Baby nicht gehörte. Und dass ich es ihr niemals wieder zurückgeben würde, sobald ich es erst in meinen Händen hielt.

»Hören Sie auf. Machen Sie keinen Scheiß, Mann.«

Ich hatte genügend Erfahrung durch mein Boxtraining, um zu wissen, worauf man bei einem Gegner achten muss, wenn man seine Bewegungen im Voraus erahnen will. Auf seine Schultern! Und Angeliques Schultern bewegten sich in eine Richtung, die nur eine einzige Interpretation zuließ, zumal sie jetzt langsam die Arme öffnete.

Drei Meter. Nur noch drei verdammte Meter.

Sie wollte das Baby von der Brücke schleudern.

»Waffe fallen lassen. Ich wiederhole: Waffe sofort fallen lassen.«

Und deshalb achtete ich nicht auf die Stimme in meinem Kopf, sondern richtete die Pistole direkt auf ihre Stirn.

Und schoss.

Meist ist das der Moment, in dem ich schreiend aufwache und mich für eine Sekunde freue, dass das alles nur ein Alptraum gewesen ist. Bis ich die Hand ausstrecke und auf der

Betthälfte neben mir ins Leere taste. Bis mir einfällt, dass diese Ereignisse tatsächlich stattgefunden haben. Sie sorgten dafür, dass ich meinen Job, meine Familie und die Fähigkeit verlor, eine Nacht durchzuschlafen, ohne von den Alpträumen geweckt zu werden.

Seit jenem Schuss lebe ich in Angst. Eine klare, kalte und alles durchdringende Angst; das Konzentrat, aus dem sich meine Träume speisen.

Damals auf der Brücke habe ich einen Menschen getötet.

Und sosehr ich es mir auch einrede, dass ich eine andere Seele dafür retten konnte, so sicher bin ich mir, dass diese Gleichung nicht aufgeht. Denn was, wenn ich mich damals geirrt habe? Was, wenn Angelique niemals vorgehabt hatte, dem Baby etwas anzutun? Vielleicht hatte sie die Arme nur geöffnet, um mir das Kind zu reichen? In der Sekunde, in der das Geschoss, das ich auf sie feuerte, ihren Schädel durchdrang. So schnell, dass ihr Gehirn nicht einmal mehr einen Impuls senden konnte, die Arme noch weiter zu lockern. So schnell, dass ich das Baby auffangen konnte, bevor es ihr aus den toten Händen glitt.

Was also, wenn ich damals auf der Brücke einen unschuldigen Menschen getötet habe?

Dann, so viel war sicher, würde ich eines Tages für meinen Fehler bezahlen müssen.

Das wusste ich. Mir war nur nicht klar gewesen, dass dieser Tag so bald kommen würde.

83. Kapitel

Und wieder besuchte ich mit meinem Sohn diesen Ort, von dem es hieß, es gäbe für ein Kind in Berlin keinen besseren zum Sterben.

»Wirklich? Der Helikopter?«, fragte ich und deutete mit dem Kinn auf den geöffneten Pappkarton, den ich den langen Flur hinuntertrug. »Hast du dir das gut überlegt? Immerhin ist es ein Captain-Jack-Heli mit Powerboost.«

Julian nickte eifrig, während er mit beiden Händen eine prall gefüllte Ikea-Tragetasche über das Linoleum zog.

Ich hatte ihm mehrfach meine Hilfe angeboten, aber er wollte den schweren Sack unbedingt alleine durch das Krankenhaus schleppen. Typischer Fall von »Ich bin schon stark genug«-Phantasien, die alle Jungen irgendwann einmal erfassen, irgendwo zwischen der »Ich will aber nicht alleine«- und der »Ihr könnt mich alle mal«-Phase.

Das Einzige, was ich tun konnte, ohne seinen Stolz zu verletzen, war, etwas langsamer zu gehen.

»Das Ding brauche ich nicht mehr!«, sagte Julian bestimmt. Dann fing er an zu husten. Erst klang es so, als hätte er sich nur verschluckt, dann wurde sein Husten immer kehliger.

»Alles in Ordnung, Kleiner?« Ich setzte die Kiste ab.

Schon als ich ihn von zu Hause abgeholt hatte, war mir sein gerötetes Gesicht aufgefallen, doch Julian hatte die schwere Tüte ganz allein in den Garten gewuchtet, und so hatte ich angenommen, seine verschwitzte Hand und die feuchten Locken, die ihm im Nacken klebten, wären auf diese Anstrengung zurückzuführen.

»Hast du etwa immer noch diese Erkältung?«, fragte ich besorgt.
»Ist schon wieder gut, Papi.« Er wehrte meine Hand ab, mit der ich nach seiner Stirn tasten wollte.
Dann hustete er wieder, aber es klang tatsächlich etwas besser als zuvor.
»War Mami mit dir mal beim Arzt?«
Vielleicht sollten wir dich hier durchchecken lassen, wenn wir schon mal in einem Krankenhaus sind.
Julian schüttelte den Kopf.
»Nein, nur ...« Er stockte, und ich fühlte Wut in mir aufsteigen.
»Nur was?«
Er wandte sich schuldbewusst von mir ab und griff nach den Tragegriffen der Tasche.
»Moment mal, ihr seid doch nicht etwa wieder bei diesem Schamanen gewesen?«
Er nickte zaghaft, als würde er mir gestehen, etwas angestellt zu haben. Nur dass ihn in diesem Fall überhaupt keine Schuld traf. Es war seine Mutter, die sich immer mehr auf esoterische Abwege begab und unseren Sohn lieber zu einem indischen Wunderguru als zum Hals-Nasen-Ohren-Arzt schleppte.
Vor langer Zeit, als ich mich gerade in Nicci verliebte, hatte ich mich noch über ihre Spleens amüsiert, fand es sogar unterhaltsam, wenn sie mir die Zukunft aus den Linien meiner Hand lesen wollte oder mir offenbarte, dass sie in einem früheren Leben eine griechische Sklavin gewesen war. Doch mit den Jahren wurden aus ihren harmlosen Verschrobenheiten handfeste Macken, die gewiss auch ihren Teil dazu beigetragen haben, dass ich mich erst seelisch und dann körperlich von ihr löste. Zumindest will ich mir

das gerne einreden, um nicht die Alleinschuld am Scheitern unserer Ehe zu tragen.

»Was hat dieser Quacksa…, dieser Schamane denn gesagt?«, fragte ich und schloss zu meinem Sohn auf. Ich musste mir Mühe geben, nicht aggressiv zu klingen. Julian hätte es auf sich bezogen, und er konnte nun wahrlich nichts dafür, dass seine Mutter weder an die Schulmedizin noch an die Evolutionstheorie glaubte.

»Er meinte, meine Chakren seien nicht richtig aufgeladen.«

»Die Chakren?«

Blut schoss mir ins Gesicht.

»Na klar, die Chakren. Warum bin ich da nicht selbst draufgekommen? Vermutlich war das auch der Grund, weshalb unser Sohn sich vor zwei Jahren das Handgelenk beim Skateboardfahren gebrochen hat«, hielt ich Nicci einen stummen Vortrag. Damals schon hatte sie den Chirurgen ernsthaft gefragt, ob eine Betäubung nicht durch Hypnose ersetzt werden könne.

»Du solltest was trinken«, sagte ich, um das Thema zu wechseln, und deutete auf den Getränkeautomaten. »Was willst du?«

»Cola«, jubelte er sofort.

Alles klar. Eine Cola.

Nicci würde mir den Kopf abreißen, so viel stand fest. Meine Noch-Ehefrau kaufte grundsätzlich nur in Ökoläden und Biosupermärkten, eine chemiehaltige Koffeinbrause stand unter Garantie nicht auf ihrer Einkaufsliste.

Tja, aber Fencheltee gibt's hier nun mal nicht, dachte ich und tastete meine Jackentaschen nach meinem Portemonnaie ab. Eine unerwartete Stimme hinter mir, jung und doch verbraucht, ließ mich zusammenfahren.

»Was für eine Überraschung, die Zorbachs!«

Die blonde Krankenschwester, an die ich mich wegen ihrer auffälligen Oberlippenpiercings noch dunkel von unserem Besuch im letzten Jahr erinnerte, hatte sich wie aus dem Nichts materialisiert und stand jetzt mit ihrem bunt bemalten Teewagen im Flur des Krankenhauses.
»Hallo Moni«, sagte Julian, der sie offenbar auch wiedererkannte. Sie schenkte ihm ein einstudiertes »Kleine Patienten sind meine Kumpel«-Lächeln. Dann fiel ihr Blick auf unser Gepäck.
»*So viel* dieses Jahr?«
Ich nickte geistesabwesend, weil ich meine Brieftasche immer noch nicht gefunden hatte.
Bitte nicht! Alle Ausweise, Kreditkarten, sogar die Key-Card, ohne die ich nicht in das Großraumbüro komme.
Ich erinnerte mich daran, dass ich sie gestern vor dem Getränkeautomaten der Redaktion noch gehabt hatte. Ich hätte schwören können, sie wieder zurück in meine Jackentasche gesteckt zu haben. Doch jetzt war sie verschwunden.
»Ja, es wird jedes Jahr mehr Spielzeug«, murmelte ich und ärgerte mich im gleichen Moment, dass ich so schuldbewusst klang. Es mochte auf den ersten Blick dem typischen Trennungsklischee entsprechen, aber tatsächlich hatte ich meinem Sohn schon immer gerne Geschenke gekauft. Wobei ein geschnitzter Holztraktor natürlich pädagogisch wertvoller gewesen wäre als die im Dunkeln leuchtende Wasserpistole, die die Schwester gerade aus der Ikea-Tüte zog. Aber »pädagogisch wertvoll« war ein Argument, mit dem mich schon meine Eltern zur Genüge gequält hatten, die es partout nicht hatten einsehen wollen, weshalb ich einen Walkman oder ein BMX-Rad brauchte, nur weil alle meine Freunde damit herumfuhren. Nennen Sie mich ober-

flächlich, aber meinem Sohn wollte ich dieses Außenseiterschicksal ersparen, was nicht bedeutete, dass ich ihm jeden Mist kaufte, nur damit er dazugehörte. Aber ich schickte ihn auch nicht mit leeren Händen in den darwinistischen Überlebenskampf, wie er Tag für Tag auf den Schulhöfen aufs Neue ausgefochten wird.

Moni hatte sich mittlerweile zu einer Spiderman-Puppe vorgetastet. »Ich finde es echt bewundernswert, dass du dich von all den tollen Sachen trennen willst«, sagte sie und lächelte meinen Sohn an.

»Kein Problem«, grinste Julian zurück. »Mach ich gerne.«

Womit er die Wahrheit sagte. Es war zwar meine Idee gewesen, einmal im Jahr sein Zimmer auszumisten, bevor es zum Geburtstag Spielzeugnachschub gab. Aber er war sofort darauf eingegangen.

»Wir schaffen Platz und tun was Gutes!«, hatte er meine Worte wiederholt und sich sofort ans Werk gemacht. Und so war unser »Sonnenschein-Tag« entstanden, wie wir ihn nannten. Der Tag, an dem Vater und Sohn sich aufmachten, das ausrangierte Spielzeug in das Kinderhospiz zu schleppen und es hier unter den kleinen Patienten zu verteilen.

»Die ist sicher was für Tim«, sagte die Schwester lächelnd und legte die Spiderman-Puppe zurück zu den anderen Spielsachen. Dann verabschiedete sie sich und zog weiter.

Ich sah ihr nach und merkte zu meiner Bestürzung, dass es mir nur mit Mühe gelungen war, meine Tränen zurückzuhalten.

»Alles okay?«, fragte Julian und sah mich an. Er war es schon gewohnt, dass sich sein Vater zu einer Heulsuse entwickelte, sobald er die Sonnenschein-Station in der zweiten Etage betrat. Er selbst hatte hier noch nie geweint.

Wahrscheinlich, weil der Tod für ihn noch so weit weg und unvorstellbar war. Doch für mich war das Sterbehospiz für schwerstkranke Kinder eine kaum zu ertragende Umgebung. Man hätte vielleicht annehmen können, dass jemand, der schon einmal einen Menschen erschossen hatte, etwas abgestumpft wäre – zumal ich seit meiner Suspendierung vom Polizeidienst mein Geld als Polizeireporter verdienen musste. Seit vier Jahren arbeitete ich für die größte und damit blutrünstigste Zeitung der Stadt und hatte mir als Journalist mit meiner Berichterstattung über die grausamsten Gewaltverbrechen Deutschlands mittlerweile sogar so etwas wie einen Namen gemacht. Doch je mehr ich über die schrecklichsten Grausamkeiten dieser Welt schrieb, desto weniger war ich bereit, den Tod zu akzeptieren. Schon gar nicht, wenn es sich um den Tod unschuldiger Kinder handelte, die an Leukämie, Herzversagen oder dem Undine-Syndrom litten.

Tim!

»So hieß doch der Junge, den du damals gerettet hast, oder?«

Ich nickte und gab es endgültig auf, nach meinem Portemonnaie zu suchen. Wenn ich Glück hatte, lag es auf dem Sitz meines Volvos, aber höchstwahrscheinlich hatte ich es irgendwo verloren.

»Ganz genau. Aber das ist er nicht. Er trägt nur den gleichen Namen.«

Der Tim, dessen Entführerin ich erschossen hatte, schrieb mir regelmäßig Weihnachtskarten. Solche von der Sorte, zu denen Eltern einen zwingen: in krakeliger Handschrift mit Worten, die kein Kind freiwillig in den Mund nehmen würde. Karten, die man sich an den Kühlschrank klebt und dort so lange nicht beachtet, bis sie von alleine abfallen.

Aber immerhin waren es Lebenszeichen, die mir zeigten, dass Tim trotz seiner schweren Krankheit ein halbwegs normales Leben zu Hause bei seinen Eltern führte und nicht den letzten Stunden in einem Kinderhospiz entgegendämmerte.

»Mama sagt, seit damals auf der Brücke bist du nicht mehr der Alte.« Julian sah mich mit großen Augen an.

Damals auf der Brücke.

Manchmal umschreiben Worte ein ganzes Universum. »Ich liebe dich« oder »Wir sind eine Familie« zum Beispiel. Eine Kombination harmloser Buchstaben, die deinem Leben einen Sinn geben. Und dann gibt es Sätze, die ihn dir wieder entreißen. »Damals auf der Brücke« fiel definitiv in die letzte Kategorie. Wenn es nicht so traurig wäre, hätte man darüber lachen können, dass wir uns im Familienkreis wie die Figuren eines Harry-Potter-Romans benahmen, wenn wir von Du-weißt-schon-wer sprachen, anstatt die Dinge beim Namen zu nennen. Angelique, die geistig verwirrte Frau, der ich das Leben genommen hatte, war mein persönlicher Voldemort geworden.

»Julian, geh du doch schon mal vor in den Aufenthaltsraum, wo die Kinder auf uns warten, okay?« Ich kniete mich hin, um mit ihm auf Augenhöhe zu sein. »Ich will nur schnell nachsehen, ob ich mein Portemonnaie im Wagen vergessen habe.«

Julian nickte stumm.

Ich folgte ihm mit meinem Blick, bis er um die Ecke verschwunden war und ich nur noch das Stampfen seiner Turnschuhe und das Schleifgeräusch der schweren Tragetasche hörte.

Dann erst drehte ich mich um, verließ das Krankenhaus und kehrte nie wieder dorthin zurück.

82. Kapitel

Der Volvo parkte im wintermorgendlichen Halbdunkel unter einer gewaltigen Kastanie vor der Klinik, deshalb steckte ich den Zündschlüssel ins Schloss, damit das Leselicht über dem Beifahrersitz funktionierte. Ich suchte überall: im Fußraum, hinten auf den Rücksitzen, unter einem Stapel alter Zeitungen neben mir. Kaum etwas hasste ich so sehr wie vollgestopfte Hosentaschen beim Fahren, und so warf ich in der Regel Schlüssel, Handy und Brieftasche auf den Nachbarsitz, bevor ich mich ans Steuer setzte. Ein Ritual, das ich diesmal offenbar durchbrochen hatte. Denn außer einem Kugelschreiber und einer angebrochenen Packung Kaugummis konnte ich nichts finden. Ich beförderte die Zeitungen in den Fußraum und sah auch zwischen den Polsterritzen nach. Nichts. Das Portemonnaie blieb verschwunden.

Nachdem ich noch einmal unter den Sitzen gesucht hatte, öffnete ich das Handschuhfach, obwohl ich mir sicher war, hier noch nie etwas anderes aufbewahrt zu haben als den Scanner, mit dem ich den Polizeifunk abhörte. Zu Beginn meiner Reporterlaufbahn hatte es mir jedes Mal einen Stich versetzt, wenn ich die Stimmen meiner ehemaligen Kollegen hören musste. Mittlerweile hatte ich mich daran gewöhnt, nicht mehr dazuzugehören. Außerdem hatte Thea Bergdorf, meine Chefin, mir den Job nur wegen meiner Insiderkenntnisse gegeben. Es war eine ungeschriebene Bedingung meines Arbeitsvertrags, den Polizeifunk zu verfolgen, wann immer ich unterwegs war. Ganz besonders an

Tagen wie diesen, an denen wir mit dem Schlimmsten rechneten. Also hatte ich es so eingerichtet, dass sich der Scanner automatisch einschaltete, sobald ich den Zündschlüssel umdrehte, und deshalb blinkte das zischende Ding im Handschuhfach wie ein Weihnachtsbaum.

Ich wollte die Suche gerade beenden und endlich zu Julian zurückkehren, als ich eine Stimme hörte, die mich meine Sorge um das verschwundene Portemonnaie sofort vergessen ließ.

»... Westend, Kühler Weg, Ecke Alte Allee ...«

Ich sah zum Handschuhfach, dann drehte ich den Scanner lauter.

»Wiederhole. Eins null sieben am Kühlen Weg. Mobile Einheiten der AS4 vor Ort.«

Mein Blick wanderte zu der Uhr im Armaturenbrett.

Verdammt. Nicht schon wieder.

Eins null sieben. Der offizielle Funkcode für den Fund einer Leiche.

AS4.

Die vierte Spielrunde des Augensammlers hatte begonnen.

81. Kapitel

(Noch 44 Stunden und 38 Minuten bis zum Ablauf des Ultimatums)

Tobias Traunstein (9 Jahre)

Dunkel. Schwarz. Nein, nicht schwarz. Das ist das falsche Wort.

Es war ja nicht so wie der Lack von Papas neuem Wagen. Auch nicht wie diese fleckige Dunkelheit, die vor den Augen zuckt, wenn man sie plötzlich schließt. Und es war auch nicht dieses gräuliche, schummerige Schwarz, das er von der Nachtwanderung her kannte, die sie mit Frau Quandt gemacht hatten. Das hier war anders. Irgendwie dichter. Unheimlicher. Als wäre er in einem Ölfass untergetaucht und hätte die Augen aufgerissen.

Tobias schlug erneut die Lider auf.

Nichts.

Das dunkle Loch um ihn herum war noch sehr viel undurchdringlicher als der Wald, der das Ferienlager umgeben hatte, in das sie im letzten Sommer mit der Klasse gefahren waren. Anders als am Postfenn gab es hier weder Mondlicht noch den Schein der Taschenlampen, in dem sie während der Schnitzeljagd mitten durch den Grunewald den Forstweg nach Briefchen abgesucht hatten. Hier roch es nicht nach Erde, Laub und Wildschweinscheiße, und Lea, die alte Heulsuse, hielt weder seine Hand noch zuckte sie bei jedem Rascheln und Knacken zusammen. Wobei es hier auch gar keine Geräusche gab, die seiner Zwillingsschwester hätten Angst einjagen können. Hier, wo immer *hier* sein mochte, gab es … *nichts*.

Nichts, außer seiner grenzenlosen Angst, gelähmt zu sein. Denn obwohl er wusste, dass Dunkelheit keine Arme hatte (so wie er von Dr. Hartmann, seinem Kunstlehrer, wusste, dass Schwarz keine Farbe war, sondern einfach nur das Fehlen von Licht), fühlte er sich von dem Schwarz fest im Klammergriff gepackt.

Noch immer wusste er nicht, ob er stand oder lag. Womöglich hing er sogar kopfüber, was den Druck unter der Stirn erklären würde und weshalb er sich so triselig fühlte. Oder *duhn*, wie sein Vater immer sagte, wenn er nach der Arbeit nach Hause kam und Mama befahl, ihm eine Badewanne einzulassen.

Toby hatte sich nie getraut zu fragen, was *duhn* eigentlich bedeutete. Papa mochte es nicht, wenn seine Kinder zu viel wissen wollten. Diese Lektion hatte er im Urlaub gelernt. Vor zwei Jahren, in Italien, als er es beim Abendessen gewagt hatte, noch einmal nachzufragen, ob *caldo* wirklich *kalt* heißt. Papa hatte ihn ermahnt, endlich mit seiner bescheuerten Fragerei aufzuhören, und bestimmt hätte ihn Mamas Blick warnen sollen, die Italienischkenntnisse seines Vaters besser nicht in Frage zu stellen. Doch er konnte sich die Bemerkung nicht verkneifen, dass dann wohl jeder Wasserhahn im Hotel kaputt sein müsse, weil aus denen mit der Aufschrift *caldo* nur warmes Wasser käme. Papa war die Hand ausgerutscht. Nach jener Ohrfeige im Restaurant hatte er aufgehört, zu viele Fragen zu stellen, was sich jetzt verdammt noch mal als beschissener Fehler erwies. Nun wusste er nicht, was *duhn* hieß, er hatte keine Ahnung, weshalb ihm so übel war und er sich nicht mehr bewegen konnte. Füße und Kopf schienen in einer Schraubzwinge zu stecken, und die Arme spürte er gar nicht mehr. *Nein, falsch.* Er spürte sie nur noch bis zu den Schultern und vielleicht noch etwas darunter, wo es auf einmal so entsetzlich kribbelte, als spielte sein bester Freund Kevin mit ihm »Tausend Stecknadeln«. Kevin, dieser Angeber, der eigentlich Konrad hieß, doch jedem Prügel androhte, der ihn mit diesem »Schwulinamen« anredete.

Kevin, Konrad, Kackarsch …

Alles unterhalb der Ellbogen, also das, was normalerweise doch immer links und rechts von ihm lag, baumelte oder hing, seine Unterarme, die Handgelenke, die Hände *(Scheiße, wo sind meine Hände?)* – all das war verschwunden.

Er wollte schreien, doch sein Mund war zu trocken, wie überhaupt der gesamte Rachen. Alles, was er herausbrachte, war ein armseliges Krächzen.

Warum habe ich keine Schmerzen? Wieso schwimme ich nicht in Blut, wenn meine Hände abgeschnitten sind? Amputiert *oder wie das heißt. Scheiße, hab ich auch nicht gefragt.*

Ein abgestandener Duft drang in Tobys Nase, süßlich wie ranzige Butter, nur lange nicht so intensiv. Es dauerte eine Weile, bis er merkte, dass die Schraubzwinge, in der er lag, von Wänden umgeben sein musste, die ihm seinen schlechten Atem ins Gesicht zurückwarfen. Noch länger dauerte es, bis er zu seiner grenzenlosen Erleichterung seine Hände wiederfand. Direkt unter seinem Rücken.

Ich bin gefesselt. Nein, falsch. Ich bin eingeklemmt.

Jetzt überschlugen sich seine Gedanken.

Auf jeden Fall liege ich auf meinen Armen drauf.

Fieberhaft dachte er nach, was er zuletzt gemacht hatte, bevor er hier hereingekommen war. Hier in dieses Nichts. Doch in seinem Kopf schwappte nur eine Schmerzwelle umher, die sein Gedächtnis weggespült zu haben schien.

Das Letzte, woran er sich erinnerte, war, dass sie abends im Wohnzimmer Tennis gespielt hatten mit diesem bescheuerten Computerspiel, bei dem man wie blöde vor dem Fernseher rumhüpfen musste und bei dem Lea immer gewann. Dann hatte Mama sie zu Bett gebracht. Und jetzt war er hier. Hier, in diesem *Nichts*.

Toby schluckte, und auf einmal war die Angst noch größer. So groß, dass er das stinkende Rinnsal zwischen seinen Beinen nicht bemerkte. Die Angst, lebendig begraben zu sein, schaffte nun das, was die Enge seines unsichtbaren Gefängnisses nicht vollständig vermocht hatte. Sie lähmte ihn.

Toby schluckte erneut und dachte, die Dunkelheit war wie ein lebendiges Wesen, das einen festhalten konnte und das nach Metall schmeckte, wenn man es hinunterschluckte.

Ihm wurde übel, so wie damals auf der langen Autofahrt, als er hatte lesen wollen und Papa sauer wurde, weil sie anhalten mussten. Er hielt die Luft an, um sich nicht übergeben zu müssen, als plötzlich …

Scheiße, was …?

Toby ließ die Zunge im Mund umherwandern und stieß auf einen Fremdkörper.

Himmel, was ist das?

Das Ding klebte am oberen Gaumen wie ein Kartoffelchip, der sich dort festgesaugt hatte. Nur seine Oberfläche war fester, glatter.

Und kühler.

Er ließ die Zunge weiter über den Gegenstand gleiten und spürte, wie sich immer mehr Speichel ansammelte. Intuitiv atmete er nur noch durch die Nase und unterdrückte den drängenden Schluckreiz. So lange, bis der Fremdkörper sich mit einem leisen Schmatzen vom Gaumen löste und ihm auf die Zunge fiel.

Und dann wusste er es. Auch wenn Toby sich nicht erinnern konnte, *wie* er hierhergekommen war, *wer* ihn verschleppt und versteckt hatte und *warum* er hier gefangen gehalten wurde, auch wenn er nicht die geringste Vorstellung davon besaß, *was* das dunkle *Nichts* überhaupt war, das ihn umgab, so hatte er wenigstens dieses eine Rätsel gelöst.
Ein Geldstück.
Bevor Tobias Traunstein in das dunkelste Verlies der Welt geworfen worden war, hatte ihm jemand eine Münze in den Mund gelegt.

80. Kapitel

(Noch 44 Stunden und 31 Minuten bis zum Ablauf des Ultimatums)

Alexander Zorbach (Ich)

Du gefühlloses, unzuverlässiges, egomanisches Arschloch.«

»Du hast *widerwärtig* und *dummdreist* vergessen.«

Meine Stimme klang ruhig, viel ruhiger als sonst, wenn ich mit meiner Noch-Frau stritt. *Noch*, denn bei unserem letzten Zusammentreffen hatten wir die Scheidung beschlossen. Jetzt wiederholte Nicci den Satz, den sie mir an jenem Abend schon einmal an den Kopf geworfen hatte: »Manchmal frage ich mich wirklich, wie ich jemals mit dir zusammenkommen konnte!«

Gute Frage. Ich nehm den Publikumsjoker!

Ehrlich gesagt war es mir selbst völlig unklar, was Frauen an mir fanden. Allein im Hörsaal der psychologischen Fakultät, in dem Nicci und ich uns kennengelernt hatten, hatte es eine Menge Männer gegeben, die attraktiver, größer und ganz gewiss charmanter gewesen waren, als ich es bin. Dennoch hatte sie sich für mich entschieden. An meinem Äußeren konnte das nicht gelegen haben. Ich hasse es, mich auf Fotos zu sehen. Von zweihundert Schnappschüssen gibt es maximal einen, für den ich mich nicht schäme. Meist ist es das verwackelte oder schlecht ausgelichtete Bild, bei dem man nicht sieht, dass sich mein Kinn langsam verdoppeln will. Früher hat man mich wegen meines traurigen Blicks oft mit Nicolas Cage verglichen, heute teile ich mir mit ihm allenfalls noch die schüttere Frisur. Seit meinem dreißigsten Geburtstag habe ich jährlich ein Kilo Gewicht draufgelegt. Und das, obwohl ich Fast Food meide und zweimal die Woche joggen gehe. Nicci hatte es einmal auf den Punkt gebracht, als sie mich zu Beginn unserer Beziehung ein »Liebhaberobjekt« nannte. Wie ein renovierungsbedürftiger Oldtimer: alt genug, um die Abwrackprämie zu kassieren, aber trotz seiner Macken zu attraktiv, um ihn einfach gegen ein neues Modell einzutauschen. Was diesen Punkt anging, hatte sie ihre Meinung mittlerweile natürlich geändert.

»Welcher Vater lässt seinen zehnjährigen Sohn allein in einem Sterbehospiz zurück?«, fragte sie wütend.

Ich machte mir gar nicht erst die Mühe, ihr zu erklären, dass Julian sich sehr verständnisvoll gezeigt hatte, als ich ihn aus dem Auto anrief, um ihn zu bitten, die Geschenke heute alleine zu verteilen, da ein Notfall eingetreten war. Immerhin musste ich zu einem Tatort, da konnte ich schlecht einen Zehnjährigen mitschleppen.

»Und welche Mutter schickt ihren Sohn mit einer Bronchitis zum Schamanen?«, erwiderte ich.

Verdammt, was würde ich jetzt für eine Zigarette geben.

Unbewusst fasste ich mir an den rechten Oberarm, wo ich das Raucherentwöhnungspflaster aufgeklebt hatte. Den Hörer hielt ich zwischen Kinn und Nacken eingeklemmt.

»Das ist unter meinem Niveau, Alex«, sagte Nicci nach einer kurzen Pause. »Du hast Julian noch nicht einmal Geld für ein Taxi dagelassen.«

»Weil ich meine Brieftasche irgendwo verloren haben muss. Herrgott noch mal. Manchmal laufen Dinge eben nicht so glatt.«

Manchmal werden sogar Kinder entführt und ermordet.

»In deiner Welt, Alex«, erwiderte sie, »in deiner Welt geschieht ein Unglück nach dem anderen, weil du diese Schwingungen hast.«

»Bitte nicht schon wieder …«

Meine Hände zitterten, und ich versuchte, mich zu beruhigen, indem ich sie noch enger um das Lenkrad presste. Seitdem ich mit dem Rauchen aufzuhören versuchte, war meine innere Unruhe noch schlimmer geworden als zuvor.

Trotz juckendem Pflaster auf dem Trizeps.

»Das ist deine negative Energie. Du ziehst das Böse regelrecht an«, sagte sie fast mitleidig.

»Ich schreibe nur darüber. Ich berichte über die Fakten. Da draußen läuft ein Psychopath frei herum, der Familien auf eine Art und Weise zerstört, die so grausam ist, dass selbst das Schmierblatt, für das ich arbeite, sich nicht traut, alle Details abzudrucken.«

Er spielt das älteste Kinderspiel der Welt: Verstecken. Und er spielt es, bis die gesamte Familie daran zerbrochen ist. Er spielt es bis zum Tod.

Mein Blick wanderte zu der alten Tageszeitung auf dem Beifahrersitz mit der Schlagzeile, die ich selbst formuliert hatte:

Der Augensammler. Schon wieder!
Drittes Kind tot aufgefunden.

Wie schon mein früherer Beruf als Unterhändler hatte mich auch mein neuer Job bei der Zeitung oft an die Grenzen des Erträglichen geführt. Doch der Fall des Augensammlers, der die Mütter der entführten Kinder tötete und den Vätern nur wenige Stunden Zeit gab, ihre Kinder wiederzufinden, bevor sie in einem Versteck erstickten, in das sie verschleppt worden waren, hatte dem Grauen eine neue

Dimension verliehen. Und der Fakt, dass der Psychopath den Kinderleichen jeweils das linke Auge entfernte, sprengte endgültig die Grenzen des Vorstellbaren.

»Negative Gedanken manifestieren sich in der Realität«, dozierte Nicci weiter. »Denk positiv, und das Positive wird dir begegnen.«

Ich hatte mittlerweile auf dem Stadtring die Ausfahrt Messedamm erreicht und zählte rückwärts von zehn herunter, doch es funktionierte nicht. Bei sieben fiel ich schon aus der Rolle.

»Positives Denken? Bist du mittlerweile vollkommen durchgeknallt? Der Augensammler hat schon drei Spielrunden hinter sich.«

Sechs Tote: drei Mütter, zwei Mädchen, ein Junge.

»Glaubst du etwa, der Irre hört damit auf, wenn ich jetzt rechts ranfahre und ein lustiges Liedchen trällere? Nein, noch besser: Vielleicht gebe ich einfach eine Bestellung an das Universum auf, so wie es in dem Buch steht, das auf deinem Nachttisch liegt.« Ich redete mich in Rage. »Oder ich rufe eine von diesen Astrologie-Hotlines ab, für die du ein Vermögen verpulverst. Vielleicht kann die Hausfrau am anderen Ende der Leitung ja mal kurz in den Kaffeesatz schauen, wo der Augensammler sich versteckt?«

Ich nahm das Handy vom Ohr, um den anklopfenden Anrufer zu identifizieren.

»Bleib bitte dran«, sagte ich und nahm dankbar den zweiten Anruf entgegen.

79. Kapitel

Hallo Alex. Ich bin's, dein Lieblingsvolontär.«
Frank Lahmann.
Hätte er mich in einem besseren Moment erwischt, hätte ich ihn gefragt: »Lieblingsvolontär? Hast du etwa gekündigt?«, doch ich war gerade nicht zum Scherzen aufgelegt, also beließ ich es bei einem knappen »Hallo«.
»Ich störe dich ja nur ungern bei deinem Mittagsschlaf, Zorbach, aber Thea fragt, ob du zur 12-Uhr-Konferenz kommst.«
Die meisten Kollegen in der Redaktion hatten Probleme mit Franks vorlauter Art, doch ich hatte einen Narren an dem einundzwanzigjährigen Grünschnabel gefressen – vielleicht, weil wir auf einer altersüberschreitenden Wellenlänge lagen. Die meisten Frischlinge, die bei uns in der Redaktion saßen, taten dies aus den falschen Gründen: Sie fanden es cool, in den Medien zu arbeiten, und hofften darauf, irgendwann ebenso im Mittelpunkt zu stehen wie die Story, an der sie arbeiteten. Bei Frank war das anders. Für ihn war Journalismus kein Beruf, sondern eine Berufung, die er vermutlich auch dann ausleben würde, wenn unsere Zeitung ihm noch weniger Geld zahlte. Bei den Überstunden, die er freiwillig anhäufte, lag sein Stundensatz aktuell auf dem Niveau eines somalischen Feldarbeiters.
Wenn ich früher in Romanen die Formulierung las: »Ich erkenne mich selbst in dir!«, hatte ich immer die Augen verdreht und den Kitsch überblättert.
Doch als ich vor vier Wochen Franks Schlafsack im Ko-

pierraum fand, ertappte ich mich bei demselben Gedanken. Mein Volontär erinnerte mich an mich selbst in meiner Ausbildungszeit bei der Polizei. Völlig besessen, krankhaft arbeitswütig und meinem Mentor gegenüber teilweise verdammt respektlos.

»Und ich soll dir ausrichten, dass du auf der Konferenz besser ein paar Fakten präsentieren solltest, die nicht schon längst auf den Websites der Konkurrenz durch den Ticker laufen. Sonst, ich zitiere den Drachen wörtlich, ›klatscht es gewaltig, aber keinen Applaus‹.«

Frank klang noch überdrehter als sonst, wie jemand, der gerade geschlafen hat, es sich aber um keinen Preis anmerken lassen will. Vermutlich lag es an den unzähligen Tassen Kaffee, die er gewiss auch heute schon in sich hineingeschüttet hatte.

Die Redaktionskonferenz.

Ich stöhnte leise. »Richte unserer Chefredaktöse bitte aus, ich schaffe es heute nicht.«

Mal wieder …

»O Mann«, sagte er und lachte. »Es ist deine Inquisition. Aber wehe, Thea lässt ihre Wut an mir aus und schickt mich zur Jahrespressekonferenz der Fliegenfischer oder so einen Mist.«

»Das kann sie vergessen. Ich brauche dich heute.«

Frank hustete nervös. Vermutlich spähte er im Moment über seinen Monitor hinweg zum Büro der Chefredaktion und hatte eine Miene aufgesetzt, als plane er gerade eine Verschwörung.

»Was soll ich tun, Mr. President?«, flüsterte er.

»Geh zu meinem Schreibtisch. In irgendeiner Schublade, ich glaube, es ist die unterste, liegen fünfzig Euro und eine Kreditkarte. Mit einem Gummi drum herum.«

Eine Weile hörte ich nur atmosphärisches Rauschen und die typischen Geräusche einer Großraumredaktion.
»Es sind nur zwanzig Euro, du Aufschneider. Und eine grüne Amex, nicht mal die goldene.«
»Du musst mir beides sofort vorbeibringen. Ich hab meine Brieftasche verloren und kaum noch Sprit im Tank.«
»Deine Brieftasche? So ein Mist.«
Ich hörte einen Bürostuhl quietschen und sah vor meinem geistigen Auge, wie Frank sich an meinen Tisch gesetzt hatte und seine Standardtelefonhaltung einnahm: Das Handy zwischen Schlüsselbein und Kinn eingeklemmt, beide Ellbogen auf dem Tisch und die Hände hinter dem kurzgeschorenen Nacken verschränkt.
»War wenigstens ein Kinderfoto im Portemonnaie?«
Von Julian?
»Was? Nein.« Ich war etwas verwirrt.
»Das ist schlecht. Sehr schlecht.«
Er räusperte sich, ein sicheres Anzeichen für einen Monolog. Da vor mir der Fahrer eines Kleinbusses unmotiviert die Spur wechselte, war ich abgelenkt und verpasste die Gelegenheit, Franks Vortrag im Keim zu ersticken.
»Laut einer Studie der Universität Hertfordshire werden verlorene Geldbörsen eher zurückgegeben, wenn etwas Persönliches drin ist. Fotos von kleinen Kindern, der Ehefrau oder von kleinen Welpen zum Beispiel.«
»Das ist ja wirklich sehr interessant«, sagte ich, doch er schien die Ironie in meiner Stimme nicht wahrzunehmen.
»Die haben zweihundertvierzig Brieftaschen mit Absicht weggeworfen, um zu sehen, welche davon wieder zurück…«
»Frank, es reicht, ja? Ich hab wirklich keine Zeit für diesen Quatsch.«

Endlich war ich zu ihm durchgedrungen. »Schnapp dir das Geld und mach dich auf den Weg.«
Ich gab ihm die Adresse durch und schloss mit den Worten: »Und beeil dich. Ich glaube, es geht wieder los.«
Die Leitung klang auf einmal wie tot, und ich befürchtete schon, in ein Funkloch gefahren zu sein, als es am anderen Ende leise raschelte.
»Der Augensammler?«, fragte Frank.
»Ja.«
»Scheiße«, flüsterte er. Er war noch zu jung und zu frisch dabei, um solche Informationen routiniert und abgebrüht zu kommentieren. Auch das war etwas, was ich an ihm schätzte. Er wusste, wann die Zeit für dumme Sprüche vorbei war.
Ich hatte Frank vor einem Jahr aus einer Flut von Bewerbern herausgefischt und mich damit gegen Thea Bergdorf durchgesetzt, die lieber ein charmantes Püppchen von der Münchner Journalistenschule eingestellt hätte und nicht einen »Milchbubi«, wie sie mit Blick auf sein Foto bemerkt hatte. »Der sieht ja aus wie der Junge von der Zwiebackpackung, den nimmt doch keiner ernst, wenn er irgendwo auftaucht.«
Doch Frank Lahmann hatte sich als Einziger nicht mit einem Lebenslauf, sondern mit einer Story beworben. Der Bericht über schwerste Vernachlässigungen von Demenzkranken in privaten Altersheimen hatte es auf Seite vier geschafft. Außerdem war Frank das absolute Recherche-Ass, auch wenn er das nutzlose Wissen, das sich ihm beim Durchforsten der Nachrichtenagenturen, Bibliotheken und des Internets offenbarte, bei jeder passenden und auch unpassenden Gelegenheit zu Gehör bringen wollte.
»Wir treffen uns in einer Viertelstunde«, sagte ich und wech-

selte zu Nicci zurück, die zu meiner Überraschung noch in der Leitung wartete.

»Hör zu, es tut mir leid, dass du Julian jetzt abholen musst«, versuchte ich es nun mit einem verbindlicheren Tonfall. Der Regen fiel wieder dichter, die Temperatur lag knapp über dem Gefrierpunkt, und vor mir kroch ein Mann mit Hut. »Ich verspreche dir, es kommt nicht wieder vor. Aber jetzt muss ich wirklich meinen Job machen.«

Nicci seufzte. Auch sie schien sich in der Zwischenzeit etwas beruhigt zu haben. »Ach Alex. Was ist nur aus dir geworden? Du könntest über so vieles schreiben. Über Glück und Liebe, zum Beispiel. Oder über Menschen, die mit ihren selbstlosen Taten und Gedanken die Welt verändern.«

Ich fuhr an einer Laubenpieperkolonie vorbei, bis der Asphalt aufhörte und die Straße sich in einen schlaglöchrigen Waldweg verwandelte. Früher hatte ich hier oft Tennis gespielt, daher kannte ich mich in dieser Gegend aus. Es war nicht der direkte Weg zum Kühlen Weg, aber in Fällen wie diesen war es von Vorteil, nicht durch die Vordertür hereinzuplatzen.

»Aber der Vorfall damals …«

Auf der Brücke …

»… hat etwas in dir zerstört. Du wurdest zwar in allen Punkten freigesprochen, doch nicht vor deinem eigenen Gericht, hab ich recht? Dabei haben wir das doch schon x-mal durchgekaut: Du hast in Notwehr gehandelt. Es war richtig. Es gibt ja sogar ein Amateurvideo, das deine Aussage bestätigt.«

Ich schüttelte den Kopf, ohne etwas zu sagen.

»Anstatt den Hinweis des Schicksals zu akzeptieren und dein Leben zu verändern, jagst du heute immer noch den Verbrechern hinterher. Vielleicht nicht mehr mit der Pistole, aber dafür mit Diktiergerät und Kugelschreiber. Du bist immer noch auf der Suche nach den Abgründen.« Niccis Stimme bebte. »Sag mir, weshalb? Was fasziniert dich so am Tod, dass du darüber dein Kind, deine Familie und sogar dich selbst vernachlässigst?«

Ich krallte meine zitternden Hände wieder fester ins Lenkrad.

»Ist es, weil du dich bestrafen willst? Suchst du das Böse, weil du dich möglicherweise selbst für einen schlechten Menschen hältst?«

Ich hielt die Luft an und sagte nichts, sondern starrte nur durch die Windschutzscheibe vor mir und dachte nach. Als ich schließlich doch noch etwas erwidern wollte, merkte ich, dass die Frau, die einst glaubte, nur der Tod würde uns scheiden, nicht mehr in der Leitung war.

Der Waldweg war zu einem Trampelpfad für Pferde geworden. Links von mir reihte sich eine spießige Kleingartenlaube an die nächste, rechts befanden sich die Tennisplätze von Tennis Borussia. Ich ignorierte das Verbotsschild für Kraftfahrzeuge jeder Art und schaukelte den Volvo langsam um die Ecke.

Das wirklich Schlimme ist, dachte ich, während ich in etwa zweihundert Metern Entfernung den Tross der Einsatzwagen erkannte, die mit eingeschaltetem Warnlicht die Zufahrt zum Kühlen Weg absperrten … *das wirklich Schlimme ist, dass in Niccis verschrobener Weltanschauung ein Fünkchen Wahrheit steckt.*

Ich setzte mit meinem Volvo zurück und parkte ihn an dem schlammbedeckten Maschendrahtzaun, der den Waldweg von den verwaisten Tennisplätzen abtrennte.

Nicht ohne Grund war ich so lange mit ihr zusammen gewesen – trotz der Gegensätze, trotz der ewigen Streitereien um Kindeserziehung und Lebensplanung. Wir lebten seit einem halben Jahr in Trennung, aber natürlich war sie mir immer noch näher als jeder andere erwachsene Mensch auf diesem Planeten.

Ich stieg aus, entriegelte den Kofferraumdeckel, zog meinen Einsatzkoffer unter der Sporttasche hervor und öffnete ihn.

Sie hat mich durchschaut, dachte ich, während ich die Schutzkleidung anlegte, die verhindern sollte, dass ich den Tatort kontaminierte: ein schneeweißer Kunststoffanzug und ein Paar hellgrüne Plastiküberschuhe, die ich mir über meine ausgelatschten Timberland-Stiefel streifte.

Das Böse zieht mich an.

Unwiderstehlich.

Und ich weiß nicht, weshalb.

Ich schlug den Kofferraum zu und spähte die Straße hinunter, die zum Tatort führte. Dann drehte ich mich zur Seite und verschwand im Wald.

78. Kapitel

(Noch 44 Stunden und 6 Minuten bis zum Ablauf des Ultimatums)

Philipp Stoya (Leiter der Mordkommission)

Stoya sah in die Augen der Toten und konnte ihre Schreie hören. Er spürte die stummen Vorwürfe, vor denen der Leiter der Gerichtsmedizin seine Studenten immer warnte: Selbst wenn es einem gelingt, genügend Abstand zwischen sich und das Entsetzen zu bringen, das auch den hartgesottensten Ermittler hin und wieder beim Anblick einer Leiche überfällt; selbst wenn man versucht, den von Menschenhand geschändeten, missbrauchten und ermordeten Körper, der wie ein Stück Müll entsorgt, den Insekten, Wild und Wetter überlassen wurde, nicht mehr als Individuum, sondern als Beweisstück zu betrachten – selbst dann kann man den Vorwurf nicht überhören, den die Leichen ihrem Finder entgegenbrüllen. Sie schreien mit den Augen.

Philipp Stoya wollte sich abwenden und die Ohren zuhalten, denn heute war der Schrei besonders laut.

Die junge Frau war barfuß und nur mit einem dünnen Morgenmantel bekleidet, unter dem sie weder Slip noch BH trug. Lucia Traunstein lag bäuchlings auf dem Rasen, wenige Schritte von einem quaderförmigen Geräteschuppen entfernt, wo ihr Mann sie am Vormittag im Garten ihrer Stadtvilla gefunden hatte. Die Beine waren weit gespreizt und gaben den Blick auf ihre vollständig rasierte Scham preis. Dennoch hatten sie es hier mit an Sicherheit

grenzender Wahrscheinlichkeit nicht mit einem Sexualdelikt zu tun.
Die verschwundenen Zwillingskinder Tobias und Lea und die Stoppuhr in Lucias Hand sprachen eine andere Sprache.
Die geisteskranke Sprache des Augensammlers, dachte Stoya.
Die grausamste Mordserie der Nachkriegszeit hatte vor drei Monaten begonnen, als Peter Strahl, ein zweiundvierzigjähriger Maurer, am Wochenende seine Familie besuchen wollte, nachdem er die letzten Wochen in Frankfurt auf einer Großbaustelle gelebt hatte. Die Ehe litt seit Jahren unter den regelmäßigen Phasen der Abwesenheit des Familienvaters, der diesmal besonders lange auf Montage gewesen war. Als kleine Entschädigung hatte er seiner Frau Blumen und für Karla eine Plastikpuppe mitgebracht. Beide Geschenke sollte er niemals übergeben. Er fand seine Frau mit gebrochenem Genick im Hausflur. Ihre Faust umschloss einen Gegenstand, der sich später als Stoppuhr entpuppte; ein handelsübliches Modell, das meistverkaufte in Deutschland.
Als der Mann von der Spurensicherung die Finger von dem Sport-Chronographen lösen wollte, wurde ein Countdown ausgelöst. Die Digitalanzeige setzte sich in Bewegung. Die Zeit lief rückwärts.
Der erste Gedanke galt einer Bombe, weshalb das gesamte Treptower Mietshaus mit allen zwölf Parteien sofort geräumt wurde. Doch am Ende musste man die grausame Lektion lernen, dass sich das Ultimatum auf Karla bezogen hatte. Die Kleine war spurlos verschwunden und tauchte auch nicht mehr lebend auf. Weder der Polizei noch dem verzweifelten Vater gelang es, das Versteck zu finden, in

das der Psychopath das Mädchen verschleppt hatte. Ein Versteck, in dem es nach Ablauf der 45-Stunden-Frist ermordet wurde. Davon zumindest musste man nach den Erkenntnissen der Gerichtsmedizin ausgehen. Der Fundort der kleinen Karla, ein Feld am Stadtrand von Marienfelde, war mit Sicherheit nicht der Tatort, da es dort kein Wasser gab. Die Öffentlichkeit ging davon aus, dass die Kinder in ihrem Versteck erstickt waren, was im Grunde genommen auch stimmte. Allerdings hatte man aus ermittlungstaktischen Gründen eine wesentliche Erkenntnis der Obduktion verschwiegen: Die Opfer waren *ertrunken*. In dem Schaum, der sich bei Ertrinkenden nach dem reflexartigen Einatmen des Wassers in der Luftröhre bildet, fanden sich Spuren verunreinigten Brauchwassers. Da diese bei allen Opfern identisch waren, ging man davon aus, dass der Augensammler alle Kinder an denselben Tatort verschleppt hatte. Die Analyse des Wassers wie auch die der Hautverunreinigung sprachen nicht für ein natürliches Gewässer, was die Suche nach dem Versteck nicht gerade einschränkte. Jedes Haus mit Swimmingpool im Keller käme in Frage.

Sogar eine verdammte Badewanne wäre ausreichend, dachte Stoya.

Fest stand nur eines: Weder Karla noch Melanie oder Robert – die kindlichen Opfer, die wenige Wochen später folgten – waren in der freien Natur getötet worden. *Und dort war ihnen auch nicht das linke Auge entfernt worden …*

»Ich bringe ihn um«, hörte Stoya eine gepresste Stimme hinter sich sagen, während er reglos vor der Leiche kniete. Selbst dem Tod war es nicht gelungen, Lucia jene diät- und fitnessgestählte Attraktivität zu nehmen, die man oft bei

Frauen findet, deren Männer wesentlich älter, wesentlich hässlicher und – nicht zu vergessen – wesentlich reicher sind. Als Eigentümer der größten Reinigungskette Berlins hatte sich Thomas Traunstein bestimmt mehr als nur eine Villa leisten können. Und ganz sicher mehr als eine Frau wie Lucia.

»Ich bringe das Schwein um. Das schwöre ich!«

Der Kollege, der sich von hinten über ihn beugte, passte kaum unter das Planenzelt, das die Kriminaltechniker erst vor wenigen Minuten im Garten aufgebaut hatten. Mike Scholokowsky war knapp zwei Meter groß und die Sorte von Freund, die man anrief, wenn man beim Umzug jemanden benötigte, der einen Kühlschrank in den fünften Stock wuchten sollte.

»Oder sie«, murmelte Philipp Stoya leise. Seine Knie knackten, während er sich langsam aufrichtete, den Blick unverwandt auf die tote Frau gerichtet.

»Hä?«

»Du bringst *ihn* um, Scholle. Oder *sie*. Noch wissen wir nicht, welches Geschlecht der Täter hat.«

Alle Opfer, sowohl die Frauen wie auch die Kinder, waren nicht besonders groß oder kräftig. Starker Widerstand musste also nicht gebrochen werden. Das Fehlen jeglicher Kampfspuren deutete darauf hin, dass der Täter das Überraschungsmoment für sich nutzte. Derjenige, der für den Tod von Lucia Traunstein und für die Entführung von Tobias und Lea verantwortlich war, konnte männlich oder weiblich sein oder gar im Team arbeiten, so viel hatte ihnen Professor Adrian Hohlfort, der Profiler, der mit ihnen an diesem Fall arbeitete, bereits verraten. Leider nicht sehr viel mehr.

Scholle zog die Nase hoch, rieb sich das Doppelkinn und

starrte auf die Frau, deren Kopf in einem grotesken 90-Grad-Winkel verdreht auf dem Rumpf saß. *Genickbruch.* Ein weiterer Hinweis auf das Vorgehensmuster des Augensammlers.

Die weit aufgerissenen Augen der Toten starrten erstaunt an den beiden Ermittlern vorbei in den zugezogenen Wolkenhimmel.

Nein, sie starren nicht. Sie schreien.

»Fuck, ist mir egal.« Scholle spie die Worte förmlich in die kalte Luft. »Und wenn's eine verdammte Nonne war. Ich bring sie trotzdem um.«

Stoya nickte. Als Leiter der sechsten Mordkommission wäre es seine Pflicht gewesen, seinen Assistenten zu mehr Sachlichkeit anzuhalten. Stattdessen sagte er nur: »Und ich helfe dir dabei.«

Ich kann auch nicht mehr. Ich habe das alles so satt. Dieses Mal mussten sie die Runde des perversen Versteckspiels gewinnen und den Augensammler fassen, bevor das Ultimatum ablief und der nächste Jogger über eine erstickte Kinderleiche stolperte.

Eine Kinderleiche, der der Perverse das linke Auge entfernt hatte … O Gott, was für ein Morgen.

Stoya sah zu Scholle, der vor Wut am liebsten das Planenzelt zerrissen hätte, und musste sich wieder einmal eingestehen, dass er von anderen Motiven getrieben wurde als sein Partner.

Scholle wollte Rache. Er selbst wollte nur ein besseres Leben. Verdammt, er jagte schon seit über zwanzig Jahren irgendwelchen asozialen Schweinen hinterher, und zum Dank dafür sah er mit Mitte vierzig bereits aus wie ein verfaulter Apfel. Fleckige Haut, schrumpelige Augenringe und eine platte Stelle am Hinterkopf. Der Preis, den man für Dauerstress und Schlafentzug bezahlt. Das alles wäre kein Problem gewesen, wenn der Job wenigstens den Kontostand gebracht hätte, der Frauen in der Regel dazu verleitet, auf Äußerlichkeiten keinen Wert mehr zu legen. Aber Fehlanzeige. Er war Dauersingle, und die meisten Verbrecher, die er jagte, verdienten in einer Stunde mehr als er im ganzen Monat.

Scholle will Rache. Ich will Karriere.

Ja verdammt, im Gegensatz zu allen anderen war er sich nicht zu fein, es offen zuzugeben. Stoya wollte nicht mehr mit beiden Händen in der Scheiße wühlen. Sein Ziel war ein politischer Frühstücksdirektorenposten mit festen Arbeitszeiten, besserer Bezahlung und einem großen Schreibtisch, hinter dem man sich den Hintern platt sitzen konnte.

Sollen doch die anderen im Regen neben einer nackten Frauenleiche knien.

Im Moment allerdings war er Lichtjahre von seinem Ziel entfernt, und sollte er nicht bald einen Erfolg vorweisen können, würde er von Glück sagen können, wenn er nicht wieder eine Uniform anziehen musste. Unterschiedliche Motive hin oder her, zumindest verfolgten er und Scholle dasselbe Ziel.

»Wir müssen den Wahnsinnigen finden.«

Stoya tastete mit klammen Fingern nach dem kleinen Plastiktütchen in seiner Hosentasche. Sobald der Gerichtsmediziner eingetroffen war, der sich bereits telefonisch über die besonderen Umstände des Falles informiert hatte, würde er in die Villa gehen, in der der Ehemann von einem Psychologen betreut wurde, und sich im Badezimmer einschließen. Hoffentlich war in dem Tütchen noch genug von dem Zeug übrig, das ihn die kommenden fünfundvierzig Stunden wach halten musste …

Was zum Teufel …?
Stoya hörte die Veränderung seiner Umgebung, bevor er sie sah. Es war der Klang des Regens, der etwa zwei Meter vom Zelt entfernt nicht mehr auf den Waldboden, sondern auf eine harte Oberfläche schlug. Auf Kleidung. Genauer gesagt auf einen weißen Schutzanzug, wie ihn Beamte der Spurensicherung tragen.
»Verdammt, was macht der Arsch denn hier?«, fragte Scholle. Seine ohnmächtige Wut auf den Augensammler hatte endlich einen Blitzableiter gefunden. Der Reporter, der in Hörweite zu ihnen herüberstarrte, war seinem Kollegen schon länger ein Dorn im Auge. Alexander Zorbach hatte sich vom Grunewald her zum Grundstück vorgepirscht und stand jetzt gemeinsam mit einem Mann am Gartenzaun, der einen Kopf kleiner und sehr viel jünger wirkte als er.
Fritz, Frank oder Franz. Stoya erinnerte sich dunkel, dass Zorbach ihm seinen Assistenten einmal auf einer Pressekonferenz vorgestellt hatte.
»Verpiss dich«, brüllte Scholle und griff zum Handy, doch Stoya legte ihm beruhigend die Hand auf die Schulter.
»Bleib hier, ich klär das.«

77. Kapitel

Stoya zog sich die Kapuze seiner Daunenjacke über den Kopf und trat in den strömenden Regen. Obwohl der Ärger mit jedem Schritt wuchs, war er doch froh, für einen Moment das Elend hinter sich lassen zu können.

»Was willst du hier?«, fragte er, als er bei Zorbach am Zaun angekommen war. Dessen junger Lakai hielt sich einige Meter entfernt. »Verdammt, was machst du hier?«

Er reichte ihm nicht die Hand, und er ging auch nicht durch die Gartentür hindurch zu ihm nach draußen, damit sie unter einem der Bäume Schutz suchen konnten.

»Sag bloß, ich bin der Erste?«, fragte Zorbach, und wenigstens klang es nicht triumphierend, eher erstaunt. Solange Stoya ihn kannte, war es Alex nie darum gegangen, sich in den Vordergrund zu stellen. Es ging ihm immer nur um die Wahrheit. Und anders als viele seiner Kollegen unterzeichnete er seine gut recherchierten Storys auch nie mit seinem vollen Namen, sondern nur mit einem anonymisierten Kürzel. Mittlerweile wusste aber auch so jeder, wer sich hinter A. Z. verbarg.

Stoya steckte wütend die nassen Hände in die Hosentaschen.

»Ja, du bist der Erste, und ich frage mich, wie du das geschafft hast.«

Zorbach lachte gequält. Sein Haar war völlig durchnässt und die Hände durch die Kälte rot angelaufen, doch das schien ihm nichts auszumachen.

»Ach, komm schon. Wie lange kennen wir uns jetzt, Phil-

ipp? Du willst doch nicht wirklich hören, dass ich rein zufällig hier vorbeigekommen bin.«
»Na klar. Mit OP-Überschuhen und Schutzanzug.«
Stoya schüttelte den Kopf. *Zufall.* Das war die herkömmliche Ausrede der Pressehyänen, denn natürlich war es verboten, den internen Polizeifunk abzuhören.
»Nein, Alex. Das lass ich diesmal nicht durchgehen. Ich will die Wahrheit wissen. Und komm mir jetzt nicht mit deiner beschissenen Intuition.«
Zorbach war ein Phänomen. Schon damals, als sie noch zusammengearbeitet hatten, war ihm das feinfühlige Gespür seines Kollegen manchmal unheimlich gewesen. Obwohl er das Psychologiestudium nie abgeschlossen hatte, war Alex einer der besten Verhandlungsführer der Polizei gewesen. Sein Einfühlungsvermögen, seine Gabe, selbst auf winzigste Nuancen im emotionalen Verhalten anderer zu achten, war legendär. Ein Jammer, dass es ihm schließlich auf der Brücke zum Verhängnis geworden war.
»Ich verstehe nicht, was du meinst«, sagte Zorbach und wischte sich mehrere Tropfen von den Augenbrauen. »Du weißt, ich bin an dem Fall dran, von Anfang an. Ich schreibe nichts, was euch schadet. Im Gegenteil, ich versuche, dir zu helfen, und ich dachte, wir hätten eine Abmachung.«
Stoya nickte, und dicke Regentropfen lösten sich von der Kunstfellumrandung seiner Kapuze. Zorbach war zwar offiziell aus dem Polizeidienst ausgeschieden, dennoch herrschte zwischen ihnen weiterhin eine fruchtbare Symbiose. Noch heute, sieben Jahre nach dem Vorfall, trafen sie sich in unregelmäßigen Abständen. Und wie oft hatte er bei diesen inoffiziellen Lagebesprechungen die alles entscheidende Frage aufgeworfen, die ihn bei ihren Ermittlungen weiterbrachte? Zum Dank und aus alter Verbun-

denheit wurde Alex bevorzugt behandelt und bekam die wichtigen Informationen immer etwas früher als die anderen Reporter.

Heute allerdings war sein ehemaliger Kollege einen Schritt zu weit gegangen.

»Lass uns kein Spiel spielen, Alex. Sag mir die Wahrheit. Wieso bist du hier?«

»Du weißt es doch.«

»Sag es mir.«

Zorbach seufzte. »Verdammt, ich hab den Polizeifunk abgehört.«

»Verarsch mich nicht.«

»Was ist denn nur los mit dir?«

Stoya packte ihn fest am Arm. »Das frage ich dich. Sag mir endlich, was du hier spielst!«

Alex erblasste. Sein Mundwinkel zuckte, und er versuchte sich halbherzig aus Stoyas Klammergriff zu befreien. »Quatsch doch keinen Scheiß, Mann. Ihr habt einen Einsnull-Siebener gemeldet.«

Stoya schüttelte vehement den Kopf. »Erstens: Diesen Code benutzen wir nicht mehr. Und zweitens: Seit dem letzten Fund gibt es eine interne Anweisung, im Falle des Augensammlers nur noch über sichere Leitungen zu kommunizieren. Dank deiner Berichterstattung werden wir ohnehin schon in der Öffentlichkeit geschlachtet. Glaubst du wirklich, wir posaunen derart sensible Informationen jedem Hobbyfunker um die Ohren?«

In der Ferne zog ein Donnergrollen auf, und der Himmel verdüsterte sich weiter.

»Kein Scheiß?«, fragte Zorbach ungläubig und fuhr sich durch die nassen Haare.

»Nein. Kein Scheißpolizeifunk. Wir haben nichts durchgegeben.« Stoya starrte ihn an, misstrauisch und wütend. »Jetzt lass die Spielchen, Alex, und sag mir die Wahrheit: Woher zum Teufel wusstest du so schnell, dass wir die Leiche hier gefunden haben?«

76. Kapitel

(Noch 13 Stunden und 57 Minuten bis zum Ablauf des Ultimatums)

Alexander Zorbach (Ich)

Es wird schlimmer«, sagte ich und ließ den Blick durch das Sprechzimmer wandern. »Jetzt höre ich schon Stimmen!«

Wie schon bei meinem ersten Besuch fragte ich mich, wo das gesamte Geld blieb, das die zahlreichen Privatpatienten hier in die Klinik spülten. Mit den fleckigen Sandsteinmauern sah die psychiatrische Anstalt bereits von außen mitgenommen aus. Innen war das Krankenhaus noch renovierungsbedürftiger. Bei den bisherigen Besuchen hatte ich meinen Arzt in drei verschiedenen Behandlungsräumen getroffen, die sich nur in Größe und Verfärbung der Wasserflecken unterschieden, die sich von der Decke abwärts über die Wände bis zu dem blindpolierten Linoleumboden erstreckten.

»Ich habe nicht so lange studiert wie Sie, Doktor Roth. Bis zu den posttraumatischen Störungen bin ich nicht mehr gekommen, daher frage ich Sie: Könnte es etwas damit zu tun haben?«

Damit, dass ich vor sieben Jahren eine Frau erschossen habe?

Der Oberarzt hinter dem Schreibtisch sah mich aufmerksam an und sagte nichts. Dr. Martin Roth war ein begnadeter Zuhörer, eine Eigenschaft, die ihn für den Beruf des Psychiaters prädestinierte. Zu meinem Erstaunen begann er sanft zu lächeln. Ich konnte mich nicht erinnern, dass er

das während unserer Sitzungen schon jemals getan hätte. Und mir schien, dass er sich wahrlich einen unpassenden Zeitpunkt gesucht hatte, um damit anzufangen.
Während ich auf dem Stuhl unruhig die Beine übereinanderschlug und mir eine Zigarette herbeisehnte, wurde sein Lächeln breiter, wodurch er noch jünger aussah als ohnehin schon. Bei unserem ersten Treffen hatte ich ihn für einen Studenten gehalten und nicht für den Experten, der vor einigen Jahren mit der Therapie des bundesweit bekannten Psychiaters Viktor Larenz in die Schlagzeilen meiner Zeitung gelangt war.
Wie viele Menschen zuvor hatte ich ihn unterschätzt. Doch wenn man eine Koryphäe auf dem Gebiet schwer therapierbarer Persönlichkeitsstörungen erwartet, hat man wohl kaum das Bild eines Jugendlichen vor Augen: Roths Haut war faltenfrei, fast rosig, und das Weiß in seinen Augen strahlte heller als sein neues T-Shirt, das er unter einem eng anliegenden Polohemd trug. Einzig sein lichter Haaransatz und die großen Geheimratsecken gaben einen kleinen Hinweis auf sein fortgeschrittenes Alter.
»Beruhigen Sie sich erst einmal«, sagte er schließlich und zog eine dünne Akte aus der Plexiglas-Ablage neben sich. »Es besteht kein Grund zur Sorge.«
Kein Grund zur Sorge?
»Gestern erst höre ich Stimmen im Polizeifunk, die es in Wahrheit gar nicht gibt, und Sie sagen mir, ich soll mich nicht aufregen?«
Er nickte und schlug die Akte auf. »Also schön, gehen wir es noch einmal durch. Nach dem Vorfall auf der Brücke begaben Sie sich in Behandlung. Damals litten Sie unter starken Wahrnehmungsstörungen.«
Ich grunzte zustimmend.

Meine Alpträume waren in mein Leben geschwappt.
Besser konnte ich es nicht beschreiben. Erst roch, dann hörte und ganz zuletzt *sah* ich Dinge, die mich zuvor in meinen Alpträumen verfolgt hatten. Dabei ging es nicht immer um die Frau und das Baby auf der Brücke. Zwei Wochen nach der Tragödie träumte ich zum Beispiel von einem Blitz, der in Sekundenabständen immer wieder dicht neben mir einschlug. Barfuß rannte ich um mein Leben, verletzte mich an Glasscherben, Nadeln und rostigen Blechdosen, mit denen mein Weg gepflastert war. Viel zu spät merkte ich, dass der Blitz mich auf eine Müllhalde getrieben hatte, aus dessen Mitte ein golden leuchtender Baum hervorragte, unter dem ich Schutz suchte.
Weiden sollst du meiden.
Ich weinte im Traum, weil ich nicht erkennen konnte, was für ein Baum es war, an den ich mich klammerte.
Vor Eichen sollst du weichen.
Ganz sicher ging ich davon aus, in die Falle gerannt zu sein. Jeden Moment erwartete ich den tödlichen Einschlag.
Buchen sollst du suchen.
Mit zitternden Fingern tastete ich die Rinde ab, und dann geschah das Entsetzliche. Der Baum veränderte sich. Die Rinde wurde weich, bekam eine geleeartige Konsistenz. Etwas Klebriges blieb an meinen Fingern hängen. Als ich die Maden erkannte, die sich nicht nur in meiner Hand, sondern überall um mich herum wanden, begann ich zu schreien. Und als ich sah, dass der Baum und mit ihm die gesamte Müllhalde eine einzige Formation aus Käfern, Maden und Würmern war, brüllte ich mich wach.
Doch der faulige Gestank der Deponie füllte auch nach dem Aufwachen mein Zimmer. Ich lief zum Fenster, riss es auf und konnte immer noch nicht richtig atmen. Keine fri-

sche Luft, sondern ein neuer, nicht minder ekelhafter Geruch waberte in das Schlafzimmer. Und obwohl es ein sonniger, wolkenloser Sonntagmorgen war, schoss ein Blitz vom Himmel und traf in den Baum vor dem Fenster. Der Baum explodierte und zerfiel in Tausende von Maden, die sich zu einem konvulsivisch zuckenden Strom formierten, der sich über den Rasen ergoss und Kurs auf unser Haus nahm.

In dem Moment, in dem die Maden bereits die Fassade zu mir heraufkrochen, packte mich etwas von hinten und riss mich vom Fenster weg. Nicci.

Meine Schreie hatten sie geweckt und in Todesschrecken versetzt. Später sagte sie, ich habe eine geschlagene Stunde gebraucht, um mich wieder zu beruhigen.

»Damals wurden Sie sofort medikamentös eingestellt«, fuhr Dr. Roth fort und blätterte eine Seite in meiner Patientenakte weiter.

»Man gab Ihnen Neuroleptika, und Ihr Zustand besserte sich, bis die Symptome nach gut zwei Jahren vollständig verschwanden.«

»Um gestern wieder aufzutreten.«

»Nein.«

Dr. Roth sah von der Akte auf, wieder umspielte dieses ungewohnte Lächeln seine Lippen.

»Nein?«, fragte ich erstaunt.

»Sehen Sie, nach der kurzen Zeit, die ich Sie jetzt kenne, kann ich natürlich keine abschließende Diagnose stellen. Und die Visionen, die Sie überfallen haben, will ich auch nicht in Abrede stellen. Ich bezweifle nur stark, dass sie schizophrener Natur sind.«

»Wieso?«

»Ich will mich nicht vorschnell aus dem Fenster lehnen.

Geben Sie mir bitte noch bis morgen Zeit, dann habe ich das komplette Blutscreening und weiß, ob sich mein Verdacht bestätigt.«
Ich nickte, ohne zu wissen, was ich davon halten sollte. Jeder andere Patient hätte sich über Roths Vermutung sicherlich gefreut, und auch ich wollte nur zu gern daran glauben, dass es für meine Symptome eine harmlose Erklärung gab. Doch wenn ich nicht an Wahrnehmungsstörungen litt, würde das ja bedeuten, dass …
… die Stimmen real waren. Und dann besteht eine Verbindung zwischen mir und dem Augensammler …
Bei diesem Gedanken legte sich ein Fiepen auf mein rechtes Ohr, als hätte jemand eine Stimmgabel neben meinem Kopf angeschlagen. Ich versuchte zu lächeln und stand auf, um Dr. Roth zum Abschied die Hand zu geben. Doch es fiel mir schwer, mich zu konzentrieren. Nachdem ich das Sprechzimmer verlassen hatte, wollte ich noch einmal umkehren, um ihn nach einem Rezept für ein Schlafmittel zu fragen, da ich in den letzten Nächten kaum ein Auge zugetan hatte, als mein Handy in meiner Hosentasche vibrierte.
Ruf mich an!, lautete die Textnachricht, und das Fiepen in meinem Ohr wurde wieder lauter.
Schnell. Bevor es zu spät ist.
Rückblickend betrachtet, glaube ich, dass damit der Wettlauf mit dem Tod begann.

75. Kapitel

»Was ist denn los?«

Frank hatte nach dem ersten Klingeln abgenommen und klang noch aufgeregter, als ich mich fühlte.

»Ich habe Angst.«

Angst? Ich konnte mich nicht daran erinnern, dass Frank jemals über seine Gefühle geredet hätte. Normalerweise war er darum bemüht, mit frechen Sprüchen von seiner wahren Gefühlslage abzulenken. Seinen Artikel über die Misshandlung alter Menschen in Pflegeheimen zum Beispiel nannte er selbst nur die »Gammelfleischstory«. Zwischen den Zeilen konnte ich jedoch seine Wut und Verzweiflung herauslesen, ganz besonders in dem Abschnitt über die demenzkranke Patientin mit Brustkrebs im Endstadium, der man aus Kostengründen kaum noch Schmerzmittel gab. *»Wo sollte die sich schon beschweren? Ihre Kinder kommen nur ein Mal die Woche, und dann kann sie sich ja an nichts mehr erinnern«*, hatte Frank eine zynische Schwester zitiert, die er während seines Zivildienstes in dem heruntergekommenen Heim kennengelernt hatte. Ich wusste, tief in seinem Inneren hatte er gefeiert, als nach der Veröffentlichung seiner Reportage das gesamte Personal ausgewechselt wurde, auch wenn er das mir gegenüber niemals zugegeben hätte.

»Wo bist du?«, fragte er hastig.

»Recherche«, sagte ich und passierte die Drehtür des Klinikausgangs. Bislang wusste nur Nicci von meinen gesundheitlichen Problemen, und das sollte auch so bleiben. »Was um Himmels willen ist denn passiert?«

»Du weißt doch sicher, dass neunzig Prozent aller Justizirrtümer auf falsche Indizien zurückgehen.«
»Erspar mir wenigstens diesmal einen Vortrag und komm zur Sache. Worum geht es?«
»Um deine Brieftasche.«
Verdammt. Ich griff mir an den Kopf. In der ganzen Aufregung gestern hatte ich komplett vergessen, meine Kreditkarten sperren zu lassen.
»Hat die Polizei sich gemeldet?«, fragte ich und sah in den trüben Novemberhimmel. Die Temperaturen waren während meines Termins bei Roth merklich gefallen, aber wenigstens hatte es aufgehört zu regnen.
»Sie waren hier in der Redaktion, nachdem sie dich weder auf dem Handy noch zu Hause erreichen konnten.«
Deshalb also hatte Stoya mich auf meinem Weg zu Dr. Roth unentwegt angeklingelt. Ich hatte ihn erst nach meiner Sitzung mit dem Psychiater zurückrufen wollen.
»Sag mir bitte nicht, dass meine Konten leergeräumt wurden.«
»Schlimmer.«
Schlimmer? Was kann man Schlimmeres mit einem Portemonnaie anstellen, als seinen Besitzer zu schröpfen?
»O Mann, vielleicht darf ich dir das gar nicht sagen.«
Ich suchte meinen Wagen auf dem Klinikparkplatz, der sich zur Mittagszeit gut gefüllt hatte. »Bist du betrunken?«
»Ich habe das doch nur zufällig mitbekommen, als ich mir einen Kaffee holen wollte und an Theas Büro vorbeigegangen bin.«
Thea Bergdorf? Was hat die Polizei mit der Chefredakteurin zu besprechen?
»Jetzt mach nicht so lange rum, Frank, und sag mir endlich, was los ist.«

»Also, wenn ich das richtig mitbekommen habe, dann haben sie deine Brieftasche gefunden, und alles ist noch drin. Selbst das Bargeld.«
Irgendein Vollidiot hatte seinen Geländewagen so dicht neben meinen Volvo geklemmt, dass ich von der Beifahrerseite aus einsteigen musste, wenn ich ihm nicht den Lack zerkratzen wollte.
»Aber das ist doch eine gute Nachricht«, sagte ich.
»Scheiße, nein. Die haben deine verdammte Brieftasche in der Nähe des Tatorts gefunden. Irgendwo im Garten.«
Ich hatte gerade den Autoschlüssel aus meiner Hosentasche gezogen, als ich mitten in der Bewegung innehielt.
In der Nähe des Tatorts?
Das konnte nicht sein. Auf einmal erschien mir der Anruf völlig unwirklich. Ich konnte, nein, ich *wollte* nicht glauben, was mein Volontär mir gerade erzählt hatte.
»In welchem Garten?«, fragte ich, obwohl es nur eine Antwort geben konnte.
»Da, wo sie die Mutter gefunden haben«, flüsterte Frank. »Das Opfer der vierten Spielrunde des …«
Mitten im Wort »Augensammler« drückte ich ihn weg.

74. Kapitel

Schließlich klemmte ich mich doch durch die Fahrertür. Wieso sollte ich Rücksicht auf jemanden nehmen, der mir mit seinem Geländewagen auf die Pelle gerückt war? Wenigstens hätte er seinen Außenspiegel einfahren können, wenn die Dinger schon so groß wie ein Tennisschläger sein mussten.

Ich musste mich zwingen, auf dem Klinikgelände die Geschwindigkeitsbegrenzung einzuhalten. Doch schon kurz nach der Ausfahrt gab ich Gas und jagte die Potsdamer Straße hoch.

Nachdenken. Du musst nachdenken.

Bislang hatte ich mich in meinem Leben nicht gerade durch besonnenes und überlegtes Verhalten hervorgetan. Erst vor wenigen Monaten hatte ich mich mit einem großen Werbekunden unserer Zeitung angelegt. Der Lebensmittelfabrikant wollte mir Geld bieten, damit ich die widerlichen Fotos nicht veröffentlichte, die heimlich in einem seiner Schlachthöfe gemacht worden waren. Auf einem davon war zu sehen, wie ein Rind aus einem überladenen Transporter, nur an einem ausgekugelten Vorderlauf hängend, mit einer Seilwinde herausgezogen wurde. Ich ließ mir die fünfzigtausend Euro bar auszahlen. Dann packte ich das Foto wie geplant auf die Titelseite und spendete das »Schweigegeld« an den Tierschutzverein. Unsere Zeitung verlor einen ihrer größten Werbekunden, und ich bekam einen Preis vom Journalistenverband sowie eine Abmahnung von Thea.

Von meinen vergangenen Problemen, die ich zumeist meinem Hitzkopf zu verdanken hatte, unterschied sich meine gegenwärtige Notlage allerdings in einem gravierenden Punkt: Ich wusste nicht, was ich getan hatte, um die Lawine auszulösen, die sich gerade aufbaute, um über mich hinwegzurollen.
Die Polizei war in der Redaktion aufgekreuzt. Bei Lichte betrachtet eine logische Reaktion. Es ist kein reines Hollywoodklischee, dass Täter sich zu den Orten ihrer Verbrechen hingezogen fühlen. Wenn ich von einem Typen höre, der sich am Fundort einer Leiche blicken lässt, obwohl der Tatort nur den Ermittlern bekannt ist, beginne ich mit der Recherche über den Kerl.
Und dann war da noch das Portemonnaie. Ich hatte alle meine Taschen schon Stunden zuvor im Krankenhaus abgesucht. Es konnte mir unmöglich vor Traunsteins Villa aus der Hosentasche gefallen sein, zumal ich den weißen Overall der Spurensicherung getragen hatte, der so gefertigt ist, dass ein Tatort noch nicht einmal mit Kleidungsfasern verunreinigt werden kann. Und Stoya hatte mich in diesem Aufzug gesehen. Im besten Fall konnte er annehmen, ich hätte meine Brieftasche absichtlich dorthin geworfen. Der schlimmste Fall, der mich zum Verdächtigen machte, war weitaus naheliegender.
Mein Gehirn glich zunehmend einer Popkorntüte, die man in eine Mikrowelle gestellt hat. Unzählige Gedanken poppten unter meiner Schädeldecke umher und zerplatzten, bevor ich sie greifen konnte. Früher oder später würde ich mich einer Vernehmung durch die Polizei stellen, aber zuvor musste ich mich erst einmal sortieren. Ich musste zur Ruhe kommen und mich mit jemandem besprechen, dem ich vertraute.

Ich griff zum Telefon und versuchte, Charlie zu erreichen. Wie so oft ging sie auch jetzt nicht an ihr Handy, und eine andere Nummer hatte sie mir ebenso wenig verraten wie ihren richtigen Namen.
Normalerweise rief sie mich zurück, sobald sich eine Gelegenheit fand, doch heute fehlte mir die Geduld, auf den passenden Moment zu warten, in dem ihr Ehemann nicht in Reichweite war, daher versuchte ich es noch einmal. Wieder meldete sich nur die anonymisierte Mailboxansage.
Mist, wo steckst du nur?
Ich hatte Charlie seit Tagen nicht mehr gesprochen.
Unsere Affäre, wenn man sie überhaupt so nennen konnte, begann ausgerechnet an dem Tag, an dem Nicci mir eröffnet hatte, dass sie sich scheiden lassen wollte. Die Umstände unserer ersten Begegnung waren ebenso absurd wie peinlich.
Ich könnte mich jetzt auf den Alkoholpegel herausreden, der nur wenige Stunden nach dem endgültigen Scheitern meiner Ehe eine kritische Marke überschritten hatte. Sicherlich spielte an jenem Tag auch der Gedanke eine Rolle, mich an allen treulosen Frauen dieser Welt rächen zu wollen. Im Nachhinein befürchte ich aber eher, dass ich mich selbst bestrafen wollte, als ich den Club betrat.
Während ich mich in einem gekachelten Vorraum auszog und meine Klamotten in einen Spind einschloss, versuchte ich mir noch einzureden, dass dieser Abend der Beginn einer neuen Zorbach-Ära werden würde. Einer Lebensphase, in der ich mich nie wieder verlieben, sondern nur noch Sex haben würde. Doch schon als ich den Barbereich betreten und nach einem freien Platz am Tresen gesucht hatte, erkannte ich, wie lächerlich ich mich gerade machte.

Es war das erste Mal, dass ich einen Swingerclub besuchte, und dennoch fühlte ich mich so, als wäre ich schon hundertmal da gewesen. Alles sah exakt so aus, wie man es sich vorstellt: rotes Pufflicht, Möbel, die ebenso gut in eine Pizzeria gepasst hätten, und Wände, die mit naiven Aktzeichnungen verziert waren. Ein Wegweiser wies die Richtung zur Sauna, zum SM-Keller und zu den Whirlpools. Direkt daneben ein Schild mit dem Hinweis: »Wer ficken will, muss freundlich sein.«

Über dem Tresen, der das Zentrum des Raumes bildete, hing ein kleiner Fernseher, dessen Bildschirm so ausgerichtet war, dass die Benutzer der Spielwiese rechts von der Theke einen Pornofilm sehen konnten, während sie sich vergnügten. Bei meinem ersten Besuch waren die latexüberzogenen Matratzen verwaist, dafür saßen mehrere Pärchen und Singlemänner an der Bar. Fast alle trugen Badelatschen und Handtücher, die sie sich um die Hüfte gewickelt hatten.

Zu meinem Erstaunen sahen die meisten Besucher nicht so schlecht aus, wie ich vermutet hatte. Ein junges Pärchen war sogar ausgesprochen attraktiv, ebenso die schlanke Blondine, die mit nassen Haaren von den Duschen kam und sich neben mich setzte. Später sollte ich erfahren, dass Charlie gerade mit zwei Männern gleichzeitig Sex gehabt hatte und nur noch einen Abschiedsdrink nehmen wollte, bevor sie wieder zu ihrem nichtsahnenden Gatten nach Hause fuhr. Sie sah sofort, dass ich zum ersten Mal hier war, und ebenso schnell durchschaute sie die Lüge, die ich mir zurechtgelegt hatte, falls ich hier drinnen einen Bekannten treffen sollte.

Aus einem völlig irrationalen Grund war es mir peinlich gewesen, ihr meine wahren Beweggründe offenzulegen. Ver-

mutlich, weil ich nicht wollte, dass eine so hübsche Frau dachte, ich hätte es nötig, in einen Swingerclub zu gehen.
Sie grinste. »Du recherchierst hier also für deine Zeitung, ja klar. Und ich bin vom Gewerbeamt.«
Obwohl ich von meinen Eltern aufgeklärt erzogen worden bin, hatte ich meine liebe Mühe, mich auf unser Gespräch zu konzentrieren. Charlie war splitterfasernackt, während sie mir erklärte, dass auch sie immer noch dachte, hier eigentlich nicht »dazuzugehören«. Aber sie sei nun einmal eine Frau mit sexuellen Bedürfnissen, und ihr Mann schlafe schon lange nicht mehr mit ihr. Dann führte sie mich durch die hinteren Räume, zeigte mir das Spiegelzimmer, in dem mehrere Pärchen Partnertausch vollzogen, und führte mich zur spanischen Wand, vor der einige nackte Männer onanierten, während sich zwei Frauen liebkosten.
An jenem Abend hatten wir keinen Sex. Ebenso wenig wie an all den anderen Tagen, die seither vergangen waren.
Wir führten eine platonische Beziehung, was angesichts der Umstände unserer regelmäßigen Treffen nahezu schizophren war. Denn Charlie bestand darauf, mich ausschließlich in jenem Swingerclub zu treffen. »Nirgendwo sonst sind die Menschen, die man trifft, verschwiegener.«
Und so trafen wir uns wieder und wieder und wurden über die immer intensiveren Gespräche im wahrsten Sinne des Wortes intim, wenn auch nicht in einer Art und Weise, für die der Ort unserer Begegnungen eigentlich vorgesehen war.
Während die anderen Gäste kopulierten, unterhielten wir uns stundenlang, und so erfuhr ich nach und nach, dass ihr Mann es dank seiner Bauernschläue zu einem beträchtlichen Vermögen gebracht hatte. Ein Geldsegen, den er unter anderem dazu nutzte, sich mit den teuersten Alkoholika

dieser Welt in die Paranoia zu trinken und den ungehobelten Proleten herauszukehren. Schon kurz nach der Hochzeit hatte er sich verändert. Er wurde launischer, aggressiver, steigerte sich in eine krankhafte Eifersucht hinein und bezichtigte sie ständig des Ehebruchs, obwohl er bis vor einem Jahr der erste und einzige Mann in ihrem Leben gewesen war. Sogar die Vaterschaft seiner Kinder zweifelte er an und drohte ihr andererseits, sie ihr wegzunehmen, sollte sie eine Scheidung in Erwägung ziehen. Als er sie einmal zu oft geschlagen und dabei als Hure bezeichnet hatte, beschloss sie, seinen Beschimpfungen endlich zu entsprechen. Sie besuchte zum ersten Mal das »Triebhaus«.

Es war eine reine Verzweiflungstat; umso erstaunter war sie, als sie feststellte, dass ihr die neue, freizügige Gesellschaft gefiel. Eine Auffassung, die sich mir bislang noch nicht erschlossen hatte. Im Gegenteil: Je öfter wir uns trafen, desto mehr spürte ich, dass mir unsere Gespräche bald nicht mehr genug sein würden. Und irgendwann konnte ich das brennende Ziehen nicht mehr ignorieren, das sich in meinem Magen einstellte, wenn ich sie wieder alleine im Club wusste. Das, was ich unbedingt hatte vermeiden wollen, geschah: Ich wurde eifersüchtig. Wenn ich nicht aufpasste, würde ich mich bald verlieben.

»Bitte versuchen Sie es später noch einmal«, wünschte sich die Computerstimme von Charlies Mailbox, nachdem ich ein drittes Mal auf Wahlwiederholung gedrückt hatte. Wütend warf ich das Handy auf den Beifahrersitz.

Wenn man dich einmal braucht, dachte ich und konzentrierte mich auf die Straße.

Über unsere ebenso zahlreichen wie merkwürdigen Treffen war ich so etwas wie Charlies Vertrauter geworden. Ein Psychologe, der seine Therapiesitzung ab und an unterbrach, damit sich seine Patientin mit einem ansprechenden Sexualpartner auf der Spielwiese vergnügen konnte, während sich ihr Vertrauter an der Bar an einem Gin Tonic festhielt.

Stundenlang habe ich dir zugehört. Auf dich gewartet.

Heute wäre ich derjenige, der einen Rat von ihr gebraucht hätte, doch ich verwarf rasch den Gedanken, zum »Triebhaus« zu fahren, um nachzusehen, ob ich sie dort antreffen würde.

Scheißegal.

Es war nicht das erste Mal, dass ich es alleine schaffen müsste. Alles, was ich brauchte, war ein Platz, an dem ich zur Ruhe kommen konnte. Wo ich den Kopf freibekam. Einen Ort, an dem mich niemand finden würde, solange ich es nicht wollte.

Kurz, ich musste dorthin fliehen, wo ich mich das letzte Mal vor zwei Jahren versteckt hatte, nachdem ich versucht hatte, meine Mutter umzubringen.

73. Kapitel

(Noch 11 Stunden und 51 Minuten bis zum Ablauf des Ultimatums)

Der erste Schnee fiel anderthalb Stunden später und damit etwas zu früh. Hätte er sich nur ein paar Minuten länger Zeit gelassen, hätte mein Volvo weniger auffällige Reifenspuren auf dem Waldweg hinterlassen. Allerdings bezweifelte ich, dass mir irgendjemand hier raus nach Nikolskoe gefolgt war. Das hügelige Waldgebiet zwischen Berlin und Potsdam war ein beliebtes Ausflugsziel. Doch zum Glück nicht im Winter, wenn sowohl die Fähranlegestelle zur Pfaueninsel als auch die beiden Restaurants geschlossen blieben.

Zuvor hatte ich noch einen Abstecher in meine Wohnung gemacht und mich mit einem Vorrat an Dosenravioli und Mineralwasser eingedeckt. In meiner »Notfalltasche«, die jetzt im Kofferraum lag, befanden sich weiterhin Wäsche zum Wechseln, mein Ersatzhandy mit einer nicht auf mich registrierten Prepaid-Karte (das ich hin und wieder brauchte, wenn ich mit Informanten telefonierte, deren Apparat eventuell von der Polizei überwacht wurde) und mein Laptop.

Wie kommt meine Brieftasche an den Tatort? Scheiße, wie bin ich selbst dorthin gekommen?

Ich versuchte, die Fragen, auf die ich eine Antwort finden wollte, noch so lange zurückzustellen, bis ich mein Refugium erreicht hatte. Natürlich gelang es mir nicht.

Ich konnte sie ebenso wenig ignorieren wie den blinkenden Anrufbeantworter in meiner Wohnung, auf dem Stoya

mehrere aufgeregte Nachrichten hinterlassen hatte. Noch bat er mich, persönlich auf dem Revier vorstellig zu werden, was die Vermutung nahelegte, dass bislang kein Haftbefehl gegen mich vorlag.
Ein kurzer Rückruf bei meiner aufgebrachten Chefredakteurin hatte auch kein Licht ins Dunkel gebracht.
»Wo zum Teufel stecken Sie?«, hatte mich Thea Bergdorf am Telefon begrüßt und dabei noch ruppiger geklungen als sonst.
»Sagen Sie Stoya, ich komme vorbei, wenn ich wieder in Berlin bin«, bat ich sie. Bevor sie mir antwortete, konnte ich hören, wie sie die Glastür zur Großraumredaktion schloss, um mich besser anbrüllen zu können.
»Sie schwingen Ihren Arsch jetzt sofort zurück in die Redaktion, Freundchen. Hier geht es nicht nur um Ihre Existenz, sondern um den Ruf dieser Zeitung. Wissen Sie, was die Leute denken werden, wenn sie nur den Furz eines Verdachts schnuppern, dass es da eine Verbindung zwischen unserem Starreporter und dem Augensammler geben könnte?«
Kein Wunder, dass seine Storys so gut recherchiert waren. Er hat ja selbst für die Fakten gesorgt.
Natürlich wusste ich das. Deshalb war es ja so wichtig, dass ich mich nicht ohne Vorbereitung in die Höhle des Löwen begab. Ich wusste aus eigener Erfahrung, was passieren würde, wenn sich die Polizei erst einmal auf einen Verdächtigen einschoss. Noch dazu auf einen ehemaligen Polizisten, dessen Gewaltbereitschaft aktenkundig war. Die Medien, allen voran die Zeitung, die mich später einstellte, hatten mich als Helden gefeiert, was ich damals ebenso unerträglich gefunden hatte wie die zahllosen Vernehmungen durch die Untersuchungskommission und den Staatsanwalt.

Ich parkte meinen Wagen wenige Meter hinter dem Moorlakeweg an einem Hinweisschild, das das Areal als Wasserschutzgebiet auswies, und stieg aus.
Meine Mutter hatte den Pfad, der zehn Schritte östlich vom Schild begann, nur durch Zufall entdeckt. Sie hatte an der Nikolskoer Kirche spazieren gehen wollen, doch auf der Fahrt war ihr schlecht geworden, und sie musste umgehend anhalten. Während der Druck unter ihrer Schädeldecke nachließ, sah sie sich die Stelle, an der sie sich übergeben hatte, genauer an. Und dabei entdeckte sie den kleinen, vergessenen Forstweg, kaum breiter als ein Kleinwagen, dessen Verlauf in keiner Karte verzeichnet und dessen Zufahrt durch einen querliegenden großen Holzstamm versperrt war.
Es gibt in Berlin viele wunderschöne Stellen am Wasser. Orte, an denen man vergisst, dass man sich in einer Millionenstadt befindet, zum Beispiel, wenn man am Strand sitzt und den Blick über den See zur Pfaueninsel schweifen lässt. Das Problem ist nur, dass diese Plätze niemals abgeschieden sind. Je schöner der Strand, desto bekannter ist er unter den Ausflüglern. Als meine Mutter an jenem Tag von dem Weg zu einem winzigen, nahezu unberührten Uferabschnitt geführt wurde, wusste sie, dass sie eine Rarität gefunden hatte, eine versteckte Oase inmitten der Großstadt. Vielleicht war es auch nur die Tatsache, dass ihre Kopfschmerzen hier schlagartig besser wurden, weshalb sie dieses Refugium für sich bewahren wollte und niemandem außer mir davon erzählte. Damals wussten wir noch nicht, dass es keine Migräne war, unter der sie litt, sondern Polyzythämie, eine unheilbare Blutkrankheit, die das Blut verdickte und ihre Adern verstopfte.
Als sie mich zum ersten Mal dorthin mitnahm, stellte ich

fest, dass sich der Stamm mit wenig Mühe zur Seite rollen ließ. Weitaus störender waren die wilden Brombeersträucher, die seitlich in den Weg hineinwucherten und vor dessen Dornen man sich in Acht nehmen musste.
Heute, all die Jahre später, drehte ich mich zu meinem Wagen, dessen Scheinwerfer noch brannten, damit ich in der einsetzenden Dunkelheit überhaupt etwas erkennen konnte. Abertausende Schneeflocken wirbelten in den mattgelben Lichtkegeln, was die Szenerie märchenhaft wirken ließ. Die Scheinwerfer begannen zu flackern, und diese Unruhe übertrug sich auf mich. Ich sah mich prüfend um.
Außer einem Wildschwein, das in zwanzig Meter Entfernung mit der Schnauze durch das Unterholz stöberte, schien es kein weiteres Lebewesen zu geben. Selbst der allgegenwärtige Lärm der Stadt war verschwunden, als hätte jemand die Tonspur mit den Verkehrsgeräuschen einfach ausgeschaltet.
Also los.
Ich stemmte mich gegen den feuchten Holzstamm, der sich mit einem schmatzenden Geräusch vom Erdboden hob und problemlos zur Seite drehen ließ.
Nachdem ich mich vergewissert hatte, weiterhin ohne Beobachter zu sein, setzte ich mich wieder in meinen Volvo und fuhr im Schritttempo in den Wald. Die Dornenäste der Brombeersträucher kratzten wie Fingernägel auf einer Schultafel am Autolack. Schnee löste sich aus einer Baumkrone und fiel in dichten Klumpen auf meine Windschutzscheibe. Ich schaltete die Scheibenwischer an. Nach wenigen Metern stieg ich wieder aus, um meine Spuren zu verwischen. Ich rollte den Baumstamm zurück in seine Position, drückte die Äste der Sträucher wieder nach vorne und war mir sicher, dass jeder die geheime Zufahrt überse-

hen würde, zumal es an dieser Stelle auch keinen Grund gab, sich umzuschauen. Laut den Wegweisern waren die befestigten Wanderwege, die Kirche, das Restaurant und der Friedhof noch gut einen Kilometer entfernt. Hier gab es keine Freizeitziele, noch nicht einmal einen Parkplatz. Wenn hier jemand anhielt, dann rein zufällig, so wie damals meine Mutter.

Zurück im Wagen, fuhr ich langsam weiter. Nach einer engen Linkskurve stellte ich das Auto ab. Ich stieg aus und löste mit einem Schweizer Taschenmesser die Nummernschilder ab. Damit wirkte mein zerbeulter Volvo wie ein ausrangiertes Wrack, das ein Umweltsünder rücksichtslos in der Natur entsorgt hatte. Der Förster würde gewiss die Behörden verständigen, aber bei diesem Sauwetter ließen die sich hier ebenso selten blicken wie Waldarbeiter. Außerdem hatte ich nicht vor, zu überwintern. Alles, was ich brauchte, waren ein, zwei Tage Ruhe.

Ich legte die Nummernschilder in den Kofferraum, griff mir die Laptop- und die Sporttasche und folgte dem immer schmaler werdenden Pfad. Er lief leicht abschüssig in engen Kurven nach unten, und ich musste aufpassen, dass meine Stiefel den Halt auf dem Boden nicht verloren; besonders die vereisten Baumwurzeln, die dem Weg am Ende eine treppenähnliche Struktur gaben, waren kreuzgefährlich. Zum Glück hatte ich an eine Taschenlampe gedacht und konnte sowohl die Stolpersteine als auch die nassen Tannenzweige sehen, bevor sie mir ins Gesicht klatschten. Mir erschien der Weg länger als bei meinem letzten Besuch, das lag vermutlich an dem schweren Gepäck, das ich geschultert hatte. Denn als ich auf meine Uhr sah, zeigte sie erst 18.42 Uhr an. Ich hatte also nur wenige Minuten für meinen Abstieg zum Wasser gebraucht.

Hier ist es.
Immer, wenn ich hier unten am Ufer ankam, merkte ich, wie viel seelischen Ballast ich mit mir herumschleppte.
Mein Versteck.
Der Ort, an dem es mir gelungen war, die Tragödie so weit hinter mir zu lassen, dass ich heute wieder ein halbwegs normales Leben führen konnte. Selbst bei minus zwei Grad und dichtem Schneefall fühlte ich mich sofort geborgen.
Nicci hätte sicher magische Kräfte oder heidnische Energiefelder für mein plötzliches Wohlbefinden verantwortlich gemacht. Doch für mich gab es eine viel banalere Erklärung: Hier, in dieser verborgenen Bucht, war mir noch nie etwas Schlimmes zugestoßen. Im Gegenteil. Hier hatte ich die schönsten Stunden meines Lebens verbracht, allein mit mir selbst, ohne irgendjemandem Rechenschaft schuldig zu sein.
Deshalb kam ich immer wieder hierher, wenn ich das Gefühl hatte, mir würde mein Leben aus den Händen gleiten. Noch während meiner Zeit bei der Polizei hatte ich den irrwitzigen Plan Realität werden lassen und ein altes Hausboot gekauft, um es hier vor Anker gehen zu lassen.
Der Strahl meiner Taschenlampe erfasste den kleinen, kastenförmigen Holzkahn wenige Schritte vor mir.
Er lag in einem schmalen Seitenarm einer noch engeren Bucht, dicht überwuchert von mehreren Weiden, die mit ihren Laubdächern eine Art natürlichen Carport bildeten, nicht einzusehen vom Wasser.
»Ich bin wieder da«, sagte ich und stellte die Taschen ab. Ein altes Ritual, das auf meine Mutter zurückging. Damals, als sie noch so gut bei Kräften war, dass sie mich begleiten konnte, hatte sie sich immer mit diesen Worten dem Ufer genähert.

Ich bin wieder da.
Ich hatte die Begrüßung nur geflüstert, dennoch hallte meine Stimme meterweit über das Wasser. Bald würde es gefroren sein, und dann war es noch unwahrscheinlicher, dass sich jemand hierher verirrte.
Hier zu diesem Ort, den ich mit niemandem teile. Mein Refugium, dessen Adresse keiner kennt, nicht einmal meine Familie.
Natürlich war es höchst albern, dass ich als erwachsener Mann den Gedanken an ein geheimes Versteck immer noch romantisch fand. Schon als Kind hatte ich mit Kissen und Decken Höhlen unter meinem Hochbett gebaut und mir vorgestellt, ich wäre der einzige Mensch auf der Welt. Damals träumte ich von einsamen Inseln, von selbst gezimmerten Baumhäusern, weit oben in den Wipfeln der höchsten Bäume. Vermutlich erinnerte mich diese Bucht an all die Refugien, die damals nur meine Phantasie bevölkert hatten. Und wenn ich ganz ehrlich war, dann hatte sich die Geheimiskrämerei um diesen Ort mittlerweile verselbständigt.
Lange Zeit war es mir schlicht peinlich gewesen, meinen Freunden gegenüber zuzugeben, dass ich am Wochenende lieber alleine in der Natur meinen Gedanken nachhing, als mich ihren Sprechchören in der Fankurve des Olympiastadions anzuschließen. Später fand ich es einfach beruhigend, über einen geheimen Ort zu verfügen, an dem man mich auch dann nicht suchte, wenn ich unentschuldigt der Arbeit fernblieb. Das erste Mal, als ich das dringende Bedürfnis verspürte, mein Geheimnis mit jemandem zu teilen, war, als ich Nicci kennenlernte, in der ersten Phase des Verliebtseins, in der man seinen Partner selbst dann noch vermisst, während man mit ihm schläft. Ich versprach ihr

einen romantischen Ausflug, auf dem ich sie mit verbundenen Augen zu »meiner Bucht« führen wollte, wo ihr erster Blick auf das von Fackeln illuminierte Hausboot fallen sollte.

Doch aus dem Plan wurde nichts. Mein Käfer gab auf halber Strecke den Geist auf, blieb mitten auf der Kreuzung stehen. Einfach so, völlig ohne Grund, wie der Mann vom ADAC mir später schulterzuckend bestätigte. Er konnte keine Ursache finden, und das Mistding, das mich zuvor noch nie im Stich gelassen hatte, sprang sofort wieder an, als er den Zündschlüssel drehte. Nennen Sie mich einen Idioten. Nennen Sie mich einen Esoteriker. Und vielleicht sind mir Niccis spinnerte Gedankengänge in Wahrheit ja doch nicht so fremd, wie ich immer behaupte. Jedenfalls wertete ich das als Zeichen.

Es soll nicht sein. Ich soll niemanden hierher mitbringen.

Ich sog die kalte Luft ein und ließ den Lichtkegel der Taschenlampe über das fleckige Holz der Vorderfassade wandern.

Der Kahn war seit einer Ewigkeit nicht gewartet worden, und ich befürchtete, dass es eine Weile dauern würde, bis ich den Generator in Gang bekam. Im schlimmsten Fall müsste ich mich mit Kerzen und einem Campingkocher begnügen. Was die Wärme anbelangte, so war auf den alten Holzofen im Wohnzimmer des Hausboots Verlass, und das geschlossene Toilettensystem funktionierte auch ohne Strom.

Ich wollte gerade wieder nach meinen Taschen greifen, da änderte sich mein Gemütszustand abrupt. Das Gefühl von Ruhe und Zufriedenheit war mit einem Mal verschwunden. Das hatte ich hier noch nie erlebt. Ich näherte mich meinem Hausboot mit angespannter Nervosität. Aus der

Nervosität wurde Angst, und diese wuchs mit jedem Schritt zum Ufer hin. Zunächst hielt ich meine Furcht für irrational, da ich mir ihre Ursache nicht erklären konnte, doch dann sah ich es.

Das Glimmen.

Den Grund, weshalb ich auf einmal fliehen wollte. *Fort von meinem Versteck. Von diesem Ort, den niemand kennt.*

Niemand außer der Person, die sich im Inneren des Hausboots gerade eine Zigarette angezündet hatte.

72. Kapitel

Für meinen ersten Artikel in meiner neuen Funktion als Polizeireporter durfte ich ein älteres Ehepaar interviewen, in dessen Wohnung eingebrochen worden war. Das Schlimme an der Tat, sagten sie mir, sei nicht der Diebstahl der Wertgegenstände; ja, noch nicht einmal der Verlust ihrer unersetzbaren immateriellen Güter wie Fotos, Reiseandenken und Tagebücher. Das wirklich Entsetzliche sei, dass sie sich von nun an vor dem Betreten ihrer eigenen Wohnung ekelten.

»Indem sie unsere Schubladen durchwühlten, unsere Wäsche angrabschten, ja, allein, indem sie die Luft in unseren vier Wänden atmeten, haben die Schurken unsere Intimsphäre geschändet.«

Der 72-Jährige hatte damals das Reden übernommen, während seine Frau ihm die Hand hielt und bei jedem Wort zustimmend nickte.

»Wir wurden nicht bestohlen. Wir wurden vergewaltigt.«

Damals hielt ich die Reaktion für maßlos übertrieben. Jetzt, in dem Moment, in dem ich versuchte, die Außenreling geräuschlos zu betreten, verstand ich, was die älteren Herrschaften mir zu erklären versucht hatten.

Wer immer dort im Inneren des Hausboots in der Dunkelheit auf mich wartete, hatte das Gefühl von Geborgenheit, mit dem mich dieser Ort bislang stets begrüßt hatte, zerstört.

Ich klappte die längste Klinge meines Schweizer Taschenmessers auf und schlich die Stufen zum Mitteldeck hinun-

ter. Im Zweifelsfall würde die Stabtaschenlampe ein zusätzliches Verteidigungsmittel sein.
Die robusten Planken knarrten, als ich die letzte Stufe vor der Kabine betrat, die ich mir in wochenlanger Bastelarbeit zu meinem Wohn- und Arbeitszimmer umgebaut hatte.
Wenn sich der Einbrecher noch in der Hauptkabine befand, dann hatte ich ihm den einzigen Fluchtweg versperrt, es sei denn, er sprang durch eines der großen Sprossenfenster in den See. Ansonsten gab es keine Möglichkeit, sich auf Dauer zu verstecken.
Mein Hausboot war nicht größer als eine geräumige Garage. Neben einer kleinen Kombüse und der noch winzigeren Toilette verteilte sich die Grundfläche auf zwei nebeneinanderliegende Kabinen im Mittelschiff, wobei ich gerade vor der geräumigeren von beiden stand, die man durchqueren musste, wenn man in das am Bug des Schiffes gelegene Schlafzimmer wollte. In der Haupteingangstür, die ich all die Jahre unverschlossen gehalten hatte, befand sich etwa in Kopfhöhe eine Glasscheibe, durch die ich jetzt vorsichtig ins Innere spähte.
Abgesehen von dem roten Punkt, der wie ein Glühwürmchen in der linken Ecke des Raumes in der Luft schwebte, lag die Kabine in totaler Finsternis. Das Hausboot lag in seinem natürlichen Hafenversteck von Bäumen und Sträuchern derart abgeschirmt, dass ich Mühe hatte, die Türklinke zu erkennen.
Ich hielt die Luft an, lauschte auf das Pochen meines Herzens und stellte mich auf eine körperliche Auseinandersetzung ein. Als ich mich gewappnet fühlte, riss ich die Tür auf, sprang in die Wohnkabine und brüllte mit aller Kraft:
»HÄNDE HOCH!«
Im selben Moment schaltete ich die Taschenlampe ein und

leuchtete auf das ausladende Sofa, das direkt unter dem Fenster zum See stand.
Mit allem hatte ich gerechnet: mit einem Penner, der es sich über die kalten Tage in meinem Hausboot gemütlich gemacht hatte, oder sogar mit Stoya, dem es irgendwie gelungen war, mein Versteck zu finden, bevor ich es überhaupt erreicht hatte.
Mit allem.
Nur nicht damit.

71. Kapitel

Scheiße, Mann. Sind Sie bescheuert, oder was?«, beschimpfte mich eine junge, mir völlig unbekannte Frau, die es sich in kompletter Finsternis auf meinem Sofa bequem gemacht hatte.

»Erst lege ich mich auf dem Weg hierher zigmal auf die Schnauze, und dann erschrecken Sie mich fast zu Tode.«

Ich hob den rechten Arm und leuchtete ihr direkt ins Gesicht. Zu meiner Verwunderung fing sie weder an zu blinzeln, noch hob sie abwehrend die Hand. Die Unbekannte, die ich auf Ende zwanzig schätzte, blieb ruhig sitzen und starrte stoisch in meine Richtung.

»Wer zum Teufel sind Sie?«, sagte ich und hätte gleich zwei weitere Fragen hinterherschießen können: *Was wollen Sie hier? Wie haben Sie mich gefunden?*

»Na, jetzt platzt mir aber der Arsch.«

Ihre Stimme war tief und etwas brüchig, was sowohl zu ihrer Zigarette als auch zu der eher männlichen Sitzhaltung passte. Sie hatte die Beine breit übereinandergeschlagen, den linken Fuß auf das rechte Knie gestützt.

»Sie behaupten ernsthaft, es wäre lebenswichtig und so, aber dann lassen Sie mich eine geschlagene Stunde hier warten …«

Sie tippte auf eine große Uhr an ihrem Handgelenk, bei der aus irgendeinem Grund das Deckelglas hochgeklappt war, so dass ihre Finger die bloßliegenden Zeiger berührten.

»… und jetzt sind Sie anscheinend auch noch besoffen.«

Völlig verwirrt ließ ich den Strahl meiner Taschenlampe

von ihrem Gesicht an abwärts über den Rest ihres Körpers gleiten.

Sie trug enge, an den Knien eingerissene Jeans, die in schwarzen Fallschirmspringerstiefeln verschwanden. Statt einer Winterjacke hatte sie mehrere verschiedenfarbige Pullover übereinandergezogen. Soweit ich es in dem schwachen Licht erkennen konnte, kleidete sie sich ungewöhnlich, aber nicht ungepflegt.

»Kennen wir uns?«, fragte ich zögerlich.

»Nein.« Sie machte eine kurze Pause. »Deswegen bin ich ja hier.«

Mich beschlich die unangenehme Vorstellung, es mit einer geistig verwirrten Person zu tun zu haben. Das Wannsee-Heim war nicht weit, ebenso wenig wie das Wald-Klinikum für psychosomatische Störungen.

Na, das fehlt jetzt gerade noch.

Wie, um Himmels willen, sollte ich eine psychisch Kranke von hier fortschaffen können, ohne Aufsehen zu erregen?

Vermutlich suchen sie schon nach ihr.

»Hören Sie, ich weiß auch nicht, wer Sie sind. Also bitte, verlassen Sie sofort mein …«

Ich zuckte mitten im Satz zusammen und wich unbewusst einen Schritt zurück.

Scheiße, was war das?

»Alles okay?«, fragte die Fremde, dabei war nichts okay.

Verdammt, irgendetwas hatte sich gerade bewegt, direkt neben dem Sofa. Offenbar war die mysteriöse Frau nicht die einzige Person, die sich auf mein Boot geschlichen hatte.

»Was wollen Sie von mir?«, fragte ich. Allein der Gedanke daran, gleich einem weiteren Eindringling ins Gesicht zu sehen, ließ meinen Puls in die Höhe schnellen.

»Was faseln Sie denn da?«, fragte sie, und ihre Stimme klang, als zweifle sie an meinem Verstand. »*Sie* haben doch *mich* angerufen.«

»Ich?«

Die Absurdität ihrer Aussage verpasste meiner Angst einen kleinen Dämpfer. Sie wirkte jetzt ebenfalls etwas verunsichert.

»Sie sind doch Alexander Zorbach, der Journalist?«

Ich nickte, doch sie wiederholte etwas genervt ihre Frage, vermutlich, weil sie meine Geste in der Dunkelheit nicht sehen konnte.

»Ja, der bin ich. Aber ich habe Sie nicht angerufen.«

Keiner kann das getan haben. Denn es gibt niemanden außer mir, der von diesem Ort weiß. Niemand außer …

Sie seufzte und strich sich eine Locke aus der Stirn.

»Und wer hat mir dann diese Wegbeschreibung zum Arsch der Welt hier durchgegeben?«

Niemand außer meiner Mutter. Aber die wird seit Jahren nur noch von Maschinen am Leben gehalten.

Ich machte den Mund auf, ohne zu wissen, was ich ihr sagen wollte, so unerklärlich erschien mir die gesamte Situation. Doch bevor ich etwas herausbrachte, fand ich in all dem Wust von Fragen eine erste Antwort.

Ich wusste auf einmal, *wer* sich noch mit der Frau auf das Boot geschlichen hatte. Oder besser gesagt: *was.*

Der Strahl meiner Taschenlampe wanderte nach unten, links neben das Sofa und erfasste den Haltegriff auf dem Fußboden.

Der Griff gehörte zu einem Brustgeschirr, in dem ein Hund steckte. *Ein Labrador oder ein Golden Retriever.* Da war ich mir nicht sicher. Dafür wurde mir etwas anderes klar, das eigentlich unmöglich war.

Ich trat dicht an das Sofa heran. Leuchtete der Frau mit meiner Lampe direkt in die Augen.

Ach du Scheiße …

Es gab keinen Zweifel. Alles passte zusammen: die aufgeklappte Uhr, der Hund in dem Brustgeschirr, ihre Aussage, auf dem Weg mehrfach gestolpert zu sein.

Was geht hier vor?

Ich hatte eine Antwort gefunden – und konnte mir nun noch viel weniger erklären, wie diese namenlose Frau auf mein Hausboot gelangt war.

Ich wusste nur, sie würde niemals blinzeln, ganz gleich, wie lange ich ihr in die getrübten Augen leuchtete.

Denn die Frau, die mein Versteck entdeckt hatte, war blind.

70. Kapitel

Draußen hatte der Wind aufgefrischt, in unregelmäßigen Abständen klatschten Wellen gegen den Schiffsrumpf. Bei meiner Ankunft war der Schnee noch lautlos zu Boden gefallen, nichts hatte auf einen nahenden Sturm gedeutet. Jetzt begannen die Planken unter meinen Füßen zu schwanken, und das Wasser schlug mit einem schmatzenden Geräusch an die Außenwand des Hausboots.

»Ich geh dann mal besser«, sagte mein mysteriöser Gast, während ich eine altertümliche Öllampe entzündete, die ich immer gut gefüllt auf dem Fenstersims zurückließ, bevor ich das Boot verließ.

»Halt, nicht so schnell.«

Das schwefelgelbe Licht der Öllampe, die ich vor der Blinden auf den Couchtisch gestellt hatte, flackerte und erzeugte ein Schattenspiel in der gesamten Kabine.

Aus der Nähe betrachtet musste ich meine erste Altersschätzung korrigieren. Die Frau war höchstens fünfundzwanzig Jahre alt, eher jünger. Mein Blick wanderte zu ihren stark verschmutzten Stiefeln. Sie waren an der Seite mit der farbigen Zeichnung einer nackten Japanerin verziert, was gut zu ihr passte, denn ihre straffe Haut, die hohe Stirn und die weit auseinanderliegenden Augen verliehen ihrem Gesicht einen dezenten eurasischen Ausdruck. Das Auffälligste an ihrer Erscheinung waren ihre unzähligen, knallrot gefärbten Rastalocken.

Mein Vater hätte sie wohl als Punk bezeichnet. Meine Mutter wäre in ihrer Einschätzung vermutlich toleranter gewesen, wobei sie sich insgeheim gesorgt hätte, ob die Haare des hübschen Mädchens nicht unter dem ständigen Färben litten.

»Ich bin auch froh, wenn Sie hier bald wieder verschwinden«, sagte ich. »Aber zuerst müssen Sie mir ein paar Fragen beantworten.«

»Zum Beispiel?«

Wer hat Sie angerufen? Von wem haben Sie die Wegbeschreibung bekommen? Und was haben Sie sich davon versprochen, mich hier zu besuchen?

»Fangen wir mal damit an, wie Sie heißen.«

»Alina.«

Sie tastete nach einem schwarzen Rucksack, den sie sich zwischen die langen Beine gestellt hatte. »Ich heiße Alina Gregoriev, und mittlerweile habe ich wirklich die Schnauze voll von diesem Tag.«

Ihr Atem dampfte, und erst jetzt wurde mir bewusst, wie kalt es hier drinnen war. Ich musste unbedingt den Holzkohleofen in Gang bringen, sobald ich wieder alleine war.

»Was wollen Sie hier von mir?«, fragte ich.

»Noch mal zum Mitschreiben, Herr Reporter: *Sie* haben mich zu diesem Selbstmordkommando überredet.«

Alina imitierte mit dem Gegenstand in ihrer Hand einen Telefonhörer und äffte einen imaginären Anrufer nach: »Fahren Sie mit dem Bus bis zum Nikolskoer Weg. Bleiben Sie auf der Straßenseite und gehen Sie bis zur nächsten Einfahrt rechts.«

Das ist unmöglich, dachte ich, während sie mit exakt der Wegbeschreibung fortfuhr, an die ich mich erst vor wenigen Minuten selbst gehalten hatte.

»Von dort aus geht's zu einer Abzweigung. Dann weiter, bis Sie auf einen Querbalken stoßen, blablabla …«

Völlig unmöglich …
»Das war ich nicht«, sagte ich, um Fassung ringend.
Wer außer mir weiß noch von diesem Ort?
Und wer sollte mir und einer Blinden diesen schlechten Scherz spielen wollen?
Ich stutzte und musterte die Frau auf dem Sofa mit neuem Misstrauen. »Sie müssen doch *hören*, dass nicht ich es war, der Sie angerufen hat.«
»Weshalb?«
»Na ja, weil Sie …«
»Weil ich *blind* bin?«, fragte sie und lächelte bitter. »Von einem Enthüllungsjournalisten hätte ich wirklich eine etwas bessere Allgemeinbildung erwartet.«
Sie schüttelte mit gespielter Enttäuschung den Kopf. »Es ist ein albernes Vorurteil, dass *alle* Blinden besser hören könnten. Sicher, wir sind konzentrierter, da wir nicht durch optische Reize abgelenkt werden, und oft kompensieren die anderen Sinne das fehlende Augenlicht. Aber das macht uns nicht automatisch zu Fledermäusen, und außerdem ist es bei jedem Blinden anders.«
Sie griff nach dem Haltebügel für das Geschirr ihres Hundes und stand auf. »Ich zum Beispiel habe nur ein gutes räumliches Gehör. Ich merke an der Reflektion meiner Stimme, dass hier drinnen gerade mal noch ein Bierkasten zwischen meinen Kopf und die Decke passt; und ich weiß auch, dass ich nach etwa vier Schritten gegen eine Holzwand knalle.«
Hört sich irgendwie doch nach Fledermaus an, dachte ich, sagte jedoch nichts.
»Aber Stimmenerkennung ist bei mir gleich null«, fuhr sie fort. »Ich habe schon ein Problem, wenn mich jemand auf der Straße nur mit ›Hallo‹ oder ›Ich bin's‹ begrüßt. Oft

kann ich der Stimme erst nach einer längeren Unterhaltung eine Person zuordnen. Das geht mir sogar mit guten Freunden und langjährigen Patienten so.«
»Patienten?«, fragte ich verwundert, während ich beobachtete, wie Alina an dem länglichen Gegenstand in ihrer Hand zog, der sich als ein Teleskopstab entpuppte.
»Ich bin Physiotherapeutin.«
Sie tastete mit dem Blindenstock nach den Füßen des Couchtisches. »Eher erkenne ich Menschen an ihrem Körper als an ihrer Stimme.«
Sie zog sanft an dem Haltebügel. »Los, TomTom. Zum Ausgang.«
TomTom?, dachte ich kurz und war etwas abgelenkt durch den skurrilen Humor, einen Blindenhund nach einem Navigationssystem zu benennen.
Der Hund reagierte sofort.
»Hey, stopp. Nicht so schnell …«, sagte ich, als Alina einen Bogen um mich machen wollte.
»Ich lasse Sie erst wieder gehen, wenn Sie mir sagen, weshalb Sie gekommen sind. Mag ja sein, dass Ihnen der Mann, der Sie angerufen hat …«
… und der sich als Alexander Zorbach ausgibt. Und der aus irgendeinem Grund mein Versteck kennt …
»… dass dieser Mann Sie hierhergelockt hat. Aber das erklärt noch lange nicht, weshalb Sie sich darauf eingelassen haben.«
Noch dazu in Ihrem Zustand, dachte ich.
»Also, was haben Sie sich davon versprochen, mich hier zu treffen?«
Alina blieb stehen, und ihre Antwort klang etwas erschöpft, als hätte sie mir das alles schon tausendmal erzählt. »Ich hielt es für meine Pflicht, hier rauszukommen. Damit ich

mir später keine Vorwürfe machen muss, nicht wenigstens alles versucht zu haben. Und da ich Ihre Artikel kenne, Herr Zorbach, dachte ich tatsächlich, Sie hätten angerufen, weil Sie an meiner Aussage interessiert sind.«

»Welche Aussage?«

Das Licht der Öllampe reichte nicht bis zu ihr, und so konnte ich keine Empfindungen in ihrem Gesicht ablesen, wobei ich mir ohnehin nicht sicher war, inwieweit das bei sehbehinderten Menschen überhaupt möglich ist.

»Ich war gestern bei der Polizei und habe denen schon alles erzählt, was ich weiß. Aber die Idioten haben mich nicht ernst genommen. Musste meine Aussage bei irgend so einem Deppen machen, der noch nicht einmal ein eigenes Büro hatte.«

»Worum ging es denn?«

Sie seufzte. »Wie ich schon sagte, ich bin Physiotherapeutin. Normalerweise behandele ich überwiegend Stammkunden. Doch gestern kam ein Fremder ohne Termin in meine Praxis. Er klagte über starke Schmerzen im Lendenwirbelbereich.«

»Und?«, fragte ich mit wachsender Ungeduld.

»Also begann ich ihn zu massieren, doch ich kam nicht weit. Ich musste die Behandlung abbrechen.«

»Weshalb?«

Eine Welle ließ das gesamte Boot erzittern. Ich sah zu dem Sprossenfenster zur Seeseite, wo nichts als Dunkelheit herrschte.

»Aus demselben Grund, aus dem wir miteinander reden. Mir wurde auf einmal klar, um wen es sich bei dem Mann handelte.«

»Um wen?« Mein Magen verkrampfte sich, noch bevor ich ihre Antwort hörte.

»Na um den, über den Sie in letzter Zeit so viel geschrieben haben.«

Sie machte eine kurze Pause, in der die Kälte um mich herum zunahm.

»Ich bin mir ziemlich sicher, dass ich gestern den Augensammler behandelt habe.«

69. Kapitel

Das trockene Birkenholz fiel mit einem lauten Zischen in den Ofen, den ich in Windeseile entfacht hatte, als es mir gelungen war, Alina zum Bleiben zu überreden.

Zehn Minuten noch, hatte sie mir zugestanden, weil sie dann zum Bus zurückmusste, der sie wieder in die Innenstadt brachte und der nur ein Mal in der Stunde fuhr. Bis jetzt hatte ich mich noch nicht dazu durchgerungen, ihr anzubieten, dass ich sie mit dem Volvo nach Hause bringen würde. Ich wusste einfach nicht, was ich mit ihr und der gesamten Situation anfangen sollte.

Ich schloss die verrußte Glasscheibe des kleinen Ofens. Gemeinsam mit der Öllampe erzeugte das Flackern des Feuers jetzt das warme Licht, das ich immer so genossen hatte, wenn ich mich hierher zurückgezogen hatte.

Um zu arbeiten. Oder um nachzudenken …

Doch diesmal wollte sich das behagliche Gefühl nicht einstellen, mit dem ich mich sonst an den kleinen Sekretär gesetzt hatte, direkt unter das Sprossenfenster zur Waldseite. Ich war nervöser als in den Sekunden vor Redaktionsschluss, wenn ich meine letzten Zeilen noch tippen und gleichzeitig gegen die Uhr und den Nikotinentzug ankämpfen musste, der sich nach stundenlanger, konzentrierter Arbeit regelmäßig einstellte, seitdem Thea ein Rauchverbot in der Redaktion verhängt hatte.

»Kaffee?«, fragte ich und ging zu der kleinen Kombüse am Kopfende der Kabine. Sie war nicht mehr als eine kleine Bar mit zwei Einbauschränken und einer Spüle.

»Schwarz«, war die lakonische Antwort. Alina wirkte weitaus ruhiger als ich, obwohl ihr doch ebenso viele Fragen wie mir im Kopf umherschwirren mussten. Immerhin war sie mit einem völlig Unbekannten mutterseelenallein im Wald.

Und sie war blind!

Ich setzte den Campingbunsenbrenner in Gang.

»Sie sagten, Sie haben den Augensammler erkannt?«, fragte ich, während ich in den Schränken nach dem löslichen Kaffeepulver suchte. Ich versuchte, jeglichen spöttischen Unterton aus meiner Stimme zu verbannen, was mir nicht leicht fiel. »Das bedeutet, Sie sind nicht vollständig erblindet?«

Seitdem meine Mutter nach einem Schlaganfall ihr Augenlicht verloren hatte, wusste ich, dass es ein weitverbreiteter Irrtum ist, zu glauben, jeder Blinde lebe in absoluter Dunkelheit. In Deutschland gilt man offiziell bereits als blind, wenn man weniger als zwei Prozent dessen erkennen kann, was ein gesunder Mensch sieht. Und zwei Prozent können für den Betroffenen sehr viel bedeuten, auch wenn ich mir nicht sicher war, wie selbst diese geringste aller Sehstärken Alina zu der Erkenntnis verleitet haben sollte, den Augensammler *gesehen* zu haben.

Vier Frauen, drei Kinder – sieben Tote in nur sechs Monaten. Und es gibt noch nicht einmal ein Phantombild des Serienmörders!

Sie schüttelte den Kopf.

»Wie ist es mit Umrissen, Schatten oder Ähnlichem?«, fragte ich.

»Nein. Keine Konturen, Farben, Lichtblitze oder so was. Bei mir ist alles weg. Das heißt …« Sie zögerte. »Alles bis auf meine Hell-Dunkel-Empfindlichkeit. Wenigstens die ist mir geblieben.«

Geblieben.
Also war sie nicht von Geburt an blind.
Das Wasser in der Aluminiumtasse auf dem Campingkocher begann zu kochen, und ich rührte zwei Löffel des Pulverkaffees hinein.
»Eben, als Sie mir in die Augen geleuchtet haben, spürte ich, dass es hell wurde. Das ist so, wie wenn Licht durch einen sehr dicken Vorhang fällt. Man kann nichts dahinter erkennen, aber man fühlt eine Veränderung.«
Sie lächelte.
»Mir hilft das im Alltag sehr. Ich kann zum Beispiel die Tageszeiten unterscheiden. Das ist übrigens der Grund, weshalb ich mir im Flugzeug immer einen Fensterplatz geben lasse. Die meisten Flugbegleiter begreifen nicht, wieso, einer wollte mich schon mal umsetzen, aber ich habe ihm einen Vogel gezeigt. Es gibt nichts Schöneres als die Lichtintensität über den Wolken, finden Sie nicht?«
Ich bejahte ihre Frage, obwohl ich mir eingestehen musste, bei meinem letzten Flug gar nicht aus dem Fenster gesehen zu haben. Die fünfzig Minuten nach München hatte ich dazu genutzt, ein Interview vorzubereiten.
Ich nahm den Kaffeepott vom Bunsenbrenner und trug ihn zur Couch, wo ich ihn neben den Aschenbecher stellte.
»Der Augensammler«, ich zögerte, während ich mich auf einen alten Ledersessel setzte, der im rechten Winkel zur Couch stand. »Wie haben Sie ihn erkannt?«
Wie, wenn alles, was Sie sehen können, ein Schatten auf Ihrer Netzhaut ist?
Sie lächelte. »Das ist die Eine-Million-Euro-Frage, nicht wahr?«
Ich sagte nichts. Nach Tausenden von Interviews hatte ich einen Instinkt entwickelt, der mir sagte, wann ein Ge-

sprächspartner von alleine weiterredete und wann eine Zwischenfrage angebracht war.
»Na, mal sehen, wie lange Sie mir noch zuhören, wenn ich Ihnen gleich die Antwort verrate. Der Polizist gestern hat mich wie eine Bekloppte behandelt. Wollte mich gar nicht erst zu den Ermittlern vorlassen.«
Sie biss sich auf die Unterlippe und sprach dann weiter.
»Ehrlich gesagt, kann ich es ihm nicht mal übelnehmen. Ich glaub's ja selbst kaum.«
»Was glauben Sie nicht?«
Sie sog hörbar die Luft ein. Dann verschränkte sie beide Hände hinter dem Kopf und starrte zur Decke. »Es ist so unfair. Scheiße, ich will das nicht.«
»Was?«
Alina antwortete nicht mehr.
»Was wollen Sie nicht?«, hakte ich nach einer Weile nach.
»Seitdem ich drei bin, seit dem Unfall, der mich erblinden ließ, habe ich darum gekämpft, nicht wie eine Behinderte behandelt zu werden.«
Sie seufzte.
»Damals lebten wir in den USA, in Kalifornien, wo mein Vater als Bauingenieur auf Großbaustellen arbeitete. Er war ein sturer Deutscher, der eine noch sturere russischstämmige Amerikanerin geheiratet hatte. Beide weigerten sich, mich auf eine Sonderschule zu schicken, nur weil ich nichts mehr sehen konnte. Es dauerte ein halbes Jahr, bis meine Eltern endlich die Erlaubnis bekamen, dass ich gemeinsam mit meinen sehenden Freunden auf die Hillwood Elementary gehen durfte.«
Sie lachte leise, während ich die Finger ineinander verschränkte, mit denen ich sonst ungeduldig auf die Polsterlehnen getrommelt hätte. Erst mit einiger Verzögerung

wurde mir klar, wie unsinnig meine Befürchtungen waren, sie könne mir anmerken, dass ich vor Ungeduld platzte.

»Das Kopf-durch-die-Wand-Syndrom haben sie mir übrigens vererbt«, sagte sie mit einer ausladenden Handbewegung, die wohl andeuten sollte, dass sie kaum hier wäre, wenn sie sich nicht immer wieder in waghalsige Abenteuer stürzen würde.

»Ich bin das, was Psychologen eine Extremblinde nennen. Hab mir schon früh das Fahrradfahren beigebracht, bin, sooft es ging, ohne Stock und nur mit Hund gelaufen, und letztes Jahr war ich sogar Skifahren. Scheiße, ich pack mich immer wieder auf die Schnauze, nur damit ich nicht wie eine Aussätzige behandelt werde. Und jetzt passiert mir dieser Mist hier.«

Sie faltete die Hände in ihrem Schoß und presste die Augenlider fest zusammen.

»Es hat nichts damit zu tun, das ich blind bin, okay? Ich habe früher immer wieder versucht, mich jemandem anzuvertrauen. Meinen Eltern, meiner Großmutter, meinem Bruder. Doch nie hat mir jemand geglaubt. Meine Freunde dachten, ich wolle sie veralbern, und meine Mutter machte sich große Sorgen und schickte mich zum Kinderpsychologen. Den hab ich dann angelogen. Hab ihm gesagt, dass ich mir das alles nur ausgedacht habe, um mich wichtig zu machen. Scheiße, ich bin als Blinde schon genug stigmatisiert. Ich wollte nicht auch noch als verrückt gelten und habe von da an nie wieder mit jemandem darüber gesprochen.«

»Worüber?«, drängte ich sie nun doch.

»Ich habe fast zwanzig Jahre geschwiegen, ja? Und ich hätte sicher auch noch weitere zweihundert Jahre mein Maul gehalten, wenn es nicht um die Kinder gehen würde.«

Wieder war der Punkt erreicht, an dem eine Zwischenfrage den Redefluss eher bremsen als fördern würde.
»Ich habe eine Gabe.«
Ich hielt die Luft an. Zwang mich, nicht dazwischenzuplatzen.
»Ich weiß, wie irre sich das anhört. Ich bin selbst keine Esoterikerin. Aber es ist nun mal so, wie es ist.«
Was für eine Gabe?, dachte ich.
»Ich kann in die Vergangenheit sehen.«
»Bitte was?«
So viel zu meiner Selbstbeherrschung. Ich ärgerte mich, dass ich den Mund aufgemacht hatte, und rechnete damit, dass ich den Moment zerstört hatte und sie sich wieder verschließen würde. Aber sie lachte nur resigniert auf.
»Ja, das sind die Momente, in denen ich wirklich gerne mal wieder sehen könnte. Nur, um Ihren Gesichtsausdruck zu studieren. Ich wette, Sie betrachten mich gerade, als wäre ich eine Außerirdische.«
»Tue ich nicht«, log ich, schüttelte ganz langsam den Kopf und bat sie fortzufahren.
»Als Physiotherapeutin habe ich mich auf Shiatsu spezialisiert.«
Shiatsu?
Ich erinnerte mich dunkel an die Massage, die Nicci mir zu meinem fünfunddreißigsten Geburtstag geschenkt hatte. Ich hatte mich auf kräftige Hände gefreut, die mich mit duftenden Ölen und Cremes einrieben und mir bei sanfter Chillmusik die Verspannungen aus dem Nacken kneteten. Stattdessen hatte ich mich auf dem harten Fußboden einer asiatischen Gemeinschaftspraxis wiedergefunden. Eine knöchrige, alte Chinesin begann meine Extremitäten in jede noch so absurde Stellung zu verrenken und bestimmte

Punkte meines Körpers so fest zu drücken, dass mir das Wasser in die Augen trat. Für die energetische Druckpunktmassage benutzte sie nicht nur die Finger, sondern den gesamten Körper, also Knie, Ellbogen, Fäuste und sogar das Kinn. Das alles ließ mich eher gezerrt als entspannt zurück. Am Ende war ich mir sicher, nur knapp einer Querschnittslähmung entgangen zu sein.

»Es passiert mir nur sehr selten, und ich habe bis heute nicht herausgefunden, bei wem oder wann es geschieht. Fakt ist: Manchmal kann ich in die Vergangenheit eines Menschen sehen, wenn ich ihn berühre.«

Aha.

Diesmal hatte ich mich und meine Stimme im Griff. Sie klang völlig neutral, als ich sie fragte: »Und gestern war es wieder so weit?«

Sie nickte. »Gestern sollte ich diesen Mann massieren, aber ich musste abbrechen. Denn kaum hatte ich ihn angefasst, durchzuckte es mich wie ein Blitz. Es wurde hell, heller als jede meiner Erinnerungen an die Bilder aus der Zeit vor dem Unfall, der mir das Augenlicht nahm.«

Sie räusperte sich.

»Und dann war der Blitz weg, und ich sah, was er getan hatte. Mit dem Kind, das schon betäubt war, und mit der Frau.«

Sie hob den Kopf, und ich hatte das unwirkliche Gefühl, dass sie durch mich hindurchsah.

»Scheiße, ich habe gesehen, wie er ihr das Genick bricht.«

68. Kapitel

»Sie haben es *gesehen?*«

Der Ofen verbreitete eine heimelige Wärme, und ich stellte zu meiner Verwunderung fest, dass ich mir die schneidende Kälte zurückwünschte, die mich beim Betreten des Bootes empfangen hatte. Jetzt war mir heiß, der Hals kratzte, und zu allem Überfluss spürte ich einen leisen Druck hinter der linken Schläfe, Anzeichen einer beginnenden Migräne.

Alina nickte. »Wie schon gesagt, ich bin nicht von Geburt an blind. Wäre ich das, hätte ich keinerlei Vorstellungen von Licht, Farbe und Formen. Und in meinen Träumen gäbe es auch keine Bilder, sondern nur Gerüche, Geräusche und natürlich Gefühle.«

Verwundert stellte ich fest, dass ich mir noch nie darüber Gedanken gemacht hatte, wie Blinde träumen. Und mir wurde klar, dass Menschen, die noch nie etwas gesehen hatten, in einer ganz anderen Welt leben mussten als ich. Wenn ich jetzt meine Augen schlösse und dem Wind, den Wellen und den Geräuschen der Äste lauschte, die von außen gegen das Hausboot schlugen, hätte ich trotz der Dunkelheit eine klare Vorstellung von dem Wasser, den Bäumen im Wald und der Form des alten Ledersessels, auf dem ich Platz genommen hatte. Mein Gehirn würde die Bilder, die es jetzt nicht mehr sah, durch Erinnerungen ersetzen. Erinnerungen an eine Realität, die einem Geburtsblinden selbstverständlich fehlten und die er sich nie aneignen konnte.

Ich wandte mich von Alina ab, fokussierte mehrere Schmelzwassertropfen auf der Fensterscheibe und fragte mich, wie man einem Blinden *Schnee* erklären könnte, wenn für diesen noch nicht einmal das Wort »weiß« eine Bedeutung hatte.

»Aber es gab ja einmal eine Zeit, in der ich sehen konnte.« Sie riss mich aus meinen Gedanken. »Auch wenn diese zwanzig Jahre zurückliegt und meine Erinnerungen daran verblassen – wie das Gesicht meines Bruders oder die Aussicht aus unserem Küchenfenster, durch das ich immer geschaut hatte, wenn es regnete. Ja, selbst an den Regen kann ich mich nicht mehr erinnern oder an die Pfützen, in die ich so gerne gesprungen bin.«

Sie machte eine kurze Pause, in der sie nach der Kaffeetasse tastete, die bislang unberührt zwischen uns auf dem Couchtisch gestanden hatte. Es dauerte eine Weile, bis sie den Henkel gegriffen und den Becher zum Mund geführt hatte. Dort hielt sie die Tasse am Kinn und sprach weiter, ohne einen Schluck zu trinken.

»Das einzige Bild, das sich mir unauslöschlich eingebrannt hat, ist das meiner Eltern. Es sind die einzigen Gesichter, die ich wohl niemals vergessen werde, und dafür bin ich dankbar und wütend zugleich.«

»Wütend?«

Alina wirkte abwesend, als sie mir antwortete. »In meinen Träumen und Visionen sehen alle Menschen gleich aus. Sie alle tragen die Gesichtszüge meiner Eltern. Und das ist sehr belastend, das können Sie mir glauben. Denn meistens habe ich Alpträume. Ich sehe so schreckliche Dinge, danach bräuchten normale Menschen eine Psychotherapie.«

Endlich nahm sie einen großen Schluck und seufzte leise. »Es ist eine Sache, wenn Sie davon träumen, wie ein Mann einer Frau eine Plastiktüte über den Kopf zieht und ihr beim Ersticken zusieht. Richtig übel wird es erst, wenn die Frau, der die Augen aus den Höhlen treten, die gierig die Luft nach innen saugt, aber nur Plastik im Mund schmeckt ...« Sie schluckte. »Wenn diese Frau die liebevollen Augen und den warmen Mund ihrer Mutter hat, der jetzt verzweifelt um Gnade fleht. Doch der Mörder wird niemals die Drahtschlinge, mit der er die Tüte um den Hals festgezogen hat, lösen, denn er ist ein geisteskranker Sadist. Und das, obwohl er genauso aussieht wie mein Vater, der mich morgens immer zum Kindergarten gebracht und abends eine Gutenachtgeschichte erzählt hat.«

Ich spürte einen Kloß im Hals und räusperte mich. »Aber es war kein Traum, der Sie hierhergeführt hat?«, fragte ich vorsichtig.

»Nein.« Sie stellte den Becher zurück auf den Tisch. »Ich weiß nicht, wie ich es nennen soll. Vielleicht eine Vision. Oder eher noch eine Rückblende.«

Rückblende?

»Woher kennen Sie den Begriff?«

»Es mag Sie verwundern, Herr Zorbach, aber ich habe einen Fernseher. Und ich benutze ihn sogar, obwohl das immer mühsamer wird. Früher konnte ich einem Tatort noch ganz gut folgen, aber jetzt höre ich in den ersten zehn Minuten immer nur Musik und Geräusche. Ich glaube, die Filme werden immer optischer, kann das sein?«

Möglich. Auch darüber hatte ich mir noch nie Gedanken gemacht.

»Deshalb lade ich häufig John ein, einen alten amerikanischen Freund, der wie ich seit vier Jahren in Berlin lebt. Er ist leider schwul, also läuft da nichts im Bett, aber wenigstens kann er sehen. Und er erklärt mir immer, was passiert. Von ihm weiß ich, dass bei Filmen manchmal in der Handlung zurückgesprungen wird. Die Farbe des Bilds

verändert sich, alles läuft langsamer ab. Und manchmal ist es nur ein kurzer Blitz, ein Flashback, habe ich recht?«
Ich grunzte zustimmend.
»Solche Flashs kenne ich übrigens auch aus erster Hand.«
Ich zog die Brauen hoch. »Sie nehmen Drogen?«
»Selten.«
Sie deutete auf ihre Augen. »Einige Blinde gehen zum Therapeuten, die meisten versuchen, alleine klarzukommen. Ich lenke mich meistens mit Männern ab, aber einmal, als auch das nicht funktioniert hat, habe ich auf ein altbewährtes tiefenpsychologisches Medikament zurückgegriffen.«
Ich lachte und gab ihr zu verstehen, dass ich verstand, was sie mir sagen wollte. Ich hatte vor Monaten einen Artikel über die Geschichte von LSD geschrieben. Das Halluzinogen war Mitte des letzten Jahrhunderts für die psychiatrische Behandlung auf den Markt gebracht worden. Erst in den siebziger Jahren wurde die Gefährlichkeit erkannt und weitere Forschung verboten.
»Ich weiß jetzt, was Sie denken«, sagte sie lächelnd. »Kein Wunder, dass die Alte Gespenster sieht, wenn sie sich regelmäßig die Birne zudröhnt. Aber harte Sachen nehm ich nicht mehr, und in den letzten Wochen hab ich nicht mal einen Joint geraucht. Trotzdem weiß ich, wovon ich rede. Als ich gestern den Augensammler behandelt habe, hatte ich einen Flashback.«
Sie tippte sich an die Stirn. »Ich war in ihm drin. In seinem Kopf. Und ich habe gesehen, was er getan hat.«
Ich beugte mich nach vorne und überlegte, was ich als Nächstes tun sollte. Meine Instinkte rieten mir, das Gespräch an dieser Stelle abzubrechen. Doch ihre wenigen Worte hatten mehr als nur meine journalistische Neugier geweckt.

In meiner Reporterlaufbahn hatte ich es schon häufiger mit extremen Interviewpartnern zu tun gehabt, kein Wunder, hatte ich mich doch auf ungelöste Gewaltverbrechen spezialisiert. Ich hatte mit psychisch gebrochenen Opfern gesprochen, mit geistig verwirrten Triebtätern, die ihre Unschuld beteuerten und mich baten, ich solle die Stimme in ihrem Kopf verhaften. Ich hatte sogar mal einen kleinen Jungen im Krankenhaus interviewt, der der Meinung war, er wäre in einem früheren Leben ein Serienmörder gewesen. Zur Bestürzung seines Anwalts bewies der Zehnjährige seine krude Behauptung sogar in der Realität, indem er die Polizei zu Fundorten von Leichen führte, zu Menschen, die auf exakt die Art und Weise ermordet worden waren, wie das Kind es zuvor beschrieben hatte. Zum Leidwesen von Nicci war dabei allerdings nichts Übersinnliches im Spiel gewesen. Und so war ich mir sicher, dass es auch für Alinas phantastische Behauptungen eine logische Erklärung gab.

So wie es eine Erklärung dafür geben musste, weshalb ich die Stimmen im Polizeifunk hörte. Wieso meine Brieftasche am Tatort gefunden worden war. Und weshalb jemand unter meinem Namen die blinde Zeugin zu mir in den Wald gelockt hatte.

Am wahrscheinlichsten war, dass sie log oder an einer Geisteskrankheit litt.

Zum Beispiel an Schizophrenie?

»Als Sie den Augensammler behandelt haben, Alina«, setzte ich das mysteriöseste Interview meines Lebens fort, »was genau haben Sie da gesehen?«

67. Kapitel

Ich hatte von Anfang an ein schlechtes Gefühl. Der Mann nannte sich Tim und hatte sich anonym über das Kontaktformular auf meiner Homepage angemeldet.«

Tim? Ich spürte, wie mein Magen sich verkrampfte.

»Das kann nicht sein«, flüsterte ich unwillkürlich und löste damit ein Missverständnis aus.

»Erstaunt es Sie, dass Blinde das Internet nutzen?« Sie lächelte nachsichtig. »Es gibt Programme, die uns die Seiten vorlesen, sofern sie richtig programmiert sind. Außerdem hat mein Computer eine Braille-Zeile, die den Text unter meinen Fingern in Blindenschrift umwandelt.«

Alina tastete beim Sprechen den Couchtisch ab. Zuerst dachte ich, sie wollte einen weiteren Schluck Kaffee trinken, dann wurde mir klar, dass sie ihr Feuerzeug suchte. Ich reichte es ihr und wunderte mich, wie kalt ihre Fingerspitzen waren, als wir uns berührten. Ich selbst hatte das Gefühl zu glühen.

»Zurück zu Ihrem Patienten«, bat ich sie.

Zurück zum Augensammler.

»Als er kam, sprach er kaum ein Wort«, sagte Alina und zog eine frische Packung Zigaretten aus ihrem Rucksack, der jetzt wieder zu ihren Füßen stand. Ihr Hund schien ähnlich interessiert wie ich zu beobachten, wie sie mit geschickten Handgriffen die Banderole entfernte, eine Zigarette aus der Packung schüttelte und sich ansteckte.

»Er krächzte nur, sagte, dass seine Stimmbänder entzündet seien und er nicht reden dürfe. Aber ein größeres Problem

sei sein Rücken. Er habe sich verhoben.« Unweigerlich drängte sich das schemenhafte Bild des Mannes vor mir auf, der einen reglosen Körper in ein Versteck trägt.
Eine Rauchwolke waberte zu mir herüber und erinnerte mich an das nutzlose Entwöhnungspflaster auf meinem Arm, das ich jetzt nur zu gerne gegen eine echte Zigarette eingetauscht hätte.
»Ich ging ins Bad, um mir die Hände zu waschen, und als ich zurückkam, knallte ich mit dem nackten Fuß gegen eine schwere Blumenvase.«
Alina zog angestrengt an ihrer Zigarette. Irgendetwas irritierte mich an ihrer Mimik, doch in diesem Augenblick vermochte ich noch nicht zu sagen, was es war.
»Ich war außer mir vor Schmerz«, fuhr sie fort. »Und gleichzeitig verstört. Denn mein Orientierungssinn hatte mich in meiner eigenen Praxis noch nie im Stich gelassen. Ich finde mich sozusagen blind darin zurecht.« Sie lächelte. »Heute frage ich mich, ob es ein Test war.«
»Welcher Art?«
»Vielleicht wollte der Mann herausfinden, ob ich wirklich blind bin.«
Dann wäre der Täter völlig paranoid, dachte ich. Es gab ja bislang noch nicht einmal ein Phantombild von ihm und keinen einzigen Zeugen. Warum sollte der Augensammler ausgerechnet bei einer Blinden auf Nummer sicher gehen, wenn es noch nicht einmal einem Sehenden gelingen könnte, ihn zu identifizieren?
Als hätte sie meine Gedanken gehört, schob Alina eine weitere Erklärung hinterher.
»Allerdings passiert es recht häufig, dass Menschen, die mich noch nicht so gut kennen, unachtsam sind. Ich musste schon dreimal meine Putzfrau wechseln, weil sie sich

nicht streng an meine Auflagen hielt, um Himmels willen nichts zu verstellen.«

Sie drehte den Kopf zu mir, und einen kurzen Augenblick lang wirkte es, als suche sie Blickkontakt.

»Ich wollte mir nichts anmerken lassen und unterdrückte den Schmerz«, fuhr sie fort. »Vermutlich habe ich schon in diesem Moment gespürt, dass mit dem Kerl etwas nicht stimmt, und wollte es so schnell wie möglich hinter mich bringen.«

Sie seufzte, und ihre Augenlider begannen wieder unruhig zu flattern. »Zu Beginn der Shiatsu-Behandlung knie ich hinter dem Patienten, der im Schneidersitz vor mir auf einem Futon hockt. Aus dieser Position heraus stimuliere ich einen Meridian mit dem Ellbogen vom Nacken abwärts bis zu den Schultern.«

Ich grunzte zustimmend, daran konnte ich mich aus eigener, schmerzhafter Erfahrung noch erinnern.

»Ziel dieser Massage ist es, Blockaden zu lösen und die Lebensenergie wieder frei fließen zu lassen. Bis heute belächeln viele diesen Ansatz, aber früher hat auch kaum einer an Akupunktur geglaubt, und heute zahlt es sogar die Krankenkasse.«

Die zahlen auch eine Wurzelkanalbehandlung, und trotzdem mache ich das nicht freiwillig.

»Wie dem auch sei, normalerweise muss sich der Patient danach auf den Rücken legen, und die eigentliche Massage beginnt.«

»Doch dazu kam es nicht?«

»Nein. Denn plötzlich fühlte ich etwas, was ich immer wieder in unregelmäßigen Abständen in meinem Leben durchlitten habe, nur dass es dieses Mal sehr viel schlimmer gewesen ist.«

»Was ist passiert?«

»Ich glaube, so muss es sich anfühlen, wenn man nach jahrelanger Dunkelhaft wieder ans Tageslicht kommt. Ich drückte seine Schulter, und auf einmal brannten stroboskopartige Blitze in meinen Augen. Sie erzeugten ein Wechselspiel aus dunklen Fetzen und hellen Lichtflecken. Am Anfang war es so grell, dass ich zunächst mehr hörte, als dass ich etwas sah.«

»Was hörten Sie?«

»Eine Frauenstimme.«

»Die Ihrer Mutter?«

»Nein, ich glaube nicht. So genau habe ich nicht darauf geachtet. Ich war viel zu entsetzt über die Empfindungen, die plötzlich über mich hereinbrachen.«

»Was hat die Frau gesagt?«

Alina legte ihre Zigarette in den Aschenbecher und griff sich stattdessen den Kaffeepott. »Es war sehr merkwürdig. Ich glaube, sie telefonierte mit ihrem Mann, ich hörte ein elektronisches Piepen, so wie wenn ich mein Telefon auf laut stelle. Dann lachte die Frau und sagte: ›Sorry, aber ich bin ein bisschen durcheinander. Ich spiele gerade Verstecken mit unserem Sohn. Und weißt du, was völlig verrückt ist? Ich kann ihn nirgends mehr finden.‹«

»Sie hat gelacht?«, fragte ich irritiert.

»Ja, aber nicht fröhlich. Eher nervös und gekünstelt. So wie man lacht, wenn einem eigentlich zum Weinen zumute ist.«

»Wie hat ihr Mann reagiert?«

»Der war völlig panisch und sagte nur: ›O Gott. Wie konnte ich nur so blind sein? Es ist alles zu spät.‹«

»Es ist alles zu spät?«

Sie nickte. »Und dann wurde er laut. Seine Stimme bebte

vor Verzweiflung, als er sagte: ›Geh auf gar keinen Fall in den Keller. Hörst du mich? Geh nicht in den Keller.‹«

Sie trank einen Schluck Kaffee. »Das war der Moment, in dem die Lichtblitze nachließen und ich erste, schemenhafte Umrisse meiner Umgebung erkennen konnte. Sie müssen sich das Bild, das sich mir zeigte, wie ein überbelichtetes Foto vorstellen.«

Ich fragte mich, wie sie auf diesen Vergleich kam, als sie ungefragt die Antwort nachschob.

»So hat einmal ein Medium in einer Fernsehreportage seine Visionen beschrieben, und irgendwie habe ich verstanden, was es meinte.«

Ein Birkenscheit knackte hinter der Glasscheibe im Holzofen.

»Der Mann am Telefon sagte: ›Geh nicht in den Keller‹?«, griff ich den Faden wieder auf, nachdem sie eine längere Pause gemacht hatte, in der sie sich nervös durch das Haar gefahren war.

»Das waren seine Worte.«

»Was geschah dann?«

»Dann drehte sich die Frau zu mir, und ich sah in die Augen meiner Mutter.«

»Sie drehte sich zu Ihnen?«, fragte ich verwirrt.

»Ja. Das ist immer so, wenn es passiert. Ich weiß nicht, wieso, aber ich glaube, bei bestimmten, hochenergetisch aufgeladenen Menschen schlüpfe ich quasi durch die Berührung in sie hinein. Es ist, als ertaste ich ein dunkles Geheimnis ihrer Seele.«

Sie hatte sich beim Sprechen etwas von mir abgewandt und schien aus dem Fenster zum See zu schauen. Ich folgte ihrem leeren Blick in die Dunkelheit.

»Also haben Sie Ihre Vision mit den Augen des …« Ich zö-

gerte und konnte für eine Sekunde selbst kaum glauben, dass ich eine so verrückte Frage stellen wollte.
Sie nutzte die Pause, um meinen Satz zu ergänzen: »Ja«, sagte sie und wandte den Kopf wieder zu mir. *»Ich* war der Augensammler. Alles, was von da an passierte, sah ich mit seinen Augen.«
In diesem Moment traf eine größere Welle den Rumpf des Schiffes und ließ den Kaffeelöffel in ihrer Aluminiumtasse klappern.
Die Öllampe flackerte durch den Wind, der sich pfeifend seinen Weg durch die Ritzen des Sprossenfensters gesucht hatte.
»Was geschah dann?«, fragte ich, als die Böe abgeflaut war.
Alina sprach jetzt schneller, als müsse sie sich von einer Last befreien.
»Ich bemerkte, dass ich hinter einer Holztür stand, die nicht verschlossen war, und dass ich die ganze Zeit schon durch den Türspalt in das Zimmer gestarrt hatte, in dem die Frau telefonierte.«
»Was tat sie als Nächstes?«
»Das, was ihr Mann ihr verboten hatte.«
Geh nicht in den Keller.
»›Schatz, du machst mir Angst‹, sagte sie noch und machte einen Schritt auf die Tür zu, hinter der ich stand. Dann geschah das Entsetzliche.«
Unter Alinas geschlossenen Lidern rollten die Augäpfel umher. TomTom hob den Kopf und spitzte die Ohren, als habe die innere Unruhe seiner Besitzerin sich auf ihn übertragen.
»Ich sprang hinter der Tür hervor und schlang ihr ein Kabel um den Hals. Sie erstarrte vor Schreck.«

Alinas Stimme klang belegt. Sie zog die Nase hoch, bevor sie leise flüsterte: »Dann brach ich ihr das Genick.«

Unbewusst hielt ich die Luft an, und auch Alina schien außer Atem, als sie sagte: »Es gab ein Geräusch, als hätte ich ein rohes Ei zerdrückt. Sie war sofort tot.«

66. Kapitel

Was haben Sie mit der Leiche getan?«, fragte ich und griff mir an die Schläfen. Noch waren die Kopfschmerzen zu ertragen, aber ich musste dringend etwas einnehmen, sonst würden sie bald die kritische Grenze überschreiten und mich für Stunden außer Gefecht setzen.

»Ich zerrte sie an dem Kabel nach draußen. Es ging alles so rasend schnell, so als hätte jemand in meinem Kopf einen Film auf Zeitraffer gestellt. Aber das ist typisch für meine Wachträume.«

»Wohin brachten Sie die Tote?«, fragte ich ungeduldig.

»Ich zog sie durch das Wohnzimmer zu einer Terrassentür und schleifte sie in den Garten. Hier war es deutlich kühler, Schnee knirschte unter meinen Füßen. In der Nähe des Zauns, etwas abseits von einem kleinen Schuppen, ließ ich sie schließlich liegen.«

»Einfach so?«

»Nein. Nicht einfach so.« Sie nahm einen letzten Schluck. »Zuvor drückte ich ihr noch etwas in die Hand.«

»Was?«

»Eine Stoppuhr.«

Alles klar.

Meine Geduld war lange genug auf die Probe gestellt worden, und jetzt konnte ich mich nicht mehr zurückhalten. Alles, was sie mir bislang erzählt hatte, hätte sie sich allein aus den Angaben der heutigen Tageszeitungen zusammenreimen können. Selbst einige meiner älteren Artikel hätten dafür ausgereicht. Es war kein Geheimnis, dass die ermordete Frau kurz vor ihrem Tod noch mit ihrem Mann telefoniert hatte. Das hatte eine Überprüfung ihres Anschlusses ergeben und war in den Morgennachrichten breitgetreten worden, ein gefundenes Schlagzeilenfressen nach dem Motto: »Ein letzter Abschied vor dem Tod?« Über den Inhalt des Gesprächs war zwar nichts verlautbart worden, aber das hatte Alina sich ausdenken können. Und die Sache mit der Stoppuhr war schon lange kein Geheimnis mehr. Beim ersten Mord hatte der Beamte der Spurensicherung noch befürchtet, er selbst habe durch die Bewegung der Frauenleiche den Countdown ausgelöst. Später kam heraus, dass die Stoppuhr mit einem simplen Timer programmiert war, der sie automatisch zu einem vom Augensammler festgesetzten Zeitpunkt aktivierte, an dem der Täter davon ausging, dass sein Opfer gefunden worden war. Keine sehr akkurate Methode für einen Mann, der bislang mit Ausnahme weniger Kleidungsfasern keinerlei verwertbare Spuren zurückgelassen hatte. Nach dem zweiten Leichenfund hatte es vier Stunden gedauert, bis der tödliche Countdown startete. Als die Polizei zum dritten Mal einen Tatort des Augensammlers sicherte, tickte die Uhr bereits seit vierzig Minuten in der Hand der Leiche.

»Lassen Sie mich raten …«, sagte ich und gab mir keine Mühe, meinen Sarkasmus zu unterdrücken: »Der Countdown war auf exakt fünfundvierzig Stunden eingestellt!«

Zu meiner Verwunderung schüttelte sie energisch den Kopf. »Nein.«

»Nein?«

Ich starrte auf die Zigarette, die in dem Aschenbecher langsam ausbrannte.

Jedes Kind weiß von dem Ultimatum.

So stand es in allen Zeitungen. Ich war der Erste gewesen,

der darüber schreiben durfte, nachdem Stoya mir die Information vor sechs Wochen zur Veröffentlichung anvertraut hatte.

Alina schnalzte einmal kurz mit der Zunge, und TomTom hob den Kopf. »Ich weiß, was Sie denken. Aber Sie irren sich. Die Zeitungen, das Radio, das Internet, sie alle melden das Falsche. Es waren fünfundvierzig Stunden und sieben Minuten.«

Sie stellte ihre leere Kaffeetasse zurück und stemmte sich aus dem Sofa hoch. »Fünfundvierzig Stunden und exakt sieben Minuten. Und jetzt wird es Zeit für mich zu gehen.«

65. Kapitel

(Noch 10 Stunden und 47 Minuten bis zum Ablauf des Ultimatums)

Wo zum Teufel steckst du?«, bellte Stoyas Stimme in mein Ohr. Doch das wollte ich ihm keinesfalls verraten, nicht, bevor ich begriff, in was für ein Spiel ich geraten war.

Ich stand an Deck meines Hausboots, um ungestört telefonieren zu können, während ich Alina mit dem Versprechen, sie nach Hause zu fahren, zu einer weiteren Tasse Kaffee überredet hatte. Hier draußen war es so dunkel, dass ich noch nicht einmal die Wasseroberfläche unter mir erkennen konnte.

»Das kann ich dir nicht sagen …«, setzte ich an, doch Stoya unterbrach mich sofort.

»Aber *ich* kann das. *Ich* weiß ganz genau, wo du steckst, nämlich ganz tief in der Scheiße, mein Freund. Und du rutschst noch tiefer, wenn du nicht sofort zu mir aufs Revier kommst, um uns endlich ein paar Fragen zu beantworten.«

Was hattest du am Tatort verloren?

Warum haben wir deine Brieftasche dort gefunden?

»Okay, ich versprech es«, sagte ich. »Ich komme bald vorbei. Aber zuvor brauche ich eine Info von dir.«

Stoya lachte entgeistert auf. »Scheiße, Mann. Scholle hat auf der letzten Besprechung vorgeschlagen, dich in die Mangel zu nehmen. Du kannst von Glück reden, dass wir uns so gut kennen und ich nicht gleich zum Staatsanwalt marschiert bin. Aber wenn du jetzt irgendwelche Scheiß-Reporterspielchen mit mir abziehen willst, hört unsere Freundschaft auf.«

Ich fröstelte. Im Augenblick hatte ich jegliches Zeitgefühl verloren und wusste nicht, wie lange ich mich mit der mysteriösen Fremden unterhalten hatte. Auf jeden Fall war die Temperatur seit meiner Ankunft merklich gefallen. Die Haut meines Gesichts spannte wie nach einem Sonnenbrand, und selbst das Atmen tat weh.

»Beruhige dich bitte und sag mir nur, ob gestern eine Blinde bei dir war, die behauptet hat, sie wüsste etwas über den Augensammler.«

»Eine Blinde?«, fragte Stoya nach einer Pause, in der der Wind etwas abgeflaut war und ich ihn besser verstehen konnte. »Verdammt, seit ihr Schreiberlinge dem Augensammler einen Kultstatus verpasst habt wie Hannibal Lecter, versammeln sich doch alle Verrückten Berlins bei mir. Die erzählen mir Geschichten, dafür könntest du beim Zirkus Eintritt verlangen. Gestern Nacht erst ist ein Sozialarbeiter bei uns auf dem Revier aufgetaucht, der mir erklären wollte, dass seine tote Frau ihm die Wohnungstür aufgemacht hat.«

Der Wind wehte mir eine Schneeböe direkt ins Gesicht.

»Also war Alina Gregoriev tatsächlich bei dir?«, fragte ich zögernd.

»Schon möglich.«

Ich wischte mir das Schmelzwasser der Schneeflocken von der Stirn. »Okay, dann sag mir nur noch eins …«

»Das ist jetzt schon die zweite Frage.«

»Das Ultimatum.«

»Was ist damit?«, fragte Stoya ungeduldig.

»Kann es sein, dass du mich angelogen hast?«

Stille. Für einen kurzen Moment hörte ich nichts als das Rauschen der windgepeitschten Äste und die saugenden Geräusche der Wellen am Bootsrumpf. Dann zischte Stoya grimmig in den Hörer: »Worauf willst du hinaus?«
Mein Magen verkrampfte sich wie gestern, als ich im Polizeifunk den Eins-null-Siebener gehört hatte.
Es war eine übliche Praxis der Polizei, tatrelevante Informationen zurückzuhalten oder zu verändern, um Scheingeständnisse entlarven und Trittbrettfahrer aussortieren zu können.
Aber das durfte hier nicht der Fall sein. Denn wenn die Blinde in diesem Punkt recht hatte, würde das ja bedeuten, dass …
»Sieben Minuten«, sagte ich und spürte, wie die Hand, mit der ich das Telefon hielt, zu zittern begann. »Es sind fünfundvierzig Stunden und sieben Minuten, bis die Zeit abgelaufen ist.«
Bis der Vater das Versteck finden muss. Bis die Kinder sterben.
Stoya wusste, dass er sich verraten hatte, als er in diesem Augenblick zu lange mit seiner Antwort zögerte. Deshalb machte er sich auch nicht mehr die Mühe, mich anzulügen, und fragte ganz offen: »Woher weißt du das?«
Ich schloss die Augen.
Das darf nicht wahr sein. Lieber Gott, sag, dass das nicht wahr ist.
»Jetzt pass mal gut auf«, hörte ich die Stimme meines Exkollegen wie aus weiter Entfernung zu mir sprechen. »Erst erscheinst du wie aus dem Nichts am Tatort, dann liegt da auch noch deine Brieftasche, und jetzt bist du im Besitz von Informationen, die selbst meine engsten Mitarbeiter nicht kennen.«

Ich habe mir das nicht ausgedacht. Sie hat es mir gesagt. Alina, die blinde Zeugin, die in die Vergangenheit sehen kann.

Stoyas letzter Satz verstärkte mein Frösteln. »Dir ist doch wohl klar, dass du in dieser Sekunde zu unserem Hauptverdächtigen geworden bist?«

64. Kapitel

(Noch 10 Stunden und 44 Minuten bis zum Ablauf des Ultimatums)

Alexander Zorbach (Ich)

Fast war ich erstaunt, dass Alina noch da war, nachdem ich das Gespräch mit Stoya abgebrochen hatte und wieder unter Deck gegangen war. Dabei wäre es für sie unmöglich gewesen, sich unbemerkt an mir vorbei von Bord zu schleichen.

Raus in die Kälte. In die sturmgeschüttelte Dunkelheit.

Doch ihr Verschwinden wäre nur ein weiteres Glied in der Kette unerklärlicher Ereignisse gewesen, die mir in den letzten Stunden widerfahren waren.

Woher wusste sie von den sieben zusätzlichen Minuten?

Als ich in die muffige Wärme der Wohnkabine trat, saß Alina immer noch auf der Couch und kraulte ihren Hund. TomTom genoss es sichtlich und streckte, auf der Seite liegend, alle Pfoten von sich, damit sein Frauchen besser an Brust und Bauch herankam.

»Können wir los?«, fragte sie ohne aufzusehen, und mir wurde bewusst, dass es gerade die Kleinigkeiten waren, die sehende Menschen oftmals fremdeln ließen, wenn sie mit Blinden kommunizierten.

Das meiste sagen wir nicht mit unserem Mund, sondern mit unserem Körper. Blicke, Gesten, Bewegungen und sogar das leise Zucken der Mundwinkel können ein Kaleidoskop von Emotionen zum Ausdruck bringen, die manchmal das Gesagte unterstreichen, oftmals aber auch konterkarieren. Das betrifft vor allem die Körperhaltung. Unter normalen Umständen gilt es als unhöflich, jemandem nicht in die Augen zu sehen, wenn man mit ihm spricht, und obwohl ich wusste, dass mein Gegenüber blind war, fühlte ich mich dennoch zurückgesetzt, als Alina mir nur ihr Profil zeigte. Dann wurde mir klar, dass sie mir logischerweise das Ohr zuwandte.

»TomTom muss bald gefüttert werden, und ich habe auch nichts im Magen. Es wäre also gut, wenn ich bald nach Hause käme.«

»Ich habe nur noch eine Frage«, sagte ich und wusste in Wahrheit nicht, wo ich ansetzen sollte.

Woher wissen Sie von dem Ultimatum? Niemand kann in die Vergangenheit sehen, also weshalb haben Sie sich diese irre Geschichte ausgedacht? Und wieso ziehen Sie mich in Ihren Wahnsinn mit hinein?

Alina lachte leise auf und hob den Kopf. »Dafür, dass Sie mich erst wie eine Einbrecherin behandelt haben, legen Sie jetzt aber großen Wert auf meine Gesellschaft.«

Ich erwiderte ihr Lachen und gab mir Mühe, unbekümmert zu klingen. »Rein journalistisches Interesse.«

Sie zog die Augenbrauen hoch, und schlagartig wurde mir klar, was mich vorhin an ihren wechselnden Gesichtsausdrücken und eben gerade an ihrer Körperhaltung gestört hatte.

Es war die Tatsache, dass sie überhaupt mit Mimik und Gestik kommunizierte. Meines Wissens waren Freude und Trauer, ja sogar das Hochreißen der Arme nach einem gewonnenen Staffellauf angeborene Verhaltensweisen. Doch wie war das mit den Abstufungen dazwischen? Mit Abscheu, Trauer, Ekel oder, wie in diesem Augenblick, dem Ausdruck nervöser Ungeduld, der Alina geradezu aus dem Gesicht sprang? Mein blinder Obstverkäufer in Kreuzkölln hatte mich einmal gebeten, ich möge ihn darauf aufmerksam machen, wenn er zu mürrisch wirke. Meist sei er nur konzentriert und keinesfalls zornig. Seit jenem Gespräch war ich davon ausgegangen, dass Mimik das Ergebnis eines Lernprozesses ist, indem man bei anderen abschaut. Doch Alina verfügte über so viele nonverbale Ausdrucksformen, dass das nicht stimmen konnte.

Es sei denn, sie lügt nicht nur in Bezug auf den Augensammler ….

»Können wir Ihre Fragen nicht unterwegs besprechen?«, fragte sie, und ich schüttelte den Kopf, obwohl ich den Vorschlag gerne angenommen hätte. Auch ich wollte so schnell wie möglich von hier fort. Die Wahrscheinlichkeit, dass Stoya meinen Anruf zurückverfolgt hatte, war zwar äußerst gering, denn bis vor wenigen Sekunden war ich lediglich ein Zeuge und stand noch nicht auf seiner Fahndungsliste. Doch seitdem Alina hier aufgetaucht war, fühlte ich mich nicht mehr sicher. Mein Problem war nur, dass ich noch zu wenige Informationen hatte, um zu wissen, welchen Schritt ich als Nächstes gehen sollte.

»Draußen ist es im Moment zu gefährlich«, sagte ich wahrheitsgemäß. »Alle paar Sekunden donnern schwere Äste zu Boden, ich würde lieber noch abwarten, bis das Wetter sich etwas beruhigt hat.«

Sie hörte auf, ihren Hund zu streicheln. »Na schön, was wollen Sie noch wissen?«

Woher wussten Sie wirklich von diesem Boot?

Was haben Sie mit dem Augensammler zu schaffen?

Sind Sie tatsächlich blind?

»Setzen wir dort an, wo Sie aufgehört haben«, sagte ich, auch, um meine eigenen Gedanken zu ordnen.

Bei dem Mord. An dem Punkt, an dem Sie der Frau das

Genick gebrochen und die Leiche in den Garten geschleppt haben.

»Was geschah als Nächstes?«

»Sie meinen, nachdem ich der Frau die Stoppuhr in die Hand gedrückt hatte?«

Mir schien, als wandere ein Schatten über ihr Gesicht. Sie hielt die Lider geschlossen, auch die Lippen waren fest zusammengepresst, was ihrem Gesicht einen angespannten Ausdruck verlieh.

»Ich ging zu dem Geräteschuppen«, begann sie langsam, als falle es ihr schwer, eine lang zurückliegende Erinnerung aus den Untiefen ihres Gedächtnisses hervorzuwühlen. »Er war aus Holz, nicht aus Metall, das habe ich gespürt, denn ich habe mir einen Splitter eingerissen, als ich den Querriegel außen zur Seite schob. Außerdem roch es nach Harz, als ich eintrat.«

Sie machte eine kleine Pause, in der sie mit den Fingern der rechten Hand nervös an ihrem linken Daumen zupfte.

»Das gekrümmte Bündel auf dem Boden sah aus wie ein alter Teppich, doch es war ein weiterer Körper. Etwas kleiner und leichter als die Frau, die jetzt tot auf dem Rasen lag.«

»Lebte er noch?«

»Ich denke schon. Es war ein kleiner Junge. Glaube ich zumindest, denn er roch wie mein Bruder Ivan, dessen Gesicht mir leider kaum noch präsent ist. Aber seinen Duft nach Kuchen und Erde, der mir in die Nase stieg, wenn wir gemeinsam gebadet wurden, den werde ich nie vergessen. Ich rieche ihn immer, wenn ich von einem kleinen Jungen träume.«

Oder wenn du ihn entführst.

»Können Sie sein Gesicht beschreiben?«

»Nein, Sie wissen doch: Die einzigen Gesichter, an die ich mich erinnere, sind die meiner Eltern.«
Ich entschuldigte mich für die Unterbrechung und bat sie fortzufahren.
»Ich brachte den Kleinen zu einem Auto, das hinter dem Zaun am Waldrand parkte. Ich glaube, es war frühmorgens, kurz nach Sonnenaufgang. Plötzlich war alles wieder dunkel, und ich dachte schon, die Vision wäre vorbei. Dann gingen zwei rote Lichter im Kofferraum des Wagens an, in den ich den Jungen legte.«
»Was ist mit dem Mädchen?«
»Welchem Mädchen?« Sie wirkte ehrlich erstaunt. »Davon weiß ich nichts.«
»Bitte?«, fragte ich perplex. »Der Augensammler hat zum ersten Mal ein Geschwisterpaar entführt. Die Zeitungen sind voll davon.«
»Die ich nicht lesen kann, falls es Ihnen entgangen ist.«
»Es gibt auch noch Radio und Fernsehen.«
»Und Internet. Danke für den Hinweis.«
»Na, dann müssten Sie doch mitbekommen haben, dass die Polizei nach *zwei* Vermissten sucht. Tobias und Lea, es sind Zwillinge.«
»Habe ich aber nicht, okay?«
TomTom hob den Kopf, alarmiert durch die Wut in der Stimme seiner Besitzerin.
»Ich bin gestern sofort zur Polizei, und dort hat man mich auch schon mit diesem beschissenen Tonfall ausgefragt, den Sie jetzt an den Tag legen. Ich hab sofort gewusst, die halten mich für irre, und als ich wieder zu Hause war, war ich so wütend, dass mich der Rest der Welt mal am Arsch lecken konnte. Ich habe mich mit einer Flasche Wein vor die Glotze gehauen und die Wirklichkeit mit alten Edgar-Wallace-

Filmen ausgeblendet. So lange, bis ich besoffen eingeschlafen bin und heute von dem Bekloppten geweckt wurde, der sich mit mir hier draußen in der Pampa verabredet hat.«

Sie schnaubte wütend durch die Nase. »Und ich dumme Kuh habe mich sogar auf den Weg gemacht, nur um mich hier zum zweiten Mal verscheißern zu lassen.«

Die Öllampe flackerte und erinnerte mich daran, dass es höchste Zeit war, nach dem Generator zu sehen, wenn ich nicht bald mit meinem unheimlichen Gast im Dunkeln sitzen wollte.

»Und das soll ich Ihnen glauben?«, fragte ich.

Alina griff nach dem Bügel ihres Hundes und stand auf. »Scheiße, Sie denken doch ohnehin, dass ich lüge. Aber wenn ich mir meine Geschichte tatsächlich nur ausgedacht hätte, würde ich mich dann wirklich so armselig vorbereiten?«

Sie hatte recht. So verschroben es auch klang, aber gerade die Tatsache, dass sie nichts von dem entführten Mädchen wusste, unterstrich ihre Glaubwürdigkeit. Niemand, der sich mit einer erfundenen Zeugenaussage wichtig machen wollte, würde einen so gravierenden Fehler begehen und das zweite Opfer übersehen.

Es sei denn, auch das wäre Teil eines mir unverständlichen Plans.

»Ich kann nur sagen, was ich gesehen habe«, sagte sie und schulterte ihren Rucksack.

Auch ich stand auf, etwas zu ruckartig, denn auf einmal wurde mir schwindelig. Meine Kopfschmerzen hatten jetzt einen Grad erreicht, den ich mit rezeptfreien Mitteln nicht mehr in den Griff kriegen würde. Zum Glück musste irgendwo zwischen meinem Krempel auf dem Beifahrersitz noch eine angebrochene Packung Maxalt liegen.

»Warten Sie noch«, sagte ich und massierte mir den Nacken. Dieses Mal verzichtete Alina auf den Stock und vertraute allein ihrem Hund, der sie sanft an mir vorbeiziehen wollte. Ich machte eine zurückhaltende Geste, die sie nicht sehen konnte, also hielt ich sie am Ärmel ihres Pullovers fest.

»Was?«, fragte sie nur und drehte den Kopf zu mir. Zum ersten Mal waren wir uns so nahe, dass ich ihr dezentes Parfum wahrnahm. Es roch leicht und nicht so herb, wie ich es erwartet hätte.

»Wieso wollen Sie denn Ihre Zeit mit mir verschwenden, wenn Sie mir ohnehin nicht glauben?«

Ich wollte ihr eine längere Antwort auf die berechtigte Frage geben. Ihr sagen, dass ich schon oft Menschen interviewt hatte, denen ich zuerst nicht glauben wollte und die mich dann eines Besseren belehrten. Und dass es keine Zeitverschwendung wäre, seine Quelle zu überprüfen, ganz besonders, wenn sie so außergewöhnliche Angaben machte wie Alina. Doch plötzlich verschwammen die Bilder vor meinem Gesicht, und meine Augen fühlten sich an, als hätte ich seit Stunden auf einen flimmernden Bildschirm gestarrt. Zudem war mir übel wegen meiner Kopfschmerzen, also beschränkte ich mich darauf, die einzige Frage zu stellen, mit der ich den Wahrheitsgehalt von Alinas Behauptungen endgültig würde überprüfen können: »Wohin haben Sie den Jungen gebracht?«

63. Kapitel

(Noch 10 Stunden und 40 Minuten bis zum Ablauf des Ultimatums)

Tobias Traunstein

Die Wände seines Gefängnisses waren … *weich?* Tobias knetete die Finger, um sicherzugehen, dass sein Gefühl ihn nicht täuschte, was sehr gut möglich war, denn im Augenblick wurden seine Sinne vollständig von etwas anderem in Beschlag genommen: *Durst.* Er hatte keine Ahnung, wie lange er bewusstlos gewesen war, aber es mussten Stunden gewesen sein. Vielleicht Tage. Das letzte Mal, als er mit einem ähnlichen Brennen im Hals aufgewacht war, war am Neujahrstag gewesen, nachdem er den ganzen Silvesterabend zuvor diese blöden Chips in sich reingefressen hatte. Doch damals war es lange nicht so unerträglich gewesen wie jetzt.

Und damals sind mir auch nicht die Arme explodiert.

Er wusste nicht, was ihn eher geweckt hatte. Der unerträgliche Durst oder der pochende, pulsierende Schmerz in den Armen, die sich anfühlten, als hätte er eine ganze Woche darauf gelegen.

Nachdem er eine schweißtreibende Ewigkeit gebraucht hatte, um sich in der dunklen Enge zur Seite zu wälzen und die Hände von seinem eigenen Körpergewicht zu befreien *(länger, als eine Stunde Mathe bei der alten Hertel dauert),* schoss ihm das Blut zurück in die tauben Gliedmaßen. Er begann sich zu kratzen, dort, wo es am meisten brannte: an den Oberarmen, in der Armbeuge und an den Handgelenken. Vor allem die Handgelenke fühlten sich an wie damals,

als er im Nachbarsgarten nach dem Fußball gesucht und in das verdammte Brennnesselbeet gefasst hatte.

»Du darfst nur klopfen, nicht kratzen«, erinnerte er sich an die Mahnung seiner Mutter. *Verdammt, Mama, das hat noch nicht einmal bei einem Mückenstich funktioniert, und jetzt würde ich mir am liebsten die Haut von den Knochen reißen, so scheiße tut das weh.*

Er formte die rechte Hand zu einer Kralle, setzte sie am linken Arm unterhalb des Handballens in Höhe der Pulsadern an und atmete tief durch.

Nur klopfen, nicht kratzen.

Scheiß drauf. Er grub die Fingernägel tief ins Fleisch und stöhnte vor Erleichterung auf, als das Jucken etwas nachließ. Das Gefühl lenkte ihn sogar von seinem Durst ab. Wenn auch nur für wenige Sekunden. Kaum hatte er aufgehört, sich zu kratzen, loderten die Flammen wieder auf, war das pochende Brennen zurück, das ihn im Moment noch wahnsinniger machte als diese undurchdringliche Dunkelheit.

»Hallo?«, rief er und erschrak über den Klang seiner eigenen Stimme.

Verrotzt und verheult.

Dabei wollte er nicht weinen. Es wäre ja wohl schon peinlich genug, wenn seine Freunde entdeckten, dass er in die Hose gemacht hatte, sobald sie ihn hier rausholten. In spätestens zehn Minuten oder so, wenn Jens und Kevin die Lust an ihrem Streich verloren hatten. Denn das war es ganz bestimmt – ein blöder, hirnverbrannter, zehnmalbeschissener Kackstreich!

Was denn sonst, du kleiner Hosenscheißer? Hör auf zu heulen.

Kevin hatte doch immer mit den K.-o.-Tropfen aus der

Apotheke seiner Eltern geprahlt. Jetzt hatten sie sie wohl an ihm ausprobiert, um es ihm heimzuzahlen.
Alles nur, weil ich nach dem Schwimmunterricht Kevins Unterhose in der Mädchenumkleide versteckt habe. Aber das war wenigstens lustig gewesen. Nicht so wie das hier, das war einfach nur …
Tobias versuchte, sich zu strecken, und drückte dabei die Ellbogen in die Seitenwände. Wieder war er erstaunt darüber, dass sie nachgaben. Hatten die Idioten ihn etwa in ein Zelt gesteckt?
Nein. Dafür war es zu eng. Außerdem war die Oberfläche nicht glatt und fühlte sich auch nicht wie Gummi oder wie eine Plastikplane an. Der Stoff war viel rauher, eher wie ein grober Teppich, eine Tapete oder …
Oder ein Sack?
Tobias fing wieder an zu schluchzen, denn jetzt musste er an das Horrorvideo denken, das Jens damals in der großen Pause vorgeführt hatte. Seine Eltern waren stinkreich *(Vater sagt immer, die verdienen mit ihrer Autoglaserei so viel, dass sie sich mit den Scheinen den Arsch abwischen können, wenn das Papier mal knapp wird)*, und deshalb war Jens der Erste in der Klasse, dem seine Eltern das neuste iPhone gekauft hatten, mit dem man sich Videos in Sekundenschnelle runterziehen konnte und so.
Gleich am ersten Tag hatten sich alle hinter der Turnhalle getroffen, und Jens hatte ihnen stolz den Filmausschnitt gezeigt, in dem ein nacktes Mädchen von mehreren Jugendlichen in einen Sack gesteckt wurde. Sie strampelte, wehrte sich mit Händen und Füßen, aber dann war sie endlich drinnen, fest verschnürt. Zuerst lachte Toby mit den anderen, denn es sah wirklich so aus, als tobe ein Bündel Schlangen unter dem Stoff. Doch als der Mann mit der Zi-

garette im Mund lachend einen Benzinkanister über dem zuckenden Sack ausgoss, wurde ihm schlecht. Tobias hatte sich abgedreht und war zum Schulhof zurückgegangen. Allein.

Wahrscheinlich machen sie das Gleiche jetzt mit mir. Weil ich so eine Memme war und nicht hingesehen habe.

»Okay, ihr habt gewonnen«, rief er in die Dunkelheit und stellte sich vor, wie Kevin und Jens sich gerade den Mund zuhielten, damit er ihr Lachen nicht hören konnte.

»Kommt schon, lasst mich raus.«

Keine Antwort.

Er stemmte verzweifelt beide Fäuste in Kopfhöhe gegen den Stoff und fühlte, wie ihm der Schweiß die Stirn hinunterlief. Sein Atem ging schneller, wie nach einem 400-Meter-Lauf, dabei hatte er sich in den letzten Minuten gar nicht mehr so sehr angestrengt.

Hier drinnen kann man ja auch nicht viel machen. Nur Angst haben.

Tobias zog den Rotz hoch und atmete tief durch. Dabei tastete er mit den Fingern, die immer noch so brannten, als tauten sie nach einer Schneeballschlacht wieder auf, die weichen Wände um ihn herum ab.

Zum Glück waren sie nicht feucht, und es roch auch nicht nach Benzin, also hatten sie diesen Teil des Videos ausgelassen.

Bis jetzt.

Plötzlich stieß er auf etwas Kaltes. Ein kleines Stück Metall, das über ihm hing, an der seitlichen Kante seines Stoffsargs, etwa in Höhe des Bauchnabels. Es war so groß wie eines dieser Zippo-Feuerzeuge, die sein Vater am Wochenende immer nachfüllte.

Scheiße, es fühlt sich sogar so an wie ein Zippo.

Nur, dass es garantiert kein Feuerzeug war, denn diese Sorte Feuerzeuge hatte einen Deckel, der sich öffnen ließ, und ein Rad, an dem man drehen konnte.
Und sie hängen ganz bestimmt nicht in der Dunkelheit von einer Stoffdecke herab.
Tobias hielt die Luft an, damit ihn seine eigenen, keuchenden Atemgeräusche nicht ablenkten. Dann, als er die Oberseite des Fremdkörpers abtastete und auf den winzigen Bügel stieß, wusste er, was er in der Hand hielt.
Es ist ein Schloss. So ein kleines, bronzefarbenes Vorhängedingsbums, das ich für die Kette brauche, mit der ich mein Fahrrad abschließe.
Er hustete vor Aufregung. Noch war er sich nicht sicher, was die Entdeckung bedeutete, aber, verdammt noch mal, immerhin *war* es eine Entdeckung. Zum ersten Mal hatte er etwas in der Hand; im wahrsten Sinne des Wortes. Etwas, was ihn hier vielleicht rausbringen könnte.
Also ist es ein Test? Ihr stellt mich auf die Probe?
Tobias rüttelte ungeduldig an dem Schloss, doch nichts geschah, in welche Richtung er es auch riss.
Nicht mit roher Gewalt!, hörte er schon wieder die Stimme seiner Mutter, und diesmal folgte er ihrem Ratschlag. Behutsam tastete er den Gegenstand ab, und als er dessen Unterseite berührte, war er sich auf einmal gar nicht mehr so sicher, ob es wirklich ein Schloss war. Denn Scheiße, wo zum Teufel war die Öffnung?
Die Muschi, wie Kevin den Schlitz nannte, in den der Schlüssel gesteckt werden musste.
Da war zwar ein Spalt, aber der war viel zu gerade, zu glatt. Einfach nur eine Furche, in die sein Fingernagel hineinpasste, ähnlich wie bei einer großen Schraube.
Okay, konzentrier dich. Ist doch egal, wenn der Schlitz fehlt.

Du hast eh keinen Schlüssel. Eine Schraube ist viel besser. Vielleicht muss man die einfach nur aufdrehen, und dann …
Er hustete, fragte sich, ob er schon wieder vergessen hatte zu atmen. Irgendwie bekam er immer weniger Luft hier drinnen.
… und dann kommt hier Licht rein, ich kann diesen Scheißsack oder -stoff oder sonst was wegreißen und wieder richtig durchatmen.
Aber wie? Womit nur sollte er die Schraube in dem Dingsbums lösen?
Er steckte den Daumennagel in die Furche an der Unterseite und versuchte zu drehen, doch alles, was geschah, war, dass er sich beim vierten Versuch den Fingernagel blutig riss.
Scheiße. Ich brauche einen Schraubenzieher. Oder ein Messer.
Er lachte hysterisch.
Na klar, Jens und Kevin haben dir ein Messer reingelegt, damit du den Stoff durchschneiden kannst.
Jetzt hustete Tobias wieder, und auf einmal war er sich sicher, woran es lag, dass er so schwitzte, dass sein Rachen brannte und dass er immer erschöpfter wurde: *Mir geht hier drinnen die Luft aus. Kacke. Ich ersticke langsam, wenn ich nicht bald etwas Hartes finde, das ich in den verdammten Schlitz stecken kann. Moment mal …*
Er schloss die Augen und versuchte, gleichmäßig zu atmen.
Etwas Hartes.
Seine Finger begannen wieder zu kribbeln, als er sich an die Münze in seinem Mund erinnerte, die er vor gut einer Stunde angewidert in die Dunkelheit gespuckt hatte.

62. Kapitel

(Noch 10 Stunden und 19 Minuten bis zum Ablauf des Ultimatums)

Alexander Zorbach (Ich)

Ich weiß nicht, wo ich den Jungen hingebracht habe«, sagte Alina, nachdem sie sich bei mir untergehakt hatte, damit ich sie die Treppe hinauf- und über den schmalen Steg vom Boot hinunterführen konnte. Der Wind hatte etwas nachgelassen.

Wie dünn sie ist, war mein erster Gedanke, während wir in den Wald hineingingen. Trotz ihrer dicken Pullover konnte ich darunter ihre Rippen spüren, und um ihr Handgelenk hätte ich zweimal die Finger schlingen können. Wir blieben kurz stehen, damit ich den Fokus meiner Taschenlampe einstellen konnte, und dabei streifte der matte Strahl ihre Hosenbeine. Mir fiel ein schmutzverkrusteter Riss unterhalb des Knies auf, der mir im Halbdunkel der Kajüte entgangen war und der ganz offensichtlich von einem Sturz auf dem Hinweg rührte.

»Wenn ich wüsste, wo der Junge versteckt ist, wäre ich sicher nicht so dämlich gewesen und hätte nach Ihnen im Wald gesucht«, sagte sie, während ich versuchte, mich neben ihr zu halten, was bei dem engen Weg kaum möglich war. »Dann hätte ich der Polizei ja beweisen können, dass ich keine Spinnerin bin.«

Je weiter wir uns vom Ufer entfernten, desto dichter wurde der Grunewald. Wind und Regen kamen hier kaum noch durch, dafür löste sich Schnee aus den Ästen über unseren Köpfen und verdeckte die gefährlichen, vereisten Stellen des Weges vor uns. Zweimal wäre ich selbst beinahe umgeknickt, einmal konnte ich es nicht verhindern, dass Alina stolperte, nachdem ihr ein dicker Tannenzweig ins Gesicht geschlagen war, den meine Taschenlampe zu spät erfasst hatte. Wieder fragte ich mich, welche Willenskraft ein Mensch haben musste, um sich blind in ein solches Abenteuer zu stürzen, selbst wenn er einen ausgebildeten Führhund an seiner Seite wusste. TomTom marschierte langsam, aber konzentriert den Pfad hinauf und ließ sich weder von dem Knacken der Äste noch von anderen Geräuschen beirren. Die Gegend war bekannt für die zahlreichen Wildschweine, die bei ihrer winterlichen Nahrungssuche durch die Wälder zogen. Doch sollte ein Keiler, ein Fuchs oder ein anderes wildes Tier durch uns aufgestöbert worden sein, so hatte der Retriever sich dadurch nicht eine Sekunde von seiner Fährte abbringen lassen und uns beide sicher und wohlbehalten zu meinem Volvo zurückgeleitet.

»Es ist wie ein Film«, sagte Alina, nachdem sie sich aus meinem Griff gelöst hatte und ohne meine Hilfe in mein Auto eingestiegen war. Ich startete den Motor und beobachtete beim Zurücksetzen, wie sie ein Stofftaschentuch aus dem Rucksack nahm, den sie danach zu TomTom auf die Rückbank warf. Mit dem Tuch wischte sie sich erst über das nasse Gesicht, dann versuchte sie mehr schlecht als recht ihre schneefeuchten Haare abzutrocknen.

Wie ein Film?

Offensichtlich wartete sie darauf, dass ich ihre Feststellung kommentierte, also tat ich ihr den Gefallen, während ich im Schritttempo rückwärtskroch. Nur noch wenige Meter, dann musste ich ohnehin wieder aussteigen, um die Barriere zur Seite zu rollen, die meine geheime Zufahrt blockierte.

»Wovon sprechen Sie?«, fragte ich also.
»Von meinen Rückblenden. So stelle ich mir einen Kinofilm vor. Nur dass ich das Video in meinem Kopf nicht einfach so vor- und zurückspulen kann.«
»Sondern? Wie rufen Sie dann Ihre Erinnerungen ab?«
»Gar nicht.«
Wir hatten das Dornengestrüpp erreicht, das die Grenze zur Ausfahrt auf den Nikolskoer Weg markierte, und ich trat auf die Bremse. »Das verstehe ich nicht. Eben haben Sie mir doch detailliert geschildert, was der Augensammler getan hat, bevor er den Jungen in den Kofferraum legte.«
Sie nickte und schlang sich die Arme fröstelnd um den Oberkörper. Bei der Kälte brauchte die alte Heizung sicher noch fünf Minuten, bis es hier drinnen wieder warm wurde.
»Ich habe keine Ahnung, wieso ich mich immer nur an die ersten Minuten meiner Visionen so gut erinnern kann. Danach franst der Film aus, die Bilder werden unscharf, ganze Sequenzen fehlen. Das Komische ist, dass sich manchmal die Lücken schließen und ich mich Tage später an weitere Versatzstücke erinnern kann. Aber ich weiß nicht, wieso. Das geschieht alles aus sich heraus, aber ich kann die fehlenden Bilder nicht aktiv abrufen, verstehen Sie?«
Nein, tue ich nicht. Ich verstehe im Augenblick gar nichts. Ich weiß nicht, wieso Sie überhaupt hier sind. Und ich verstehe auch nicht, wie es sein kann, dass ich auf einmal der Hauptverdächtige in dem grausamsten Mordfall aller Zeiten bin.
Anstatt ihr eine Antwort zu geben, stieg ich wieder aus und ließ meine Wut an dem Baumstamm aus, den ich mit einem Ruck zur Seite schleuderte.
Scheiße, ich hatte mich hierher zurückziehen wollen, um

etwas Abstand von dem Wahnsinn zu finden, in den ich aus einem unerklärlichen Grund hineingestolpert war. *Und jetzt stecke ich noch tiefer im Schlamassel als zuvor.*
Ich rieb mir die dreckigen Hände an meiner Jeans ab und stieg wieder ins Auto, das jetzt nach Rauch und nassem Hund roch.
Am liebsten hätte ich Alina an den Schultern gepackt und die Wahrheit aus ihr herausgeschüttelt: *Wer hat dich geschickt? Was willst du tatsächlich von mir?*
Doch eine innere Stimme sagte mir, dass das der schlechteste Weg wäre, um das Gestrüpp an Fragen in meinem Kopf zu entwirren.
Und außerdem muss irgendetwas an der Story dran sein. Immerhin hat Stoya das Ultimatum bestätigt.
Ich schluckte eine Maxalt aus der Packung, die ich mir vom Beifahrersitz genommen hatte, bevor Alina eingestiegen war. Dann setzte ich auf den Nikolskoer Weg zurück. Mein Versteck war ohnehin aufgeflogen, also machte ich mir dieses Mal nicht die Mühe, meine Spuren zu verwischen.
»Noch mal von vorn«, sagte ich, als wir die Straße erreicht hatten. »Ihre Visionen sind wie ein Film. Und der ist in dem Moment abgerissen, als Sie den Jungen in das Auto verschleppten.«
»Nein.«
»Nein?«
Ich drehte mich zu ihr. Alina hatte ihre Lider wieder geschlossen und wirkte vollkommen ruhig, als schlafe sie.
»Nicht ganz. Ich kann mich zum Beispiel noch sehr gut daran erinnern, wie ich in das Auto eingestiegen bin und das Radio ansprang, als ich den Motor startete.«
Sie biss sich auf die Unterlippe, dann sprach sie weiter. »*The Cure* sangen *Boys don't cry,* und ich überprüfte im Rück-

spiegel, ob ich eine Schramme oder einen Kratzer abbekommen hatte, doch alles, was ich sah, war das lachende Gesicht meines Vaters, der zum Takt der Melodie auf das Lenkrad trommelte.«

Sie schluckte. »Scheiße, wie ich das hasse, immer meinen Vater zu sehen, wenn irgendein Arschloch jemandem weh tut.«

Eine Zeitlang war nichts außer dem Tuckern des Diesels zu hören, während wir die menschenleere Allee Richtung Zehlendorf fuhren. Bestimmt hatte es eine Unwetterwarnung gegeben, die die Berliner ausnahmsweise einmal ernst nahmen.

»Wie ist es weitergegangen?«, fragte ich, als wir an einer roten Ampel stehenbleiben mussten.

»Keine Ahnung. *Jetzt* beginnen die löchrigen Stellen im Film. Ich weiß noch, dass wir eine Weile bergauf gefahren sind, es gab mehrere Kurven, doch dann stoppte der Wagen wieder, und ich stieg aus.«

»Was haben Sie dann getan?«

»Gar nichts. Ich stand einfach nur da und habe zugesehen.«

»Zugesehen?« Ich fuhr wieder an.

»Ja. Auf einmal lag etwas Schweres in meinen Händen, ich vermute, ein Fernglas oder etwas Ähnliches. Auf jeden Fall verschwamm erst alles vor meinen Augen, und dann konnte ich plötzlich erkennen, was sich einige hundert Meter unter uns abspielte.«

»Was haben Sie gesehen?« Ich konnte kaum glauben, dass ich einer Blinden ernsthaft diese Frage stellte.

Sie drehte sich kurz zu TomTom, der zu hecheln begonnen hatte, und berührte kurz beruhigend seinen wuscheligen Hinterkopf. »Ich sah ein Auto. Es raste die Straße herunter und kam schleudernd in der Auffahrt zum Stillstand. Ein Mann sprang raus, er stolperte und kroch für einen Moment auf allen vieren den verschneiten Kiesweg hoch. Dann verschwand er kurz hinter einem Baum und tauchte direkt vor dem Geräteschuppen wieder auf. Ich sah, wie seine Lippen sich zum Schrei verzerrten, als er den Kopf in den Nacken riss und weinend zusammenbrach, exakt an der Stelle, wo ich die Leiche seiner Frau abgelegt hatte.«

Sie schloss die Augen, allerdings nicht schnell genug, um eine Träne zurückhalten zu können. Vor uns fuhr ein kleiner Geländewagen, in dem Schein seiner roten Bremslichter ähnelte die Träne einem dicken Blutstropfen, der ihr die Wange herunterlief.

»Großer Gott, er schlug sich die ganze Zeit mit beiden Fäusten gegen den Kopf. Immer und immer wieder. Ich konnte nicht hören, was er brüllte, weil er viel zu weit entfernt war. Doch dann ...«

»Was?«

»Dann nahm er auf einmal Kontakt zu mir auf.«

»Wie das?«

Wir näherten uns dem Autobahnkreuz Drei Linden, und ich beschloss, weiter geradeaus Richtung Steglitz zu fahren.

»Der Mann stand auf und sah in meine Richtung.«

»Moment.« Ich griff mir in den Nacken. »Er hat gewusst, wo Sie sind?«

»Ja, ich hatte das unwirkliche Gefühl, als wären wir Komplizen. Immerhin war ich sehr weit von ihm entfernt, und als ich vor Schreck das Fernglas absetzte, konnte ich ihn dort unten nicht einmal mehr als kleinen Punkt erkennen.«

»Aber *er* hat Sie gesehen?«

»So kam es mir vor.«

Der dumpfe Druck hinter meiner Schläfe wurde schlimmer. Das Migränemittel zeigte noch nicht die geringste Wirkung.

Konnte es etwa sein, dass es eine Verbindung zwischen dem Augensammler und Traunstein, dem Vater der entführten Kinder, gab?

Wir passierten die Avus-Auffahrt Richtung Charlottenburg. Hinter mir im Rückspiegel war alles frei, also trat ich auf die Bremse und raste, so schnell es mein Volvo erlaubte, die Potsdamer Chaussee zurück.

»Was haben Sie vor?«, fragte Alina, die die plötzliche Richtungsänderung natürlich bemerkt hatte.

»Wir machen einen kurzen Umweg«, sagte ich, setzte den Blinker nach rechts und bog zur Stadtautobahn ab.

Vielleicht spielt der Augensammler ja nicht alleine sein perverses Versteckspiel.

Es gab nur eine Möglichkeit für mich, das herauszufinden.

61. Kapitel

(Noch 10 Stunden bis zum Ablauf des Ultimatums)

Philipp Stoya (Leiter der Mordkommission)

Laut Hollywood sind Serienmörder überdurchschnittlich intelligent, niemals afroamerikanischer Abstammung und nur in ganz seltenen Ausnahmefällen weiblich.«

Professor Adrian Hohlfort saß in seinem verchromten Rollstuhl und sah ganz anders aus, als man ihn aus dem Fernsehen kannte. Er lächelte nicht, das graue Haar war nicht ordentlich gescheitelt, und auch die schwarze Krawatte fehlte, die er bislang in jeder Talkrunde getragen hatte. Er hatte sich noch nicht einmal rasiert, vermutlich, weil es in seinem Publikum heute Abend niemanden gab, der nach der Show sein Buch kaufen sollte: »Der Serienmörder und ich« stand seit einundsiebzig Wochen auf der Bestsellerliste.

»Sie töten nur innerhalb ihrer ethnischen Gruppe und seien vor allem ein amerikanisches Phänomen. Alles Erkenntnisse, die angeblich auf wissenschaftlicher FBI-Forschung beruhen. Und alles gequirlte Scheiße.«

Stoya warf Scholle einen mahnenden Blick zu, der links neben ihm am Besprechungstisch saß und vergeblich versuchte, ein Gähnen zu unterdrücken. Anders als sein Partner, der Profiling für Hokuspokus hielt, vertraute Stoya auf die Fähigkeiten des Sechzigjährigen, der in seiner wissenschaftlichen Laufbahn zahlreiche Serientäter persönlich befragt hatte.

Weitaus mehr noch als Zorbach.

Privat mochte ihm der querschnittsgelähmte Psychologe zutiefst unsympathisch sein. Beruflich stand sein Können außer Frage. Auch wenn ihre vorausgegangenen Treffen in den letzten Wochen noch nicht sehr ergiebig gewesen waren, so hatte er ihnen früher oft hilfreich zur Seite gestanden. Und jetzt hatten sie endlich einen konkreten Verdacht und wollten die Meinung des Experten dazu hören.

»Professor Hohlfort, das letzte Mal sagten Sie, wir sollten nach einem Durchschnittstypen suchen, der eher zurückhaltend ist und nicht in der Öffentlichkeit steht.«

»So ist es. Vergessen Sie Hannibal Lecter. Der ist die Erfindung eines Schriftstellers und hat mit der Wirklichkeit ungefähr so viel gemein wie ich mit einem Hürdenläufer.«

Hohlfort gab den Felgen seines Rollstuhls einen leichten Klaps und grinste als Einziger über seinen Scherz.

»Serienmörder sind die Verlierer unserer Gesellschaft. Wir suchen nicht nach dem überragenden Antihelden, sondern nach jemandem, der mit sich und seinem Schicksal hadert. Ein Nischenmensch, wie ich ihn nenne. Nach außen hin völlig normal, eher unscheinbar; nach innen jedoch komplett unberechenbar.«

Stoya machte sich eine sinnlose Notiz auf dem Block vor ihm. »Könnte er ein Journalist sein?«

Hohlfort zuckte mit den Achseln. »Serienmörder gehen den unterschiedlichsten Berufen nach, arbeiten in einer Tankstelle, als Busfahrer oder Anwalt, stapeln Dosen im Supermarkt oder sind Beamte.«

Der Professor warf Stoyas Partner einen spöttischen Blick zu.

»Vielleicht arbeiten sie sogar bei der Polizei.«

Scholle stöhnte auf und drehte sich zu seinem Kollegen.

»Komm, Philipp, wir verplempern hier nur unsere Zeit. Die Weisheiten von dem Onkel sind ungefähr so konkret wie mein Horoskop.«

Wenn die despektierlichen Worte den Professor geärgert hatten, dann ließ er es sich nicht anmerken. Er stützte beide Ellbogen auf die Armlehnen seines Rollstuhls und zeigte den Polizisten mit unbekümmerter Miene seine Handflächen.

»Ich bin nicht hier, um Ihre Arbeit zu erledigen, meine Herren. Sie sind die Ermittler, nicht ich.« Er bedachte Stoya mit einem Blick, der ihm auch ohne Worte sagte, dass selbst der beste Profiler nichts ausrichten könne, wenn es den Beamten noch nicht einmal gelang, das Versteck zu finden, in dem der Augensammler die verschleppten Kinder gefangen hielt und ermordete.

»Und ich habe auch keinen Computer bei mir, den Sie mit Informationen füttern können, damit er per Knopfdruck das passende Täterprofil ausspuckt«, fügte Hohlfort hinzu. »Ich kann Ihnen lediglich ein weiteres Puzzlesteinchen liefern. Es ist Ihre Aufgabe, es an die passende Stelle zu setzen.«

Stoya warf Scholle einen strengen Blick zu, dann bat er den Professor, mit seinen Äußerungen fortzufahren, worum dieser sich nicht lange bitten ließ. Wenn ihm etwas gefiel, dann, andere an seinem unerschöpflichen Wissen teilhaben zu lassen. Vorausgesetzt, sie stellten es nicht in Frage.

»Um auf Ihre Frage nach dem Beruf des Täters zurückzukommen …« Hohlfort fixierte einen unsichtbaren Punkt an der schmucklosen Decke des Raumes und setzte eine nachdenkliche Miene auf. »Alles, was ich sagen kann, ist: Der Augensammler plant gerne und hat vermutlich beruflich mit Projekten mit festen Abgabeterminen zu tun. Er

ist daran gewöhnt, Dinge zu einem festgelegten Zeitpunkt zum Abschluss zu bringen.«
Stoya musste an die Kaffeetasse auf Zorbachs Schreibtisch in der Redaktion denken, auf der stand: *Kreative haben keine Arbeitszeiten, nur Deadlines.*
»Und der Täter verfügt zumindest über rudimentäre medizinische Kenntnisse.«
Stoya nickte widerstrebend. Die Augen waren nicht professionell, aber auch nicht stümperhaft entfernt worden, und der Täter hatte die Betäubungsmittel so dosiert, dass sie bis zum Ablauf des Ultimatums wirkten. Zumindest deutete das Fehlen äußerer Gewaltmerkmale darauf hin, dass die Kinder bewusstlos gewesen waren, als sie ertränkt wurden. Stoya versuchte hin und wieder, Trost in diesem Gedanken zu finden, was ihm jedoch nie gelang.
»Auf jeden Fall hat er die Planungs- und Annäherungsphase schon lange hinter sich gelassen«, dozierte Hohlfort weiter. »Sonst wäre der Ablauf nicht so gleichmäßig, so routiniert. Wir können davon ausgehen, dass der Täter schon vor Jahren auffällig geworden ist.«
Zum Beispiel, als er eine Frau auf einer Brücke erschoss?
»Ich hab da eine Frage zu dem Auslöser«, fragte Stoya in einige der wenigen Lücken, die der Professor beim Reden ließ. »Könnte der Augensammler mit seinen Taten ein Trauma verarbeiten?«
Hohlfort nickte heftig. »Ich würde sogar wetten, dass der Täter eine psychologische Krankenakte hat. Leider hat er uns bislang keine verwertbaren DNA-Spuren oder Fingerabdrücke hinterlassen. Somit ist uns damit nicht geholfen, und wir müssen den klassischen Weg der Tätereingrenzung gehen. Und der beginnt mit der entscheidenden Frage nach seinem Motiv!«

Der Professor lächelte zum ersten Mal sein Fernsehgrinsen und hob beide Hände, als wolle er sich ergeben. »Ab hier verlasse ich den wissenschaftlich festen Boden und begebe mich auf das schwammige Feld der Spekulation.«

Für Scholle schien damit der Schlusspfiff ertönt zu sein, und er machte Anstalten, den massigen Körper vom Stuhl zu wuchten. Doch Stoya bedeutete seinem Partner, sich noch ein wenig zu gedulden. Auch er wollte hier raus, nicht zuletzt, weil das Zeug, das er erst vor zehn Stunden geschnupft hatte, langsam seine Wirkung verlor und er dringend einen neuen Kick brauchte. Doch das musste warten.

Ich muss erst sicher sein, dass wir wirklich in die richtige Richtung jagen.

Im Gegensatz zu Scholle, für den der Schuldige bereits feststand, sprengte der Gedanke Stoyas Vorstellungskraft, ein ehemaliger Kollege könnte für die widerlichste Mordserie seiner Laufbahn verantwortlich sein. Doch nachdem Zorbach plötzlich am Tatort aufgetaucht war, dort seine Brieftasche gefunden wurde, obwohl all seine Taschen von einem Ganzkörperoverall bedeckt gewesen waren, und er noch dazu über konkretes Täterwissen verfügte, war er im Augenblick ihr heißester Kandidat. Dass er einerseits von dem konkreten Ultimatum wusste, andererseits aber keine Angaben zum Modus Operandi – dem Ertränken – gegeben hatte, wertete Scholle nur als »die Taktik eines Psychopathen, die ein gesundes Hirn ohnehin nie verstehen wird«.

Stoya war das zu billig, dennoch unterstützte er natürlich die Suche nach Zorbach, die bereits auf Hochtouren lief. Im Moment wurde seine Wohnung durchsucht, und der Volvo war zur Fahndung ausgeschrieben. Es war nur eine

Frage der Zeit, bis man ihn finden würde. Zeit, die Stoya jetzt dafür nutzen musste, sich auf das Verhör mit ihm vorzubereiten.

»Spekulieren Sie bitte«, bat er deshalb den Professor und sah auf seine Armbanduhr.

Nicht einmal mehr zehn Stunden.

»Was genau will der Augensammler mit seinen Morden erreichen?«

60. Kapitel

(Noch 9 Stunden und 41 Minuten bis zum Ablauf des Ultimatums)

Alexander Zorbach (Ich)

Nichts an der verschlafenen Siedlung am Rande des Grunewalds deutete darauf hin, dass hier erst vor wenigen Stunden ein brutales Verbrechen verübt worden war. Es schien, als habe der Neuschnee nicht nur die Dächer, Straßen und Vorgärten, sondern auch die Erinnerung an die grauenhafte Tat verdeckt. Wenn ich es nicht besser gewusst hätte, hätte ich dies für den sichersten Ort der Welt gehalten. Eine Gegend, in der Eltern ihren Kinder Namen geben, die auch in einem Ikea-Katalog nicht weiter auffallen würden: Tombte, Sören, Noemi, Lars-Alvin, Finn. Kinder, deren Fernsehzeiten streng limitiert sind und die nicht vom Fußballplatz, sondern von der Klavierstunde zurückerwartet werden, während die Erwachsenen am Gartenzaun über den besten Rasendünger diskutieren und welcher Nachbar seinen Hund schon wieder in den Wirtschaftsweg kacken hat lassen, ohne die Schweinerei wegzumachen, obwohl der Gemeindevorstand überall diese blauen Boxen mit Wegwerfbeuteln angebracht hat. Eine Gegend, in der der größte Skandal der letzten Jahre war, als der alte Becker im Zikadenweg mit einer zwanzig Jahre jüngeren Asiatin zum Straßenfest erschien. *Und jetzt das!* Ich fuhr im Schritttempo und sah in die erleuchteten Fenster. In einigen stand bereits die erste Weihnachtsdekoration: handbemalte Nussknacker, eine Holzkrippe, einfarbige Lichterketten. Nichts Buntes und Grelles wie in den ärmeren Bezirken, keine blinkenden Weihnachtsmänner auf den Dächern, keine Halogenrentiere vor der Garage. Im Westend feierte man zurückhaltend.

Und langweilig, wenn man mich fragte.

»Wir treffen uns am Kühlen Weg«, sagte ich in mein Handy.

»Du meinst am Tatort?« Frank klang nicht gerade begeistert, wieder meinen Laufburschen spielen zu müssen.

»Genau dort.«

»Und was ist es diesmal?«

»Dein Auto.«

»O bitte, sag mir, dass das jetzt nicht dein Ernst ist.« Frank lachte künstlich. »Du bist auf der Flucht, richtig?«

»Nein. Ich bin nur vorsichtig.«

»Erzähl mir nichts, ich bin doch nicht blöd. Ich weiß, warum Thea und der Rest der Chefetage gerade im Konferenzraum zusammenhocken. Die Polizei ist dir auf den Fersen, und jetzt wissen sie nicht, ob sie die Story unter den Tisch kehren oder auf Seite eins bringen sollen.«

Zorbach unter Mordverdacht. Wie nah kam unser Starreporter dem Augensammler wirklich?

Ich sah die Schlagzeilen schon vor mir und ahnte, dass Thea die Flucht nach vorne plante, während die Geschäftsführung den Imageschaden und die Kosten eines Zivilprozesses gegenrechnete, sollte ich die Zeitung später wegen Rufschädigung verklagen.

Falls es mir gelang, meine Unschuld zu beweisen.

»Nicht ohne Grund musste ich Big Mama Thea schwören, mich sofort zu melden, wenn du anrufst«, sagte Frank.

»Tu das nicht.«

»Keine Sorge. Ich spiel in deinem Team, also werde ich nichts sagen. Aber ich werde dir auch nicht mein Auto geben, nur weil dir deins zu heiß geworden ist.«

Seine Bemerkung erinnerte mich daran, dass ich Idiot vergessen hatte, die Nummernschilder wieder anzuschrauben. Bislang hatte ich mehr Glück als Verstand gehabt. Wenn ich die Zeit nutzen wollte, die mir noch blieb, bis sie mich fanden, musste ich ab sofort etwas geschickter vorgehen. Und dazu zählte, dass ich mir ein Auto besorgte, das noch nicht auf irgendeiner Fahndungsliste stand.

»Wieso stellst du dich nicht einfach?«, wollte Frank wissen. »Ich meine, wenn du nichts getan hast, kann dir doch nichts passieren.«

Das Problem ist, ich kann denen nicht erklären, wieso ich am Tatort war, wie meine Brieftasche dorthin kam und weshalb ich von dem Ultimatum weiß.

»Gegenfrage: Was würdest du tun, wenn sich bei dir plötzlich eine Zeugin meldet, die behauptet, sie habe den letzten Mord des Augensammlers beobachtet?«

»Kein Scheiß?«

Ich verschwieg ihm, dass es sich bei meiner Zeugin um ein blindes Medium handelte, das die letzten Kilometer neben mir erschöpft mit dem Kopf am Fenster gelehnt hatte. Vermutlich war der Ausflug zum Hausboot für sie doch anstrengender gewesen, als sie zugeben wollte.

»Mann, das wär die Story des Jahrhunderts.«

O ja, und was für eine. Du wirst es nicht glauben …

»Also bring mir dein Auto.«

Frank seufzte. »Hey, die Karre gehört meiner Oma. Die bringt mich um, wenn ich auch nur einen Kratzer in ihren Toyota bügel.«

»Ist ja gut, Frank, ich pass auf. Wir treffen uns in zehn Minuten.« Ich hatte das Ende der Straße erreicht und legte auf.

»Wir sind da«, sagte ich zu Alina, nachdem ich den Volvo

mit zwei Reifen auf dem gepflasterten Bürgersteig abgestellt hatte. Wir parkten vor dem Vordereingang der kleinen Stadtvilla, in deren Garten gestern Vormittag Thomas Traunstein die Leiche seiner vierzehn Jahre jüngeren Frau Lucia gefunden hatte. Das cremegelb verputzte Backsteinhaus mit der reetgedeckten Garage war das einzige in der Straße, in dem keinerlei Lichter brannten. Stockfinster. Selbst die beleuchtete Hausnummer war abgeschaltet.

Alina streckte sich und gähnte. Dann befreite sie ihre Armbanduhr von den Ärmeln ihrer zahlreichen Pullis und öffnete den Deckel über dem Ziffernblatt.

»Was wollen wir hier?«, fragte sie schläfrig.

»Herausfinden, ob Sie schon mal hier gewesen sind.«

Ich öffnete die Fahrertür, und ein Schwall eisiger Luft schwappte ins Auto. TomTom richtete sich auf der Rückbank auf und begann zu hecheln.

»Sie meinen, Sie wollen herausfinden, ob ich den Ort in meinen Visionen schon einmal gesehen habe?«

Die Windschutzscheibe beschlug von ihrem Atem.

Ja. Warum nennen wir den Wahnsinn nicht beim Wort? Ich will wissen, ob eine blinde Zeugin hier einen Mord gesehen hat.

Ich stieg aus. Meine Augen begannen zu tränen, als ich mich gegen den Wind stellte und in die Richtung sah, wo die Straße zum Waldweg wurde, der an mehreren Sportplätzen entlang direkt zur Teufelsseechaussee führte.

Und damit zum Teufelsberg.

Ich rief mir Alinas Beschreibung in Erinnerung und fragte sie: »Wie lange hat es gedauert, bis Sie den Hügel erreicht hatten?«

»Ich weiß noch, dass wir eine Weile bergauf gefahren sind, es gab mehrere Kurven …«

»Keine Ahnung«, sagte sie. »Haben Sie denn ein Zeitempfinden, wenn Sie träumen?«
Nein. Aber in meinen Träumen verschleppe ich auch keine kleinen Kinder.
Ich hob den Kopf und sah schräg in den schwarzgrauen Himmel in die Richtung, in der ich den Teufelsberg vermutete. Der Hügel ist eine ehemalige Mülldeponie, ein von Wald und Wiesen überwucherter Schuttberg, aufgetürmt aus den Trümmern der Häuserschlachten des Zweiten Weltkriegs. Heute dient er den Berlinern als Naherholungsgebiet, die dort spazieren gehen, Drachen steigen lassen oder mit ihren Schlitten die Hänge herunterjagen. Ich fragte mich, ob man von seiner Spitze aus bei Tageslicht einen Blick auf den Garten der Traunsteins hätte. Im Dunkeln konnte ich das nicht erkennen, aber selbst mit einem Fernglas in der Hand erschien mir der Teufelsberg dafür viel zu weit entfernt.
Na, was dachtest du denn, du Idiot?, fragte ich mich in Gedanken und drehte mich zur Villa. *Hast du wirklich geglaubt, an der verrückten Story der Blinden sei was dran?*
Ich lehnte mich mit dem Rücken an meinen Wagen und überlegte mir die nächsten Schritte. Der Vorgarten war nur durch einen niedrigen Zaun gesichert, den ich zu meinen besseren Zeiten locker übersprungen hätte. Auch heute dürfte er kein größeres Hindernis für mich darstellen.
»Ich will ja nicht meckern«, sagte Alina hinter mir. »Aber es ist jetzt kurz vor neun, und ich bin immer noch nicht zu Hause. TomTom hat Hunger und muss mal kacken.« Sie lachte. »Und ich übrigens auch.«
Ihr Grinsen ließ keinen Zweifel daran, worauf sich ihre letzte Bemerkung bezog.
»Warten Sie hier, es dauert nicht lange.«

»Wohin wollen Sie?«, hörte ich sie noch rufen, aber ich hatte die schmale Straße schon überquert und lief an der Garage vorbei zum Wald. Nach wenigen Metern bog ich links in einen schmalen Pfad, eine Schneise, die sich Fußgänger und Radfahrer freigetreten hatten und die parallel zum hinteren Zaun des Grundstücks verlief. Noch zehn Schritte, dann blieb ich stehen.

Hier hatte ich gestern schon einmal gestanden, im strömenden Regen, nur einen Steinwurf von dem quaderförmigen Gerätehäuschen entfernt, dessen schräges Flachdach jetzt von einer dicken Schneedecke überzogen war.

Wenige Meter davon entfernt, dort, wo Lucia Traunstein auf dem Rasen gelegen hatte, war das Gebiet immer noch weiträumig mit Absperrband umgeben. Auch das Planenzelt über dem Fundort der Leiche hatte die Spurensicherung noch nicht abgebaut. Ob die Tür zum Schuppen versiegelt war, konnte ich aus der Entfernung nicht erkennen, war mir dessen aber sicher.

»Er war aus Holz, nicht aus Metall, das habe ich gespürt, denn ich habe mir einen Splitter eingerissen, als ich den Querriegel außen zur Seite schob. Außerdem roch es nach Harz, als ich eintrat.«

Ich kniff die Augen zusammen, aber in der Dunkelheit war es unmöglich zu erkennen, ob Alinas Beschreibung auf den Geräteschuppen der Traunsteins zutraf.

Also dann …

Ich rüttelte an dem grünlackierten Metallzaun, dessen Streben mit Beton im Boden verankert waren, damit die Wildschweine sich nicht darunter hindurchwühlen konnten. An seinem oberen Ende waren sie wellenförmig nach vorne gebogen, was das Klettern nicht leichter, aber auch nicht unmöglich machte. Ich wollte gerade meinen Fuß ansetzen und mich hochziehen, als ich es seitlich neben mir klappern hörte. Das Geräusch erklang erneut, als ich den Zaun wieder losließ. Ich drehte mich nach rechts und rüttelte noch einmal an dem Zaun, um mir sicher zu sein.

Kein Zweifel. Ich ging den Zaun entlang, und dann sah ich es: Die Gartentür war nicht abgeschlossen. Besser gesagt, sie *war* es, aber jemand hatte den Riegel außerhalb der Türzarge vorgeschoben, so dass das Tor nicht ins Schloss fallen konnte.

Wie kann das sein? Das ist ein Tatort.

Selbst wenn alle Spuren bereits gesichert waren, hätte er niemals so offen zugänglich sein dürfen.

Verwundert schob ich die Tür mit meinem Schuh auf und sah zu Boden.

Die Fußspuren, die sich vor mir über den Rasen bis zur hinteren Seite des Geräteschuppens erstreckten, konnten von verschiedenen Personen stammen. Von dem Vater, der in den Wald gestürmt war, um seine Kinder zu suchen, einem Polizisten oder einem Beamten der Spurensicherung, der sich vergewissern wollte, dass der Gartenzaun auch richtig abgeschlossen war und der dabei einen Fehler gemacht hatte. Selbst für die ganz frischen Spuren im Schnee, die, die nur in eine einzige Richtung wiesen, gab es sicher eine harmlose Erklärung.

Es sei denn, sie stammten von dem Unbekannten, dessen Taschenlampe gerade im Erdgeschoss der Villa aufgeblitzt war, etwa zwanzig Meter von der Gartenlaube entfernt.

59. Kapitel

Kein Holz. Für die Fertigung des Schuppens waren ausschließlich Metall und Plastik verwendet worden, allerdings gab es einen Querriegel. Ich dachte kurz darüber nach, ob es etwas zu bedeuten hatte, dass Alinas Vision zumindest in diesem Punkt mit der Realität übereinstimmte, dann wurde ich wieder von dem flackernden Licht hinter dem großen Terrassenfenster abgelenkt.

Um nicht selbst als Einbrecher aufzufallen, ging ich ohne Vorsichtsmaßnahmen direkt auf die Villa zu. Jemand, der sich geduckt an ein Gebäude heranschleicht, ist für einen zufällig aus dem Fenster blickenden Nachbarn um ein Vielfaches auffälliger als ein Mann, der selbstbewusst und mit großen Schritten über den Rasen marschiert.

Erst als ich an dem Fenster angelangt war, presste ich mich hinter einen Mauervorsprung und spähte durch einen dünnen Gardinenvorhang hindurch in das Innere der Villa. Sofort korrigierte ich meinen ersten Verdacht. Keine Taschenlampe. Kein Einbrecher. Das in unregelmäßigen Abständen aufflackernde Licht, das ich vom Schuppen aus gesehen hatte, kam von einem Projektor, der an der holzvertäfelten Decke des Wohnzimmers befestigt war. Abgesehen von dem Film auf der Leinwand gab es keine weitere Lichtquelle.

Ich konnte noch nicht einmal erkennen, ob es Zuschauer gab, die auf einem der U-förmig angeordneten Sofas Platz genommen hatten, um …

… ja, um was zu sehen?

Ich kniff die Augen zusammen, doch die Leinwand über dem Kamin blieb grau. Bis eben noch hatte sie einen schlecht ausgeleuchteten Schwarzweißfilm gezeigt: verwackelte Bilder, auf denen man nur mit einiger Phantasie ein geräumiges Badezimmer mit zwei Waschbecken, einem Klo nebst Bidet und Duschkabine ausmachen konnte. Doch dann hatte jemand, absichtlich oder aus Versehen, etwas vor die Linse der Kamera gelegt, *vermutlich ein Handtuch,* jedenfalls war das Badezimmer verschwunden, weshalb Traunsteins Wohnzimmer jetzt wieder in Dunkelheit lag.

Ich überlegte gerade meine nächsten Schritte, als ich das Kichern hörte. Es war sehr verrauscht und durch das verschlossene Fenster gedämpft, aber immer noch laut genug, um völlig unpassend zu wirken; Lachen gehörte hier nicht hin, nicht in das Wohnzimmer eines Mannes, dessen Frau ermordet und dessen Kinder entführt worden waren und dem nur noch wenige Stunden Zeit blieben, um sie lebend wieder zurückzubekommen.

Der Projektor schoss wieder einen helleren Lichtstrahl auf die Leinwand, und jetzt beschränkte sich der unsichtbare Kameramann nicht mehr nur auf die leblosen Badezimmerarmaturen. Das Handtuch war verschwunden und der neue Aufnahmewinkel so eingestellt, dass eine Eckbadewanne zu sehen war, in der eine Frau mit dem Rücken zur Kamera gewandt saß und sich die Haare hochsteckte.

Bevor ich erkennen konnte, was mich an diesem Bild so beunruhigte, schob sich ein nackter Männerhintern ins Bild und verdeckte fast das gesamte Sichtfeld. Das Kichern, das eben schon leicht frivol geklungen hatte, bekam einen eindeutigen Unterton, als der Mann sich an die Badewanne stellte und die Schultern der Frau zu massieren begann.

Seine leicht nach vorne gebeugte Körperhaltung ließ vermuten, dass er sich nicht mit den Schultern begnügte.
Auf einmal fühlte ich mich schmutzig, wie ein Voyeur, der in die Intimsphäre eines Fremden eingedrungen war und kurz davor stand, eine Schwelle zu überschreiten, die eine Rückkehr in ein anständiges Leben unmöglich machte. So schäbig hatte ich mich schon einmal gefühlt, unmittelbar vor der Hochzeit, als Nicci unglaublich viele Überstunden machen musste und in mir eine irrationale Angst gewachsen war, sie könne eine Affäre haben. Meine Version von Torschlusspanik. Damals hatte ich das Handy, das sie über Nacht immer auf dem Schuhschrank im Flur ablegte, bereits in der Hand gehabt. Ich wusste nicht, was mich schließlich doch davon abgehalten hatte, ihre SMS durchzusehen. Heute, Jahre später, war ich froh, es nicht getan zu haben, auch wenn ich den leisen Zweifel an ihrer Treue nie hatte abschütteln können. Ich war anständig geblieben, und das war mir viel wichtiger. Umso mehr war ich nun peinlich berührt davon, dass ich am Tatort einer Familientragödie durch ein Wohnzimmerfenster spannte und den Hausherrn dabei ertappte, wie er sich einen privat gedrehten Pornofilm auf einer Großbildleinwand ansah.
Auch wenn ich Traunstein bislang nicht entdeckt hatte, so war ich mir doch sehr sicher, dass die halbleere Flasche Bourbon auf dem Glastisch neben dem Ledersessel ebenso zu ihm gehörte wie der überquellende Aschenbecher daneben.
Ich ging zu der Terrassentür und blieb unschlüssig vor ihr stehen. Zögerte, so wie damals, als ich kurz davor gestanden hatte, Niccis Handy aufzuklappen und nach dem Mitteilungsmenü zu suchen. Doch heute, so wusste ich, würde ich einen Schritt weiter gehen.

Mag sein, dass es nur die Hirngespinste einer Blinden sind, die mich hierhergeführt haben, dachte ich, während ich die Hand ausstreckte. *Mag sein, dass Alina einfach nur verschroben ist und der Vater nichts mit dem Verschwinden seiner Kinder zu tun hat.*

In der festen Erwartung, dass die Tür verschlossen sein würde, drehte ich den kalten Messingknauf.

Aber irgendetwas ist hier faul.

Dann, als die Tür zu meinem Erstaunen nachgab und lautlos ins Wohnzimmer hineinschwang, schob ich noch eine billigere Ausrede für meine Neugier hinterher: *Und ich wäre ein schlechter Journalist, wenn ich den Dingen nicht auf den Grund gehen würde.*

58. Kapitel

Ich hatte Thomas Traunstein in dem Moment erkannt, in dem er sich zu mir herumdrehte. Er trug den gleichen Anzug, in dem er gestern Nachmittag vor die Presse getreten war, um die Bevölkerung um Mithilfe bei der Suche nach seinen Kindern zu bitten. Jetzt sah der hellbraune Zweireiher allerdings aus, als hätte er in ihm geschlafen. Das Revers war zerknittert und an mehreren Stellen fleckig, was unpassend wirkte für den Besitzer der größten Reinigungskette Berlins.

Aber lange nicht so unpassend wie das gesamte Szenario hier.

Zuerst hatte Traunstein mein Eintreten nicht gehört. Erst als ich mich räusperte und danach seinen Namen rief, reagierte er, indem er etwas linkisch versuchte, sich aus einem tiefen Lehnsessel hochzudrücken.

Vergeblich. Die halbe Flasche Bourbon hatte ihn jeglicher Kraft beraubt.

»Was'n los?«, nuschelte er gedehnt, als ich vor ihm stand. In den alkoholtrüben Augen spiegelte sich die tumbe Aggressivität von Betrunkenen wider, die nur nach einem Vorwand suchen, um eine Schlägerei vom Zaun zu brechen.

»Das Gleiche könnte ich Sie fragen«, antwortete ich mit Blick zur Leinwand, auf der die Bilder immer eindeutiger wurden. Die Frau in der Wanne hatte sich jetzt umgedreht und presste, den Kopf in Hüfthöhe, beide Hände an die Pobacken des Mannes. Bis jetzt sah man nichts, was das Fernsehen nicht bereits am Nachmittag ausstrahlte, aber das nahm dem Film nicht seinen anstößigen Charakter. Es war gewiss nicht verboten, sich in seinen eigenen vier Wänden einen Pornofilm anzusehen, selbst dann nicht, wenn man erst vor wenigen Stunden zum Witwer geworden war und sein eigen Fleisch und Blut in den Händen eines Wahnsinnigen wusste.

Es ist nicht verboten. Aber es ist auch nicht richtig.

»Haben Sie nichts Besseres zu tun?«, fragte ich ihn.

Er fuhr sich durch die wirr abstehenden Haare und glotzte mich an, wobei ich mir nicht sicher war, ob sich sein verständnisloser Blick auf meine Frage bezog oder darauf, wer zum Teufel in seinem Wohnzimmer stand.

»Woll'n se?«, fragte er nach einer längeren Pause. Ich hatte mich inzwischen umgesehen, in welcher Richtung die Küche lag, wo ich Kaffee aufsetzen konnte, um den Mann wieder auf die Beine zu bekommen.

»Wir müssen reden«, erklärte ich knapp.

»Worüber?«, bellte er zurück. Er blinzelte müde und machte keine Anstalten, sich den Sabberfaden vom Kinn zu wischen.

»Darüber, ob Sie vielleicht etwas wissen, was uns zu dem Mann führt, der Ihre Frau ermordet hat.«

Ob Sie kurz vor dem Mord mit ihr telefoniert haben. Ob Sie sie tatsächlich davor gewarnt haben, in den Keller zu gehen.

»Lucia war 'ne Hure!«, stieß er keuchend hervor. »Eine dreckige Hure.«

Ich zuckte zusammen, als hätte Traunstein mich mit seinen hasserfüllten Worten geohrfeigt.

»Hat nur rumgefickt. Da.« Er griff zu einer Fernbedienung auf dem Beistelltisch und drehte mit einer angesichts seines Zustands erstaunlichen Treffsicherheit den Ton lauter. Das

Stöhnen ließ keinen Zweifel daran, was die beiden Personen in der Eckbadewanne trieben.
»Mein Haus«, lallte Traunstein. »Das ist mein Haus. Mein Badezimmer. Meine Frau.« Er lachte hysterisch. »Sogar meine beschissene Kamera. Aber der Wichser da …«, er machte eine abfällige Handbewegung zur Leinwand, auf der der behaarte Männerhintern wieder das gesamte Bild in Beschlag nahm, »… der bin ich nicht.«
»Hören Sie, Ihre Eheprobleme gehen mich nichts an«, versuchte ich zu beschwichtigen.
Eigentlich geht mich hier gar nichts etwas an. Ich jage nur den Visionen einer Blinden hinterher.
»Aber sollten Sie nicht lieber bei der Suche nach Ihren Kindern helfen?«
»Nach Lea? Nach Toby? Zum Teufel.«
Ich dachte erst, ich hätte mich verhört, aber dann wiederholte er es und spuckte tatsächlich auf den Boden. »Drecksbälger! Sind nicht von mir!«
Er ließ die Fernbedienung fallen und schaffte es auf einmal doch, sich aus dem Sessel zu wuchten. Mit einer Hand an der Lehne stand er auf wackeligen Beinen und sah mir in die Augen. Er stand kurz vor einem Nervenzusammenbruch.
»Nicht von mir. Verstehst du?«
Nein, tat ich nicht. Um ehrlich zu sein, verstand ich in diesem Augenblick noch gar nichts. Die Wahrheit sollte mich allerdings schon wenige Sekunden später mit ungebremster Wucht überfahren, ungefähr in dem Moment, in dem auch Traunstein langsam zu begreifen begann.
»Verdammt, ich weiß, wer du bist«, krächzte er, noch mit zögerndem Unterton, dann fixierte er mich eingehend.
Etwas Beunruhigendes bahnte sich langsam, aber sicher den

Weg durch seine alkoholvernebelten Gedankengänge. Traunsteins Gesichtszüge veränderten sich, spannten sich ebenso an wie der Rest seines bislang schlaffen Körpers.
»Hab deine Brieftasche heute gefunden. Deinen Ausweis gesehen.«
Ich nickte. Nicht, um ihm zuzustimmen, sondern weil sich auch in meinem Kopf die Puzzlesteine langsam zusammenfügten.
Jetzt wusste ich, weshalb mich die kichernde Frauenstimme schon auf der Terrasse so beunruhigt hatte. Weshalb mir Traunsteins Persönlichkeit so bekannt vorkam, obwohl ich dem Mann noch nie in Fleisch und Blut gegenübergestanden hatte. Aber das war auch nicht nötig, denn er war mir in so vielen Erzählungen beschrieben worden, dass ich ein facettenreiches negatives Bild von ihm in meinem Kopf abgelegt hatte, das in allen Details mit der Wirklichkeit übereinstimmte. Selbst seine unflätige Wortwahl war mir vertraut.
»Lucia war eine dreckige Hure. Die Drecksbälger sind nicht von mir.«
»Scheiße, du bist der Zeitungsfuzzi, der schon mal eine Frau erschossen hat. Und jetzt hast du meine auf dem Gewissen!«
Traunstein stand jetzt so nah vor mir, dass ich seinen faulen Atem riechen konnte, eine Mischung aus Whiskey und Zigaretten.
»Du warst es. Du hast es getan.«
Ich wich zurück, und der Blick auf die Leinwand brachte mir das letzte Fünkchen grässlicher Gewissheit.
Ihr Bild war bislang nicht veröffentlicht worden. Vielleicht, weil die Fotos ihrer entführten Kinder aufmerksamkeitsstärker waren und die Presse sich das Foto der Frauenleiche

noch für die Tage aufheben wollte, in denen es keine neuen Informationen über den Augensammler gab. Vielleicht war es mir aber auch einfach nur entgangen, schließlich war ich in den letzten Stunden von der Bildfläche verschwunden gewesen.

Verdammt, ich war viel zu sehr mit mir selbst beschäftigt.

Die Frau war aus der Wanne gestiegen. Ihre langen, hochgesteckten Haare hatten sich wieder gelöst und fielen ihr nach vorne über die kleinen Brüste, und als sie in die Kamera lachte, presste die Faust der Erkenntnis jegliche Freude aus meiner Seele.

Bitte, lieber Gott, lass es nicht wahr sein, dachte ich und begriff, weshalb sie auf meine Anrufe nicht reagiert hatte. Wir würden uns nie wieder in zweifelhaften Etablissements verabreden können, nie wieder unsere intimen Gespräche fortsetzen.

Uns nie ineinander verlieben.

Ich wollte gleichzeitig weinen und schreien, doch ganz gleich, was ich tat, es würde nichts daran ändern.

Charlie war tot.

Und ich würde ihr bald folgen, wenn mich die Kugel aus der Waffe traf, die ihr Ehemann gerade auf mich richtete.

57. Kapitel

(Noch 9 Stunden und 17 Minuten bis zum Ablauf des Ultimatums)

Philipp Stoya
(Leiter der Mordkommission)

Hohlfort war in seinem Element. Er lächelte wieder sein selbstgefälliges Talkshowgrinsen und schien trotz seiner Behinderung ein durch und durch glücklicher Mensch zu sein. Glücklich darüber, unerfahrene kleine Polizisten mit seinen Theorien über Motive und Tathergang vertraut zu machen. Stoya fragte sich, ob auch er irgendwann die Zeit und Ruhe finden würde, um seine beruflichen Erfahrungen in einem Buch ausschlachten zu können. Jeder Idiot schrieb heutzutage eine Biographie, gab Autogrammstunden auf der Buchmesse und hielt seine Fresse in die Kamera. Warum sollte es nicht auch ihm vergönnt sein, sein Gehalt und nicht zuletzt sein Ansehen in der Öffentlichkeit etwas aufzupolieren, sobald er den Mist hier hinter sich gelassen hatte?

»Wir können mit Sicherheit davon ausgehen, dass es in der Prägungsphase des Mörders ein Schlüsselereignis gab, vermutlich ein traumatisches Erlebnis. Häufig wurde der Täter als kleines Kind gequält, misshandelt oder missbraucht.«

»Na klar, der Augensammler ist das eigentliche Opfer. Die Standardausrede jedes Verbrechers«, höhnte Scholle. Er war aufgestanden, um die Heizung etwas niedriger zu drehen. In dem fensterlosen Besprechungszimmer des Reviers war es fast unmöglich, die richtige Temperatur einzustellen. Im Sommer sorgte die nachträglich eingebaute Klimaanlage für Schüttelfrost, und im Winter bekam man in den überheizten Räumen Kopfschmerzen.

»Richtig, fast jeder Straftäter stammt aus problematischen Verhältnissen, und deshalb hilft uns diese allgemeine Erkenntnis auch nicht viel weiter.« Hohlfort griff nach seiner Aktentasche, die er neben dem Rollstuhl abgestellt hatte, und stellte sie sich auf den Schoß. Mit schnellen Handgriffen hatte er sie geöffnet und eine dicke Handakte hervorgezogen, die er jetzt aufgeschlagen vor sich auf den Tisch legte. »Aber zum Glück geben uns diese Verstümmelungen wichtige Anhaltspunkte.«

Er drehte die Akte so, dass Stoya und Scholle die grässlichen Fotos der Mordopfer sehen konnten.

Als ob ich die kleinen Körper und die leeren Augenhöhlen jemals vergessen könnte, ärgerte sich Stoya über diese theatralische Geste des Professors.

»Anhaltspunkte?«, forderte er Hohlfort ungeduldig auf, konkreter zu werden.

»Jeder Täter hat ein Ziel. Es mag einem normalen Menschen nicht begreiflich sein, aber dennoch ist es vorhanden. Und im Fall des Augensammlers ist es sogar recht offensichtlich.«

»Klar doch«, polterte Scholle und zeigte wütend auf die Akte. »Er ist ein sadistischer Pädophiler. Ihm geht einer ab, wenn er kleine Kinder quält.«

»Falsch. Dagegen spricht das Fehlen jeglicher Missbrauchsspuren bei den Opfern.« Hohlfort schüttelte schulmeisterlich den Kopf. »Und eine Sexualstraftat würde auch nicht das Entfernen des linken Auges erklären, oder?«

Die Frage war zwar an Scholle gerichtet, den der Professor jetzt offenbar auf dem Kieker hatte, dennoch gab Stoya die

Antwort: »Täter, die die Augen ihrer Opfer bedecken, begehen meistens eine symbolische Handlung und wollen das Geschehene wieder rückgängig machen. Sie können den Anblick ihrer Tat nicht ertragen und schließen den Ermordeten stellvertretend für sich selbst die Augen.«
»Doch dann hätte der Augensammler *beide* Augen herausgeschnitten«, entgegnete Hohlfort und hob das Foto des ersten Opfers, der kleinen Karla Strahl, hoch, um es den beiden Ermittlern zu präsentieren. Stoya unterdrückte den dringenden Wunsch, sich abzuwenden, und starrte stattdessen dem alten Profiler direkt in das solariumgebräunte Gesicht.
»Also sammelt er Trophäen?«, fragte Scholle.
Hohlfort verzog amüsiert die schmalen Lippen. »Trophäen, Andenken, Belohnungen – das sind immer die ersten Vermutungen, die ein Profiler in billigen Krimis anstellt, wenn dem Opfer ein Körperteil fehlt.« Er schüttelte energisch den Kopf. »Nein, ich denke, der Name Augensammler hat uns in die Irre geführt. Er ist kein Sammler.«
»Sondern?«
»Ich würde ihn eher als Transformator bezeichnen. Der Täter stellt einen Zustand her. Er verändert das Wesen der Kinder, transformiert sie zu Kyklopen.«
»Ky… was?« Scholle hatte wieder Platz genommen, lehnte sich auf dem Stuhl nach hinten und begann zu kippeln.
»Ihnen mag der eingedeutschte Begriff Zyklop geläufiger sein. Jenes Sagenwesen, dessen auffälligstes Körpermerkmal ist, nur über ein Auge zu verfügen.«
Hohlfort befeuchtete kurz mit der Zunge die Oberlippe. Stoya musste an eine Eidechse denken.
»Auch wenn Sie sicherlich bestens mit der griechischen Mythologie vertraut sind«, fuhr der Professor mit süffisan-

tem Lächeln in Scholles Richtung fort, »so erlaube ich mir dennoch einen kleinen Exkurs.«

Er legte das Foto der ermordeten Karla zurück und schloss die Handakte.

»Die ersten und wohl berühmtesten Zyklopen waren die Kinder von Uranos und Gaja, wobei Gaja, wie wir alle wissen, für die Mutter Erde steht. Mit Uranos, dem Gott des Himmels, zeugte Gaja insgesamt drei Zyklopen. Doch diese Kinder waren dem Vater, also Uranos, verhasst. So verhasst, dass er …« Hohlfort machte eine kurze Pause, damit die nachfolgenden Worte mehr Gewicht bekamen, »… die Kinder versteckte!«

»Wo?« Stoya hatte für einen kurzen Moment Zweifel daran gehabt, ob sie ihre Zeit wirklich weiter mit Hohlforts kruden Ausführungen vergeuden sollten, doch jetzt besaß der gelähmte Professor wieder seine volle Aufmerksamkeit.

»Tief in der Erde«, sagte der Professor. »Er versteckte die Kinder im Tartaros. So nannten die Götter einen Teil der Unterwelt, der noch hinter dem Hades liegt.«

Stoya nickte unbewusst, was ein zustimmendes Nicken Hohlforts auslöste. »Ich sehe, Sie erkennen die Parallele.«

»Was geschah mit den einäugigen Kindern?«, wollte Scholle wissen, der kurz mit dem Kippeln aufgehört hatte.

»Sie wurden befreit, und zwar von Zeus persönlich, dem höchsten aller griechischen Götter. Die Zyklopen waren über ihre Rettung übrigens so glücklich, dass sie Zeus den Blitz und den Donner schenkten.«

»Also Ihre Allgemeinbildung ist wirklich beeindruckend, Herr Professor, aber …«

»… münden Ihre Überlegungen in eine Theorie, mit der wir konkret arbeiten können?«, ergänzte Stoya Scholles

Satz, bevor dieser ihn vermutlich wesentlich unhöflicher vollendet hätte.

Hohlfort grinste selbstgefällig und wirkte auf einmal so vital, dass Stoya sich nicht gewundert hätte, wenn der Professor einfach aus dem Rollstuhl gesprungen wäre. »Ich würde sogar so weit gehen zu sagen, dass ich mehr als nur eine Theorie habe. Ich gebe Ihnen einen sehr, sehr wichtigen Ansatzpunkt.«

Hohlfort machte eine weitere bedeutungsschwangere Pause, in der nichts als das stete Rauschen der altersschwachen Heizungsanlage zu hören war. Dann räusperte er sich und sagte in nahezu pastoralem Tonfall: »Der Augensammler wählt Kinder aus, die von ihren Vätern abgelehnt werden.«

»Weshalb?«, fragten die beiden Ermittler wie aus einem Mund.

Hohlfort setzte eine Miene auf, als wäre es unter seiner Würde, etwas so Offensichtliches laut auszusprechen. Schließlich ließ er sich doch dazu herab: »Weil diese Kinder ebenso wie die Zyklopen in der griechischen Mythologie das Produkt einer verbotenen Beziehung sind.«

56. Kapitel

(Noch 9 Stunden und 11 Minuten bis zum Ablauf des Ultimatums)

Alexander Zorbach (Ich)

Das ist falsch«, sagte Alina tonlos. Sie atmete schnell, die Augen flatterten unruhig unter den geschlossenen Lidern. »Wir sollten das nicht tun.«

»Keine Sorge«, sagte ich und hoffte, dass sie mir meine Verzweiflung nicht anhörte. »Es dauert nicht lange.« Dann versuchte ich sie in das Zimmer zu führen, doch sie schob widerwillig meine Hand weg.

Ich verstehe dich, dachte ich und war froh, dass Alina meine verweinten Augen nicht sehen konnte.

Ich will auch nicht mehr dahin zurück. Aber jetzt ist es nicht mehr nur beruflich. Jetzt ist es persönlich.

Betäubt von der Wahrheit, dass Charlie tot war, hatte ich zuerst keine Anstalten gemacht, mich gegen ihren Ehemann zur Wehr zu setzen. Ich wusste nicht, wie die Waffe auf einmal in seine Hand gelangt war, und ehrlich gesagt wollte ich darüber ebenso wenig nachdenken wie über die Frage, weshalb er am Ende doch nicht geschossen hatte.

Man braucht kein Psychologe zu sein, um zu erahnen, was ein vom Schicksal gebeutelter Mann in seiner tiefsten, einsamsten Stunde mit einer geladenen Pistole beabsichtigt. Wenn Traunstein sie gegen sich selbst hatte richten wollen, dann hatte ihn der Alkohol jeglicher Kraft dazu beraubt. Erst recht hatte ihm die Kraft gefehlt, mich zu erschießen, und so war ihm in einer Schrecksekunde, in der wir uns beide vom Schock der Erkenntnis gelähmt gegenüberstan-

den, die Waffe aus der Hand geglitten und zu Boden gefallen; auf den dicken Teppich neben der Couch, wo sie immer noch lag.
»Was wollen wir hier?«, fragte Alina.
»Antworten.«
Mein Schicksal schien mit dem des Augensammlers durch einen unsichtbaren Strick verbunden, der sich von Minute zu Minute enger um mich schlang. Auch wenn die Trauer um Charlie, deren richtigen Namen ich eben erst auf grausame Art hatte erfahren müssen, kaum zu ertragen war, konnte ich nicht einfach fortgehen. Ich brauchte Gewissheit, und deshalb war ich zum Auto gegangen und hatte Alina dazu überredet, mich in Traunsteins Villa zu begleiten.
»Hier stinkt's nach Tabak, Alkohol und Schweiß«, sagte sie zögernd. Sie hielt sich mit einer Hand an der Klinke zur Tür des Wohnzimmers fest, während sie mit der anderen meinen Oberarm umfasste, exakt dort, wo ich das Raucherentwöhnungspflaster aufgeklebt hatte. »Und da ist doch noch was anderes?«
O ja. Da ist noch was.
Ich löste sanft Alinas Hand von der Klinke und führte sie in das gediegene Wohnzimmer, das nach wie vor nur vom Licht des Projektors erhellt wurde. Den Film hatte ich gestoppt, um die unerträglichen Bilder nicht länger sehen zu müssen. Bilder, die mich daran erinnerten, dass ich schon wieder einen wichtigen Menschen in meinem Leben verloren hatte. Und diesmal unwiderruflich.
Ich räusperte mich. Traunstein hob den Kopf und begann leise zu wimmern.
»Wer ist das?«, fragte Alina und blieb erstarrt stehen. Als Traunsteins Stöhnen lauter wurde, drückte sie meine Hand noch fester. »Was zum Teufel ist los mit ihm?«

»Ihm geht's gut«, sagte ich.
»Und wieso sagt er nichts?«
»Weil ihm ein Knebel im Mund steckt.«
Genauer gesagt das Einstecktuch seines Jacketts.
Ich löste meinen Arm aus Alinas Umklammerung und ging zu dem Schreibtischsessel in der Mitte des Raumes, auf den ich Traunstein mit einem Verlängerungskabel gefesselt hatte, was gewiss nicht die beste Entscheidung meines ohnehin verkorksten Lebens gewesen war. Aber sobald Stoya herausbekam, dass ich mit einem der Opfer ein Verhältnis hatte (dessen platonische Natur mir angesichts unseres Treffpunkts ohnehin niemand glauben würde), wäre der gefesselte Witwer mein geringstes Problem.
Traunstein grunzte, als ich den Sessel so zur Seite drehte, dass er mit dem Gesicht in Alinas Richtung zeigte.
»Sie haben jemanden geknebelt? Sind Sie jetzt völlig durchgeknallt?«, fragte Alina hinter mir.
Nein. Dr. Roth sagt, ich sei völlig normal.
»Nur, damit Traunstein nicht die Nachbarschaft zusammenschreit, während ich Sie hole.«
Ich kniete mich direkt vor ihn hin und war immer noch einen Kopf größer als er. Schweiß lief ihm in Strömen die Stirn hinab, und sein Blick war wesentlich klarer als noch vor wenigen Minuten.
»Traunstein?«, hörte ich Alina hinter mir fragen. »Großer Gott. Sie foltern den Vater der entführten Kinder? Bringen Sie mich sofort hier raus, damit will ich nichts zu tun haben.«
»Wer redet denn von Folter?« Ich sprach jetzt direkt zu Traunstein. »Hören Sie zu. Wir machen einen Deal. Ich nehme Ihnen den Knebel wieder raus, aber dafür bleiben Sie ruhig, okay? Ich will nichts von Ihnen hören, außer die

Antworten auf ein paar Fragen, die ich Ihnen gleich stellen werde, ist das klar?«

Traunstein nickte, worauf ich ihm das Einstecktuch aus dem Mund zog. Er hustete erstickt auf, und es dauerte eine Weile, bis er sich beruhigt hatte.

»Also schön«, begann ich meine Gedanken zu sammeln, um Schritt für Schritt herauszufinden, ob das letzte Telefonat tatsächlich so stattgefunden hatte, wie es mir Alina auf dem Hausboot beschrieben hatte.

»Haben Sie gestern, kurz bevor Sie nach Hause gekommen sind, Ihre Frau angerufen?«

»Sie …« Er musste röcheln und setzte noch einmal an. »Sie war's.«

Er keuchte angestrengt. Seine Zunge schien ihm nur unter größten Anstrengungen zu gehorchen.

»Okay, sie hat Sie angerufen.«

So weit stimmt das mit Alinas Schilderung überein.

»Was hat sie gesagt?«

Was hat die Frau, in die ich mich beinahe verliebt hätte, vor ihrem Tod zu Ihnen gesagt?

»Sie …«, er schluckte, »… war hysterisch. Kaum was verstanden.«

»Hat sie etwas über ein Versteckspiel gesagt?«

»Hä?« Völliges Unverständnis lag in seinem Blick.

Er versuchte, mir eine Antwort zu geben, musste aber dreimal ansetzen, bevor er etwas herausbekam, was auch nur annähernd einem klaren Satz ähnelte. »Nein, nichts, nur geheult, weil die Kinder weg waren.«

»Und Sie?«, fragte Alina aus dem Hintergrund. Ich war überrascht, dass sie sich in das Gespräch einschaltete, und fragte mich, ob ihr etwas an der Stimme des Mannes aufgefallen war.

»Ja, was haben Sie darauf zu ihr gesagt?«, wiederholte ich ihre Frage.
Traunsteins Kopf sank nach vorne, und er drohte wegzudämmern, doch bevor ich sein Kinn anheben konnte, schnellte sein Kopf mit unvermuteter Kraft nach vorne.
»Soll sich beruhigen, Schlampe. Nicht das erste Mal, dass die Bälger ausbüxen.«
Ich atmete tief durch, legte ihm die Hände auf die Schultern und sah dem wütenden, verletzten Mann direkt in die trüben Augen. Einerseits hatte ich große Lust, Traunstein für jede Beleidigung, die er gegenüber Charlie ausstieß, ins Gesicht zu schlagen. Andererseits konnte ich ihn im Ansatz sogar verstehen. Zum Scheitern einer Beziehung waren immer zwei Menschen nötig, und was immer sein Fehler gewesen war, er hatte wahrlich teuer dafür zahlen müssen. »Sie haben ihr nicht befohlen, auf keinen Fall in den Keller zu gehen?«
»O Gott. Wie konnte ich nur so blind sein? Es ist alles zu spät. Geh auf gar keinen Fall in den Keller.«
Während ich die Frage abfeuerte, beobachtete ich, ob und wie sich Traunsteins Gesichtsausdruck veränderte. Ich hatte in meinem ersten Leben Hunderte Vernehmungen absolviert und in meinem zweiten ebenso viele Interviews geführt, meinte also so ziemlich jede menschliche Regung innerhalb eines Gesprächs deuten zu können. Doch bei Thomas Traunstein entdeckte ich nicht das geringste Anzeichen von Verblüffung oder Erstaunen darüber, wie ich in den Besitz dieser Information gelangt sein könnte. Er reagierte wie bisher – verwirrt und aggressiv.
»Keller? Was'n für'n Scheißkeller?«
Unbewusst hatte er es mit dieser Frage auf den Punkt gebracht. Alle Opfer zuvor waren in Mietwohnungen in

höheren Stockwerken ermordet worden. Alles Tatorte, an denen die Mahnung an die Frau, nicht in den Keller zu gehen, kaum Sinn ergab. Wenn Alinas Vision einen wahren Kern hatte, dann konnte sie sich nur auf Charlies Ermordung beziehen.

»Ich hab nichts von einem Scheißkeller gesagt.«

Traunstein röchelte und hatte sich offenbar verschluckt, denn das Röcheln ging in einen Hustenanfall über, der den gesamten Körper erfasste.

Okay. So kommen wir nicht weiter. Zeit für Plan B.

Ich wandte mich an Alina. »Sie müssen mir einen Gefallen tun«, flüsterte ich so leise, dass Traunstein mich nicht hören konnte. Ich stand dicht bei ihr und roch wieder ihr angenehmes Parfum. Alinas Nackenhärchen richteten sich auf, als mein warmer Atem ihr Ohr traf. Ich bemerkte den Ansatz einer Tätowierung am Hals, die unter dem verrutschten Rollkragen ihres Pullovers hervorblitzte.

Als hätte sie meinen Blick gespürt, zog sie den Kragen nach, bevor ich die Bedeutung der geschwungenen Schriftzeichen entziffern konnte. Für mich hatte es wie *Hate, Hass,* ausgesehen.

»Was für einen Gefallen?«, fragte sie.

Ich nahm ihre Hände in meine und führte sie langsam um den Stuhl herum, bis sie direkt hinter Traunstein stand.

»Sie haben gesagt, Sie hätten mit seinen Schultern begonnen.«

»Was soll das?«, fragte Traunstein und riss den Kopf in den Nacken, um sehen zu können, was hinter ihm vor sich ging.

»Ja«, bestätigte Alina. »Aber …«

»Verdammte Scheiße, mit wem reden Sie da eigentlich die ganze Zeit?«, fragte Traunstein und rüttelte an seinen Fesseln. Offenbar hatte er Alina bis eben noch gar nicht wahrgenommen.

»Dann machen Sie es noch einmal«, sagte ich zu ihr. *Beweisen Sie mir, dass Sie die Wahrheit sagen. Schauen Sie noch einmal in die Vergangenheit des Augensammlers.*

Ich führte ihre Hände zu Traunsteins Schultern. »Berühren Sie ihn. Und sagen Sie mir, was Sie sehen.«

55. Kapitel

(Noch 8 Stunden und 55 Minuten bis zum Ablauf des Ultimatums)

Philipp Stoya
(Leiter der Mordkommission)

Der Augensammler wählt Kinder aus, die von ihren Vätern abgelehnt werden. Weil diese Kinder ebenso wie die Zyklopen in der griechischen Mythologie das Produkt einer verbotenen Beziehung sind.

Stoya wiederholte in Gedanken die letzten Worte des Professors und teilte langsam Scholles Antipathie gegenüber dem besserwisserischen Mann, der mit Absicht so sprach, dass seine Aussagen Nachfragen provozierten, die sein Publikum als unwissend entlarvten.

»Wie darf man das verstehen?«, tat Stoya ihm schließlich den Gefallen.

»Uranos war der Sohn von Gaja.«

»Moment mal, die alte Mutter Erde hat mit ihrem eigenen Jungen gepimpert?« Scholle lachte hysterisch auf.

»Den sie durch unbefleckte Empfängnis zur Welt gebracht hatte. Ja, die Griechen waren damals nicht so empfindlich. Zeus zum Beispiel war auch mal mit seiner Schwester intim. Heutzutage wäre so etwas natürlich verpönt.«

Stoya schüttelte nachdenklich den Kopf. »Wir haben die Hintergründe der Opferfamilien überprüft. Da gab es keine Anzeichen von Inzest.«

Hohlfort hob den Zeigefinger. »Wenn ich von einer verbotenen Beziehung spreche, dann meinte ich das nicht in einem juristischen Sinne. Es kommt nur auf den Blickwinkel

des Augensammlers an, für den bereits ein Seitensprung ausreichend sein kann.«
»Sie meinen …«
»… dass die entführten Kinder vermutlich nicht die leiblichen Nachkommen des Vaters sind, ja.« Der Profiler griff seitlich zu der Chromleiste über den Rädern seines Rollstuhls und begann sanft nach vorne und hinten zu rollen. »Deshalb sind sie ihm verhasst. Deshalb wird die Mutter getötet, die den Mann so schändlich betrogen hat.«
Elektrisiert von dem, was der Professor gerade andeutete, stand Stoya auf und griff sich nervös in den Nacken. »Das macht unseren Augensammler zum Rächer!«
»Exakt!« Hohlfort rollte weiter vor und zurück und wirkte dabei wie ein vergnügtes Kind. »Der Mörder bestraft die Mutter für ihre Untreue und spielt die Rolle des Uranos, indem er die verhassten Kuckuckskinder tief im Innersten der Erde versteckt. Das gibt uns übrigens auch einen weiteren Anhaltspunkt für die Suche: Er wird seine Opfer in einem Bunker, einem Kellerloch gefangen halten. Auf keinen Fall zu ebener Erde oder darüber.«
»Oh, vielen Dank. Das schränkt die Suche ja dramatisch ein«, schaltete sich Scholle ein, der nun ebenfalls aufgestanden war. Sein Bauch wölbte sich so über den Hosenbund, dass man nicht sehen konnte, ob er einen Gürtel trug.
»Sie können Ihre Zeit hier mit sarkastischen Bemerkungen verplempern. Oder Sie überprüfen den Hintergrund der Familien auf vertuschte Affären und Seitensprünge. Vielleicht haben all diese Frauen ein Stelldichein mit dem Augensammler selbst gehabt, aus dem ein Kind hervorging, das dem Serienmörder jetzt ebenso verhasst ist wie einst dem Uranos seine Zyklopen.«
»Und vielleicht geh ich jetzt aufs Klo und kratz mir den

Arsch«, sagte Scholle und machte eine wegwerfende Handbewegung.

»Ich habe langsam die Schnauze voll von dem mystischen Göttermist und wende mich wieder den handfesten irdischen Beweisen zu. Immerhin haben wir endlich einen Verdächtigen, der über explizites Täterwissen verfügt und seine Brieftasche am Tatort liegen gelassen hat.«

Hohlfort lächelte sein Fernsehgrinsen und rollte zu dem Kleiderständer neben der Tür. »Sie wollten meine Theorie hören, meine Herren. Es tut mir leid, wenn Sie denken, ich habe Ihre Zeit verschwendet.«

Er wollte sich gerade seinen Kaschmirmantel vom Haken greifen, als die Tür aufgerissen wurde und eine junge Frau in den Raum stürmte.

»Entschuldigen Sie bitte«, sagte sie atemlos und pustete sich aufgeregt ihren blonden Pony aus der Stirn.

»Was?«, fragte Stoya irritiert.

»Zorbach«, sagte sie nur, und das Blut schoss ihr ins Gesicht.

Stoya spürte, wie sich alles in ihm anspannte.

»Ist er endlich gefunden worden?«

»Nein.« Sie hielt ihm ihr Handy entgegen. »Er ist am Telefon.«

54. Kapitel

(Noch 8 Stunden und 52 Minuten bis zum Ablauf des Ultimatums)

Alexander Zorbach (Ich)

In seiner Villa?«
»Ja.«
»Gefesselt?«
»Mit einem Verlängerungskabel.«
»Du verarschst mich doch!«
Stoyas Stimme zitterte vor Wut. Im Hintergrund hörte ich die typischen Geräusche hektischer Betriebsamkeit eines Polizeireviers. Der Mix aus Telefonklingeln, Stimmengewirr, Türenschlagen und dem Klicken zahlreicher Computertastaturen war ungewöhnlich laut und klang eher nach elf Uhr vormittags als nach spätem Abend. Doch momentan war gewiss jeder verfügbare Mitarbeiter im Einsatz; so gesehen, war es während der Spielphase des Augensammlers immer kurz vor zwölf.
»Ihr solltet mal einen Blick auf die DVD werfen, die im Wohnzimmer in seinem Player liegt.«
»Sag du mir nicht, was ich zu tun und zu lassen habe«, bellte Stoya in den Hörer.
Ich nahm das Telefon vom Ohr und gab Frank die stumme Anweisung, an der nächsten Kreuzung nach links abzubiegen.
Nachdem Alina und ich eine gefühlte Ewigkeit vor Traunsteins Villa auf ihn gewartet hatten, war mein Volontär exakt in dem Moment eingetroffen, als Stoya meinen Anruf entgegennahm, weshalb wir möglichst geräuschlos und ohne

ein Wort der Begrüßung in unser neues Fluchtauto gestiegen waren.

»Wo bist du?«, wollte der Leiter der Mordkommission von mir wissen, seine Stimme immer noch auf Befehlston eingestellt.

»Falsche Frage. Frag besser, wieso Traunstein sich lieber die Hucke vollsäuft, anstatt bei der Suche nach seinen Kindern zu helfen. Die DVD könnte dir einen Hinweis darauf geben.«

Mittlerweile hegte ich allerdings ernste Zweifel daran, dass zwischen Traunstein und dem Augensammler eine Verbindung bestand – und das nicht nur, weil Alinas Visionen im Sande verlaufen waren. Es gab weder einen Holzschuppen, noch lag der Tatort nahe genug am Teufelsberg. Das krumme Ultimatum war wohl nichts weiter als ein Zufallstreffer.

Stoya änderte seine Taktik und versuchte es mit lahmen Überredungsversuchen. »Komm aufs Revier. Ich verspreche, wir behandeln dich fair.«

»Das verschwendet nur unnötig Zeit. Kümmert euch nicht um mich. Ihr müsst den Ehemann ins Verhör nehmen.«

Ich schluckte und spürte, wir mir die Tränen in die Augen steigen wollten.

Charlie, verdammt …

»Pass auf, Stoya. Du musst mir glauben, dass ich immer noch auf deiner Seite spiele. Deshalb sage ich dir jetzt etwas, was mich belasten wird, okay? Ich sage es dir vertraulich, als ehemaliger Kollege.«

Um nicht die Fassung zu verlieren, öffnete ich das Beifahrerfenster einen kleinen Spalt und ließ mir den kalten Fahrtwind ins Gesicht wehen. »Traunsteins Ehefrau hatte Verhältnisse. Mehrere.«

Und dann flüsterte ich so leise, dass die Fahr- und Windgeräusche meine Worte fast verschluckten: »Auch *ich* kannte sie gut.«
»Was, soll das ein Witz sein? Du hattest was mit Lucia Traunstein?«, hörte ich Stoyas entgeisterte Stimme.
»Nein. Zumindest nicht so, wie du denkst.«
Ich bemerkte aus den Augenwinkeln, dass mein Versuch, nicht gehört zu werden, fehlgeschlagen war. Frank sah mich mit hochgezogenen Augenbrauen an. Wenigstens schien Alina auf dem Rücksitz nichts mitbekommen zu haben.
»Ich sage das nur, weil ihr euch nicht in euren Ermittlungen verrennen sollt. Vielleicht weiß der Vater, wo die Kinder sind. Verstehst du? Traunstein hat ein Motiv, nicht ich. Seine Frau hat es mit anderen Kerlen getrieben, und er glaubt, die Kinder sind nicht von ihm.«
»Du sagst mir jetzt sofort, wo du bist!« Stoyas Stimme hatte sich verändert. Die Wut war in den Hintergrund gerückt, er klang, wenn mich nicht alles täuschte, mit einem Mal sehr viel unpersönlicher – als hätte ich den letzten Restzweifel an meiner Schuld endgültig zerstört.
»Ich bin unterwegs. Aber mach dir nicht mehr dir Mühe, nach meinem Volvo zu fahnden. Er steht am Kühlen Weg, der Schlüssel steckt.«
Ich sah zu Frank, der gerade den Blinker setzte, um sich in den Kreisverkehr des Theodor-Heuss-Platzes einzufädeln. Mein Wagen war bestimmt zehn Jahre jünger, sah aber lange nicht so frisch aus wie unser neues Fluchtfahrzeug. Der Toyota wirkte, als hätte er mit Ausnahme einiger Sonntagsfahrten nur bei Franks Oma in der Garage gestanden. Kein Kratzer im Armaturenbrett, gerade mal zwölftausend Kilometer auf dem Tacho und Fußmatten, die nach jeder

Fahrt gesaugt worden waren. Das Handschuhfach war übersät mit sorgsam aufgeklebten Binsenweisheiten:

Carpe diem
Morgenstund hat Gold im Mund
Es ist einfach, die Zukunft vorherzusagen,
wenn man sie gestaltet

Ich gab Stoya einen letzten Rat: »Lass meine Karre auf Spuren untersuchen, du wirst nichts finden, was mich mit dem Augensammler in Verbindung bringt.«
»Da habe ich ja jetzt wohl schon genug zusammen …«, hörte ich ihn noch sagen, bevor ich die Verbindung unterbrach.
Dann drehte ich mich zu Frank.
»Du hattest was mit …«, wollte der gerade ansetzen, doch ich unterbrach ihn hastig, indem ich unauffällig in Alinas Richtung deutete.
»Danke, dass du so schnell gekommen bist.«
Frank nickte verständnisvoll und ließ sich auf meinen Smalltalk ein. »Ich musste einen passenden Moment abwarten, um unbemerkt aus der Redaktion zu verschwinden.« Es gelang ihm, ein Gähnen zu überspielen, nicht aber den übermüdeten Gesamteindruck, den er auf mich machte. Der arbeitsbedingte Schlafmangel hatte ihm tiefe Schatten unter die Augen gemeißelt, und auch sonst erinnerte er mich an mein eigenes Spiegelbild nach einer durchzechten Nacht. Die wenigen Monate in der Redaktion hatten den Jungen mit dem Zwiebackpackungsgesicht in den Prototyp eines Internetjunkies verwandelt: ungewaschene Haare, unrasiertes Gesicht, unvollständige Kleidung (in seinen Schuhen fehlten die Schnürsenkel, und unter seiner Dau-

nenjacke trug er nichts als ein ausgebleichtes Depeche-Mode-T-Shirt), dafür eine unfassbare Fokussierung auf die Arbeit. Ich bezweifelte, dass er eine Freundin hatte, die es tolerierte, wenn er nachts um halb drei nach Hause kam – nicht etwa, um zu schlafen, sondern nur, um kurz zu duschen, bevor er den nächsten meiner Rechercheaufträge abarbeitete.

»Darf ich übrigens vorstellen, das ist Alina Gregoriev«, sagte ich und drehte mich zur Rückbank. »Die Zeugin, von der ich dir erzählt habe. Neben ihr sitzt TomTom, ihr hechelndes Navigationsgerät.«

»Sehr erfreut.« Frank blickte kurz in den Rückspiegel. »Und ich bin der Idiot, der sich gerade von seinem Boss in die Scheiße reiten lässt.«

»Willkommen im Club«, sagte Alina.

Ich hob die Hände. »Kein Grund zur Panik, Leute. Ich bin weder verurteilt noch verhaftet. Nur verdächtigt. In Deutschland muss sich niemand selbst anzeigen, also macht sich derzeit auch niemand von uns strafbar.«

»Mal abgesehen von dem Hausfriedensbruch und der Folter, zu der Sie mich angestiftet haben.«

»Du hast Traunstein gefoltert?« Frank keuchte ungläubig.

Ich ging nicht auf seine Frage ein.

»Sie haben ihn nur kurz berührt, Alina.«

Sie zögerte nachdenklich. Dann drehte sie den Kopf zum Seitenfenster und schüttelte ihn langsam.

»Nichts?«, fragte ich sie wie schon zuvor in der Villa, als sie resigniert die Hände von Traunsteins Schultern genommen hatte. »Sie haben wirklich gar nichts gespürt?«

»Nein.«

»Keine Bilder? Kein Licht?«

Ich fragte mich, ob ich tatsächlich ernsthaft mit der Möglichkeit gerechnet hatte, eine Blinde könne mir eine andere Antwort auf meine Frage geben.

»Ich habe ihn nicht erkannt«, sagte sie.

»Hey, hallo? Jemand zu Hause?« Frank wechselte die Spur und sah mich kurz an. »Kann mich mal jemand aufklären, was hier abgeht?«

»Aber Sie können auch nicht mit Sicherheit sagen, dass er es *nicht* war?«, fragte ich weiter.

»Ich kann *niemanden* als Täter ausschließen«, fauchte sie wütend zurück. »Können Sie jetzt bitte endlich mit Ihrer bescheuerten Fragerei aufhören? Ich meine, erst rufen Sie mich an, ich soll zu Ihnen in den Wald kommen ...«

»Das war nicht ich, das war ...«

... irgendjemand, der mir etwas in die Schuhe schieben will. Aber wieso? Wenn ich tatsächlich als Sündenbock für die Taten des Augensammlers herhalten soll, weshalb macht er es so kompliziert und schickt mir diese verrückte Blinde?

»... dann, nachdem ich mir fast das Genick gebrochen habe«, zählte Alina weiter auf, »können Sie sich nicht an die Einladung erinnern und wollen mich von Ihrem Hausboot schmeißen, nur um mich dann in ein Haus zu locken, wo ich den Vater der entführten Kinder angrabschen muss. Und das, obwohl Sie mir genauso wenig glauben wie die Polizei gestern.«

»Polizei? Moment mal ...« Frank drehte sich zur Rückbank, wodurch der Wagen gefährlich weit nach rechts schlingerte. Ich griff in das Lenkrad, um ihn auf der Spur zu halten.

»Das gibt's doch nicht«, sagte er, den Blick wieder geradeaus gerichtet. Er schaltete die Innenbeleuchtung über unseren Köpfen an und sah noch einmal in den Rückspiegel.

»Was?«, fragten Alina und ich wie aus einem Mund.

Draußen hatte der Schneeregen wieder eingesetzt.

»Ich weiß, wer Sie sind«, sagte Frank und schaltete den Scheibenwischer auf die niedrigste Stufe. Das Gummi der Wischer quietschte wie ein Fingernagel auf einer trockenen Tafel. »Ich glaube, wir sind uns gestern schon einmal begegnet.«

53. Kapitel

»Ach ja?« Alinas Oberkörper spannte sich an. Sie hatte einen ihrer drei Pullover ausgezogen und achtlos neben sich geworfen. Unter den Kragen ihrer restlichen Pullis konnte ich wieder den Ansatz des Tattoos am Hals erkennen und fragte mich, was einen blinden Menschen dazu bewegen mochte, sich die Haut gravieren zu lassen.

»Sie sind doch die Blindschleiche, die mir gestern die Tür vom Polizeirevier ins Gesicht gerammt hat?«, fragte er.

»Frank?« Ich räusperte mich.

»Sie haben mich angerempelt und sich nicht mal umgedreht.«

Er wechselte die Spur.

»Frank!«

»Als ob Sie keine Augen im Kopf hätten.«

»Frahank!«

»Was?«, fragte er unwirsch.

»Sie *ist* blind.«

»Erzähl keinen …« Er drehte sich hastig nach hinten um. »Echt?«

Wir nickten beide, und Alina öffnete die Augen. Zwei stumpf polierte Murmeln. Als wäre die Hornhaut durch eine Milchglasscheibe ersetzt worden.

»Das … das hab ich gar nicht gemerkt«, stotterte er.

»Danke«, sagte Alina trocken.

Ich schaltete das Deckenlicht wieder aus, und eine Zeitlang war nichts zu hören außer dem monotonen Rauschen des Motors und dem Summen der Reifen auf dem nassen As-

phalt, hin und wieder unterbrochen vom Quietschen des Scheibenwischers.
»Ich meine, jetzt, wo Sie es sagen, erinnere ich mich natürlich an Ihren Stock«, setzte Frank wieder an.
Wir hatten den Ernst-Reuter-Platz hinter uns gelassen und fuhren die Straße des 17. Juni hinunter.
»Mann, Sie waren so zielstrebig. Verdammt, ich habe Sie für eine Nordic-Walkerin gehalten, als Sie an mir vorbeigeprescht sind.«
»Ich war wütend.«
»Hat man gemerkt.«
»Wie machen Sie das nur?«, fragte er. »Gestern sind Sie die Treppen des Reviers runtergerannt, und heute klettern Sie ganz ohne Hilfe auf meine Rückbank.«
»Ich bin blind, nicht querschnittsgelähmt.«
Ein roter Fleck breitete sich auf Franks Wange aus, als wäre er geohrfeigt worden. »Sorry. Ich wollte Sie nicht beleidigen.«
»Tun Sie nicht. Jedenfalls nicht mehr als all die anderen.«
In Alinas Stimme schwang eine leichte Verbitterung, die sie selbst zu bemerken schien. Im nächsten Satz schon war sie verflogen. »Machen Sie sich nichts draus. Ich habe ein Leben lang geübt, die Menschen zu verscheißern. Wenn ich zum Beispiel jemanden in einem Club aufreiße, schließe ich mit meinen Freundinnen immer Wetten ab, wie lange es dauert, bis der Neue merkt, dass ich blind bin.« Sie lachte.
Franks Neugier schien geweckt. »Wissen Sie«, sagte er aufgeregt, »ich habe als Zivildienstleistender in einem Pflegeheim gearbeitet, da hat sich am Samstag immer eine Blindengruppe getroffen. Tut mir leid, wenn ich das so offen sage, aber im Gegensatz zu Ihnen sahen die irgendwie …«
Ich merkte, dass er »blöd« sagen wollte, aber bevor ich mich

wieder räuspern konnte, korrigierte er sich selbst. »... sahen die *merkwürdig* aus. Einige schaukelten mit dem Kopf, andere bohrten sich in den Augen. Und bei den meisten war das Gesicht starr wie eine Maske. Ich meine, die hatten gar keinen Ausdruck, wie nach einer Botoxspritze. Sie dagegen ...«

»Was ist mit mir?« Sie stützte sich mit beiden Ellbogen auf den Rückenlehnen unserer Vordersitze ab und beugte sich nach vorne.

»Sie haben mir zur Begrüßung stumm zugenickt und die Augenbrauen hochgezogen, als ich Sie das erste Mal angesprochen habe. Jetzt gerade lächeln Sie und fahren sich dabei durch Ihre Frisur, die nebenbei bemerkt ziemlich abgefahren aussieht.«

»Danke«, sagte sie, und tatsächlich wurde ihr Lächeln etwas breiter. »Das habe ich geübt.«

»Was?«

»Gestik und Mimik. Ich denke, das ist das Problem, wenn Sehbehinderte zu früh nur unter ihresgleichen sind. Meine Eltern haben sich mit Händen und Füßen dagegen gewehrt, als ich nach dem Unfall auf eine Sonderschule geschickt werden sollte. Sicher, einmal im Jahr war ich in einem Camp, nur mit Blinden zusammen. Aber den Rest des Jahres ging ich auf eine öffentliche Schule und spielte mit meinen sehenden Freunden auf ganz normalen Spielplätzen. Natürlich gab es Unterschiede. Ich hatte einen eigenen Computer, mit dem ich meine Texte im Unterricht schreiben konnte, und musste beim Fahrradfahren von meinen Freundinnen in die Mitte genommen werden, damit ich mich an deren Geräuschen orientieren konnte. Aber immerhin *fuhr* ich mit meinem Rad. Ich knallte zwar öfter hin als alle anderen, aber meine Klassenkameraden hatten sich schnell an den Anblick der kleinen Irren gewöhnt, die auf dem Pausenhof gegen das Gerüst oder ein anderes Hindernis rannte, ohne sich davon unterkriegen zu lassen, und sofort wieder aufstand.«

Sie ließ sich wieder in die gepolsterten Sitze der Rückbank sinken. Mit seinen braunen Schonbezügen und der Papierrolle auf der Ablage konnte das Fahrzeug nur einem Rentner gehören. Ich hätte ein Jahresgehalt darauf verwettet, dass ich im Handschuhfach ein sorgfältig gestempeltes Wartungsbuch finden würde, zusammen mit allen Papieren und Telefonnummern, die man im Falle einer Panne brauchte. Bei mir lag noch nicht einmal ein Warndreieck im Kofferraum.

»Ich weiß nicht, wie es hier in Deutschland ist, aber in den USA gab es viele Einrichtungen, in denen Blinde mehr oder weniger sich selbst überlassen wurden. Wenn einem sehenden Kind langweilig wird, beginnt es in der Nase zu popeln, Grimassen zu schneiden, mit Bauklötzen zu werfen oder so was in der Art. Und meist ist dann jemand da, der es ermahnt. Wenn blinde Kinder unter sich sind, fällt es niemandem auf, wenn sie sich merkwürdig benehmen, oft sind ja sogar die Betreuer blind. Oder desinteressiert.«

Sie tätschelte TomToms Kopf, der vor sich hindöste. Wie ein Soldat im Gefecht nutzte er offenbar jede sich bietende Gelegenheit zum Schlafen.

»Später, wenn man sich das Augenbohren und Schaukeln erst einmal angewöhnt hat, kriegt man es nur sehr schwer wieder weg. Und die meisten Normalos denken, dieser Hospitalismus gehöre zum Krankheitsbild eines Blinden, und keiner traut sich mehr, was zu sagen. Das ist den Menschen noch unangenehmer, als dich darauf hinzuweisen, dass dir ein Popel aus der Nase hängt.«

Sie lachte laut auf, worauf TomTom erstaunt den dicken Kopf hob.
»Ich hatte das Glück, dass mir von Anfang an ein guter Kindergartenfreund zur Seite stand. John. Er hat mich immer korrigiert, wenn ich mich komisch benahm. Wenn ich sauer wirkte, nur weil ich konzentriert war. Oder wenn ich unbewusst mit den Augen rollte und mein Gegenüber damit nervös machte. John ist so etwas wie mein Spiegel.«
Unbewusst sah ich in den Rückspiegel, und Frank drehte sich um.
»Er brachte mir Gestik und Mimik bei. Zeigte mir all die Tricks der subtilen Gesprächstaktik.«
Alina beugte sich wieder nach vorne, machte einen Schmollmund, fuhr sich lasziv mit der Zunge über die Oberlippe. Dann klimperte sie kokett mit den Augenlidern, den Kopf schräg nach unten in Demutshaltung gesenkt.
Frank, der die Kostprobe ihrer Schauspielkunst verfolgt hatte, musste lachen.
»Von ihm habe ich das Flirten gelernt.«
Und das Lügen?
Je mehr Zeit ich mit dieser in nahezu jeglicher Hinsicht außergewöhnlichen Person verbrachte, desto undurchsichtiger erschien sie mir. Einerseits redete sie so vernünftig, gab mir faszinierende Einsichten in die lichtleere Welt, in der sie lebte und von der ich so gut wie gar nichts wusste. Auf der anderen Seite berichtete sie von übernatürlichen Gaben, die selbst Nicci verblüfft hätten. Ich kam zu dem Schluss, dass Alina entweder eine durchgeknallte Irre oder eine begnadete Schauspielerin sein musste.
Oder beides.
Wenn ich jetzt an jene Momente im Auto zurückdenke, heute, im Bewusstsein dessen, was alles noch passieren

sollte, muss ich über meine hilflosen Gedanken zu diesem Zeitpunkt geradezu lachen.
Allerdings ist es ein ersticktes, rasselndes Lachen, wie bei einem Menschen, der kurz davor steht, Blut zu spucken.
Ich muss lachen, weil ich damals allen Ernstes dachte, ich hätte mein Schicksal selbst in der Hand; könnte durch meine lächerlichen Fahranweisungen die Route unserer Fahrt bestimmen, die uns letzten Endes nicht zu Alinas Wohnung in den Prenzlberg brachte, sondern direkt in den Tod.
Ich war zwar angeschlagen und verwirrt, dachte aber, ich hätte das Steuer noch fest in der Hand. Dabei hatte es der Augensammler schon längst übernommen.
Es sollte nur noch wenige Stunden dauern, bis ich es unter grässlichen Qualen herausfand.

52. Kapitel

(Noch 8 Stunden und 39 Minuten bis zum Ablauf des Ultimatums)

Den Rest des Weges löcherte Frank abwechselnd Alina und mich mit unzähligen Fragen, was schließlich dazu führte, dass ich mich dazu hinreißen ließ, ihm einen kurzen Abriss über die Ereignisse der letzten Stunden zu geben. Angefangen mit dem Zusammentreffen auf meinem Hausboot (wobei ich die genaue Lage meines Verstecks ebenso verschwieg wie meinen vorangegangenen Termin bei Dr. Roth), erzählte ich ihm von den zusätzlichen sieben Minuten des Ultimatums und unserem erfolglosen Einbruch bei Thomas Traunstein.

Seine Reaktion auf Alinas phantastische Zeugenaussage fiel sehr viel weniger skeptisch aus als meine.

»Du glaubst ihr?«, fragte ich verunsichert. Nachdem sich all ihre Angaben, mit Ausnahme des Ultimatums, in Luft aufgelöst hatten, wollte ich jetzt eigentlich nur noch mein Versprechen einlösen und Alina so schnell wie möglich nach Hause bringen. Mein Bedarf an unerklärlichen Phänomenen war fürs Erste gedeckt, und ich hatte keinerlei Lust, weiteren Hirngespinsten hinterherzujagen.

»Der Einsatz eines Mediums zur Lösung eines Falles hat eine lange Tradition«, sagte Frank und drückte sich damit um eine Antwort. Wir hatten die Brunnenstraße erreicht und hielten in zweiter Spur auf der Höhe des Volksparks am Weinberg.

»Schon 1919 hat der Chef der Leipziger Kriminalpolizei, Kriminalrat Engelbrecht, ein paranormales Experiment mit einem telepathisch veranlagten Menschen zur Aufklärung eines fingierten Verbrechens durchgeführt«, dozierte er weiter. Wir parkten in einer Einfahrt zwischen zwei hell erleuchteten, aber menschenleeren Galerien. In der einen hing ein Fahrrad ohne Sattel über einer flackernden Glühbirne, in der anderen stand ein pink angemalter Röhrenfernseher, der ein verschneites Testbild zeigte. Die Kunst, wenn es denn welche sein sollte, ließ mich noch ratloser zurück als Franks Geschwafel.

»Und in Wien gab es um 1921 sogar ein Institut für kriminaltelepathische Forschung, wenn auch nur für wenige Monate.«

»Woher weiß er das alles?«, fragte Alina.

»Ihm fehlt ein eingebauter Spam-Filter im Kopf«, erklärte ich. »Er erinnert sich an alles, was er liest. Erspart mir den Notizblock, wenn ich ihn mit auf Recherche nehme.«

Ich streckte mich auf meinem Vordersitz, mittlerweile wollte ich Frank und Alina schnellstmöglich loswerden, damit ich mich auf dem eiligsten Weg nach Rudow machen konnte.

Zu Nicci.

Ich sah auf die Uhr am Armaturenbrett.

Und zu Julian.

Noch zwei Stunden bis Mitternacht.

Noch zwei Stunden bis zu dem Geburtstag meines Sohnes.

Auch wenn ich noch kein Geschenk besorgt hatte, wollte ich Julian wenigstens gratulieren, bevor ich mich Stoya zum Fraß vorwarf.

»Der erste Fall, der in Deutschland Wellen schlug, war um 1921 der der Frankfurter ›Wahlträumerin‹ Minna Schmidt.«

Franks Redefluss war ungebrochen, und in Alina schien er eine interessierte Zuhörerin gefunden zu haben. Denn obwohl TomTom ihr ständig mit der Schnauze gegen die Hände stupste, machte sie keine Anstalten, das Auto zu verlassen.

»Sie träumte nach dem Doppelmord an zwei Bürgermeistern in Heidelberg von dem exakten Fundort der Leichen.«

»Zufall.« Ich gähnte.

»Möglich. Aber im Freiburger Institut für Grenzgebiete der Psychologie und Psychohygiene, kurz IGPP, stapeln sich die Akten über Fälle, in denen Hellseher der Polizei geholfen haben. Einer davon dürfte auch dir bekannt sein.« Er sah mich an, wieder zeichneten sich rote Flecke auf seiner Wange ab. »Es ist der Fall des ermordeten Arbeitgeberpräsidenten Hanns-Martin Schleyer.«

»Und?«

»Erinnerst du dich an die Schlagzeile 1977 in der *Bunten?*«

»Danke, so alt bin ich nun auch wieder nicht.«

»›Ein Hellseher sah Schleyers Versteck‹.« Er grinste triumphierend. »Das war die Überschrift. Auch der Stern stieg darauf ein, und der Spiegel führte sogar ein Interview mit dem niederländischen Medium Gérard Croiset. Aus den Akten des IGPP geht unzweifelhaft hervor, dass er bereits in der zweiten Fahndungswoche von Ermittlern des Sonderkommandos um Hilfe gebeten worden war, einem Psychologen sowie einem Beamten der Bundeswehr.«

»Bundeswehr?«, fragte Alina nach.

»Die haben da eine Abteilung für psychologische Verteidigung.«

TomTom winselte, worauf Alina ihm beruhigend den Nacken kraulte. Offenbar musste das arme Tier schon wieder.

»Dem BKA war es peinlich, dass die Einschaltung Croisets an die Öffentlichkeit gedrungen war. Zwei Jahre später

aber bestätigte der Polizeipsychologe, dass der Hellseher ihnen konkrete Hinweise auf das Hochhaus in Erftstadt-Liblar gegeben hatte, in dem Schleyer versteckt gehalten worden war. Wäre man den Hinweisen Croisets nachgegangen, hätte man Schleyer retten können, so der Psychologe.«
»Das ist doch auch nur eine moderne Sage«, widersprach ich.
»Aber nicht die einzige. Allein Anfang der neunziger Jahre haben über hundert sensitiv veranlagte Menschen den bayrischen Behörden ihre Mithilfe angeboten. Bundesweit werden es noch sehr viel mehr sein.«
Frank drehte sich zu Alina. »Sie sind also kein Einzelfall.«
»Ich weiß nicht, was ich bin«, sagte Alina und klang auf einmal sehr erschöpft. »Außer müde.« Dann, nach einer kurzen Pause, fügte sie leise hinzu: »Und ich bin durstig.« Sie öffnete den Mund, als wollte sie noch etwas sagen. Im nächsten Moment schien sie es sich anders überlegt zu haben. Ihre Miene fror ein, und sie stieg wortlos mit fast ängstlich wirkenden Bewegungen aus dem Wagen.
»Ist etwas passiert?«, fragte ich und wiederholte meine Frage, als ich sie eingeholt hatte. Auch Frank war ausgestiegen und sah aufmerksam über das Autodach hinweg zu uns. Irgendein Gedanke schien ihr gerade durch den Kopf geschossen zu sein, und nun wirkte sie, als versuche sie ihn mit allen Mitteln wieder zu verdrängen. Sie gab TomTom ein Zeichen, sich ruhig zu verhalten, dann drehte sie ihren Rucksack nach vorne, damit sie den Reißverschluss einer Außentasche öffnen konnte. Ich wartete, bis ein jüngeres Pärchen, das sich kichernd unter einem Regenschirm zusammenkuschelte, uns passiert hatte, und fragte sie: »Woran haben Sie eben gedacht?«

Kurz nachdem Sie sagten, dass Sie durstig sind?
»An gestern. Ich habe angehalten, um etwas zu trinken.«
Gestern. Nach dem Mord!
Mein Magen krampfte sich zusammen.
»Das wollte ich Ihnen vorhin schon sagen, aber dann sind Sie zu Traunstein abgebogen.«
»Wo war das? Wo haben Sie gehalten?«
»In einer Einfahrt. Ich bin bestimmt nicht weit gefahren.«
»Woher wissen Sie das?«, fragte ich. »Ich dachte, Sie haben kein Zeitempfinden in Ihren Visionen.«
»Ich fühlte mich noch müde und erschöpft.«
Davon, dass du das Kind in den Kofferraum geworfen hast …
»Und mein Rücken war feucht. Ich schwitzte, das Gefühl kenne ich von der Auslaufphase beim Joggen. Ich weiß, wie es sich anfühlt, wenn man eine längere Pause gemacht hat. Aber ich war immer noch klitschnass.«
Sie hatte die ganze Zeit mit ungelenken Bewegungen in der Außentasche herumgewühlt und schien endlich gefunden zu haben, was sie suchte. Es klimperte kurz, dann hielt sie einen großen Schlüsselbund in der Hand. Jeder Schlüsselkopf war mit einem unterschiedlich geformten Ring versehen; der eine mit Noppen, der andere mit Zacken an der Oberfläche. Sie tastete einen nach dem anderen ab und entschied sich dann für einen mittelgroßen Sicherheitsschlüssel.
»Also sind Sie weniger als fünf Minuten unterwegs gewesen?«, schätzte ich.
Sie nickte. »Eher drei. Wie schon gesagt, ich hatte großen Durst.«
»Was war das für eine Einfahrt? Gehörte sie zu einem Hof, einem Mietshaus?«

»Nein, nein. Ich habe mich falsch ausgedrückt. Zufahrt ist das bessere Wort, so eine, wie wir sie in Kalifornien hatten. Wo man das Auto direkt vor der Garage parkt.«

»Also gehört die Zufahrt zu einem Einfamilienhaus?«

»Ja.«

»Ein Reihenhaus?«

Sie schüttelte den Kopf. »Frei stehend. Aber es war klein. Es wirkte auf mich wie ein einstöckiger Bungalow, aber ganz sicher bin ich mir nicht.«

Ich dachte nach. »Was wissen Sie noch? Irgendwelche auffälligen Kennzeichen? Neu- oder Altbau? Eine bestimmte Farbe von Putz, der Zaun, Fensterläden, das Dach?«

Sie schüttelte den Kopf. Dann hielt sie plötzlich inne, presste die Lider fest zusammen und sagte: »Ein Basketballkorb.«

»Was?«

»In der Einfahrt. Aber nicht wie üblich über der Garage, sondern etwas seitlich versetzt an einem Baum an der Grenze zum Nachbargrundstück.«

»Okay, Alina. Sie waren an einem Haus mit einem Basketballkorb in der Zufahrt, irgendwo im Viertel der Traunsteins.« Ich ging einen Schritt auf sie zu, so nahe, dass ich sie hätte berühren können. »Was haben Sie da gemacht?«

51. Kapitel

Alina zitterte, und ich war mir nicht sicher, ob es nur wegen der Kälte war.
»Ich bin in die Küche gegangen.«
Also stand die Tür offen, oder sie hatte einen Schlüssel.
»Wo Sie sich was zu trinken geholt haben?«
»Ja. Eine Cola.« Alina fuhr sich nervös ins Gesicht und strich sich eine ihrer Korkenzieherlocken hinters Ohr.
»Sie wissen, wie die Flasche aussieht?«
»Weiße Schrift auf rotem Grund. Jeder Blinde erkennt eine Cola, wenn sie vor ihm steht.« Sie lachte und zog TomTom etwas näher zu sich heran.
»Und es war eine Büchse. Vier Stück im Seitenfach. Ich nahm mir eine davon.«
»Und?«
Sie zuckte mit den Achseln. »Nichts und. An mehr kann ich mich nicht erinnern.«
Mein Blick wanderte wieder zu Frank, der wie gebannt an Alinas Lippen gehangen hatte.
Ich nutzte ihre Gesprächspause, um ihm klarzumachen, dass er so schnell wie möglich zurück zum Verlag fahren musste.
»O bitte!«, stöhnte er enttäuscht. »Nicht jetzt, wo es gerade spannend wird.«
»Sorry, Kleiner, aber in der Redaktion ist sicher die Hölle los, und es fällt auf, wenn ausgerechnet mein Lieblingsvolontär während der Krise nicht zu erreichen ist.«
Ich klopfte ihm zum Abschied auf die dürre Schulter.

»Aber kein Wort zu Bergdorf. Und bleib in der Nähe des Telefons, falls ich noch mal deine Hilfe brauche!«
Frank tippte sich wie ein Soldat an eine imaginäre Schirmmütze und trottete von dannen, nachdem er sich von Alina verabschiedet hatte.
Ich sah auf meine Uhr und begann zu rechnen. Laut den Angaben der Polizei gegenüber der Presse waren die Kinder der Traunsteins am frühen Morgen entführt worden. Charlies Leiche war erst später, gegen neun Uhr, von ihrem Ehemann im Hintergarten gefunden worden, kurz bevor die Stoppuhr sich automatisch in Gang setzte, exakt um 09.20 Uhr.
Da der Augensammler zu diesem Zeitpunkt sicher längst nicht mehr am Tatort war, ließen meine Überlegungen keinen Rückschluss darauf zu, um welche Uhrzeit der Psychopath seinen ersten Boxenstopp im Bungalow gemacht hatte.
Wenn überhaupt.
Kopfschüttelnd sah ich Frank hinterher, der sich auf den Weg zum Taxistand an der nächsten Ecke gemacht hatte. Allein die Tatsache, dass ich schon wieder die Visionen einer Blinden überprüfte, ließ mich an meinem Verstand zweifeln.
Nach wenigen Metern drehte Frank sich noch einmal um, schüttelte einige Schneeflocken aus dem Haar und zog sich die Kapuze seiner Daunenjacke über den Kopf.
Und das war der entscheidende Moment.
Hätte er das nicht getan, wäre der Wahnsinn an dieser Stelle vielleicht zu Ende gewesen. Ich wäre zu meinem Sohn gefahren, bevor ich mich Stoya stellte, und der weitere Verlauf meines Lebens wäre ein anderer gewesen. Doch der winzige Augenblick, in dem mein Volontär vor dem Schaufenster der Galerie stehen geblieben war, veränderte alles.

Meine nächsten Schritte. Mein Schicksal.
Mein Leben.
Wie in Trance lief ich Frank hinterher, der, ohne sich ein weiteres Mal umzudrehen, bereits die nächste Kreuzung erreicht hatte.
»Ich bin's übrigens schon wieder«, hörte ich Alina sagen, die mich noch vor dem Auto in der Einfahrt wähnte, während ich bereits an der Stelle stand, an der Frank seine Kapuze hochgezogen hatte.
Direkt vor dem Schaufenster.
Alina wartete wenige Meter entfernt vor dem Haupteingang ihres Mietshauses und wollte gerade den Schlüssel ins Schloss stecken.
»Was sind Sie?«, fragte ich geistesabwesend. Ich trat noch einen Schritt näher an das Schaufenster heran und stand damit so dicht davor, dass die Scheibe beschlug. Auf dem Röhrenfernseher, der eben noch ein Testbild gezeigt hatte, flimmerte jetzt das Halbprofil eines unrasierten, dunkelhaarigen Mannes, der mit ruckelnden Bewegungen in eine unsichtbare Kamera innerhalb der Galerie winkte. Ich sah *mich selbst!*
»Durstig«, antwortete Alina endlich. Sie lächelte sanft, als ich mich zu ihr drehte. Mit ihrer kerzengeraden Körperhaltung und den geschlossenen Augen sah sie aus wie ein junges Mädchen, das beim Abschied auf den Kuss ihres Liebsten hofft. Ich wandte mich ab und starrte mir direkt ins Gesicht.
Es war keine Täuschung.
Das Bild im Fernseher hatte sich schon einmal kurz verändert, als das Pärchen an der Galerie vorbeigelaufen war. Und eben, als Frank sich umdrehte, hatte ich es zum ersten Mal bewusst registriert.

Die Kunstinstallation filmt die Passanten!
»Also was ist, Mr. Starreporter? Kommen Sie noch auf einen Drink mit hoch?«, fragte Alina, jetzt schon etwas ungeduldiger.
Ich griff mir in den Nacken, wunderte mich kurz darüber, dass mir der Kopf nicht mehr weh tat, und erinnerte mich dann an die Maxalt, die ich geschluckt hatte. Die Perspektive, aus der ich mich selbst auf dem Bildschirm sah, ließ nur den logischen Schluss zu, dass die Kamera schräg über meinem Kopf angebracht sein musste, und tatsächlich entdeckte ich die blinkende Leuchtdiode in einem spitzen Winkel links über mir an der Decke der Galerie.
Als Nächstes trat ich einen Schritt zur Seite, dann noch einen, so lange, bis ich aus dem Sichtfeld der Kamera verschwunden war. Es dauerte nur zwei Sekunden, dann schneite es wieder auf dem Bildschirm.
»Na dann, danke für das Gespräch«, sagte Alina, doch ich ignorierte sie weiterhin.
Stattdessen testete ich den Bewegungsmelder erneut, um meinen Verdacht zu überprüfen. Dazu ging ich wieder nach rechts, und wieder reagierte der Fernseher.
»Wann war der Augensammler gestern bei Ihnen, Alina?«, fragte ich atemlos, doch jetzt war sie es, die mir keine Antwort mehr gab.
Als ich zum Hauseingang sah, waren Alina und TomTom im Treppenhaus verschwunden.

50. Kapitel

(Noch 8 Stunden und 25 Minuten bis zum Ablauf des Ultimatums)

Alina Gregoriev

Zu Hause. Der Geruch ihrer Wohnung war das erste beruhigende Erlebnis seit Stunden.
Diese vertraute Mischung, die sich aus den Düften der einzelnen Zimmer speiste: der Geruch des vor Stunden frisch aufgebrühten Kaffees lag ebenso in der Luft wie der ihres teuren Parfums und des billigen Essigreinigers, auf den ihre Haushaltshilfe schwor. Heute war Donnerstag, also hatte die Putzfrau in ihrer Abwesenheit den Duft der angestaubten Bücher im Wohnzimmer durch den frisch gewaschener Wäsche ersetzt.
Alina atmete tief durch und lächelte.
Und sie hat ausnahmsweise einmal nicht geraucht.
»Komm her, Kleiner, gleich gibt's was zu essen.«
Sie befreite TomTom von seinem Geschirr, dann kniete sie sich hin, um den Reißverschluss ihrer Stiefel zu öffnen. Dabei fragte sie sich, ob die Anderen auch immer kurz in der Wohnungstür innehielten und mehrmals tief durchatmeten, bevor sie die Garderobe ablegten.
Die Anderen.
Zeit ihres Lebens hatte sie sich bemüht, keine Sonderbehandlung zu erfahren, weder im Kindergarten noch in der Schule und erst recht nicht später in der Ausbildung. Ihr Wunsch, ein ganz normaler Teil der Gemeinschaft zu sein, war so weit gegangen, dass sie sich einst als Schülerlotsin beworben hatte; eine Kuriosität, die damals sogar den Weg in

das kleine Lokalblatt der kalifornischen Gemeinde gefunden hatte. Natürlich war ihr Gesuch vom Schulleiter abschlägig beschieden worden, aber zumindest hatte sie ihrer besten, sehenden Freundin assistieren dürfen. Noch heute war Alina davon überzeugt, dass sie es auch alleine geschafft hätte. Sie konnte heraushören, ob sich ein Fahrzeug näherte und – noch wichtiger – ob es beschleunigte oder abbremste. Etwas, was *die Anderen* sich meist gar nicht vorstellen können.

Die Anderen, die einen ungefragt am Arm packen und über die Straße führen, obwohl man im Mobilitätstraining gelernt hat, wie man sich ohne fremde Hilfe fortbewegt.

Die Anderen, die denken, Blinde würden einem Fremden ins Gesicht fassen wollen, um ihn zu erkennen, was verdammt noch mal nur in bescheuerten Hollywood-Kitschfilmen vorkommt.

Die Anderen, zu denen ich nie gehören werde.

Alina stellte ihren Rucksack ab, dann löste sie die rote Rastalockenperücke vom Kopf und legte sie auf die Kommode, in der sie auch alle anderen Perücken aufbewahrte; ihre »Masken«, wie sie sie nannte.

Eine Reportage über Zeugenaussagen, die sie vor vielen Jahren zufällig im Fernsehen gesehen hatte (kein Blinder sagt *»Fernsehen hören«*), hatte ihr deutlich gemacht, welche Signalwirkung von der Frisur ausging und wie sehr sie den Menschen charakterisierte. Bei einer Täterbeschreibung konnten sich die Befragten am ehesten noch an die Haare erinnern; je auffälliger, desto besser, was Psychologen damit begründeten, dass man bei seinem Gegenüber seit jeher als Erstes auf den Kopf achtete und dort vor allem auf die Haarpracht. Nicht ohne Grund gehen viele unserer im Mittelalter entstandenen Nachnamen auf Spitznamen bezüglich Farbe, Form und Wuchs der Haare zurück. So wie *Kraus, Roth* oder *Rabe* etwa.

Mit neunzehn hatte sich Alina zum ersten Mal den Schädel kahlgeschoren und ihre Freunde mit einer langen Schwarzhaarperücke verblüfft. Mittlerweile besaß sie rund fünfzig unterschiedliche »Masken«, mit denen sie sich je nach Stimmungslage in ein wasserstoffblondes Technopüppchen, in eine schwarzhaarige Domina oder eine zöpfchentragende Unschuld vom Lande verwandeln konnte.

Und heute war mir eben nach Manga-Punk, dachte sie, während sie sich auf dem Weg durch den langen Flur nach und nach ihrer Pullover entledigte. Ihre Maisonette-Wohnung erstreckte sich über den fünften und sechsten Stock des Altbaus und war mit dem Fahrstuhl erreichbar. Früher, als sie sich noch nicht so sicher gefühlt hatte, hatte sie diesen immer benutzt, um in ihre Praxisräume im unteren Stockwerk zu gelangen. Mittlerweile nahm sie meist die schmale Wendeltreppe nach unten.

Alina streifte sich ihr T-Shirt über die dünnen Schultern und ging mit nacktem Oberkörper zum Badezimmer. Wie bei den meisten sehbehinderten Menschen hatte alles seinen festen Platz. Tische, Stühle, Kommoden, Vasen … Die Putzfrau hatte die Anweisung, nichts zu verstellen, und sie musste jeden Krümel vom Boden saugen. Alina liebte es, barfuß über das Parkett zu wandern, aber sie hasste die Vorstellung, sich etwas einzutreten.

Alles ist beschissen gelaufen, dachte sie. Nicht, weil ihr niemand geglaubt hatte. Nicht, weil sie mehreren Patienten abgesagt hatte, nur um diese nutzlosen Wege auf sich zu nehmen.

Sondern weil ich dem Kind nicht helfen konnte.

Das leise Ticken der alten Standuhr verriet ihr, dass sie die

Balustrade über dem Empfangsbereich ihrer Praxis passierte.

Oder den Kindern.

Sie überlegte, weshalb sie nur ein Kind – den Jungen – *gesehen* hatte, und versuchte, den Gedanken zu verdrängen, dass das Mädchen vielleicht schon nicht mehr am Leben war.

Es war nicht das erste Mal, dass ihre Visionen nicht hundertprozentig der Wahrheit entsprachen. Nicht das erste Mal, dass sie an ihrer Gabe zu verzweifeln drohte.

Normalerweise umfassten ihre Flashs nur eine Zeitspanne von wenigen Sekunden. Kurze Sequenzen, in denen sie Unfälle sah, blutgetränkte Betttücher, den Arm ihres Vaters, der langsam einen jungen Mann erstickt, oder die Hände ihrer Mutter, die Rattengift im Babybrei verrührt.

Die qualvollen Visionen kamen unregelmäßig und längst nicht jedes Mal, wenn sie jemanden berührte. Daher vermutete sie, dass es nur bei Menschen geschah, die mit einem hohen Maß an negativer Energie aufgeladen waren, so wie der Kommilitone, der auf einer Studentenfeier zudringlich geworden war und ihr sogar ins Gesicht schlug, als sie sich weigerte, mit ihm zu schlafen. Er ließ erst von ihr ab, als sie ihm sagte, er solle endlich aufhören, seine Schwester zu vergewaltigen. Sie informierte sofort die Polizei über ihren Verdacht, aber man glaubte ihr nicht, bis man die Leiche des jungen Mannes fand, der sich auf dem Dachboden erhängt hatte – nicht ohne zuvor ein letztes Mal seine Schwester geschändet zu haben.

Der Flur wurde breiter, und sie blieb stehen, als es etwas heller um sie herum wurde.

Wie jedes Mal drehte sie sich zur Wand und berührte mit den Fingern die glatte Oberfläche, die das Licht reflektierte, das sie im Bad gegenüber stets brennen ließ.

Tag und Nacht.
Die meisten ihrer Besucher wunderten sich über die lichtdurchfluteten Zimmer und die vielen Spiegel in ihrer Wohnung, genauso, wie sie sich fragten, weshalb in ihrem Wohnzimmer eine zwei mal zwei Meter große Fotografie einer verlassenen amerikanischen Goldgräberstadt hing. Ein verflossener Liebhaber hatte ihr das bronzestichige Meisterwerk Michael von Hassels einmal so eindringlich beschrieben, dass sie den Staub des verfallenen Saloons auf ihrer Zunge zu schmecken glaubte. Und jetzt *hörte* sie das Bild, wann immer Besucher bewundernd davor stehen blieben und sich fragten, mit welcher Technik der Künstler dieses atemberaubende Werk geschaffen hatte.
Was die Spiegel anging, so mochte Alina das kalte, vollkommene Gefühl unter den Fingerspitzen. Und sie liebte die Wahrnehmung der Reflexion, den Beweis ihrer Hell-Dunkel-Empfindlichkeit. Der letzte Rest, der sie mit der Welt der *Anderen* seit der Explosion noch verband. Außerdem hatte sie oft genug sehende Gäste im Haus.
Sie streifte ihre Hose zusammen mit ihrem Slip nach unten, zog sich auch die Socken aus und stand nun nackt vor dem Wandspiegel.
Ein leichter Zug wehte um ihre Knöchel, und sie spürte, wie sie eine Gänsehaut bekam. Sie fasste sich an den Kopf, fuhr mit dem Zeigefinger die Rillen des Labyrinths nach, die ihr der Friseur auf ihren Wunsch in den rasierten Schädel gefräst hatte. Dann ließ sie die Hand vom Hinterkopf in den Nacken gleiten und fühlte die Irritation ihrer tätowierten Haut. Dabei trat sie ganz nah an den Spiegel, wie immer in der albernen Hoffnung, wenigstens die Umrisse ihrer Figur erkennen zu können, nur ein einziges Mal, nur für den Bruchteil einer Sekunde, damit sie das Bild über-

prüfen konnte, das sie Tag für Tag durch ihre Berührungen zeichnete.
Sie wusste, ihre Brüste waren zu klein für den Geschmack der meisten Männer, dafür waren sie fest und brauchten keinen BH. Die Warzen schienen einiges wieder wettzumachen, denn alle ihre bisherigen Liebhaber hatten eine halbe Ewigkeit damit verbracht, sie zu streicheln, zu drücken oder an ihnen zu saugen. Männer wie Frauen. Nur gut, dass es auch ihre erogenste Zone war, von den Füßen einmal abgesehen.
Alinas Hand glitt zu ihrem Bauch, streichelte das Nabelpiercing und wanderte zu ihrer Hüfte.
»Wenn du ein Auto wärst, wärst du ein 68er Mustang«, hatte John einmal gescherzt. Sie lief oft nackt vor ihm durch die Wohnung, einfach deshalb, weil sie sich ohne Kleidung wohler fühlte, und vor John musste sie sich nicht verstellen. »Eckig und kompakt, aber von zeitloser Eleganz.«
Sie hatte keine Vorstellung von diesem Auto, empfand es jedoch als süßes Kompliment, zumal ihr Vater früher auch immer einen Ford gefahren hatte.
Ach John.
Zu dumm, dass er gerade mit seinem Freund im Urlaub war. Noch dazu auf einer Rucksacktour durch Vietnam, wo sie ihn nicht einfach mal so anrufen konnte, um ihm die Ohren vollzuheulen. Sie überlegte, wie spät es jetzt in New York war, wo Ivan lebte, und fragte sich, wie er auf einen Anruf seiner großen Schwester reagieren würde. Nachdem sie aus den USA nach Deutschland gezogen war, hatten sie es einfach nicht geschafft, den Kontakt zu halten. Sie liebten sich, kein Zweifel, und die jährlichen Geburtstags- und Weihnachtskarten kamen von Herzen. Aber es blieben die einzigen Lebenszeichen, die sie mittlerweile noch austauschten.

Keine gesunde Basis, um den Horror zu teilen, den ich gerade durchmache.
Alina drehte sich zum Badezimmer. Sie hatte im Baumarkt die leuchtkräftigsten Halogenleuchten ausgewählt. John beschwerte sich immer über die »Verhörstrahler«, wenn er bei ihr übernachtete. Für sie hingegen erzeugten die Dinger nicht mehr als eine müde Erinnerung an Licht. Außerdem waren sie ihr eine große Orientierungshilfe, wenn sie beim Schminken ganz dicht vor den Spiegelschrank trat. Ihre beste Freundin hatte ihr gezeigt, wie sie es richtig machte, nur das mit dem verdammten Kajalstrich würde sie in diesem Leben nicht mehr hinbekommen.
Sie bückte sich, um die ausgezogenen Klamotten einzusammeln, und ging ins Bad. Während sie Wasser in die Wanne einließ, überprüfte sie mit einem Farberkenner, ob sie heute Morgen nach dem bunten oder dem weißen T-Shirt gegriffen hatte. »Weiß«, sagte eine helle elektronische Stimme. Das kleine Gerät, das einen Lichtstrahl auf ihre Kleidungsstücke abfeuerte und anhand der Reflexion die Farbe bestimmte, war neben dem Internet eine der besten Erfindungen.
Zumindest für Blinde, denen es nicht gleichgültig war, ob ihre weiße Bluse einen Grünstich hatte, weil man wieder die Buntwäsche mit den weißen Sachen zusammen in die Trommel gefeuert hatte.
Als sie auch Socken und Slip bestimmt und in den entsprechenden Korb neben der Toilette geworfen hatte, ging sie wieder auf den Flur hinaus und schloss die Badezimmertür hinter sich. Das Rauschen des Wassers, das in die frei stehende Emaillewanne donnerte, nahm sie nur noch gedämpft auf ihrem Weg in die Küche wahr, wo sie TomToms Napf mit zwei Händen Trockenfutter füllen wollte.

Doch bis dahin sollte sie nicht mehr kommen. Zwei Schritte später stieß ihr Fuß auf etwas Warmes.
Etwas Weiches.
»Nanu?«, fragte sie und gab dem Retriever lächelnd einen kleinen Stups mit den Zehenspitzen. Doch TomTom wich keinen Zentimeter von der Stelle, stattdessen spannte sich sein Körper nur noch mehr an.
»Was ist denn los mit dir?«
Alina machte einen Schritt nach rechts, um an ihm vorbeizukommen, doch der Hund folgte ihren Bewegungen.
»Hast du gar keinen Hunger?«
Sie beugte sich zu ihm hinab und wollte nach seiner Schnauze greifen, aber anders als sonst leckte er ihr nicht über die Hand.
»Was hast du denn?«
Er ist starr. Konzentriert. Lässt sich nicht ablenken. Weil er…
Alina fröstelte.
TomTom war darauf abgerichtet, seine Besitzerin vor Unfällen zu schützen. Teil seiner zwanzigtausend Euro teuren Ausbildung war es, Alina von ungesicherten Gefahrenstellen abzuschirmen, von Hindernissen, Schlaglöchern, U-Bahn-Eingängen, offenen Schächten.
Aber so etwas gibt es nicht auf dem Weg zu meiner Küche.
»Komm schon, lass mich vorbei«, sagte sie und wollte ihn zur Seite drücken. Doch dann tat TomTom etwas, was sie noch nie zuvor erlebt hatte.
Er begann zu knurren.
Der bedrohliche Laut mischte sich mit dem monotonen Rauschen des Badewassers und erzeugte eine fast hypnotische Atmosphäre.
Was zum Teufel geht hier vor? Alina fühlte, wie ihr Körper

sich ebenso anspannte wie der von TomTom. Denn plötzlich roch sie das, was ihr Hund offensichtlich schon länger spürte, nämlich, dass der vertraute Duft ihrer Wohnung sich verändert hatte. Er war jetzt um eine maskuline Note angereichert.
Zimt. Nelken. Alkohol.
Um das schwere Aftershave eines älteren Mannes.
»Hallo?«, fragte sie in die rauschende Stille hinein. Als sie den Lufthauch neben ihrem Ohrläppchen spürte, wollte sie sich vor Angst übergeben.
»Nicht weiterspielen«, flüsterte eine verstellte Stimme in ihr Ohr.
Der Mann, der wie aus dem Nichts aufgetaucht war, legte ihr – und das machte alles noch viel schlimmer – nahezu zärtlich die Hand auf die nackte Schulter. Gleichzeitig fühlte sie ein Stück kaltes Metall an ihrer Wange.
Sie fuhr herum, schlug ins Leere und fühlte sich hilflos. Sie holte tief Luft, als müsse sie Anlauf für den Schrei nehmen, der sich tatsächlich nur langsam in ihrer Kehle entwickelte, bis er zu einem gutturalen Brüllen angewachsen war. Sie schlug weiter in das Nichts, drehte sich gegen den Uhrzeigersinn und verlor das Gleichgewicht. Beim Stolpern riss sie eine schwere Vase von der Kommode. Das Bleiglas donnerte ungebremst aus einem Meter Höhe auf ihren Fußrücken und presste einen weiteren Schrei aus ihr hervor.
Gleichzeitig mit dem unerträglichen Schmerz füllten sich ihre Augen mit Licht.
Hell. Blitzartig. Wie ein überbelichtetes Bild …
Und dann fiel sie.
Zu Boden.
Und damit tief hinein in eine Vision.

49. Kapitel

Alina Gregoriev (Vision)

Das Zimmer ist dunkel, und die Frau ist nicht alleine. Man hört das Atmen in den Betten neben ihr. Außer ihr und der kranken Frau ist mindestens noch eine weitere sterbende Person im Raum.
Tod.
Daran besteht kein Zweifel.
Der Geruch von Desinfektionsmittel kommt nicht gegen das Parfum des Todes an, dem Sud aus abgestandenem Atem, wundgelegener Haut und wässrigen Ausscheidungen.
»Ich bin wieder da«, hört sie sich mit der Stimme eines Mannes flüstern.
Schnell, atemlos. Rauh.
Die Frau, die die Augen ihrer Mutter hat und dennoch jemand Fremdes ist, reagiert nicht. Wie auch, wenn über ihrem Gesicht eine durchsichtige Maske liegt?
Ein Schatten, den Alina nicht deuten kann, vermutlich, weil sie das Gerät nicht kennt. Weil sie es als Dreijährige nie gesehen hat oder sich jetzt nicht mehr daran erinnern kann.
Irgendetwas piepst in dem Raum wie ein rastloser Digitalwecker, um den sich keiner schert.
Dann quietscht eine Tür hinter ihr, und es wird heller. Jemand klatscht in die Hände. »Das ist aber schön, dass Sie mal wieder vorbeischauen«, hallt eine Frauenstimme durch den Raum. Dann huscht ein Schatten hinter ihr zum anderen Bett.

Rascheln. Ein Lufthauch, erzeugt von einer angehobenen Decke. Kissen werden aufgeklopft. Jemand stöhnt.
Alina greift zu der Hand auf dem Bett. Brüchige graue Haut auf weiß gestärktem Leinen.
Der Brustkorb der Frau auf dem Krankenbett hebt und senkt sich langsam. Manchmal, so scheint es, überlegt das Herz sich, ob es noch schlagen will.
Dann beugt sie sich nach vorne, streicht der alten Dame eine Strähne aus der Stirn und küsst sie.
Bevor sie geht, drückt sie ihr ein letztes Mal den Arm.
Und dann, etwa in dem Moment, in dem in weiter Ferne der Feueralarm losgeht, dreht sie sich zum Nachttisch und richtet einen kleinen quadratischen Gegenstand aus.
Einen Fotorahmen.
Das Bild darin zeigt weder Vater noch Mutter, also kann es sich nur um ein Kind handeln. Junge oder Mädchen. Der Schatten auf dem Foto ist unmöglich zu identifizieren. Sie kann nur die Augen erkennen. Besser gesagt das eine Auge. Das andere ist verdeckt.
Oder gar nicht vorhanden.
Sie dreht sich um, sieht zur offenen Tür, und die Alarmsirene wird lauter. Gleichzeitig verdunkelt sich die Welt um sie herum …
Und aus den Blitzen werden wieder schwarze Flecken. Aus den Bildern wird ein allumfassendes Schwarz …
… in dem Alina wieder erwacht. Geweckt von der Alarmanlage der Galerie, sechs Stockwerke unter ihr. Und von dem wütenden Hämmern an ihrer Wohnungstür.

48. Kapitel

(Noch 8 Stunden und 17 Minuten bis zum
Ablauf des Ultimatums)

Alexander Zorbach (Ich)

Als sie mir endlich öffnete, war es die buchstäblich letzte Sekunde. Nur einen kurzen Augenblick später wäre mir das klobige Ding aus den blutigen Händen gerutscht. Ich hatte die Treppe genommen und mich sowohl mit meiner Kondition als auch mit dem Gewicht des Apparats verschätzt, den ich aus der Galerie geklaut hatte.

Alina zitterte am ganzen Körper, als sie mich wortlos eintreten ließ.

»Was ist passiert?«, fragte sie monoton, nachdem ich den Festplattenrekorder abgesetzt hatte. Eine Frage, die ich ihr ebenso gut hätte stellen können.

Es war schon auffällig genug, dass sie mir splitterfasernackt gegenüberstand und keine Anstalten machte, sich zu bedecken. Zudem hatte sie auf einmal keine Haare mehr, was aber die Perücke auf der Kommode neben der Tür erklärte. Weitaus verstörender empfand ich die Angst, die mir aus jeder Faser ihres Körpers entgegensprang. Ihr Atem ging schnell, und die Hände zitterten unkontrolliert an den schlaff herabhängenden Armen. Hatte sie vorhin noch so viel Wert auf ihre Mimik gelegt, glich das Gesicht jetzt einer starren Maske. Sie hatte geweint, dicke, lidschattenverschmierte Tränen waren ihr die Wange herabgelaufen, was den puppenartigen Ausdruck noch verstärkte.

Ich wollte sie instinktiv in den Arm nehmen, doch Alina wich einen Schritt zurück.

»Fass mich nicht an«, flüsterte sie leise und hob abwehrend beide Hände.

»Was hast du denn?«

Erst sehr viel später registrierte ich, dass wir in diesem Moment zum Du übergegangen waren.

»Er war hier.«

»Wer?«

»Na wer wohl«, brüllte sie mich an, und fast war ich froh, dass sie zu einem derartigen Ausbruch fähig war. Gleißende Wut war immer besser als finstere Angst. »Der Scheißkerl hatte das Messer dabei. Das Messer, mit dem er …« Sie sprach nicht weiter, und das war auch nicht nötig.

Ich ließ meinen Blick über den nackten Körper wandern, um zu überprüfen, ob der Augensammler sie irgendwo verletzt hatte, doch alles, was ich sah, war der etwas zu dünne, aber dennoch weiblich geformte Körper einer jungen Frau, die ich unter anderen Umständen gewiss attraktiv gefunden hätte. Falsch – die ich sogar unter diesen Umständen attraktiv fand. Ein Gedanke, den ich sofort wieder verdrängte.

»Wo ist er?«, fragte ich und wollte den Gang hinunter, um die Zimmer zu kontrollieren. Draußen erstarb endlich die verdammte Alarmanlage.

»Spar dir die Mühe«, sagte Alina hinter mir. »Er ist weg.« Sie verschränkte die Arme vor den Brüsten, wobei sie mit einer Hand ihre merkwürdige Tätowierung am Hals abdeckte, die im Halbdunkel des Flurs wie ein großes Muttermal gewirkt hatte.

»Woher willst du das wissen?«

»Weil TomTom nicht mehr reagiert.« Ich sah den Gang hinunter bis zu einem Punkt, an dem ich das Badezimmer vermutete, in dem laut Wasser rauschte. Der Hund lag in einer sphinxähnlichen Haltung davor und klopfte zur Begrüßung mit dem Schwanz auf das Parkett.

»Er wittert keine Gefahr mehr. Außerdem steht die Balkontür offen, ich denke, der Kerl ist über die Feuerleiter wieder runter.«

Ich näherte mich der Badezimmertür, durch die Schwaden von heißem Wasserdampf auf den Flur waberten, und spähte in den Nebel hinein.

Nichts.

Bis auf eine fast überlaufende alte Emaillebadewanne war nichts Außergewöhnliches zu sehen.

Ich drehte den Hahn zu und verbrannte mir die Hand bei dem Versuch, den Stöpsel zu ziehen. Beim Herausgehen sah ich Schminkutensilien vor dem grell erleuchteten Spiegelschrank stehen, doch jetzt war nicht die Zeit, um mich darüber zu wundern.

»Was wollte er?«, fragte ich.

»Uns zum Aufhören überreden.«

Sie gab mir eine kurze Zusammenfassung dessen, was sie vor wenigen Minuten so unter Schock gesetzt hatte. »Er sagte *nicht weiterspielen*, womit er ja wohl nur sein krankes Versteckspiel gemeint haben kann.«

Sie unterbrach sich: »Und du? Weshalb bist du zurückgekommen?«

»Ich brauche deinen Fernseher.«

Sie drehte mir das rechte Ohr zu. Eine Geste, mit der sie mich ihrer vollen Aufmerksamkeit versicherte. »Wozu das?«

Ich erzählte ihr von der Kamera in der Kunstgalerie. »Sie filmt jeden, der aus deinem Hauseingang tritt«, schloss ich meine Erklärung.

»Und?«

»Und sie ist mit einem Festplattenrekorder verbunden.« Ich zeigte sinnloserweise den Flur hinunter, wo ich das Ding auf eine Kommode gestellt hatte.
»So ein Teil speichert bis zu hundertzweiundsiebzig Stunden Bildmaterial, vermutlich länger.«
»Scheiße, sag nicht, *du* hast eben da unten den Alarm ausgelöst?«
»Wozu ein Pflasterstein nicht alles taugt.« Ich versuchte, ein Lächeln in meine Stimme zu legen: »Komm schon, es ist nur noch eine Frage von Minuten, bis die Polizei eins und eins zusammenzählt und bei dir klingelt.«
Sie schüttelte den Kopf, atmete tief durch, und ein weiteres Stück ihrer körperlichen Anspannung schien von ihr abzufallen.
Auch wenn sie es wahrscheinlich nicht einmal vor sich selbst zugab, spürte ich doch, dass meine Gegenwart sie etwas beruhigte.
»Ich muss bescheuert sein«, sagte sie, setzte sich aber in Bewegung.
Ich folgte ihr, nachdem ich hastig zur Kommode zurückgeeilt war und mir den schweren Kasten gegriffen hatte. Die Schnittwunde, die ich mir beim Einwerfen der Schaufensterscheibe zugezogen hatte, blutete mittlerweile nicht mehr.
Unser Weg durch die unerwartet helle Wohnung führte mich an einer Balustrade entlang am Badezimmer vorbei in ein Wohnzimmer mit angeschlossener offener Küche. Erst jetzt erkannte ich, dass das Appartement zwei Stockwerke hatte.
Mit schnellen, sicheren Schritten wich Alina einer abwärtsführenden Wendeltreppe aus und öffnete eine Tür, die vom Wohnzimmer zur Hofseite führte.

TomTom war uns hinterhergetrottet, blieb aber im Wohnzimmer neben der Couch liegen.
»Willst du dir nicht was anziehen?«, fragte ich sie, als wir in dem Raum standen, der unschwer als ihr Schlafzimmer zu erkennen war. Auch hier wunderte ich mich über die vielen Spiegel, einer hing sogar an der Decke.
»Wieso?«, fragte sie mich und ging mit ruhigen Schritten zu dem großen Standfernseher gegenüber von ihrem Bett.
»Du bist nackt«, sagte ich und dachte insgeheim: *Und ich bin auch nur ein Mann.*
»Meine Heizung funktioniert«, entgegnete sie lakonisch. Sie bückte sich, um die Kabel von ihrem DVD-Player zu lösen, und ich wusste für einen Moment nicht, wo ich hinschauen sollte, wenn ich mir nicht wie ein Voyeur vorkommen wollte. Normalerweise konnte ich weder Piercings noch Tätowierungen etwas abgewinnen, und kahl geschorene Schädel, selbst wenn sie mit einem labyrinthartigen Muster versehen waren, standen auch nicht gerade weit oben auf meiner Beliebtheitsskala.
Charlie hatte mir einmal erklären wollen, wie dicht Sex und Schmerz beieinanderliegen, doch ich hatte diesen SM-Fetisch-Gedanken noch nie nachvollziehen können. Nun, vielleicht hatte sie ja doch recht, und am Ende standen nicht nur Schmerzen, sondern der Tod selbst in einer intensiven Wechselwirkung mit der sexuellen Begierde. Anders konnte ich es mir nicht erklären, weshalb ich mir ausgerechnet in diesem Moment wünschte, Alinas nackte Haut zu berühren, obwohl meine Sinne doch ganz und gar auf Flucht vor einem perversen Serienmörder hätten gepolt sein müssen.
Und auf Flucht vor der Polizei!
Jedenfalls war es nicht die Vernunft, sondern der traurige

Gedanke an Charlie, der mich daran erinnerte, worauf ich mich als Nächstes zu konzentrieren hatte.

Alina stand wieder auf und überließ mir den Fernseher. Es dauerte nur wenige Sekunden, dann hatte ich den Festplattenrekorder angeschlossen.

»Musstest du das Schaufenster der Galerie einschmeißen? Das sind so liebe Künstler, denen das gehört.«

Alina gab mir die Fernbedienung, und ich schaltete auf AV. »Ich hatte keine Wahl. Zuvor habe ich Stoya angerufen und ihn gefragt, ob er sich ein Videoband anschauen würde, auf dem vielleicht der Augensammler zu sehen ist.«

»Und?«

Ich seufzte. »Er wolle seine Zeit nicht mit meinen Ablenkungsmanövern verplempern.«

Ich sah zu Alina hoch, die jetzt auf der Bettkante saß. Sie war so schlank, dass ihr Bauch nur eine Andeutung von Falten warf, obwohl sie sich nicht sonderlich gerade hielt.

»Also muss ich es wohl selbst überprüfen. Wann war der Kerl gestern bei dir in Behandlung?«

Der Augensammler.

»Kurz nach drei.«

»Und wann bist du den Typen wieder losgeworden?«

»Nur wenige Minuten später.«

»Er ist einfach so gegangen?«

»Ja, das hat mich auch gewundert. Der muss garantiert was gemerkt haben. Mann, hatte ich die Hosen voll, als die Vision plötzlich abriss. Ich erzählte etwas von einer Migräneattacke und bat ihn zu gehen, was er sofort tat. Ziemlich komisch, oder? Er wollte noch nicht einmal sein Geld zurück.«

Ich stellte den Timer der Festplatte auf 15.10 Uhr, in der Hoffnung, weder zu weit nach vorne gesprungen zu sein noch zu viel Zeit mit unnützen Aufnahmen zu verplempern.

15.10 Uhr?, überlegte ich. *Zu diesem Zeitpunkt hatte ich es mir in der Parkgarage des Zeitungsverlags auf dem Rücksitz meines Volvos bequem gemacht. Eigentlich hätte es nur ein kurzes Nickerchen werden sollen, doch der Schlafentzug der letzten Tage war zu groß gewesen, und ich pennte bis zur 17-Uhr- Konferenz.*

Es dauerte nur wenige Minuten, bis ich die entscheidende Stelle gefunden hatte. Der Rekorder nahm zum Glück nicht die Leerlaufzeiten auf, sondern nur das, was die Kamera wirklich einfing. Ich verstand zwar immer noch nicht, was diese Installation mit Kunst zu tun hatte, nahm mir aber in Gedanken vor, der Galerie den Schaden zu ersetzen, sobald ich dazu wieder in der Lage war.

Falls ich dazu jemals wieder in der Lage sein sollte.

Ungläubig starrte ich auf das Bild vor meinen Augen und vergaß zu blinzeln. Erst als Alina mich ansprach, merkte ich, dass ich eine geraume Zeit wie ausgestopft vor dem Fernseher gesessen haben musste.

»Und?«, fragte sie. »Was siehst du?«

Scheiße. Das darf nicht wahr sein.

Mein Mund wurde trocken, während ich nach einer plausiblen Antwort suchte.

»Erkennst du was?«

»Ja«, krächzte ich, dabei hatte ich die Wahrheit gar nicht verraten wollen. »Nein … Ich meine … Ich weiß nicht«, stotterte ich hilflos, und das war gelogen. Natürlich erkannte ich *etwas*. Aber was es war, konnte ich Alina in diesem Moment unmöglich sagen. Zum ersten Mal war ich dankbar für ihre Blindheit. Denn dadurch konnte sie nicht sehen, dass der Kerl mit dem grünen Parka und den ausge-

latschten Timberland-Stiefeln, dessen Bild der Festplattenrekorder gerade auf den Fernseher warf, eine große Ähnlichkeit mit einem Menschen besaß, den ich kannte.
Den ich *sehr* gut kannte.
Denn der Mann war ich selbst.

47. Kapitel

Es dauerte eine Weile, bis ich mich gefangen hatte. Bis ich nicht mehr das Blut in den Adern rauschen hörte und das Gefühl in den Fingern zurückgekehrt war.

»Ich kann sein Gesicht nicht erkennen«, sagte ich, was der Wahrheit entsprach. Der Mann, der meinen leicht nach vorne gebeugten Gang und meinen Klamottenstil imitierte, hatte sich die Kapuze seines Parkas über den Kopf gezogen.

Etwas, was ich niemals tun würde. Selbst bei Regen nicht!

Ich versuchte, einen anderen Bildausschnitt zu erhalten, indem ich das Standbild weiter nach vorne und wieder zurück springen ließ, aber die Perspektive wurde nicht besser. Es war völlig unmöglich zu sagen, ob der Mann meine Größe und Statur hatte, dafür war er zu weit vom Schaufenster entfernt.

Aber er trägt meine Jacke. Meine Jeans. Meine Schuhe.

Eine Faust ballte sich in meinem Magen zusammen. Der Anblick der schemenhaften Gestalt auf dem Bildschirm hatte ein beunruhigendes Déjà-vu ausgelöst.

»Keine Ahnung, wer das ist«, sagte ich und fühlte mich, als schwöre ich einen Meineid.

»Aber es beweist, dass er da war«, sagte Alina. Entweder ihr war doch kühl geworden, oder sie hatte aus einem anderen Grund ihre Meinung geändert. Jedenfalls stand sie jetzt vor dem geöffneten Schrank und zog mit ruhigen, gleichmäßigen Bewegungen mehrere Kleidungsstücke heraus.

»Nein, es beweist lediglich, dass um diese Uhrzeit *irgendjemand* aus deinem Haus gegangen ist.«
Ich ließ die Aufnahme weiter nach vorne laufen in der Hoffnung, dass der Mann einen Fehler machte und sich aus Versehen in die Kamera drehte. Das Gegenteil war der Fall. Wahrscheinlich, um zu verhindern, dass ihm der Schneeniesel ins Gesicht wehte, ging er mit vornübergebeugtem Kopf, den Blick starr nach unten gerichtet, weiter. Aber dann, kurz bevor der Unbekannte aus dem Blickwinkel der Kamera verschwand, passierte es.
Der Zusammenprall.
Weil er weder nach rechts noch nach links blickte, hatte er den Koffer des Bettlers übersehen, der schräg im Gehweg stand. Der Kerl war offenbar hineingetreten, denn plötzlich ergossen sich einige Münzen auf den Gehsteig, und ein hagerer, ausgezehrter junger Mann erschien wütend auf der Bildfläche.
»Dein Patient hat Streit mit einem Penner«, erklärte ich Alina.
»Dieser Penner, wie sieht er aus?«, fragte sie.
»Mittelgroß. Schwarze, strähnige Haare, von denen aber nicht mehr allzu viele. Und er hält eine Gitarre in der Hand.«
»Den kenne ich.«
Ich drehte mich zu ihr. »Wer ist das?«
»Ein Straßenmusiker. Spielt hier jeden zweiten Tag. Ich gebe ihm immer was, obwohl ich noch nie jemanden so schräg habe singen hören.«
»Hast du einen Drucker?«, fragte ich und ärgerte mich im nächsten Augenblick über meine dämliche Frage.
»Nee. Und eine PlayStation fehlt mir auch noch in meiner Sammlung.«

Wir mussten beide lächeln. Wenigstens nahm Alina es mit Humor. Ich zog mein Handy aus der Jackentasche, steckte hastig den Akku wieder rein, ließ das Telefon aber im Flugmodus, damit es sich nicht in ein Netz einloggen konnte und Stoya somit meine Position verriet.

Wenn sie die nicht schon längst hatten.

Dann fotografierte ich den Bildschirm ab. Nach drei Versuchen hatte ich ein einigermaßen brauchbares und flimmerfreies Foto von dem Straßenmusiker und eins von dem unbekannten Doppelgänger.

»Bist du so weit?«, hörte ich Alina hinter mir fragen. Als ich mich umdrehte, war sie wieder vollständig angezogen. Sie trug eine mit Lederflicken bestickte Jeans und ein rotbraun kariertes Holzfällerhemd, das sie sich vor dem Bauch zusammengebunden hatte. Passend zu dem neuen Look steckten die Füße in zerschlissenen Cowboystiefeln, deren Hacken bereits abgelaufen waren und die eine Nummer zu groß wirkten.

»O nein. Ich zieh dich da nicht noch weiter rein«, sagte ich, immer noch etwas verwirrt von ihrer optischen Verwandlung. Aus dem linken Szene-Mädchen war ein burschikoses Country-Girl geworden.

»Quatsch keinen Scheiß. Glaubst du, ich bleib hier alleine?«

Mit sicheren Bewegungen steuerte sie so schnell aus dem Schlafzimmer wieder den langen Gang hinunter zur Wohnungstür, dass ich Mühe hatte, sie einzuholen.

»Komm her, TomTom, wir müssen noch mal los«, rief sie, als sie an der Garderobe angekommen war. Ohne auf meine Einwände einzugehen, öffnete sie die Kommode und tastete flink über mehrere Perücken. Schnell entschied sie sich für eine blonde Kurzhaarperücke mit gestuftem Pony.

Dann, nachdem sie TomTom mit wenigen geübten Griffen wieder sein Geschirr angelegt hatte, schnappte sie sich eine fellgefütterte Cordjacke, ging zur Wohnungstür und öffnete sie. Da sie bei all ihren Handlungen ununterbrochen die Augen geschlossen hielt, sah sie dabei aus wie eine Schlafwandlerin.

»Das ist doch Wahnsinn«, sagte ich mehr zu mir als zu ihr.

»Mag sein.« Sie zog sich die Jacke an und schlug den Kragen hoch. »Aber wenn wir hier noch länger rumstehen, wird die Polizei kommen.« Mit TomTom an der festen Leine trat sie in den Hausflur, und der Bewegungsmelder aktivierte die grellen Deckenfluter. »Und dann kann ich dich leider nicht mehr zu dem Straßenmusiker bringen, den du eben gesehen hast.«

46. Kapitel

(Noch 7 Stunden und 31 Minuten bis zum Ablauf des Ultimatums)

Alexander Zorbach (Ich)

Irgendein schwachsinniger PR-Berater muss Paris Hilton einmal eingeredet haben, sie müsse auf Fotos immer seitlich verdreht zur Kamera stehen, das Kinn nach unten Richtung Brust strecken und dabei mit künstlich kokettem Augenaufschlag schräg in die Kamera grinsen. Der Barkeeper, dessen misstrauische Blicke an uns hafteten, seitdem wir seine menschenleere Kneipe betreten hatten, stand in ähnlicher Pose hinter dem Tresen: den rechten Arm abgestützt, mit dem Oberkörper parallel zur Theke, den Kopf um neunzig Grad verdreht. Er trug eine rahmenlose Lesebrille, die ihm bis auf die Nasenflügel gerutscht war, was den Eindruck, er würde auf uns herabsehen, nur noch verstärkte.

»Hallo Paris«, sagte ich zur Begrüßung und merkte selbst, dass ich schon einmal bessere Scherze zur Auflockerung gerissen hatte. Er verzog keine Miene, und ich bezweifelte, dass er die Hotelerbin überhaupt kannte.

Alina, die sich in dem schummrigen Schuppen offenbar auskannte, tastete nach einem Hocker und setzte sich. Ich wollte das Eis brechen, indem ich erst mal für etwas Umsatz sorgte, doch bevor ich etwas bestellen konnte, öffnete der Barkeeper schon den Mund: »Ich sag Ihnen, wer Schuld hat, dass die Welt vor die Hunde geht.«

Okay, diese Begrüßung ist jetzt aber auch nicht besser als meine, dachte ich, hielt aber die Klappe. Aus Erfahrung wusste ich, dass man einen Wirt nicht unterbrach, wenn man eine Information von ihm wollte, mochte sein Geschwafel auch noch so hirnrissig sein.

»Die Mode«, klärte er uns auf und nickte bedeutungsschwer. Dabei wanderte sein glasiger Blick zu Alinas Cowboyhosen. »Es ist die gottverdammte Mode, die uns ruiniert.«

»Aha«, sagte ich pflichtschuldigst in eine längere Pause hinein, doch wie befürchtet war der Mann noch längst nicht am Ende mit seinem Vortrag.

»Was heißt es denn, wenn Dinge aus der Mode kommen? Doch nichts anderes, als dass wir das, was noch funktioniert, wegschmeißen, nur weil es einen kleinen Kratzer hat.«

Er schlug mit der flachen Hand auf die Theke. »Dieser Tresen hier ist sechzig Jahre alt. Hat 'ne Menge abbekommen. Gläser, Flaschen, sogar mal ein Schädel ist an dem zu Bruch gegangen.«

Er lachte selbstvergessen. »Mann, auf ihm wurde gesoffen, getanzt, geprügelt, geschlafen und gevögelt.«

Ich sah aus den Augenwinkeln heraus, wie Alina leise lächelte.

»Ist sicher nicht der schönste Tresen Berlins. Aber völlig in Ordnung. Hält noch weitere sechzig Jahre aus. Genauso wie der Rest der Einrichtung.«

Er machte eine ausladende Handbewegung, die man aus Filmen kennt, wenn der Vater dem Sohn sagt: »Und das alles wird einmal dir gehören.« Wobei »alles« in diesem Fall eine Ansammlung dreckiger Vorhänge, mehrere ockerfarbene Holzmöbel mit abgewetzten Polstern, einen altersschwachen Flipper und Spirituosen im Wert von wohl nicht mal zweitausend Euro umfasste.

»Nichts hier drinnen ist kaputt. Wieso also sollte ich renovieren?«
Vielleicht, weil du dann nicht der einzige Gast um diese Uhrzeit wärst?, dachte ich, verstand aber, worauf er hinauswollte.
»*Loungemöbel*, hat mir so ein schwindsüchtiger Innenarchitekt geraten. *Clubsofas,* auf denen man *chillen* kann. Das wär jetzt der Trend.«
Ich konnte mich nicht daran erinnern, wann ich das letzte Mal einen so angewiderten Gesichtsausdruck gesehen hatte.
»Was zum Teufel soll daran gut sein, wenn dir jemand beim Trinken die Füße ins Gesicht streckt?«
Ich versuchte beim Achselzucken so unauffällig wie möglich auf meine Armbanduhr zu schauen. Die Kneipe befand sich zwei Querstraßen von der Galerie entfernt.
»Wir vernichten unsere Rohstoffe, wir saugen unseren Planeten aus wie ein Parasit seinen Wirt, werfen Tag für Tag Dinge weg, die noch tadellos in Ordnung sind. Allein mein bekloppter Neffe hat im letzten Jahr drei Handys verbraucht. Und wer ist schuld daran?«
»Die Mode«, sagte ich, dankbar für den Ball, den er mir zugeworfen hatte. Jetzt lag ich mit ihm auf einer Wellenlänge, was im Grunde genommen sogar stimmte. Ich hatte schon schwachsinnigeren Kneipenphilosophen zugehört.
»Okay, was wollt ihr?«, fragte er und schenkte uns ein erstes, nikotinverfärbtes Lächeln.
»Zwei Gin Tonic«, sagte ich. »Und wir würden gerne mit diesem Kerl hier sprechen.«
Der Barkeeper sah erstaunt auf mein Handy, das ich über die Theke streckte. Dann schob er seine Lesebrille zurecht.

»Ist schon über vier Jahre alt«, log ich und erstickte damit jeden seiner Einwände im Keim.
»Und macht immer noch tadellose Fotos«, nickte er anerkennend.
Ich lächelte. »Erkennen Sie den Mann?«
»Linus? Natürlich.«
Linus? Ich drehte mich kurz zu Alina, froh darüber, ihrem Hinweis gefolgt zu sein. »Wissen Sie, wo ich ihn finde?«
Der alte Wirt lächelte noch breiter. »Da drinnen.«
Er deutete mit dem Kopf zu einer Tür in der äußersten Ecke der schummrigen Kneipe. Zu einer Tür, über der sich zwei Billardqueues kreuzten.
»Was dagegen, wenn ich mal mit ihm rede?«
»Tun Sie, was Sie nicht lassen können. Aber ich fürchte, dafür kommen Sie zu spät.«
»Zu spät?« Ich sah den Barkeeper fragend an, dessen Lächeln verschwunden war.
»Na los schon, gehen Sie rein. Aber sagen Sie nicht, ich hätte Sie nicht gewarnt.«

45. Kapitel

(Noch 7 Stunden und 26 Minuten bis zum Ablauf des Ultimatums)

Tobias Traunstein (9 Jahre)

Einmal hatten sie gewettet, wer länger unter Wasser bleiben könne. Direkt nach dem Schulschwimmen im Krummebad – sie hätten eigentlich schon beim Duschen sein müssen – hatte Kevin sein komplettes Panini-Heft zur WM als Einsatz gesetzt.

Tobias schluckte trocken, dann sog er gierig die immer dünner werdende Luft aus der Dunkelheit um ihn herum. Er musste an einen Strohhalm denken, mit dem man einen dicken Milchshake trinken will. So mühsam war das Atmen mittlerweile geworden.

Es ging um das Panini-Heft!

Mann, seins war nicht mal annähernd vollständig gewesen.

Also waren sie damals um die Wette getaucht.

Er, Jens und Kevin.

Wobei ...

Eigentlich müsste es ja anders heißen. Kevin, Jens und er. Oder Jens an erster Stelle.

Nur nicht der Esel, dachte Tobias und steckte die Münze wieder in den Schlitz der Schraube. *Der Esel nennt sich nie zuerst.*

Das wusste er von Frau Quandt, derselben Deutschlehrerin, mit der sie den Text über den Schiffbrüchigen gelesen hatten. Der Typ, der sich immer auf die Zunge biss, um Spucke zu produzieren.

Tobias presste die Schneidezähne noch fester zusammen.
Scheißtipp. Funktioniert nicht.
Er musste husten, wodurch er schon wieder abrutschte.
Scheißschraube. Scheißdunkelheit. Scheiß auf Frau Quandt.
Der verdammte Speichel blieb aus. Das Einzige, was sich vermehrte, war der Schmerz. Die Zunge war schon ganz wund und fühlte sich an wie ein Stück Leder. Und sein Kopf dröhnte wie damals, als er viel zu lange unter Wasser geblieben war, nur um dieses bekloppte Sammelheft zu bekommen.
Und das war ihm ebenso wenig gelungen, wie endlich dieses Schloss zu öffnen.
Vier Umdrehungen hatte er schon gezählt. Vielleicht sogar fünf. Dann war ihm die Münze aus der Hand gefallen, mit der er die Schraube im Schloss bewegte, und er war bei der Suche nach ihr eingeschlafen. Jetzt wusste er nicht, wie viel Zeit er verpennt hatte, hier in dieser ewigen Finsternis. Wenn die Kopfschmerzen nicht so schlimm wären, wäre er sich nicht mal sicher, ob er überhaupt aufgewacht war.
Er steckte die Münze wieder in den Schlitz und schaffte eine weitere halbe Umdrehung.
Kacke, wieso schwitze ich so doll, dass mir die Münze immer wieder aus den Fingern gleitet, aber mein Mund ist trocken wie …?
Ja, wie was? Auf einmal fühlte er sich leer. Sein Kopf dröhnte, und er war zu müde, um einen passenden Vergleich zu finden.
Wie Arschwasser, wollte er sagen, aber das ergab ja gar keinen Sinn.
Tobias zuckte zusammen, als er eine hysterische Lache hörte, bis ihm klar wurde, dass es seine eigene war.
Er leckte sich den Schweiß von der Oberlippe und wusste,

dass er einen Fehler machte. So wie in der Geschichte um den Schiffbrüchigen, der das Meerwasser getrunken hatte und nur noch durstiger wurde. Damals hatte er sich überlegt, warum der Mann auf dem Floß nicht sein eigenes Blut trank.

Aber das war vermutlich eine ebenso beschissene Idee wie die Nummer mit dem Schloss hier.

Er würde hier niemals rauskommen. Würde nie das Ding öffnen können, in dem er lag.

Was immer das auch ist!

Er würde ersticken und gleichzeitig erschwitzen.

Hah!

Tobias kicherte. *Erschwitzen.* Geiles Wort, fast noch besser als Arschwasser.

Klick!

Tobias schrak zusammen.

Klack!

Dann quietschte es, und es gab ein letztes, etwas leiseres Klicken.

Tobias stemmte sich mit den Ellbogen auf, drückte den Kopf gegen die nachgiebigen Wände über sich. Die Münze, die ihm als Schraubenzieher gedient hatte, hatte er wieder verloren, doch das war jetzt nebensächlich. Das konnte ihn nicht vom Lachen abhalten.

Ein Lachen, das von Sekunde zu Sekunde lauter wurde und in einen lauten Jubelschrei überging.

Ich habe es geschafft.

Erst hatte er es gehört, nun konnte er es fühlen: Das Vorhängeschloss war aufgesprungen und baumelte nur noch lose an der geöffneten Angel. Tobias' Finger zitterten, aber diesmal rutschte er nicht ab, als er das Schloss löste. Dann tastete er nach der Öse, durch die der Haken geführt hatte,

und stellte fest, dass es *zwei* Ösen waren. *Zwei* dünne Metallplättchen mit einem Loch am Kopfende, die sich wie die Zeiger einer Uhr gegeneinander drehen ließen.
Von da an ging alles ganz schnell.
Tobias begriff, dass es sich um den Zug eines Reißverschlusses handelte, der parallel zu seinem Körper über ihm hinweg in der Wand verlief. Weil das Band des Reißverschlusses unter einem Saum versteckt gewesen war, hatte er die Erhebung für eine bedeutungslose Naht gehalten. Aber in Wahrheit war sie …
… der Ausgang?
Er hielt die Luft an, um die letzten Kraftreserven in seinem dürren Körper mobilisieren zu können.
Dann versuchte er mit schwitzenden Fingern, die beiden Reißverschlussgriffe in die jeweils entgegengesetzte Richtung zu ziehen.
Problemlos.
Das ist ja geil, dachte er und zog den Verschluss immer weiter auf. Der Schlitten des Reißverschlusses glitt wie eine Kufe über die Eisbahn.
Tobias wollte schon wieder jubeln, doch ebenso schnell, wie seine Lebensgeister erwacht waren, erstarben sie auch schon wieder, als er die Plastikfolie über seinem Kopf spürte.
Gute Nachrichten, schlechte Nachrichten. Wie gewonnen, so zerronnen.
Er hatte den Reißverschluss geöffnet, aber nicht die gummiartige Hülle, in die er ganz offensichtlich eingeschweißt war. Deretwegen er kaum noch Luft bekam.
Er bohrte den Zeigefinger in die Folie, spürte, wie sie nachgab, aber nicht zerriss. Wie ein ausgespuckter Kaugummi, den man sich von der Schuhsohle kratzen will und der dabei Fäden zieht, aber nicht zerreißt.

Tobias schossen Tränen in die Augen. Er schluchzte, schrie nach seiner Mutter.

Nicht nach Papa, dem alten Arsch. Aber Mama. Mama sollte jetzt hier sein.

Mit der Kraft der Verzweiflung packte er die beiden Hälften der Stofflaschen über sich …

Das ist eine Tasche! Ich stecke in einer zugeschweißten Tasche.

… und riss sie jeweils in die entgegengesetzte Richtung.

Einmal, zweimal. Beim dritten Mal schrie er und übertönte damit das leise Knirschen.

Verdammte Scheiße, tatsächlich!

Die Wände waren weg! Ganz plötzlich. Er sah es nicht, er fühlte es auch nicht, aber er konnte es riechen. Denn die Luft war …

… anders.

Tobias hörte sich immer noch so an, als würde er schreien, nur dass die gutturalen, pfeifenden Laute jetzt beim Einatmen entstanden.

Er stemmte sich auf die Ellbogen. Der Kopf war jetzt befreit; er konnte sich mit dem gesamten Oberkörper aufsetzen.

Gierig sog er die Luft ein, die zwar immer noch dünn, aber wesentlich gehaltvoller war als in dem Ding, in dem er bisher gesteckt hatte.

Doch nachdem sich die erste Euphorie gelegt hatte, fühlte er sich elender als noch wenige Minuten zuvor.

Wo bin ich jetzt?

Er kroch auf allen vieren über das Behältnis, das ihn bis eben noch gefangen gehalten hatte.

Das erste Gefängnis war er los.

Und nun?

Er versuchte aufzustehen, hielt sich auf beiden Beinen, wenn auch nur für wenige Sekunden, so kraftlos war er. Dann stürzte er wieder.

Alles, was er beim Fallen von seiner neuen Umgebung wahrnahm, war, dass er immer noch nichts sehen konnte.

Gar nichts. Hier, wo immer hier jetzt war, war es genauso dunkel wie zuvor.

Schwarz. Es hat sich nichts verändert.

Außer vielleicht, dass das neue Verlies jetzt etwas höher war, denn er hatte sich vollkommen aufrichten können.

Und die Wände sind nicht mehr weich, dachte Tobias noch.

Dann schlug sein Kopf auf den Holzboden.

44. Kapitel

(Noch 7 Stunden und 24 Minuten bis zum
Ablauf des Ultimatums)

Alexander Zorbach (Ich)

Er ist tot.
Das war mein erster Gedanke. Mein zweiter beschäftigte sich mit der Frage, warum der Barkeeper, der Alina, TomTom und mich in den fensterlosen Nebenraum begleitet hatte, so milde lächelte, während eine Leiche auf seinem Billardtisch verweste.
Der Mann, den wir gesucht hatten, lag quer über dem grünen Filz, wobei sein Kopf auf der linken Seite zwischen der vorderen und mittleren Lochtasche schlaff über der Bande hing. Die Augen waren weit geöffnet, und aus dem Mund rann ein roter Schleimfaden. Die Blutlache, die sich unter seinem Brustkorb ausbreitete, wirkte nicht mehr ganz frisch.
»Was stinkt denn hier so?«, fragte Alina angewidert und hielt sich die Hand vor Mund und Nase.
»Ich, ich weiß nicht genau, aber ich glaube …«
»Den hat's ganz schön zerlegt, was?«, lachte der Barkeeper zufrieden. Ich wich einen Schritt zurück und trat ihm auf die Füße. Während ich noch überlegte, was wir in der Kneipe alles angefasst hatten und ob es möglich wäre, mir auch diesen Mord in die Schuhe zu schieben, aktivierte ich mein Handy.
»Nichts berühren«, rief ich Alina zu und tippte den Sim-Code ein.
Ich wollte gerade die Polizei anrufen, als das Telefon mir

fast aus der Hand sprang. Der Vibrationsalarm signalisierte gleichzeitig mehrere Anrufe in Abwesenheit und einen neuen, der gerade einging.

»Hallo? Alex?«

O verdammt. Nicci!

Selbstverständlich war jetzt nicht der richtige Zeitpunkt für ein Gespräch mit meiner Frau, doch ich hatte versehentlich eine falsche Taste gedrückt, und jetzt hing sie in der Leitung. »Na endlich, Gott sei Dank, ich versuche schon seit Stunden, dich zu erreichen.«

Sie klang ängstlich. Eine böse Vorahnung überkam mich, und mit einem Mal fühlte ich mich noch schäbiger als die Inneneinrichtung der Kneipe, in der ich mich befand.

»Julian. Ihm geht's nicht gut.«

Bitte nicht.

Für einen Augenblick war alles andere nebensächlich geworden. Alina, TomTom, der Wirt, sogar eine Leiche zählt nicht mehr, wenn dein eigen Fleisch und Blut in Gefahr ist. Hier im Hinterzimmer gab es kaum Empfang. Ich konnte Nicci nur abgehackt verstehen, daher verließ ich wortlos den Raum.

»Was hat er?«, fragte ich, als das Display meines Handys wieder vier Netzbalken zeigte.

»Er hustet. Ich fürchte, es wird schlimmer.«

Mein Magen wurde zu einem einzigen Knoten.

»Fieber?«

»Ja, ich glaube.«

Was soll das denn heißen? Seit wann misst ein Thermometer die Temperatur nicht mehr in Grad Celsius, sondern in Vermutungen?

Ich verkniff mir eine bissige Bemerkung; immerhin war ich derjenige, der eine Stunde vor dem Geburtstag seines Sohnes nicht zu Hause war, sondern bei einer Blinden, einer Leiche und einem offenbar vollkommen durchgeknallten Wirt.

»Als ich das letzte Mal gemessen habe, lag die Temperatur bei 38,9«, sagte sie.

»Das ist an der Grenze«, sagte ich erleichtert. Etwas mehr als nur erhöht, aber weit entfernt von hohem Fieber.

»Soll ich einen Notarzt rufen?«, überraschte Nicci mich mit einer vernünftigen Frage.

Aus dem Nebenraum hörte ich Alina etwas sagen. Dann lachte der Barkeeper wieder.

»Ja, mach das«, bat ich sie, obwohl ich es eigentlich für übertrieben hielt. Aber sicher war sicher. »Nur nimm bitte nicht den privatärztlichen. Die schicken immer einen Armleuchter vorbei, der es erst mal mit Akupunktur versucht.«

Langsam entspannte ich mich etwas. Julian war krank, aber es klang nicht bedrohlich, und seine Mutter wollte ausnahmsweise einmal nicht zu einem Wunderheiler.

»Was hast du gegen Akupunktur?«, fragte sie.

»Nichts. Sie ist nur nicht meine erste Wahl bei einem akuten Infekt.«

Oder was immer das ist, woran Julian schon so lange leidet.

Meine Stimme zitterte, aber Nicci schien die Wut darin nicht gehört zu haben. Langsam rückte der Tote, den wir gerade im Nebenzimmer entdeckt hatten, wieder in mein Bewusstsein zurück.

»Ach Zorro«, sagte sie und benutzte damit einen Kosenamen, den ich schon lange nicht mehr aus ihrem Mund gehört hatte. »Was ist nur dein Problem?« Sie seufzte. »Wieso bist du eigentlich immer so verbittert, wenn wir miteinander reden?«

Was mein Problem ist? Ich wechselte wütend das Handy

von einem Ohr zum anderen. *Du willst wissen, was mein Problem ist? Okay, ich sag's dir.*

»Ich bin momentan etwas ungehalten, Kleines, weil ich gerade Jagd auf einen Perversen mache, der, wie es aussieht, mir die Schuld für seine Morde in die Schuhe schieben will. Und die einzige Zeugin, die mich entlasten kann, ist eine Blinde, die von sich behauptet, sie könne in die Vergangenheit sehen. Das ist mein Problem.«

Ganz abgesehen von der verwesenden Leiche, die sich nur wenige Meter von mir entfernt in einem Billardzimmer befindet.

Ich sah wieder zur Tür. Der Wirt hatte sich keinen Schritt bewegt, was bedeutete, dass er Alina in der Zwischenzeit nicht zu nahe gekommen sein konnte.

»Eine Blinde?«

Ich schloss die Augen. Wie hatte ich nur so blöd sein können, ausgerechnet dieses Thema anzuschneiden. Genauso gut hätte ich Nicci eine Einladungskarte für die Esoterikmesse schenken können. Ihr Interesse war entfacht, und sie würde nicht aufhören, mich mit Fragen zu löchern.

»Sie ist ein Medium, ja?«

»Vergiss, was ich gesagt habe.«

Ich ging zur Eingangstür und legte die Innenkette vor, damit keine weiteren Gäste in diesen Irrsinn platzen konnten.

»Pass auf, Zorro. Das ist jetzt ganz wichtig, hörst du?«

»Liebes, ich kann jetzt nicht weiterreden!«

Im Nebenzimmer fiel ein Queue zu Boden, dann hörte ich Alina im Nebenzimmer etwas murmeln, während Nicci zu mir sagte: »Ich weiß, du glaubst nicht daran. An Dinge, die wir uns nicht erklären können. Und das ist auch nicht schlimm. Aber …«

»Ich muss jetzt wirklich …«

Ich sah zum Billardraum, wo der Barkeeper aus meinem Blickfeld verschwunden war.
»Du musst dich von ihr fernhalten.«
»Was? Wieso?«
Jetzt hörte ich kein Wort mehr, weder von Alina noch vom Wirt, dafür drang ein langgezogenes Röcheln in den Barbereich. Ich setzte mich in Bewegung.
»Das habe ich dir schon tausendmal gesagt«, hörte ich Nicci noch sagen, aber ihre Stimme war zu einem Hintergrundgeräusch verkommen. Wie eine unheilverkündende Filmmusik, die den Schauspieler auf seinem Weg in die Gefahr begleitet.
Nur dass ich kein Schauspieler bin.
»Du ziehst das Böse an. Bis vor kurzem hast du nur darüber geschrieben, und jetzt ist es bei dir ...«
In der Tat. Es ist bei mir. Direkt hier ...
»... und es wird dich zerstören, Alex. Die Blinde, ich kenne sie nicht, aber ich spüre, dass sie dich in etwas hineinzieht, aus dem du nicht mehr herauskommst, verstehst du mich?«
»Ja«, sagte ich. Einerseits, weil sie auf eine unbeabsichtigte Art und Weise sogar recht hatte, denn tatsächlich fühlte ich mich gerade wie ein Ertrinkender, der tiefer und tiefer im Moor versinkt, je mehr er um sich strampelt. Andererseits musste ich das Telefonat jetzt endlich beenden.
»Halte dich von allen negativen Energien fern. Beschwöre das Böse nicht herauf, sonst wird es dich eines Tages zerstören. Komm lieber heim – zu Julians Geburtstag.«
Mit diesen Worten legte Nicci auf und ließ mich allein zurück in dem Wahnsinn, der sich mein Leben nannte.
Mit Alina, TomTom, dem Wirt.
Und mit einem Toten, der mir zuzwinkerte, als ich den Billardraum betrat.

43. Kapitel

»Scheiwawillenenvir?«

Der Tote, der bis vor kurzem mit gebrochenem Genick und einer Blutlache unter der Brust auf dem Filz gelegen hatte, saß jetzt aufrecht auf der Kante des Billardtisches und sabberte. Und er tat auch sonst einige Dinge, die Ermordete normalerweise unterlassen. Atmen und Reden zum Beispiel, wenn auch in einer mir unverständlichen Sprache.

»Kannandichtruhlafen!«

Mein Blick wanderte zu Alina, die sich einen Stuhl herangezogen hatte, auf dem sie wenige Schritte vom Billardtisch entfernt saß. TomTom lag ihr zu Füßen und gähnte. Nur wenige Sekunden später tat Linus es ihm gleich.

»Ich dachte, er ist …« Ich stockte und rieb mir die Augen. Meine Kopfschmerzen waren schlagartig zurückgekommen und diesmal noch stärker als zuvor. Obwohl die rechteckige Lampe mit dem Spitzenvorhang über dem Billardtisch kaum mehr als einen stärkeren Kerzenschein erzeugte, brannte das Licht in meinen Augen, als ich den Fehler machte und direkt hineinsah.

»Ich dachte, er ist tot«, gelang es mir, den Satz zu vollenden. Als ich den Barkeeper ansah, tanzten bunte Lichtkreise vor meinen Augen.

»Tot? Quatsch. Linus schläft immer mit offenen Augen. Ist nicht seine einzige Macke, wie Sie sicher merken.«

Ich nickte und ließ die Hand über den Filz wandern, während ich um den Tisch herumging.

Nach und nach wurde mir klar, dass ich die Zeichen in meiner Aufregung komplett falsch gedeutet hatte. Der Fleck war schon alt und stammte vermutlich von einem umgekippten Bier, vielleicht auch von irgendeiner Körperflüssigkeit, aber ganz bestimmt nicht von Blut aus Linus' Oberkörper, denn der war unversehrt. Und der blutige Sabber rührte von einem ernsthaften, aber keinesfalls tödlichen Zahnfleischproblem des verwahrlosten Straßenmusikers. Was den weiterhin gegenwärtigen Verwesungsgestank anbelangte, so schien das sein normaler Körperduft zu sein. Eine Mischung aus Kot, Urin, Schweiß und Unrat. Der Tribut an ein Leben auf den Berliner Straßen.
»Sophilpatiöten« verkündete Linus mit bedeutungsschwangerer Miene, als ich direkt vor ihm stand.
Ich sah ihm in das ausgezehrte Gesicht, suchte den Blickkontakt mit seinen Augen, die fast so getrübt waren wie die von Alina, und hatte begriffen, weshalb es immer wieder Fälle gab, bei denen Menschen fälschlicherweise für tot erklärt wurden. Erst vor zwei Monaten hatte ich über eine Frau geschrieben, die in der Pathologie der Charité von der Pritsche gehüpft war.
»Was ist mit ihm geschehen?«, fragte ich.
»Nun, das habe ich Ihrer Begleitung schon erzählt«, sagte der Wirt, der es aber gerne noch einmal zu wiederholen schien. Offensichtlich hatte er gerne Publikum. »Irgendwann einmal ist Linus eine große Nummer gewesen. Hat mit verschiedenen Bands in Stadien gespielt, angeblich sogar im alten Wembley.«
Linus nickte anerkennend, so wie Männer nicken, die über vergangene Zeiten reden, in denen die Dinge noch in Ordnung waren.
»Es heißt, sein Manager habe ihn völlig ausgenommen. Hat

ihn mit Drogen statt mit Cash bezahlt. Am Ende war der arme Schlucker nicht nur pleite, sondern völlig gaga. Irgendeine der Spritzen oder Pillen war dann zu viel. Er ist direkt nach einem Konzert zusammengebrochen, und seitdem redet er nur noch in seiner eigenen Sprache.«

»Scheiwawillen, hä?«, sabberte Linus wie zur Bestätigung.

»Jedenfalls war er eine Zeitlang in der Klapse, irgendwo im Grunewald. Aber dort ist er dann noch bescheuerter wieder rausgekommen, als er reingegangen war, das können Sie mir glauben.«

Ich ging zu Linus, der weiterhin aufrecht auf dem Billardtisch saß, wenn auch gefährlich schwankend.

»Kannst du mich hören?«, fragte ich.

Er zog die Schultern hoch.

Also gut. Mehr als ins Gesicht spucken wird er mir schon nicht.

Ich ließ es darauf ankommen und zeigte ihm das Foto auf meinem Handy. Den Ausschnitt der Aufnahme, auf dem er mit dem Unbekannten zusammengestoßen war.

»Erinnerst du dich an den Kerl?«, fragte ich. Linus' Schulterzucken wurde heftiger. Eine tiefe Zornesfalte zerschnitt plötzlich seine Stirn, und er begann, an den wenigen verbliebenen Haarsträhnen zu zupfen.

»Wixatimichpellt!«, sagte er. Dann wiederholte er das sinnlose Wort mehrmals hintereinander.

»Wissen Sie, was das bedeutet?«, fragte Alina.

»Keine Ahnung. Ich sprech kein Drogisch«, lachte der Wirt.

»Haten Guitenkoff put!«, stellte Linus fest, sehr viel weniger belustigt. Wenn ich mich nicht täuschte, hatte er sich gerade ein langes Haar ausgerissen und in den Mund gesteckt.

»Er redet von seiner Gitarre, nicht wahr?«

»Möglich. Wenn irgendjemand sein Geschwafel übersetzen kann, dann ist es seine Weggefährtin.« Der Blick des Wirts wanderte erneut zu Alina und blieb an dem Hund hängen. »Aber die hat auch ’nen Pfeil im Kopf, wenn Sie wissen, was ich meine. Nennt sich Yasmin Schiller und war damals mit Linus in der Psychoklapse, aber als Krankenschwester. Hockt oft am Tresen und labert mich voll, dass sie gemeinsam eine Band gründen wollen und so, kann man das glauben? Jedenfalls hat diese Yasmin mir erklärt, Linus würde einfach nur mehrere Worte zusammenmixen. Sein Kopf ist also so was wie ein Cocktailshaker.«

Er lachte wieder.

Linus’ Blick wurde glasig, und ich fragte mich, ob er noch wahrnahm, dass wir über ihn redeten.

»›Wixatimich‹ zum Beispiel sagt er sehr oft. Muss irgendwas mit Wichser heißen.«

»Von denen gibt es vermutlich viele in seinem Leben«, warf Alina ein.

Linus drehte den Kopf zu ihr. »Haten Guitenkoff put!«, wiederholte er und klang dabei so, als verlange er eine Bestätigung für seine Erkenntnis, doch der Einzige, der ihm im Augenblick eine größere Beachtung schenkte, war TomTom. Der Retriever starrte aufmerksam hechelnd in die Richtung des Musikers.

»Was haben Sie ihm denn da gerade gezeigt?« Der Wirt hatte seine Lesebrille abgenommen und sich den linken Bügel in den Mund gesteckt. Er kam mir so nahe, dass ich seinen schlechten Atem riechen konnte. »Kann ich das auch mal sehen?«

Als mir einfiel, dass der Mann auf der Aufnahme eine große Ähnlichkeit mit mir besaß, war es zu spät, und ich hatte dem Wirt mein Handy bereits gegeben. Ihm schien das nach einem flüchtigen Blick auf das Display jedoch nicht ins Auge zu springen.

»Der Mann neben Linus ist ein Trickbetrüger«, sagte ich. »Gestern hat eine Überwachungskamera festgehalten, wie er in ihn hineingelaufen ist.« Ich bastelte mir beim Reden schnell eine harmlose Geschichte zurecht. »Wir dachten, er kann uns weitere Hinweise geben.«

»Und ihr seid noch mal wer?«

Sein wacher Blick hüpfte abwechselnd zu mir und Alina und wieder zurück. Ich zog den Presseausweis aus meiner hinteren Jeanstasche. »Wir schreiben eine Story über den Kerl.«

Der Barkeeper lachte laut auf, dann zeigte er auf Alina. »Alles klar. Und die Blinde da ist deine Fotografin, was?«

Ich verpasste die Gelegenheit, etwas zu erwidern, und fühlte mich ertappt. Den Wirt schien das nicht zu stören.

»Na ja, ist ja auch egal. Hauptsache, ihr seid keine Freunde von dem Dreckskerl auf dem Bild.«

»Wohl kaum«, sagten Alina und ich wie aus einem Mund.

Ich steckte meinen Ausweis wieder weg und nahm das Handy zurück. Es fühlte sich feucht an von den Fingerabdrücken, die der Barkeeper darauf zurückgelassen hatte.

»Na schön, dann erzähl ich euch mal was über das Arschloch, das ihr da fotografiert habt.«

»Sie kennen ihn?«

Den Augensammler?

»Nein. Aber gestern Nachmittag, so gegen vier, kam Yasmin hier rein. Wütend wie eine geprellte Straßennutte. Sie schimpfte auf ein Arschloch, mit dem Linus Streit gehabt habe, und dann hat der Kerl gegen seinen Gitarrenkoffer getreten.«

Haten Guitenkoff put.

Ich sah zu Alina, die sich mit einem Knie auf dem Boden

abstützte, um TomTom zu streicheln. Sie nickte und gab mir dadurch zu verstehen, dass sie das Gleiche dachte wie ich.

Es passt. Zeitlich und räumlich. Das war der Mann vom Band.

»Das gesammelte Geld eines Tages war wohl über den Bürgersteig verstreut. Eine Stunde später kam Linus dazu und hat sich volllaufen lassen.« Er nickte zu dem Musiker, der immer noch schwankend auf dem Tisch saß. »Das Ergebnis ist ja nicht zu übersehen.«

»Wo finde ich diese Yasmin?«, wollte ich wissen.

»Sehe ich aus wie eine beschissene Sekretärin? Ich mach doch keine Termine mit meinen Gästen. Mal kommt sie täglich, mal drei Wochen gar nicht.«

Na bestens.

Ich hatte gerade entschieden, dass wir viel zu viel Zeit in einer Sackgasse verplempert hatten, als es laut klatschte. Alle im Raum außer Linus zuckten zusammen.

»Stauff Behindiplatz!« Der Musiker hieb erneut mit der flachen Hand auf die hölzerne Bande des Pooltisches.

»Stauff Behindiplatz!«

»Ja, ich weiß ja«, sagte der Wirt und drehte sich um. »Komm Linus, ich geb dir einen Kaffee aus. Und vielleicht sind noch Würstchen in der Küche.«

Offenbar war das Gespräch für ihn an dieser Stelle beendet. Ich bat Alina, kurz auf mich zu warten, dann folgte ich dem alten Mann und stellte mich ihm in den Weg, bevor er die Theke erreicht hatte.

»Was hat Linus eben gesagt? Was *wissen* Sie?«

Der Barkeeper sah auf meinen Arm, der auf seiner Schulter ruhte. Dann blickte er mir direkt in die Augen. Erst als ich ihn losließ, begann er zu reden. »Linus ist immer noch wütend auf den Kerl. Aber nicht, weil er angerempelt wurde.

Auch nicht, weil er eine halbe Stunde lang nach seinen Münzen im Rinnstein suchen musste.«

»Sondern?«

»Weil der Typ seine Karre auf einem Behindertenparkplatz abgestellt hatte.«

Stauff Behindiplatz.

Ich massierte mir den Nacken und drückte einen Migränepunkt direkt neben den Halswirbeln, den mir ein Neurologe einmal gezeigt hatte.

Darauf musste man erst mal kommen.

»Linus ist echt ein guter Kerl. Der Kopf ist vielleicht verrückt, aber sein Herz sitzt auf dem rechten Fleck.«

»Tixxokomm.«

Ich drehte mich zu der Stimme in meinem Rücken. Linus stand grinsend im Türrahmen und reckte die Faust nach oben. Hinter ihm tauchte Alina auf.

»Tixxokommteu!«

»Ja, ja. Da freust du dich. Das wird teuer für den Wichser.«

Der Wirt formte mit den Fingern der rechten Hand ein Rohr und machte eine obszöne Bewegung.

»Was wird teuer?«, fragte ich und kam mir langsam immer bescheuerter dabei vor, mir das Kauderwelsch eines geistig verwirrten Obdachlosen von einem nicht minder merkwürdigen Barkeeper übersetzen zu lassen. Doch dann wurde mir plötzlich von ganz alleine klar, was Linus gerade sagen wollte.

Tixxokommteu!

Der Augensammler hat ein Ticket bekommen.

Einen Strafzettel, mit dem man ihn identifizieren konnte.

Erster Brief des Augensammlers, zugestellt via E-Mail über einen anonymen Account

An: thea@bergdorf-privat.com
Betreff: Wahrheit

Blinde Frau Bergdorf,

diese Mail an Sie ist wahrscheinlich ebenso lächerlich wie die verzweifelten Bemühungen meiner kindlichen Figuren, sich aus ihrem zugewiesenen Versteck zu befreien, bevor ihre Zeit endgültig verstrichen ist.
Mein Versuch, den Kübel Schweinemist wieder abzuwaschen, den Ihr Blatt täglich über mir entleert, wird fehlschlagen. Das ist so sicher wie die Tatsache, dass diese Mail in den nächsten Stunden durch Dutzende von Händen gereicht wird. Zittrige wie Ihre. Nervöse wie die der Techniker, die irgendwo in Ruanda landen werden, wenn sie den Account zurückverfolgen, von dem ich diese Mail verschickt habe. Es werden auch ruhige, professionelle Hände darunter sein; die der Psychologen und Sprachwissenschaftler, die jede Formulierung, jedes Wort, ja sogar das Semikolon in diesem Satz sezieren werden. Aber bitte zeigen Sie diesen Brief nicht Adrian Hohlfort, dem ich es eher zutrauen würde, in die Fußballnationalmannschaft aufgenommen zu werden, als mir auf die Spur zu kommen. Dieser »Super-Profiler«, wie ihn das spröde Klopapier nennt, das Sie für eine Zeitung halten, würde sogar übersehen, dass ich schon im ersten Satz dieser Mail einen Hinweis gab, indem ich zwar von *mehreren* Kindern, aber nur von *einem* Versteck sprach! Eine One-fits-all-Lösung sozusagen, ein Versteck, dem die Polizei bislang ungefähr so nahe gekommen ist wie mein Schwanz

der Muschi von Madonna (um mich mal auf das Niveau Ihrer IQ-reduzierten Journalisten zu begeben). Sparen Sie sich die fünfhundert Euro Stundensatz, die Ihnen Mr. Rollstuhl in Rechnung stellen wird, wenn er Ihnen erklärt, es wäre ein Zeichen von Größenwahn, wenn ich mich in der Tradition von Serienkillern wie Zodiac an die Medien wende. Ich will meine Jäger nicht verhöhnen. Ich brauche keinen Ruhm.
Das Gegenteil ist der Fall: Ich will, dass Sie endlich aufhören, diesen Mist über mich zu schreiben. Das fängt schon mit meinem Spitznamen an. Wie ein ausgehungerter Straßenköter haben Sie sich nur auf das offensichtliche Stück Fleisch gestürzt, das ich ihnen hingeworfen habe: auf die fehlenden Augen. Ich verabscheue Sie und die unfähigen Ermittler dafür, dass sie mir so einfach auf den Leim gegangen sind. Ein einfacher Trick, und schon passe ich in das Raster des wahnhaften Triebtäters. Dabei geht es mir nicht um Trophäen. Ich bin kein *Sammler*. Ich bin ein *Spieler*. Und ich spiele fair. Sobald ich die Figuren bestimmt und aufgestellt, das Feld abgesteckt und die Runde eingeläutet habe, halte ich mich an die Regeln. Die Mutter, das Kind, das Ultimatum, das Versteck – ich definiere nur die Rahmenbedingungen, an die ich mich in jeder Phase meines Spiels halte. Ich garantiere, dass jeder Sucher die faire Chance hat, das Versteckspiel zu beenden. Dass ich keine falschen Fährten lege, selbst wenn meine Jäger zu nahe kommen; ebenso wenig gehe ich in die Verlängerung, selbst wenn das Spiel noch so spannend ist. Ich gestehe, ich bin nicht unparteiisch. Hin und wieder mische ich mich ein, doch immer nur zum Wohle meiner Gegner. Das ist etwas, was Sie ohne meine Hilfe nie verstehen würden. Und deshalb schreibe ich Ihnen diese Mail. Sozusagen als Gegendarstellung zu all den Lügen, die Sie über mich verbreiten.
Ich bin kein Wahnsinniger, kein Ungeheuer, kein Psychopath.

Ich folge einem Plan, mein Spiel ergibt einen Sinn. Hätten Sie das erlebt, was ich erleben musste, würden Sie mir zustimmen. Sie würden meine Taten vielleicht nicht gutheißen, aber Sie könnten sie zumindest nachvollziehen.

Ich wette, Sie schütteln gerade den Kopf. Denken sich: »Was für ein kranker Scheiß«, und rechnen im Stillen die Anzeigenpreise hoch, die Sie für die Ausgabe nehmen können, wenn meine Worte auf Ihrer Titelseite prangen. Aber was, wenn ich Ihnen tatsächlich ein Motiv nenne, das meine Taten in einem anderen Licht erscheinen lässt? Na, schütteln Sie jetzt immer noch den schlecht frisierten Schädel? Ich wette, nicht.

Sie wollen mir glauben, richtig? Sie wollen glauben, dass ich nicht einfach der zwangsgesteuerte Psychopath von nebenan bin, sondern dass hinter all meinen Handlungen ein nachvollziehbarer Plan steckt.

Denn das, liebe blinde Thea Bergdorf, wäre eine Story. Sie gieren danach zu erfahren, warum ich das älteste Kinderspiel der Menschheit wiederbelebt habe. Verstecken!

Okay, dann mal los. Geben Sie diese Mail in all die oben beschriebenen unfähigen Hände und warten Sie auf meine nächsten Zeilen, die ich Ihnen schreibe, sobald ich wieder die Zeit dazu finde. Keine Sorge, es wird nicht lange dauern.

Nicht einmal sieben Stunden. Plus den halben Tag, den ich brauchen werde, um die Leiche zu entsorgen.

42. Kapitel

(Noch 6 Stunden und 39 Minuten bis zum
Ablauf des Ultimatums)

Alexander Zorbach (Ich)

Die Symptome verstärkten sich in dem Moment, als wir zum ersten Mal nach einer längeren Grünphase vor einer Baustellenampel zum Stehen kamen.
Zum Glück hatte ich die Geistesgegenwart besessen, den alten Toyota, mit dem uns Frank vor Alinas Wohnung abgesetzt hatte, um die Ecke in einer Seitenstraße zu parken, bevor ich die Schaufensterscheibe der Galerie zerstört hatte. Hätte ich ihn in der zweiten Reihe stehenlassen, wäre er schon längst abgeschleppt oder von der Spurensicherung beschlagnahmt worden, die mittlerweile unter Garantie eine Verbindung zwischen dem Vandalismus und mir hergestellt hatte. Immerhin hatte ich Stoya persönlich davon in Kenntnis gesetzt, dass ich mir selbst meine Informationen besorgen müsste, wenn er meine Hinweise weiter ignorierte. *Hinweise, die mit den Augen einer Blinden gesehen worden waren.*
Allerdings musste ich zugeben, dass es mit meinen Augen aktuell auch nicht zum Besten stand. Sie tränten, und das Rot der Baustellenampel schien zu fluoreszieren. Kalter Schweiß trat mir auf die Stirn. Sosehr ich mir wünschte, dass sich hier die ersten Anzeichen einer Erkältung zeigten, so sehr befürchtete ich, dass die immer deutlicher werdenden Symptome eine ganz andere Ursache hatten.
»Wie lange brauchst du dafür?«, fragte ich Frank am anderen Ende der Leitung.

»Für die Überprüfung eines Strafzettels? Mitten in der Nacht?«
Ich sah auf die Uhr im Armaturenbrett und fluchte leise.
23.50 Uhr. Nur zehn Minuten noch bis zum Geburtstag meines Sohnes, der vermutlich mit dem Notarzt hineinfeiern würde anstatt mit seinem Papa.
»Himmel, wie stellst du dir das vor? Das geht nur über Kontakte. Und meiner schläft um diese Zeit!«
Meiner leider nicht. Stoya hat mich gerade zur Fahndung ausgeschrieben und arbeitet auf Hochtouren.
»Okay, Frank, ich versuche noch mal, Stoya zu überzeugen.«
»Nein, tu das besser nicht.«
»Wieso?«
»Weil ich vielleicht schon längst habe, wonach du suchst.«
Die Ampel sprang auf Grün, und ich hatte für einen kurzen Moment das Gefühl, geblendet zu werden. Hinter mir hupte jemand, und als ich meine Augen wieder öffnete, brauchte ich einige Zeit, bis ich die Straße nicht mehr wie durch einen verschwommenen Schleier sah.
»Wie das?«, fragte ich.
Wie konnte Frank den Halter eines Fahrzeugs ermitteln, von dem er noch nicht einmal das Nummernschild kannte?
»Recherche«, war seine schlichte Antwort. Passenderweise konnte ich im Hintergrund das vertraute Klingeln mehrerer Telefone in der Großraumredaktion hören.
»Wenn ich eins kann, dann ist es Informationen besorgen. Vertrau mir.«
Beim nächsten Satz senkte er die Stimme. »Die Frage ist allerdings, wie sehr du der weiblichen Stevie Wonder an deiner Seite vertraust.«
Ich warf einen Blick in den Rückspiegel. Alina hatte mit

TomTom auf den hinteren Sitzen Platz genommen, als wäre ich ihr Chauffeur. Im Augenblick war mir die akustische Distanz allerdings sehr recht.

»Was ist mit ihr?«, fragte ich leise.

Wir fuhren auf einer breiten Allee, deren Name mir gerade nicht einfallen wollte, Richtung Stadtautobahn. Bislang hatte ich kein konkretes Ziel, aber eine innere Stimme sagte mir, dass es besser war, in Bewegung zu bleiben. Und vermutlich lenkte sie mich instinktiv auf einen Weg, der zu meinem Hausboot führte.

»Korrigier mich, falls ich falsch liege, aber sagte Alina nicht sinngemäß, wir sollten nach einem frei stehenden Einfamilienhaus mit einer Zufahrt suchen, vor der der Augensammler unmittelbar nach der Tat geparkt hat?«

»Richtig.« Alinas letzte Vision, von der sie mir in Franks Gegenwart erzählt hatte, hatte ich ganz vergessen.

»Gut, nehmen wir spaßeshalber mal an, dass unser Psychopath nach dem Mord tatsächlich zu einem Haus gefahren ist, um sich dort eine Limo zu genehmigen. Dann spricht einiges dafür, dass er dafür dasselbe Auto benutzt hat, mit dem er einen Tag später den Strafzettel kassierte, richtig?«

»Ein paar Hypothesen zu viel für meinen Geschmack, aber ich kann dir folgen.«

Haben wir das Haus, haben wir auch den Halter. Vorausgesetzt, es gibt eine Übereinstimmung zwischen der Wirklichkeit und Alinas irrealen Phantasien.

»Okay, so weit, so gut. Ich habe mir also gedacht, der Täter wird, um nicht aufzufallen, die Tachonadel exakt im grünen Bereich halten. Dann habe ich, basierend auf Alinas Aussage, mal ein Zeitfenster von maximal vier Minuten für meine Berechnungen zugrunde gelegt. Nimmt man den Teufelsberg als Ausgangspunkt, hätte der Augensammler

in dieser Zeit kaum eine verkehrsberuhigte Zone verlassen können. In dieser Gegend wimmelt es nur so von Schulen, Spielplätzen, Sportanlagen und Kindergärten.«
»Schön, du hast also das gesuchte Gebiet auf mehrere Quadratkilometer eingegrenzt.«
»Auf einen Radius von fünf Komma sechs, um genau zu sein, aber davon ist das meiste Wald- oder Nutzfläche.«
Ich hörte eine Computertastatur unter Franks Händen klackern. »Zudem haben wir viele Schrebergärten hier, Naherholungsgebiete, Forstwege etc. Die Gesamtsumme der relevanten Straßenzüge dürfte nicht viel mehr als eine Marathonlänge betragen.«
»Die du natürlich abgelaufen bist«, lachte ich.
»Korrekt.«
Ich trat abrupt auf die Bremse, weil vor mir ein Fußgänger auf die Fahrbahn gesprungen war, um den Bus auf der anderen Straßenseite zu erreichen. Auf der Rückbank beschwerte sich Alina über meinen Fahrstil, offenbar hatte sie nur mit Mühe verhindern können, dass TomTom vom Sitz rutschte.
»Willst du mich verarschen?«, fragte ich nach einer Schrecksekunde.
»Schon mal was von Google Earth gehört?«, antwortete er belustigt.
Logisch. Na klar.
Ich beschleunigte wieder und stellte die Scheibenwischer eine Stufe höher, was allerdings nur dazu führte, dass die Windschutzscheibe verschmierte. Der Schnee fiel in münzgroßen Flocken herab, war aber nicht feucht genug, um den Winterdreck vom Glas zu wischen, mit der Folge, dass ich kaum etwas sehen konnte.
Was für eine Parallele!

Mir kam es vor, als arbeitete der gleiche, abgenutzte Scheibenwischer auch in meinem Kopf.
Je mehr ich versuchte, Klarheit zu bekommen, desto unschärfer wurde das Bild vor meinen Augen. Die merkwürdigen Sinnestäuschungen, deretwegen ich mich zu Dr. Roth in Behandlung begeben hatte, taten ihr Übriges. Auch wenn mein Arzt der Meinung war, sie hätten keinen psychopathologischen Hintergrund, sorgten sie immerhin dafür, dass ich unkonzentriert war und nicht mehr an die simpelsten Recherchewerkzeuge dachte, die mir zur Verfügung standen.
Wie zum Beispiel Google Earth.
»Schon die freie Version ist der Hammer«, schwärmte Frank derweil. »Mit der Satellitenkarte kannst du einen verlorenen Haustürschlüssel auf dem Rasen deines Gartens wiederfinden, wenn du nur nah genug auf das Grundstück zoomst.«
Er lachte über seine Übertreibung. »Aber es geht noch besser. Denn wir in der Redaktion haben ja …«
»… Street View. Exakt.«
Seit geraumer Zeit fuhren mit Spezialkameras ausgerüstete Fahrzeuge von Google durch die Straßen ausgewählter Städte der Welt, um dem Nutzer per Knopfdruck eine 3-D-Ansicht aller Straßenzüge bieten zu können. Noch waren längst nicht alle Orte erfasst, und ganze Heerscharen von Juristen schlugen sich mit den datenschutzrechtlichen Problemen herum, die dieses Projekt provozierte, aber auf dem iPhone war es teilweise schon installiert, und meine Zeitung verfügte bereits über einen ausgedehnten Testzugang, den Frank genutzt hatte, um nach einem Haus zu suchen, das zu Alinas Beschreibung passte.
»Jede Berliner Straße, jeder verdammte Winkel«, sagte er

euphorisiert, und ich hörte wieder Tastaturgeräusche. »Ich kann sie mir ansehen, als ob ich selbst hindurchfahre.«
»Trotzdem muss das Stunden dauern.«
»Nicht, wenn man Glück hat, so wie wir. Das in Frage kommende Gebiet besteht hauptsächlich aus Mehrfamilienhäusern oder spießigen Reihenhaussiedlungen. Die Traunstein-Villa ist hier eine der wenigen Ausnahmen!«
»Wie viele noch?«, fragte ich aufgeregt. »Wie viele frei stehende Einfamilienhäuser hast du gezählt?«
Ich sah auf den Tacho und bemerkte, dass ich vor Aufregung die erlaubte Geschwindigkeit um mehr als dreißig Stundenkilometer überschritt.
»Siebenundzwanzig. Aber nur neun davon sind einstöckig und verfügen über eine Einfahrt, wie deine neue Freundin sie beschrieben hat.«
Er blieb mit der Stimme oben wie jemand, der am Ende einer langen Geschichte noch eine letzte Pointe draufsetzen will.
»... und nur in zwei dieser Einfahrten hängt ein verdammter Basketballkorb!«

41. Kapitel

Obwohl der Bungalow vermutlich das niedrigste Haus in der gesamten Siedlung war, konnte man ihn schon von weitem erkennen.
Die Straße, in der wir uns befanden, war eine kopfsteingepflasterte Sackgasse, die tatsächlich so abseits gelegen war, dass an einer Laterne sogar noch ein Wahlplakat hing. Irgendein Wahlhelfer hatte vergessen, den dümmlich grinsenden Schlipsträger mit Doktortitel vom Mast zu nehmen, und daher wurde seit September jeder, der hier einbog, mit den nichtssagenden Worten »Unsere Zukunft ist Stärke« begrüßt.
Ich fragte mich, ob es ein Gesetz gab, das selbst die unbekanntesten und hässlichsten Politiker dazu zwang, ihr Foto auf Pappe ziehen zu lassen. Und ob es auf unserem Planeten auch nur einen einzigen Menschen gab, der jemals durch ein Wahlplakat zur Stimmabgabe motiviert worden war. Vielleicht sollte ich in meiner Zeitung mal einen Suchaufruf starten, wenn das alles hier vorbei war.
Wenn ich dazu dann noch in der Lage war.
Wir hatten unser Auto an der Ecke abgestellt, um nicht direkt vor der Adresse zu parken, die Frank mir durchgegeben hatte. Mit jedem Schritt, den wir uns dem Bungalow näherten, wuchs in mir die Gewissheit, dass wir hier unsere Zeit verschwendeten.
»Ich glaube nicht, dass du dieses Haus beschrieben hast«, sagte ich zu Alina, die gerade darauf wartete, dass TomTom einen Straßenbaum markieren konnte.

»Wieso?«
»Zu auffällig!« Ich kniff die Augen zusammen und beobachtete, wie mein Atem direkt vor meinem Gesicht verdampfte.
Wobei eine auffällige Vorgehensweise oftmals die beste Tarnung sein kann. Erst vor kurzem war in Lichtenrade am helllichten Tag eine gesamte Doppelhaushälfte ausgeräumt worden. Die Diebe waren einfach mit dem Umzugswagen vorgefahren. Niemand denkt an einen Raubüberfall, wenn er einen Möbelpacker mit einem Plasmafernseher unter dem Arm sieht.
Und niemand denkt an ein herausgeschnittenes Auge, wenn er vor dem Weihnachtsmann steht.
Alina befahl TomTom, neben ihr »Sitz« zu machen, und trat fröstelnd von einem Bein auf das andere.
»Beschreib mir, was du siehst«, bat sie.
Beschreiben? Ich ließ den Blick schweifen.
Wie sollte man *das hier* einer Blinden erklären? Auf jeden Fall musste ich mein Vorurteil, im Westend würde Weihnachten zurückhaltender gefeiert, kräftig korrigieren.
Das einstöckige Gebäude sah aus, als gehöre es einem zehnjährigen Wohlstandswaisen, der sein Erbe in einem Spezialgeschäft für Weihnachtsdekoration verballert hat: Eine halogenblaue Lichterkette zog sich kranzförmig an der Dachkante entlang und umrahmte auch die abwärtsführenden Regenrinnen, an denen sich ein lebensgroßer Weihnachtsmann mit einem Schlitten auf dem Rücken Richtung Schornstein hangeln wollte. Immerhin trug Santa weiße Klamotten, also das Original-Outfit aus der Zeit, bevor ein Werbegenie von Coca-Cola auf die Idee gekommen war, den Weihnachtsmann rot anzumalen.
Das war allerdings das einzig Dezente der Dekoration. Der

gesamte Vorgarten war mit Rentierfiguren, illuminierten Schneemännern und den drei Heiligen aus dem Morgenland zugestellt. Nur Jesus und seine Krippe fehlten, obwohl ich mir nicht sicher war, ob sie nicht unter dem Stapel Kaminholz neben der Doppelgarage begraben lagen, deren Tore ebenso wie die Fensterläden und die Gartenpforte mit Kunstschnee angesprüht waren. Und dann war da noch …

… der Basketballkorb!

Er befand sich sogar an der Stelle, die Alina beschrieben hatte: seitlich von der Garage und nicht davor.

»Lass es mich vorsichtig formulieren«, sagte ich. »Wer immer hier wohnt, ist sicher ein Premiumkunde bei seinem Stromanbieter.«

Alina schien ihre wenigen visuellen Erinnerungen besser gespeichert zu haben als sehende Kinder. Vielleicht war das der Fall, weil bei ihr ab dem dritten Lebensjahr keine neuen Eindrücke mehr hinzugekommen waren, die die alten Bilder überschrieben hätten. Jedenfalls konnte sie sich noch gut an die Weihnachtszeit in Kalifornien erinnern, und so fiel es mir nicht schwer, ihr einen ungefähren Eindruck von dem Lichterspektakel zu geben, das sich mir bot und das bei längerem Hinsehen Migräneattacken provozierte. Nicht ohne Grund hatten sämtliche Nachbarn es dem Besitzer des Bungalows gleichgetan und in den Untergeschossen die Jalousien vorgezogen.

»Du hast den Korb und die Cola erwähnt, aber von Rentieren und Weihnachtsmännern hast du nichts gesagt!«

Alina zuckte mit den Achseln. »An so was kann ich mich auch nicht erinnern!«

Ich ging einen Schritt auf den Korb zu, dessen grüner Ring das Lichtspektakel der vorweihnachtlichen Beleuchtung reflektierte. Er sah merkwürdig unbenutzt aus, als wäre er gestern erst montiert worden.

»Und was nun?«, hörte ich Alina hinter mir fragen. Feine Schneeflocken fielen auf ihre Echthaarperücke und blieben glitzernd darauf liegen.

Ich bat sie, in der Einfahrt zu warten, und versuchte, das Tor zu dem kleinen Weg zu öffnen, der zwischen Garage und Haus in den Garten zum Haupteingang führte.

Wie erwartet, war die Pforte verschlossen. Normalerweise hätte ich geklingelt, aber hier am Vordereingang fehlten sowohl Namensschild wie Klingel, also langte ich zwischen die weißen Gitterstäbe und drehte den innen gelegenen Türknauf, bis die Pforte aufsprang. Ich drehte mich zu Alina um und versicherte ihr, dass ich gleich wieder zurück wäre; dann machte ich mich auf den kurzen Weg hinter das Haus.

Der Haupteingang war massiv, eine Tür mit einem starken Holzblatt, das allem Anschein nach von innen mit einer noch stärkeren Stahlschiene gesichert war. Wie in dieser Gegend üblich, ragte eine Überwachungskamera von einem Mauervorsprung schräg nach unten, wie ein Greifvogel, der sich auf seine Beute stürzen will, sobald man es wagte, den Fußabtreter zu berühren. Etwa in Brusthöhe war auf der Tür eine längliche Anzeigetafel angebracht.

Sie sah exakt so aus, wie man es aus Schaufenstern von Lottoannahmestellen oder billigen Spielautomatenkasinos kennt. Nur dass die roten, elektronischen Buchstaben, die von rechts nach links über die LED-Leiste liefen, keinen Jackpot bewarben, sondern sich vor meinen angestrengten Augen zu einem bekannten Weihnachtslied zusammensetzten.

Oh, jingle bells, jingle bells
Jingle all the way

Ich näherte mich der blinkenden Tür und suchte vergeblich nach einer Klingel. Auch an der Rückseite des Bungalows waren alle Außenjalousien heruntergelassen.

Oh, what fun it is to ride
In a one horse open sleigh

Ich war sehr dicht herangetreten und hatte den Fehler gemacht, direkt auf das Textband zu schauen. Die leuchtenden Buchstaben wirkten wie Brenneisen, die sich in meine überempfindlichen Augen pressen wollten.

Dashing through the snow
In a one horse open sleigh
O'er the graves we go
Laughing all the way

Schnell wandte ich mich von der Leuchtanzeige ab und griff nach einem schweren, bronzenen Türklopfer, den ich gegen das Holz fallen ließ. Es gab ein kurzes, dumpfes Pochen, von dem ich mir nicht sicher war, ob es im Inneren überhaupt wahrgenommen werden konnte, also schlug ich noch zweimal mit der Faust gegen die Tür und wartete.
Nichts.
Weder ein Rascheln oder Schlurfen noch sonst ein menschliches Geräusch, das darauf schließen ließ, dass sich jemand die Mühe machen wollte, mir zu öffnen.
Vielleicht schlafen die Besitzer ja, dachte ich, ohnehin davon überzeugt, vor dem falschen Haus zu stehen, sollte es denn ein *richtiges* überhaupt geben.
Jingle bells, jingle bells, jingle all the way begann ich in Gedanken zu summen. Unglaublich, wie sich die harmlose

Melodie nur durch die kurze Textzeile auf dem Laufband sofort in mein Gehirn gefressen hatte.

Dashing through the snow in a one horse open sleigh. O'er the …

Ich stockte. Die Schellenringe in meinem Kopf verstummten abrupt. Was zum Teufel wollte ich da gerade summen? Over the *graves* we go? *Über die Gräber fahren wir?*

Ich fragte mich, wie um Himmels willen ich auf diesen morbiden Text kam, und sah noch einmal auf das Laufband. So lange, bis die entsprechende Textzeile wieder erschien:

Dashing through the snow
In a one horse open sleigh
O'er the fields we go

Alles normal. Hm.

Für einen kurzen Moment hätte ich schwören können, den veränderten Text in dem Kasten gelesen zu haben, aber dafür gab es jetzt keine Anzeichen mehr.

Meine müden, tränenden Augen mussten mir einen Streich gespielt haben. Kein Wunder, wenn man bedachte, dass ich in den letzten Tagen kaum geschlafen hatte und in meinen wachen Stunden einen Wahnsinnigen jagte, während ich mittlerweile selbst auf der Flucht war.

Laughing all the way
Bells on bob tails ring

Ich wollte gerade wieder mitsummen, während ich überlegte, ob ich noch einmal anklopfen sollte, als sich auf einmal der Text vor meinen Augen veränderte. Diesmal gab es keine Zweifel.

Der Schlüssel liegt im Trog,
benutz ihn, du bist tot …

Ich schrie auf, taumelte einen Schritt rückwärts und schrie noch lauter, als ich auf die Gestalt prallte, die hinter mir im Dunkeln auf mich gewartet hatte.

40. Kapitel

Hast du das gesehen?«, entblödete ich mich Alina zu fragen, die sich im Gegensatz zu mir köstlich über meine Schreckhaftigkeit amüsierte.
»Ehrlich gesagt frage ich mich, wer von uns beiden noch Augen im Kopf hat«, konterte sie.
»Tut mir leid, aber …« Ich zögerte, weil ich nicht wusste, wie ich ihr erklären sollte, was mir gerade passiert war. Zumal das Laufband jetzt wieder den normalen, harmlosen Songtext abnudelte und ich selbst einem Sehenden gegenüber meine mysteriösen Wahrnehmungen nicht hätte beweisen können.
»Warum bist du nicht vorne geblieben?«, fragte ich flüsternd und sah zu TomTom, den sie von der Leine gelassen hatte. Dennoch hielt er sich dicht neben seiner Herrin und leckte etwas Schnee zu seinen Pfoten auf.
Alina lächelte trotzig. »Ich wollte nicht schon wieder eine halbe Stunde in der Kälte auf den gnädigen Herrn warten, bis er mich zu einem Verhör dazubittet.«
»Das mit Traunstein war kein …«
In diesem Moment blieb mein Blick an einem umgedrehten rostroten Blumentopf hängen, der wenige Schritte von Alina entfernt auf dem Rasen stand.

Der Schlüssel liegt im Trog,

Ich ging in die Knie und hob den Topf an. Er löste sich mit einem satten Schmatzen von dem halbgefrorenen Erdboden. Mehrere kleine Käfer, deren Nachtruhe ich gestört hatte, huschten in die Dunkelheit davon. Dann entdeckte ich das schwarze Kunstlederetui. Es wog leicht in der Hand, und ich konnte darin nur einen einzigen Schlüssel ertasten.

Der Schlüssel liegt im Trog,
benutz ihn …

»Was hast du?«

Langsam, wie unter dem Einfluss starker Betäubungsmittel, ging ich an Alina vorbei zur Haustür zurück.

Sie hielt mich am Ärmel fest und bat, endlich darüber aufgeklärt zu werden, was ich herausgefunden hatte, also gab ich mir große Mühe, es ihr zu erklären. Wenn sie Zweifel an meinen Wahrnehmungen hatte, dann ließ sie es sich nicht anmerken. Im Gegenteil. Sie wirkte, als hätte sie die Abenteuerlust gepackt, als ich ihr von der Warnung auf dem Textband erzählte.

»Ich komme mit«, sagte sie, als sie hörte, wie ich den Schlüssel in das Schloss steckte.

Nur um zu probieren, ob er passt. Sicher, Zorbach. Und jetzt? Was machst du jetzt, wo du das Schloss entriegelt hast?

»Nein, du bleibst hier und rufst um Hilfe, wenn ich in fünf Minuten nicht wieder rauskomme«, sagte ich, wohl wissend, dass Alina nicht der Typ Frau war, der sich von Männern wie mir Vorschriften machen lässt. Jemand, der blind Fahrradfahren gelernt hatte, hatte keine Angst vor dunklen Häusern.

Es machte klick, dann schwang die Tür wie von alleine auf.

benutz ihn, du …

»Hallo?«, rief ich in die vor mir liegende Dunkelheit hinein.

Nichts. Nur dichte, undurchdringliche, schwarze Stille.

… bist tot …

»Also schön«, dachte ich und aktivierte mein Handy wieder, um im Notfall Hilfe rufen zu können. Dann trat ich, dicht gefolgt von Alina und TomTom, in den Vorraum.

Es ist nur ein harmloser Bungalow, den eine Blinde in ihren Visionen gesehen hat. Was also soll mir hier drinnen schon groß passieren?

39. Kapitel

(Noch 6 Stunden und 20 Minuten bis zum Ablauf des Ultimatums)

Tobias Traunstein

Tobias wusste nicht, wie lange er geschlafen hatte. Er war sich nicht einmal sicher, ob er es überhaupt getan hatte, denn als er in der Dunkelheit erwachte, fühlte er sich schläfriger als jemals zuvor in seinem Leben.

Luft, war sein erster Gedanke, denn er glaubte zu ersticken. Dann stieß er sich den Ellbogen an einer harten Holzkante.

Nicht mehr weich, war sein zweiter Gedanke. Die Wände seines Gefängnisses gaben nicht mehr nach, und nun glaubte er endgültig in einem Sarg zu liegen.

Seine Hände tasteten über den harten Boden, und wenig später berührte er den Stoff, der ihn bis vor kurzem noch umgeben hatte. Er fühlte sich an wie die Oberfläche seiner wasserabweisenden Regenjacke oder wie Jeans, auf die etwas Wachs getropft war, so wie damals, als ihm auf der Adventsfeier die Kerze runtergefallen war. Ein dünnes, elastisches Gewebe mit einem Reißverschluss an den Seiten.

Moment mal, war das etwa ein …

… ein Koffer? Ja, natürlich. Sie hatten ihn in so ein schwarzes Rolldingsbums gesteckt. So eins von der Sorte, mit dem Papa immer auf Geschäftsreise fuhr. Nur, dass es viel größer war und Platz für einen Kinderkörper bot.

Doch wo bin ich jetzt? Erst war ich in dem beschissenen Koffer …

Okay. Das ist ein Spiel. Jens und Kevin haben mich irgend-

wo reingesteckt, aber sie haben mir auch etwas gegeben, um mich zu befreien.
Die Münze.
Obwohl er sich irgendwie nicht vorstellen konnte, dass einer seiner Freunde ihm wirklich etwas in den Mund gelegt haben sollte, wollte er über eine andere Alternative gar nicht erst nachdenken. Besser, er war seinen Kumpels ausgeliefert, als einem Fremden.
Okay, die Münze gab es für den Reißverschluss. Was liegt hier noch?
Vielleicht ein Schlüssel, ein Feuerzeug. Oder ein Handy.
Ja, ein Handy wäre super.
Er würde die Polizei anrufen oder Mama oder, wenn es sein musste, auch Papa, aber der ging eh nicht ran, weil er zu viel zu tun hatte und …
Moment mal. Papa hat sich doch mal darüber aufgeregt, dass sein Handy weg war. Hat Lea und mich angebrüllt, weil er dachte, wir hätten es geklaut. So lange, bis Mama es ihm schließlich gab, weil sie es in seiner Tasche gefunden hatte.
In der Außentasche seines Koffers!
Natürlich. Ein Koffer hat Taschen … Vielleicht …?
Tobias zog den Trolley zu sich ran, suchte nach den Reißverschlüssen an der Außenseite und öffnete einen nach dem anderen. In einem kleinen, schmalen Seitenfach wurde er schließlich fündig.
Ein Schraubenzieher?
Ungläubig zog er das längliche Werkzeug hervor, tastete über den Holzgriff, über den Stahl bis zu der stumpfen Spitze – und begann zu weinen.
Wie zum Teufel soll ich mit einem kaputten Schraubenzieher Mami anrufen?

Diesmal waren es Tränen der Wut, die ihm in die Augen gestiegen waren. Er machte den Fehler und schlug mit geballter Faust gegen die Holzwand. Es klang hohl. Der Schmerz ließ ihn noch heftiger weinen.

Scheiße, Kevin, Jens … Wo habt ihr mich hier reingesteckt?

Tobias pustete sich Luft auf die geprellten Fingerknöchel, so wie seine Mutter es immer tat, wenn er mit einer Beule vom Spielen nach Hause kam. Er musste an seinen siebten Geburtstag denken. An diesem Tag hatte er von seinem Opa das blödeste Geschenk der Welt bekommen. Nachdem er die hässliche, dickbäuchige Holzfigur ausgepackt hatte, die man auf Bauchhöhe in zwei Teile schrauben konnte, hatte er seinen Opa gefragt, ob das nicht eher was für Lea sei.

Ach, Lea. Warum bist du jetzt nicht bei mir? Und was soll ich mit so einem beschissenen Schraubenzieher machen, dem die Spitze fehlt?

»Du musst die Puppen befreien!«, hörte er die brüchige Stimme seines Großvaters in seinem Kopf, und dann fiel ihm wieder ein, wie der das blöde Geschenk genannt hatte. Opa hatte irgendwas von Russland erzählt und Babuschka und dass das einfach der Hit irgendwo da im Osten wäre, weil man jede einzelne Puppe aufschrauben und immer weitere, neue Babuschkas rausziehen konnte.

O Gott, ich stecke jetzt auch in so einer bunt angemalten Babuschka-Puppe.

Jedes Versteck, aus dem er sich befreite, würde in ein weiteres führen. Erst ein Koffer, dann eine Holzkiste.

Und was kommt als Nächstes?

Wahrscheinlich ein noch größerer Sarg, in dem es wieder dunkel wäre. Und in dem er schon wieder keine Luft bekommen würde.

Tobias hustete und hatte das Gefühl, das Gleichgewicht zu verlieren, als er in die Hocke ging. Mit der größeren Kiste hier hatte er sich nur etwas Zeit erkauft.
Und etwas Luft. Aber die wurde auch wieder knapp.
Schon der Koffer war mit Plastikfolie umwickelt gewesen, die er kaum hatte zerreißen können. Und jetzt, nach nur wenigen Atemzügen, lag erneut dieser Druck auf seinem Brustkorb. Gleichzeitig sah er Sterne, obwohl nach wie vor kein Lichtstrahl den Weg durch diese Finsternis fand.
Tobias fragte sich kurz, ob er sich wirklich verausgaben und damit noch schneller die Luft hier drinnen verbrauchen sollte. Doch dann beschloss er, dass ihm keine Wahl blieb.
Mit der Wut der Verzweiflung stieß er den kaputten Schraubenzieher mit der abgefeilten Spitze immer wieder gegen die gleiche Stelle in der Holzwand.

38. Kapitel

(Noch 6 Stunden und 18 Minuten bis zum Ablauf des Ultimatums)

Alexander Zorbach (Ich)

Im Alter von neun Jahren, als ich groß genug war, alleine mit den öffentlichen Verkehrsmitteln meinen Weg durch Berlin zu finden, hatten sie mir die Aufgabe übertragen, jeden Sonntag meiner Oma das Mittagessen zu bringen. Oma kam nicht gerne zu uns, denn sie mochte meinen Vater nicht, der bezeichnenderweise ihr Sohn war, und auch mich konnte sie nur leiden, wenn ich ihre Lieblingsspeise im Gepäck hatte: Königsberger Klopse.

Ich glaube, das Einzige, was sie an unserer Familie wirklich mochte, war der große Fernseher im Wohnzimmer, mit dem sie jedes Jahr zu Weihnachten »Der Kleine Lord« sehen wollte, um jedes Mal aufs Neue davor einzuschlafen. Wann immer ich an sie zurückdenke, erinnere ich mich an ihren offenen Mund und den Speichelfaden, der ihr das gewaltige Kinn hinabrann, während der Abspann lief. Ich bin mir nicht sicher, aber ich fürchte, Oma hat die Welt verlassen, ohne das Ende jemals gesehen zu haben, und wird ganz sicher noch im Jenseits über den alten Earl of Dorincourt schimpfen, dessen wundersame Läuterung sie regelmäßig verpasst hatte. Meine sonntäglichen Besuche dauerten nur ein halbes Jahr, bis sie in ihrer Küche ausrutschte und in ein Pflegeheim musste. Doch diese wenigen Treffen hatten genügt, um in mir die Gewissheit zu verankern, dass der Tod kein lebendiges Wesen ist; kein Sensenmann, wie man ihn aus Schauergeschichten kennt, sondern ein Geruch.

Ein vielschichtiger, alles überlagernder und durchdringender Geruch, zusammengesetzt aus dem Duft eines billigen Toilettenreinigers, der die Exkrementreste im Bad ebenso unzureichend übertüncht wie das Pfefferminzbonbon den abgestandenen Atem eines alten Menschen mit schlecht sitzendem Gebiss. Wenn meine Oma mir die Tür öffnete, schlug mir dieses »Todesparfum« entgegen, wie ich es heimlich nannte. Schweiß, Urin, Eierlikör, aufgewärmtes Essen – alles vermengt mit dem süßsauren Mief fettiger Haare und kaltem Furz. Ich stellte es mir abgefüllt vor, in einem Flakon aus Knochen mit einem Totenschädel auf dem Etikett. Sollte es dieses Konzentrat tatsächlich geben, so dachte ich, während meine Augen sich langsam an das Zwielicht gewöhnten, dann hatte jemand hier in diesem Bungalow einen gewaltigen Vorrat davon ausgekippt.
»Oh, oh«, stöhnte Alina. »Hier müsste dringend mal gelüftet werden.«
»Hallo, ist hier jemand?«, fragte ich mindestens schon zum vierten Mal, ohne eine Antwort zu bekommen.
Die Tatsache, dass die knallige Außenbeleuchtung wegen der undurchsichtigen Jalousien kaum ins Innere der Zimmer drang, erzeugte bei mir ein unangenehmes Gefühl der Beklemmung. Meine einzige Orientierungshilfe waren die spärlichen Lichtstrahlen, die hinter mir ihren Weg durch die halb geöffnete Haustür fanden. Ich tastete nach einem Lichtschalter an der Wand, doch als ich ihn umlegte, tat sich nichts.
»Was ist das?«, fragte Alina, die an mir vorbeigegangen war und sich um einen Esszimmertisch in der Mitte des Raumes herumtastete. Über die Finsternis hier drinnen würde sie sich wohl kaum wundern, und so vermutete ich, es wäre die Kälte, die sie störte.

»Hier gibt's keinen Strom. Vermutlich geht die Heizung deshalb nicht.«

»Das meine ich nicht.«

»Was dann?«

»Das Zischen. Hörst du es nicht?«

Ich hielt die Luft an und wandte den Kopf zur Seite, ohne genau zu wissen, aus welcher Richtung Alina etwas bemerkt haben wollte, und hörte … *nichts*.

»Es klingt wie eine Spraydose«, flüsterte sie.

Auch TomTom hatte seine sonst eher schlaff herunterhängenden Ohren gespitzt und lief dicht an Alinas Seite zum Kopfende des Zimmers und damit tiefer in die Dunkelheit hinein.

Wieder einmal war ich über Alinas Selbstsicherheit verblüfft, mit der sie sich auf ungewohntem Terrain vorantastete.

Vielleicht werden wir furchtloser, wenn wir die Gefahren, die die Welt für uns bereithält, nicht sehen können?, dachte ich. Womöglich bestand darin ja der einzige Segen ihrer Behinderung. Was wir nicht wissen, sorgt uns nicht. Und was wir nicht sehen, *gibt* es nicht?

Das Wohnzimmer war mit Parkett oder schlecht verfugtem Laminat ausgelegt, dem Alinas Stiefel ein sanftes Quietschen entlockten. Ich folgte ihr jetzt auch mehr nach dem Gehör als mit den Augen. Ich stolperte über etwas, was zu tief für einen Tisch und zu schwer für eine Blumenvase war, Kunst vermutlich: eine kleine Skulptur oder eine dieser hässlichen Hundefiguren aus Porzellan, die mit offenem Mund den Staub in den Wohnungen der Reichen fangen. Dann sah ich den matten Lichtfinger, der rechts von mir den Weg aus dem Wohnzimmer in einen angrenzenden Flur wies.

Himmel, mein Orientierungssinn war ohnehin schon nicht der beste, ich war in der Lage, mich auf einem leeren Parkdeck zu verlaufen, *und jetzt das!*
Das indirekte gelbliche Licht rührte vom anderen Ende des Flurs, wie ich feststellte, als ich aus dem schwarzen Loch hinter mir getreten war. Meine Pupillen waren sicher so groß wie Münzen, und daher kam mir die matt glimmende Nachtlampe in der Fußleiste dort hinten wie ein Halogenstrahler vor.
Ich musste an Charlie denken, und mein Magen meldete sich zurück.
Charlie. Die verrückte, sexhungrige, offenherzige, wilde, die *ermordete* Charlie. Abgeschlachtet von dem Wahnsinnigen, der mich dazu auserkoren hatte, eine willenlose Figur in seinem Spiel zu sein und ihre Kinder zu finden. Dort, wo wir uns getroffen hatten, im »Triebhaus«, hatte es auch einen Darkroom gegeben, einen von jeglichen Lichtquellen befreiten Raum mit Latexmatratzen, in denen wildfremde Menschen übereinander herfallen konnten. Anonymer Sex mit Unsichtbaren. Eine Variante des Lustgewinns, die sich mir nie erschlossen hatte, im Unterschied zu Charlie, die so verzweifelt gewesen war, dass sie alles im Leben ausprobieren wollte.
Einmal war ich ihr gefolgt, hatte den Raum aber postwendend wieder verlassen, als ich fremde Hände auf meinem Körper spürte, denen ich noch nicht einmal ein Geschlecht zuordnen konnte. Und das, obwohl in dem Darkroom nie vollständige Dunkelheit herrschte, denn sobald jemand den schweren Filzvorhang an der Eingangsluke zur Seite nahm, warf sich eine Handvoll müder Photonen über die verschlungenen Leiber und erzeugte eine ebenso vage Erinnerung an Tageslicht wie in diesem Augenblick

die Nachtlampe in der Wandsteckdose, direkt zu Alinas Füßen.

Sie war bereits am Ende des Ganges, unmittelbar vor einer schweren metallenen Brandschutztür, die einen Spalt offen stand. TomTom hatte sich direkt vor sie gestellt, den wuscheligen Körper an ihre Beine gepresst, und hinderte sie am Weitergehen.

»Warte«, sagte ich und schloss zu ihr auf. Schnell erkannte ich, dass der Retriever einen guten Grund hatte, sich seinem Frauchen in den Weg zu stellen, denn hinter der Tür fiel eine Treppe steil ab in den Keller des Bungalows.

»Hörst du das?«, flüsterte Alina, und zum ersten Mal konnte ich auch in ihrer Stimme einen Anflug von Furcht ausmachen.

»Ja!«

Ich *hörte* es nicht nur. Ich *roch* es auch. Das gleichmäßige Zischen der Spraydose war lauter, der Duft des Todesparfums intensiver geworden.

»TomTom wittert eine Gefahr«, sagte Alina unnötigerweise. Man musste nicht über eine animalische Spürnase verfügen, um zu ahnen, dass hier etwas ganz und gar nicht in Ordnung war.

Nein, du irrst dich. Hier kann nichts sein. Wir folgen nur den Halluzinationen einer blinden Esoterikerin.

Ich zog die Tür auf.

Natürlich kannte ich die Geschichten von den Idioten, die barfuß in den Keller zum Axtmörder gestiegen waren, anstatt auf den Rat des Kinopublikums zu hören, besser die Flucht zu ergreifen. Und daher war es für mich völlig ausgeschlossen, auch nur einen Fuß auf die Steintreppe zu setzen. Auch wenn ich schon rein beruflich von Neugierde getrieben war. Auch wenn es möglich war, dass sich nur wenige Meter unter uns das Versteck des Augensammlers befand, in dem Lea und Tobias verzweifelt auf uns warteten.

TomToms Instinkte waren vernünftig. Wir durften uns nicht in Gefahr begeben. Das war mir völlig klar. Zumindest in den ersten Sekunden. Nur so lange, bis ich dieses entsetzliche, unmenschlich entstellte Röcheln hörte, das nur von einer Kreatur stammen konnte, die jetzt, *sofort,* und nicht erst in einer halben Stunde, meine Hilfe brauchte.

»Scheiße, was ist das?«, fragte Alina und klang noch eine Spur ängstlicher.

Da unten stirbt jemand, dachte ich und klappte mein Handy auf. Ich tippte eine SMS an Stoya, wo er mich finden konnte.

Es geschah, kurz nachdem ich auf Absenden gedrückt und etwa die Mitte der Treppe erreicht hatte. Ein Bewegungsmelder aktivierte eine Deckenlampe. Ausgerechnet hier, im Keller, direkt unter dem Wohnzimmer, war es mit einem Schlag hell wie der Tag.

Leider.

Als das brennende Flimmern in meinen Augen nachgelassen hatte, sah ich hinab in den kleinen Raum mit den grob behauenen Wänden, der wegen seiner Wölbung an einen Weinkeller erinnerte, und begann zu zittern.

Wie sehr wünschte ich mir die Dunkelheit zurück, aus der ich gekommen war.

Was hätte ich gegeben, wäre mir dieser Anblick erspart geblieben.

37. Kapitel

Wenn Licht durch unsere Hornhaut dringt, durch die Pupille fällt und schließlich auf die empfindlichen Photorezeptoren der Netzhaut trifft, entsteht dort ein Bild, zumindest auf einem sehr kleinen Teil dieser Haut, dem gelben Fleck, der Macula lutea. Streng genommen wird nicht nur ein einziges Bild erzeugt, denn unsere Augenmuskeln sorgen dafür, dass das Auge beim Betrachten niemals ruhig verharrt, sondern in Sekundenbruchteilen das Objekt abtastet, bis sich aus unzähligen Ausschnitten ein Gesamtbild zusammenfügt. So entsteht eine Flut von Nervenreizen, die unser Gehirn zu Bildmustern verarbeitet, indem es das Gesehene mit dem vergleicht, was wir bereits kennen. Streng genommen ist das Auge nur das verlängerte Werkzeug unseres eigentlichen visuellen Sinnesorgans – des Gehirns, das uns niemals die Wirklichkeit betrachten lässt, sondern immer nur eine Interpretation derselben.

Für den Anblick aber, der sich mir hier in dem Keller des Bungalows mit aller Gewalt in den Schädel hämmerte, gab es kein Vorbild. Mein Gehirn hatte keine Erinnerung an etwas Vergleichbares, mit dem es dieses Schreckensbild hätte abgleichen können. So etwas Grauenhaftes hatte ich niemals zuvor gesehen.

Die Frau wirkte wie ein Exponat aus einer Anatomiesammlung, mit dem einzigen Unterschied, dass ihr großflächig sezierter Körper noch lebte. Zunächst dachte ich, das zischende Beatmungsgerät neben der Pritsche wäre allein dafür verantwortlich, dass sich ihr aufgeplatzter Oberkörper noch hob und senkte. Aber leider (Gott vergib mir, ich wünschte mir so sehr, sie wäre tot) öffnete sie den Mund unter der Maske mit dem Intubationsschlauch und röchelte. Zudem rollte sie mit den Augen, als ich mir die Hand vor den Mund schlug.

Das darf nicht wahr sein. Das ist nicht real. Das ist nichts als eine optische Täuschung. Wir folgen doch nur den Halluzinationen einer Blinden …

Ich blinzelte, doch damit konnte ich die entsetzlichen Bilder nicht wegwischen. Weder die Pritsche noch das Beatmungsgerät noch …

… das Telefon? Was zum Teufel hat ein Telefon auf dem Kliniknachttisch neben der sterbenden Frau zu suchen?

Das Geschlecht des Opfers erkannte ich nur an den langen Haaren und den Brüsten, deren Warzen bereits weggefault waren. Sie war nicht das entführte Mädchen, denn ihr Wuchs entsprach nicht dem einer Neunjährigen. Ansonsten aber war ihr Alter unmöglich zu erkennen, zumal ihr alle Zähne fehlten und auch einige Finger und Fußzehen.

»Was ist hier unten los?«, durchbrach Alina meine Gedanken. Sie hatte sich offenbar TomTom widersetzt und stand jetzt dort, wo ich den Bewegungsmelder ausgelöst hatte, in der Mitte der Treppe. TomTom wartete eine Stufe vor ihr, hechelnd und zitternd vor Aufregung.

»Ich kann nicht«, stöhnte ich erstickt auf, immer noch bemüht, den Tatort nicht durch eine unbedachte Bewegung zu kontaminieren.

Ich weiß nicht, was ich tun soll. Gott im Himmel, ich steh das hier nicht durch.

Das Bild der Frau, die nichts mehr war als eine atmende Wunde, wollte nicht verschwinden, selbst als ich für einen Moment die Augen schloss.

Sie war gefesselt auf eine Art, wie es mir noch nie zu Gesicht gekommen war, der ganze Körper war von einer durchsichtigen Folie überzogen, als wäre sie ein großes Stück Fleisch, das man in einen Gefrierbeutel gesteckt hatte. Tatsächlich musste der Wahnsinnige, der für diese Perversion verantwortlich war, alle Luft unter der Folie herausgesaugt haben, die dadurch direkt auf den Muskeln unter der zerfetzten Haut lag.

Als mir der Sinn dessen klar wurde, begann ich zu würgen.

Wegen der Nachbarn. Damit es weniger riecht, wenn sie bei lebendigem Leibe verwest.

Sie war tatsächlich eingeschweißt worden, wie ein Lebensmittel in Klarsichtfolie verpackt.

»Brauchst du Hilfe?«, fragte Alina.

»Nein, ich …«

Hilfe. Ja. Natürlich brauche ich Hilfe.

Ich sah auf mein Handy und stöhnte auf.

Logisch. Wir sind im Keller. Kein Empfang.

Schlimmer noch! Die Verbindung musste schon am Eingang abgerissen sein, denn mein Telefon zeigte mir noch eine SMS im Postausgang. Das Versenden war fehlgeschlagen. Stoya wusste nicht, wo ich war.

Schnell drehte ich dem Martyrium vor mir den Rücken zu und ging zur Treppe zurück.

»Wir müssen hier raus. Wir müssen sofort die Feuerwehr …«

Wummmm!

»Alina?«

Ich schrie ihren Namen fast, so sehr hatte mich das unerwartete Geräusch hinter ihr erschreckt. Auch sie zitterte jetzt nicht weniger als TomTom.

»Was war das?«

Nein, bitte nicht. Lass es nicht das sein, was ich vermute …
Mir war der kalte Hauch frischer Luft schon am Kopf der Treppe aufgefallen.
Verdammt!
Wir hatten alle Türen offen gelassen, vom Eingang über den Flur bis hin zur Kellertür. Draußen hatte der Wind aufgefrischt. Noch mild, kein Wintersturm, aber stark genug, um Zug zu erzeugen, der durch die Zimmer wehte und …
»Scheiße!«
Ich drängte an Alina und TomTom vorbei die Treppe hoch und trat voller Wut und Verzweiflung gegen die Kellertür, die soeben ins Schloss gefallen war.
Ich rüttelte erst an der Klinke, dann stemmte ich mich mit der Schulter dagegen, doch meine Knochen waren nachgiebiger als diese Metallplatte, die uns den Rückweg versperrte. Das Handy in meiner Hand zeigte auch hier, auf der obersten Treppenstufe, keinen Empfangsbalken, also presste ich mich wieder an Alina und TomTom vorbei zurück in den Keller.
»Was hast du vor? Sag doch endlich!«
Ich ignorierte ihre ungeduldige Frage und überprüfte, ob das Telefon auf dem Beistelltisch noch funktionierte.
Tatsächlich. Dieses alte, vorsintflutliche Teil ist am Netz.
Es war noch mit einer Wählscheibe ausgestattet, wie ich sie seit den achtziger Jahren nicht mehr gesehen hatte.
Wie bei Oma. Alles ist wie bei Oma. Nicht nur das Todesparfum.
Sogar das Wählschloss war vorhanden. Ein Relikt aus alten Tagen, in denen Ferngespräche noch ein Vermögen gekostet hatten und man sein Telefon vor dem Urlaub mechanisch vor ungebetenen Anrufern schützte. Wie damals üblich, war auch hier das winzige Schloss so angebracht, dass

sich die Wählscheibe nur für zwei Ziffern drehen ließ – die Eins und die Zwei.
Aber das reicht mir. Mehr Zahlen brauche ich nicht, um den Notruf zu wählen.
Ich presste den Zeigefinger durch die Öffnung der Wählscheibe.
1 … 1 … 2
Das altmodische Rattern der Scheibe erzeugte einen unheimlichen Gleichklang mit der Beatmungsmaschine neben mir. Ich hielt die Luft an und bot alle meine Kraft auf, nicht nach rechts zu sehen. Nicht zu der lebenden Leiche.
Es klingelte.
Einmal. Zweimal.
Mit dem dritten Klingeln wurde es schlagartig dunkel.

36. Kapitel

(Noch 6 Stunden und 11 Minuten bis zum Ablauf des Ultimatums)

Frank Lahmann (Volontär)

»Wo ist er?«

Thea Bergdorf musste sich von hinten an Frank herangeschlichen haben. Er fragte sich, wie lange sie ihn schon beobachtet hatte.

»Ich weiß, dass Sie Kontakt halten, also verarschen Sie mich nicht, Kleiner!«

So, wie die Chefredakteurin jetzt vor ihm stand, ähnelte sie einem Torhüter, der dazu entschlossen ist, seinen Strafraum notfalls auch unter Einsatz körperlicher Gewalt zu verteidigen. Thea Bergdorf trug grundsätzlich enganliegende cremefarbene Hosenanzüge, die für sie ungefähr so passend waren wie ein eingelaufener Nadelstreifenanzug für einen Rausschmeißer. Mit der Tatsache, dass sie keinen Wert auf ihr Äußeres legte, ging sie relativ offen um.

»Ich hab meine Karriere nicht *trotz*, sondern *wegen* meines fetten Arschs gemacht«, hatte sie die erstarrten Manager eines Wirtschaftsverbands auf dem Neujahrsempfang ihrer Zeitung aufgeklärt. »Wäre ich jung, hübsch und magersüchtig, würde ich viel zu viel Zeit damit verplempern, die falschen Männer zu vögeln.« Demnach hatte sie also durchaus einen Sinn für Humor. Im Augenblick aber konnte Frank weder in ihrer Mimik noch in ihrem herrischen Befehlston das geringste Anzeichen dafür entdecken.

»Ein letztes Mal: Wo befindet sich Zorbach in diesem Augenblick?«

Er stöhnte erschöpft und fuhr sich durch die Haare. »Er hat mich gebeten, es niemandem zu sagen.«
»Ich bin seine Vorgesetzte, falls es Ihnen entfallen ist.«
»Ich weiß, aber *er* ist mein Ausbildungsleiter.«
»Ach, und Sie denken, das stürzt Sie in einen Interessenkonflikt, was?« Sie verzog die Lippen zu einem spöttischen Lächeln. »Na schön, dann entbinde ich Sie hiermit von diesem Konflikt. Sie sind gefeuert!« Sie wandte sich ab.
»Was?« Frank sprang von Zorbachs Sessel hoch und lief ihr hinterher. »Weshalb?«
Sie drehte sich noch nicht einmal um. »Weil ich es nicht dulden kann, dass Untergebene wichtige Informationen zurückhalten. Ich hatte Sie gebeten, mich sofort zu informieren, wenn Zorbach sich meldet. Sie haben das ignoriert und wollten nach Ihren eigenen Rambo-Regeln spielen? Pech gehabt.«
»Aber das ergibt keinen Sinn«, rief Frank wütend. »Wenn ich nicht mehr für Sie arbeite, werden Sie von mir erst recht nichts erfahren.«
»Oh, mir brauchen Sie gar nichts mehr zu sagen.« Endlich blieb sie stehen, wenn auch nur, um zum Eingangsbereich des Großraumbüros zu deuten, dessen elektrische Glastüren sich gerade öffneten.
Zwei Männer betraten die Redaktion.
Thea lächelte diabolisch. »Die Ermittler haben gewiss effektivere Methoden, die Wahrheit aus Ihnen herauszuholen.«

35. Kapitel

(Noch 6 Stunden und 10 Minuten bis zum Ablauf des Ultimatums)

Alexander Zorbach (Ich)

Ja, hallo?« Die gutgelaunte Stimme am anderen Ende war schon irritierend, und der Hintergrundlärm entsprach noch viel weniger den Geräuschen einer Notrufzentrale. Der Mix aus alkoholisiertem Gelächter und schiefem Gesang schien eher aus einer Karaoke-Bar zu stammen.

»Dreh doch mal die Mucke runter«, rief der Mann wie zur Bestätigung in die fröhliche Partyrunde hinter ihm, und tatsächlich schien jemand auf ihn zu hören, denn mit einem Mal wurden die stampfenden Discobässe leiser.

»Scheiße, sprech ich mit der Rettungsleitstelle?«

»Was? Ach so, ja. Der Notruf. Logisch!« Er lachte ebenso breit, wie er beim Sprechen die Vokale dehnte. Der Mann war ganz eindeutig angetrunken. Und gewiss niemand, den man am Apparat haben wollte, nachdem man die 112 gewählt hatte.

»Hätte noch nicht so schnell mit dem Anruf gerechnet, sorry.«

Noch nicht damit gerechnet?

»Wollen Sie mich verscheißern?«, brüllte ich. »Ich stehe hier neben einer Frau, die dringend Hilfe braucht und …« Ich hielt inne. Irgendetwas hatte zu vibrieren begonnen, und es war nicht das Beatmungsgerät.

»Ach so, ja. Das Killer-Spiel. Verstehe. Moment.«

Ich hörte Blätterrauschen, dann klang der Mann auf einmal so, als lese er einen vorgefertigten Text ab: »Ich habe dich gewarnt. Du hättest mich nicht herausfordern sollen, doch du wolltest ja unbedingt mitspielen. Also schön, pass auf. Hier sind die Regeln.«

»Die Regeln?«

Das Vibrieren war intensiver geworden und wurde jetzt von einem Geräusch untermalt, das mich entfernt an einen Staubsauger erinnerte.

Was geht hier vor? Was zum Teufel geschieht hier mit uns?

»Es gibt immer Scheißregeln bei diesen Spielen, Alter!«

Der Typ am Telefon rülpste leise und entschuldigte sich lachend.

»Wer sind Sie?«, brüllte ich.

»Ach Kacke, ich hab's eh versaut, sorry. Mann, das war aber auch kurzfristig. Normalerweise bekomme ich meine Instruktionen schon eine Woche vorher. Und ausgerechnet heute feiern wir gerade etwas, und ich hab schon ein paar intus, da habe ich nicht so schnell geschaltet, verstehen Sie?«

Nein, tue ich nicht. Ich verstehe nicht, weshalb ich mich mit einem angetrunkenen Vollidioten unterhalten muss, nachdem ich den Notruf gewählt habe, um die verwesende Frau zu retten, mit der ich und meine blinde Begleitung in einem dunklen Keller eingesperrt sind.

»Wovon sprechen Sie?«

»Okay, aber Sie müssen mir versprechen, es niemandem weiterzusagen, ja? Ich habe das früher häufiger gemacht, deshalb steht meine Nummer noch im Internet. Aber irgendwie langweilen mich diese Rollenspiele immer mehr. Ich habe den Quatsch hier nur zugesagt, weil der Typ am Telefon mir hundert Euro dafür versprochen hat.«

Rollenspiel? O Gott, der Augensammler hatte eine Rufumleitung zu einem Studenten geschaltet, der dachte, er könnte sich bei einer interaktiven Schnitzeljagd ein paar Euro hinzuverdienen, wenn er den Spielteilnehmern Hinweise gab.

Nur ist das hier kein Spiel. Zumindest für niemand anderen als den Augensammler selbst.

»Der Mann, der Ihnen das Geld gegeben hat, damit Sie ans Telefon gehen, wenn ich diese Nummer wähle, was hat er Ihnen aufgetragen?«

»Na, diese E-Mail hier vorzulesen.«

Ich hustete und hatte plötzlich das unangenehme Gefühl, als wäre die Luft, die ich atmete, trockener geworden.

»Du hast noch Luft für fünfzehn Minuten«, las der Mann weiter vor. Das monotone Staubsaugergeräusch war in ein stetiges Dröhnen übergegangen. »So lange dauert es, bis die Pumpen die Luft aus dem Keller gesaugt haben. Wenn du nicht alleine gekommen bist, um das Rätsel zu lösen, bleibt dir noch weniger. Aber du weißt ja, ein Spiel ist ein Spiel. Und es gibt kein Spiel ohne Chancen. Du kannst die Pumpe abstellen und gewinnen!« Er machte eine Pause, in der jemand im Hintergrund etwas Obszönes grölte.

»Weiter?«

»Mehr steht hier nicht.« Er lachte verlegen.

»Was heißt, mehr steht da nicht?«

Wie sollte ich im Dunkeln die verdammten Pumpen abstellen, die aus unserem Verlies ein Vakuum machen würden, wenn ich nicht einmal wusste, wo sie sich befanden?

Ich fasste mir an die trockene Kehle.

»Hey, Partner, Sie sagen ihm doch nicht, dass ich es versaut habe, oder? Ich muss jetzt auflegen.«

Die Partymusik war wieder lauter geworden. Offenbar hatte der Mann das Zimmer gewechselt und stand jetzt mitten auf einer Tanzfläche.

»Nein, nicht auflegen.« Jetzt schrie ich gleichzeitig gegen den Hintergrundlärm und gegen die Motorengeräusche der Absaugpumpe an. »Da muss noch was sein.«
»Nein, Alter. Ehrlich, da ist … Moment mal.«
Er hielt inne, und ich presste den alten Hörer noch fester gegen mein Ohr.
»So ein Scheiß. Die Betreffzeile der Mail. Hab ich doch echt fast übersehen.«
»Was?«, fragte ich so ruhig, wie es mir in diesem Augenblick möglich war.
Ruhig bleiben. Ich musste langsam und tief atmen.
Du hast noch jede Menge Zeit, versuchte ich mir zu sagen.
Auch wenn Alina und TomTom ebenfalls Sauerstoff verbrauchen und der Keller nur wenige Kubikmeter umfasst – zehn Minuten sind eine verdammt lange Zeit, um einen Plan zu fassen.
»Verdammt noch mal, was steht da als Betreff?«
Es raschelte ein letztes Mal am anderen Ende der Leitung, dann sagte der Mann etwas, was mir endgültig den Verstand raubte: »Nur vier Worte, Alter. Da steht: *Denk an deine Mutter!*«

34. Kapitel

Meine Mutter starb am Morgen des zwanzigsten Mai in unserer Küche, kurz nachdem ihr beim Backen etwas Mehl in die Nase gestiegen war. Ihre beste Freundin Babsi, die zufällig zu Besuch gewesen war, schrie den ausländischen Notarzt an, er solle sich ihre Nase anschauen.

»Sie hat sich die Nase zugehalten!«

Babsi wiederholte es mindestens ein Dutzend Mal: Als sie Mama auf die Trage hoben, während sie sie unter dem Staunen der Nachbarn in den Rettungswagen verfrachteten, und auch den Ärzten der intensivmedizinischen Abteilung im Virchow schrie sie es entgegen: *»Warum nur hat sie sich die Nase zugehalten?«*

Für Babsi lag es auf der Hand, dass sich dadurch der Unterdruck im Hirn aufbaute, der das Aneurysma zum Platzen brachte. Erst sehr viel später wurde ich von einem Arzt mit müden Augen und vorstehenden Zähnen darüber aufgeklärt, dass Mama den Infarkt auch dann nicht abgewendet hätte, wenn sie ganz normal in ein Taschentuch geschneuzt hätte.

»Die Hirnblutung war vermutlich der Auslöser des Niesreflexes. Oder es war reiner Zufall, dass Ihrer Mutter gerade etwas in die Nase gestiegen war in dem Moment, in dem das Aneurysma platzte. Den Schlaganfall jedoch hat das nicht verursacht.«

Wie tröstlich. Meine Mutter hing also nicht an einer Batterie modernster Krankenhaustechnik, weil sie zu blöd zum Niesen war. Wie beruhigend. Sie war einfach fällig gewesen.

Heute, fünfeinhalb Jahre nach dem Unglück, lag sie in der klinischen Abteilung eines Privatpflegeheims. Ihr Einzelzimmer sah aus wie ein Showroom für intensivmedizinischen Hightech-Bedarf. Die medizinisch korrekte Bezeichnung ihres Zustands lautete apallisches Syndrom. Wachkoma. Wann immer ich sie besuchte, war ich versucht, das Klemmbrett am Fußende ihres Bettes abzureißen, die Diagnose durchzustreichen und stattdessen »gestorben« in die Spalte zu schreiben. Denn das war sie für mich: *tot.*

Es mochte ja sein, dass meine Mutter noch Wach- und Schlafphasen durchlebte und die Organe dank dem Aufgebot an Pillen, Infusionen, Schläuchen und Geräten ihren Dienst nicht aufgegeben hatten. Für die Ärzte, Pfleger und Schwestern konnte das gerne die Definition von Leben erfüllen. Für mich aber war sie am zwanzigsten Mai vor fünfeinhalb Jahren in unserer Küche gestorben.

Und ich wusste, dass sie es genauso sehen würde, wenn ihr Verstand noch zu einem einzigen klaren Gedanken fähig wäre.

»Versprich mir, es nie so weit kommen zu lassen!«

Sie hatte mich nahezu angefleht, damals, auf der Rückfahrt von dem Pflegeheim. Wir hatten Oma besucht, und an jenem Tag war es noch schrecklicher gewesen als sonst. Oma hatte im Speisesaal mit Kot um sich geworfen (»Guck mal, was ich kann«) und dann versucht, ihre eigenen Haare zu essen. Als wir zu ihr gelassen worden waren, schwebte sie bereits im siebenten pharmazeutischen Himmel und sabberte wie früher, wenn sie vor dem Fernseher eingeschlafen war.

»Lieber Gott, so will ich nicht enden«, hatte Mama im Auto geweint und war rechts rangefahren. Und dann hatte sie mich mit einem Fluch belegt und mir das viel zu große

Versprechen abgenommen, sie niemals allein in einer Situation zurückzulassen, in der sie nicht mehr Herr ihrer Sinne wäre.
»Lieber sollen sie die Geräte abstellen.« Sie nahm meine Hand, sah mir tief in die Augen und wiederholte es noch einmal: »Versprich mir, Alex, sollte ich jemals einen Unfall haben und dann nur noch so vor mich hin vegetieren wie Oma, dann will ich, dass ihr alles tut, damit ich nicht so ende wie sie, hörst du?«
Lieber sollen sie die Geräte abstellen.
Hätte sie doch nur eine Patientenverfügung geschrieben. Wäre doch nur mein Vater noch am Leben, um die Entscheidung an meiner Stelle zu treffen. Hätte ich doch einfach selbst den Mut gefunden, ihren letzten Willen wahr werden zu lassen.
Einmal schon hatte ich es versucht, war mit dem festen Vorsatz, den Stromschalter des Beatmungsgeräts umzulegen, in das Sanatorium gefahren – und war kläglich gescheitert. Nach der Tragödie auf der Brücke hatte ich nicht mehr die Kraft, einem weiteren Menschen das Leben zu nehmen. Und so war es meine Schuld, dass meine Mutter, diese einst so kraftvolle, lebenslustige, emanzipierte Frau, die sich noch nicht einmal von einem Kellner in den Mantel helfen lassen wollte, heute den Launen eines unterbezahlten Pflegepersonals ausgesetzt war, ohne dessen Hilfe sie nicht einmal mehr ihren Stuhlgang kontrollieren konnte.
Sie hätte das nicht gewollt. Lieber wäre sie tot gewesen, das hatte sie mir deutlich gesagt, doch ich hatte es an jenem Tag nicht geschafft, sie umzubringen.
Und das schien der Augensammler zu wissen.
Denk an deine Mutter.
Er musste mich gut kennen: Er schien zu wissen, dass ich

sekundenlang den Kippschalter an ihrem Beatmungsgerät angestarrt hatte, der allem Leid ein Ende gemacht und mir einen Prozess wegen illegaler Sterbehilfe eingebracht hätte.
Er wusste, ich war zu weich. Ich hatte mit dem Schuss auf Angelique jeden Mut in mir verbraucht, der nötig war, um einen weiteren Menschen zu töten, selbst dann, wenn der Tod dessen Leiden vermindern könnte und womöglich sein dringlichster Wunsch wäre.
Deshalb stellte der Augensammler mich hier unten vor eine unlösbare Aufgabe.
Ein Spiel ist ein Spiel. Und es gibt kein Spiel ohne Chancen.
Er hatte mich nicht dazu aufgefordert, die Absaugpumpe zu finden. Wenn ich meines und Alinas Leben retten wollte, sollte ich eine ganz andere Maschine abstellen: die, die nur einen Schritt von mir entfernt die gefolterte Frau am Leben hielt.
Du kannst die Pumpe abstellen und gewinnen!
Das Beatmungsgerät neben dem Bett der unbekannten Frau!
Ich schrie dem Studenten am Telefon meine Adresse entgegen, flehte ihn an, Hilfe zu schicken. Die Worte überschlugen sich in meinem Mund, als ich ihm klarmachte, dass es sich hier nicht um ein Spiel, sondern um tödlichen Ernst handelte. Doch er lachte nur: »Ja, ja. Der Typ hat mir schon gesagt, dass Sie so einen Quatsch labern würden«, und legte auf.
Ich drückte die Gabel, wählte erneut die 112, legte wieder auf und wartete auf ein Freizeichen. Vergeblich.
Ein zweiter Anruf war mir nicht gestattet.
Das alte Telefon war nicht mehr am Netz.

33. Kapitel

(Noch 6 Stunden und 4 Minuten bis zum Ablauf des Ultimatums)

Frank Lahmann (Volontär)

Das ist doch Affenscheiße«, sagte der Ermittler, der ihm am nächsten saß. »Er jagt mit einer blinden Zeugin einem Falschparker hinterher? Den Mist soll ich dir glauben?«

Der fette Hintern des Kommissars begrub die Kante des wuchtigen Glastischs unter sich, an dessen Kopfende sie ihn plaziert hatten. Frank vermutete, dass Thea draußen vor dem Konferenzraum der Schlagzeilenredaktion auf ihn wartete und vielleicht sogar an der Tür lauschte. Zu gerne wäre sie mit hereingekommen, doch dagegen hatte sich der andere Polizist ausgesprochen. Er war nicht nur dünner, sondern auch vernünftiger gekleidet, dennoch sah er nicht weniger elend aus als sein grobschlächtiger Kollege. Dunkle Augenringe, schuppige Haut, rotgeränderte Augen – Frank kannte diese Anzeichen der Übermüdung von sich selbst. So was stellte sich ein, wenn die Zeit gegen einen arbeitete und Schlaf ein Luxus war, den man sich nicht leisten konnte. Frank erkannte in ihren Gesichtern sogar die Nebenwirkungen der Mittel, die sie gegen den Stress einnahmen. Der Typ, der Scholle gerufen wurde, ertränkte sein Schlafbedürfnis in Kaffee und Red Bull. Sein hagerer Vorgesetzter im Anzug griff zu härteren Mitteln. Seine riesigen Pupillen sprachen eine ebenso eindeutige Sprache wie die Tatsache, dass er in einem fort die Nase hochzog – wie Kowalla, die Koksnase aus der Sportredaktion.

»Checken Sie doch einfach die Infos«, bat Frank. »Vielleicht hat Zorbach recht, und der Typ mit dem Strafzettel ist der, den Sie suchen?«
Frank nannte ihnen noch einmal die Adresse in der Brunnenstraße, in der der Mann, den Zorbach für den Augensammler hielt, seinen Wagen auf dem Behindertenparkplatz abgestellt hatte.
»Überprüfen Sie das. Was haben Sie denn zu verlieren?«
»Zeit«, sagte der Mann, der sich als Philipp Stoya vorgestellt hatte. »Das Ultimatum läuft ab, und ich will nicht schon wieder eine Kinderleiche einsammeln, nur weil ich die Zeit mit der Überprüfung von Verkehrssündern vergeudet habe!«
Stoyas Mundwinkel zitterten, als er versuchte, ein Gähnen zu unterdrücken. Dann fingerte er hastig ein Taschentuch aus seiner Hosentasche, gerade noch rechtzeitig, bevor er mehrmals hineinniesen musste. Danach hing ein dünner Blutfaden aus seinem rechten Nasenloch. Der Chefermittler schien es selbst bemerkt zu haben, denn er entschuldigte sich knapp und verließ den Konferenzraum.
Na prima. Lass mich doch einfach mit Rambo alleine, dachte Frank und wurde nervös.
Scholle lächelte ihn an. Weiter nichts. Er saß einfach so auf der Tischkante, wippte mit dem rechten Fuß, als würde er darauf einen Ball balancieren, und grinste. Breit. Freundlich. Ohne Häme. Sah ihn an wie einen alten Kumpel. Und sagte nichts.
Frank senkte den Blick und dachte nach.
Soll ich ihm die Adresse geben?
Zorbach hatte ihn gebeten, es nicht zu tun, bevor er nicht telefonisch sein Okay dazu gegeben hätte. Doch nun hatte er sich seit zehn Minuten nicht mehr gemeldet. Und als er

ihn eben, kurz bevor die Ermittler gekommen waren, hatte anrufen wollen, war er nicht mehr ans Telefon gegangen. *Der gewünschte Teilnehmer ist vorübergehend nicht zu erreichen.*
»Zorbach war es nicht«, sagte er, sicher schon zum dritten Mal während des kurzen Verhörs. »Sie vergeuden mehr Zeit, wenn Sie meinem Boss hinterherjagen, als wenn Sie endlich den Strafzettel überprüfen würden.«
Keine Reaktion. Scholle grinste weiter.
Scheiße.
Frank ahnte, was kommen würde. Er kannte solche Typen. Auch wenn er hier in der Zeitung wegen seines jugendlichen Aussehens und seiner geringen Lebenserfahrung für einen Grünschnabel gehalten wurde, so wusste er doch solche Menschen einzuschätzen, die gewohnt waren, das zu bekommen, was sie wollten. Er kannte sie schon deshalb, weil sie seinem Vater so ähnlich waren. Scholle mochte privat ein gutmütiger Familiendaddy sein, der dir das dickste Steak beim Gartenfest auf den Grill legte, während er seine Kinder huckepack trug. Doch wenn er beruflich in einer Sackgasse steckte, setzte er sicher sein gesamtes Körpergewicht ein, um den Fall zu lösen. Vermutlich spielte er deshalb nur die zweite Geige. Wahrscheinlich mangelte es ihm an Geduld und Sensibilität, und subtile Verhörtaktiken kannte er, im Gegensatz zu seinem koksenden Partner, nur vom Hörensagen.
Bis Zorbach ihm eine Chance in der Redaktion gegeben hatte, war Frank sein Leben lang ein Außenseiter gewesen. Jemand, der nie mittendrin, sondern immer nur am Rande gestanden hatte. Die beste Position, wenn man Menschen beobachten will. Seit seiner Kindheit hatte er sich ein enormes Einfühlungsvermögen erarbeitet. Daher wusste er,

dass Scholles Grinsen alles andere als ein Friedensangebot darstellte. Es war vielmehr die Ankündigung von etwas sehr, sehr Unangenehmem.
Und er irrte sich nicht.
Mit einer fließenden Bewegung, die er dem übergewichtigen Ermittler nicht zugetraut hätte, war Scholle aufgesprungen und hinter ihn getreten. Frank spürte einen Ruck im Hals, als hätte er sich einen Nerv eingeklemmt, dann schoss der ziehende Schmerz die Wirbelsäule abwärts bis zu den Lenden.
»Schluss mit lustig!« Scholle presste ihm den Ellbogen direkt unter das Kinn und zog den Schwitzkasten noch enger. »Dein Freund hat seine Brieftasche am Tatort verloren. Er ist sogar noch mal dorthin zurückgekommen, um Traunstein zu überfallen.«
Franks Nackenwirbel knackten. Er ruderte mit den Armen, versuchte sich mit den Füßen hochzustemmen, doch sein Oberkörper war wie in Beton gegossen.
»Er hat Täterwissen, und er flieht vor uns.«
Er ist wahnsinnig.
»Also sag mir nicht, wir suchen den Falschen!«
Der Scheißkerl ist wahnsinnig und will mich umbringen.
»Mag sein, dass ich jetzt ein Disziplinarverfahren bekomme. Mag auch sein, dass Folter in Deutschland verboten ist. Aber weißt du was?« Scholle riss Franks Kopf hoch, so dass sein Blick unweigerlich auf die große Zeigeruhr fallen musste, die am anderen Ende des Konferenzraums an der Wand hing.
»Das ist mir scheißegal, wenn es um Kinder geht. Die Zeit rast uns davon, und eher verfrachte ich dich auf die Notaufnahme, bevor ich zulasse, dass wegen dir kleinem Wichser noch ein Kind sterben muss!«

Erleichtert stellte Frank fest, dass er trotz des Drucks auf seinen Kehlkopf noch atmen konnte, und versuchte erneut, sich aus der Umklammerung zu befreien. Doch dann erstarrte er. Wurde ganz ruhig. Bewegte sich keinen Millimeter mehr, ohne dass Scholle ihn dazu hatte auffordern müssen. Er wusste auch so um die schrecklichen Schmerzen, die sich gleich einstellen würden, wenn er den Kopf auch nur um wenige Grade zur Seite drehte.

»Weißt du, wie ich mir bei schwierigen Fällen meine Notizen mache?«

Frank traute sich nicht einmal zu nicken. Sein Puls raste, und jetzt schwitzte er am gesamten Körper.

»Sie sind pervers!«, lag ihm auf der Zunge, doch er durfte nicht riskieren, Scholle noch wütender zu machen. Wollte nicht, dass der den spitzen Gegenstand, den er in seinem Ohr spürte, noch tiefer einführte.

»Mit einem Bleistift«, sagte der Ermittler und lachte. »Ich trage immer einen langen, frisch gespitzten Bleistift bei mir.«

Der warme, feuchte Atem des Ermittlers traf auf die schweißnasse Haut in Franks Nacken und ließ ihn erschauern.

»Okay, okay. Ich sag's ja«, stöhnte Frank.

»Ach ja?« Der Klammergriff wurde keinen Deut lockerer. Der Bleistift drückte so unangenehm wie ein trockener Q-Tip, den man sich zu tief in den Gehörgang geschoben hat.

»Ich glaube dir sogar, dass du nun auspacken wirst. Doch weißt du, was der Unterschied zwischen mir und meinem Partner ist?« Wieder konnte Frank nicht nicken, ohne Gefahr zu laufen, dass sein Trommelfell beschädigt wurde.

»Stoya ist auch am Ende. Aber anders als ich ist er sich

nicht sicher, ob dein Chef wirklich das Arschloch ist, das wir suchen. Deshalb würde er sich vielleicht zu einer kleinen Drohung hinreißen lassen. Aber er würde es bei der Einschüchterung belassen.«

Frank begann vor Angst zu hyperventilieren.

»Ich hingegen will auf Nummer sicher gehen, dass du weißt, was passiert, wenn du mir jetzt Scheiße erzählst«, sagte Scholle und schloss die Hand noch fester um den Bleistift, um kraftvoll zuzustoßen.

32. Kapitel

(Noch 6 Stunden und 2 Minuten bis zum Ablauf des Ultimatums)

Alina Gregoriev

»Ich kann das nicht!«

»Was kannst du nicht? Sag mir bitte endlich, was hier vor sich geht!«

Schon beim Betreten des Kellerraums war Alina das rasche, dumpfe Echo aufgefallen. Ihre Worte bekamen einen leichten Hall, wenn sie von den Wänden zurückprallten. Daher wusste sie, dass der Raum, in dem sie eingesperrt waren, nicht groß sein konnte. Außerdem hatte sie sich beim Herabsteigen den Kopf gestoßen. Sie stand also in einem niedrigen, felsigen Keller, in dem vor kurzem das Licht ausgegangen war. Der dünne Schleier, den sie dank ihres visuellen Restempfindens vorhin noch wahrgenommen hatte, war verschwunden – ebenso wie der Sauerstoff, den sie zum Atmen brauchten.

Seit Zorbach telefoniert hatte, schien die Luft hier unten stetig dünner zu werden, und ein immer größer werdender Druck legte sich auf die Lungen.

»Hier liegt eine kranke Frau«, hörte sie ihn stöhnen. Er sprach atemlos, klang völlig verwirrt. »Ich muss sie umbringen, wenn wir wieder rauswollen.«

Sie atmete seit dem Betreten des Bungalows nur noch durch den Mund, um den unerträglichen Gestank besser zu ertragen. Im Augenblick war der süßlich ranzige Duft schimmliger Lebensmittel allerdings ihr geringstes Problem. Sie war eingeschlossen in einer Umgebung, die sie nicht kannte, hörte grauenhafte Geräusche, hatte Atemprobleme, und Zorbach schien den Verstand verloren zu haben.

»Halt, nein, komm nicht näher!«, herrschte er sie an, als sie auf ihn prallte. Normalerweise verfügte sie auch auf unbekanntem Terrain über so etwas wie einen Orientierungssinn. Er war nicht sehr ausgeprägt und nicht immer vorhanden, aber hin und wieder *spürte* sie, wenn ihr etwas im Weg stand, zum Beispiel, weil sich der Luftwiderstand veränderte, kurz bevor sie gegen einen schweren Gegenstand rempelte. Doch hier unten, in dieser kalten, brüllenden Umgebung, war das unmöglich.

Zu viele Ablenkungen. Meine Sinne sind überfordert.

Sie hörte das unangenehme Zischen, die saugenden Pumpgeräusche, roch den Gestank und vernahm die Panik in Zorbachs Stimme. Kein Wunder, dass sie gegen ihn geprallt war und sich mit einer plumpen Bewegung hatte abstützen müssen – und zwar auf einer …

Ja, worauf eigentlich?

Die Folie unter ihren Händen hatte sich angefühlt, als hätte sie ein abgepacktes Stück Fleisch betastet.

»Was ist das hier?«, fragte sie, doch bevor sie mit beiden Händen weiter über die warme Folie tasten konnte, wurden ihr die Arme von Zorbach zurückgerissen.

»Nicht. Fass sie nicht an.«

Sie?

»Von wem sprichst du?«

Er wurde wütend. »Ich hab dir doch gesagt, hier liegt eine Frau. Eines seiner Opfer. Glaub mir, mehr willst du nicht wissen.«

Nein, ich glaube, da hast du recht. Womöglich will ich das wirklich nicht wissen …

Aber sie erfuhr es trotzdem. Nicht von ihm, er hielt weiter

schweigend ihre Arme zurück, wollte sie vermutlich vor den Bildern beschützen, die er die ganze Zeit schon hatte ertragen müssen.
Sie erfuhr die Wahrheit, als sie ihren Standpunkt veränderte und Zorbach ihre Hände nicht mehr festhalten konnte. Ihre Finger ertasteten das Bild der Qualen besser, als Worte es ihr hätten beschreiben können. Vor ihr, unter der dünnen Folie, lag eine offene, heiße Wunde. Sie konnte die bloßen Muskeln ertasten, das Fleisch, die Sehnen und teilweise sogar den blanken Knochen.
Nekrotisierende Fasziitis, schoss ihr ein grauenhafter Verdacht durch den Kopf.
Sie kannte diese seltene bakterielle Erkrankung, bei der die Menschen buchstäblich bei lebendigem Leib verwesen. Wer immer hier lag, musste unendliche Qualen erleiden, vergleichbar mit einem vernachlässigten Pflegepatienten, dessen gesamter Körper wundgelegen war. Sie hatte einmal einen Geschäftsmann in Behandlung gehabt, der diese schlimme Krankheit überstanden hatte und durch Physiotherapie wieder an normale Bewegungsabläufe gewöhnt werden musste. »Ich bin förmlich aufgeplatzt«, hatte der Patient ihr geschildert, der in einem Krankenhaus mit dem Erreger infiziert worden war. »Erst schwoll alles an, wurde heiß, die Haut riss auf und begann zu verfaulen, während ich von Fieberkrämpfen geschüttelt wurde!« Zahlreiche Operationen und eine Wagenladung verschiedenster Antibiotika retteten ihm das Leben. Maßnahmen, die für die hier verendende Frau ganz sicher zu spät kamen, selbst wenn sie nicht an dieser Krankheit litt.
Womöglich wurde sie gar nicht infiziert. Womöglich verfault sie nur deshalb, weil sie sich unter der Folie nicht bewegen kann.

»Wer ist sie?«, fragte Alina und musste husten. Die Luft hier unten war schon stark von ihrem eigenen Kohlendioxid gesättigt.

»Keine Ahnung. Ich weiß es nicht. Ich weiß nur, dass der kranke Scheißkerl die Stromversorgung mit der Beatmungsmaschine gekoppelt haben muss. Ich glaube, wenn ich sie abstelle, geht das Licht an und die Tür entriegelt sich.«

Auch Zorbach keuchte, als wolle er es TomTom gleichtun und zu hecheln beginnen.

»Aber ich kann das nicht. Ich hab es bei meiner Mutter schon nicht geschafft!«

Alina nickte. Sie verstand zwar nicht, was er ihr damit sagen wollte, aber jetzt war nicht die Zeit, um ihn zu seiner Familiengeschichte zu befragen.

»Wie viel Zeit bleibt uns noch?«, fragte sie und tastete wieder vorsichtig nach dem Arm der Frau.

»Keine Ahnung. Fünf Minuten. Vielleicht weniger.«

Ihre Finger streiften über einen Knorpel, über ein Stück abgestorbener Haut. Wanderten vorsichtig nach oben.

»Ich meine, vermutlich erlösen wir sie von ihren Leiden. Vielleicht würde sie uns darum bitten, wenn sie noch sprechen könnte!«

Alina hörte, dass Zorbach weinte, und auch ihr standen die Tränen in den Augen.

Vermutlich. Vielleicht. Ganz sicher, wenn das, was sie hier spürte, auch nur halb so schlimm war, wie ihr Tastsinn es ihr vermittelte.

Aber *vielleicht* und *vermutlich* und *wenn* reichten nicht aus, um einen unschuldigen Menschen zu opfern, damit man selbst überlebte. Sie konnte Zorbach nicht einschätzen. Doch sie wusste, dass sie selbst niemals die Kraft auf-

bringen würde, bei einem lebendigen Menschen die Geräte abzustellen.
Zumindest nicht, solange ihnen noch etwas Luft zum Atmen blieb.
Etwas Luft.
Fünf Minuten. Vielleicht weniger.

31. Kapitel

Spezialeinsatzkommando

Vierzehn Minuten und dreiundvierzig Sekunden nach Franks Kapitulation hatte das siebenköpfige Einsatzkommando die Zentrale verlassen und war auf dem Weg zu der Adresse, die der Zeuge Frank Lahmann dem Ermittler genannt hatte.

Das Briefing dauerte weitere fünf Minuten und erfolgte während der Fahrt im Mannschaftswagen durch den SEK-Leiter.

Als die Männer elf Minuten und dreizehn Sekunden später in voller Montur mit Schutzweste, Titanhelm und Schusswaffen vor dem Bungalow Position bezogen, waren drei Einsatzfahrzeuge der Polizei und zwei Notarztwagen bereits vor Ort.

Während die beiden Notärzte noch darüber diskutierten, weshalb sie doppelt angefordert worden waren, wurde den angrenzenden Nachbarn untersagt, ihre Häuser zu verlassen.

Zu dieser Zeit trafen die beiden Ermittler der »Soko Augensammler«, Philipp Stoya und Mike Scholokowsky, am Einsatzort ein.

Die Wärmebildkamera, deren Scan den Aufenthaltsort der Zielpersonen in diesem Haus enttarnen sollte, ließen sie im Koffer. Die Weihnachtsbeleuchtung machte ihre Bilder unbrauchbar. Der Einsatzleiter überlegte fünfzig Sekunden, ob er den Strom abstellen sollte, entschied sich dann aber dagegen, um den oder die Täter im Inneren des Hauses nicht zu warnen, dass der Zugriff unmittelbar bevorstand.

Da Gefahr im Verzug war, sah der Plan vor, ohne Vorwarnung die Haustür aufzubrechen und die nachfolgenden Räume des einstöckigen Gebäudes zu sichern. Diese Gewaltanwendung war jedoch nicht notwendig, da der Hintereingang offenstand.

Nach weniger als vierzehn Sekunden wusste man, dass niemand im Erdgeschoss war. Also galt es, die verschlossene Kellertür aufzubrechen.

Um 01.07 Uhr zerstörte die Eingreiftruppe das Schloss der massiven Brandschutztür, und zwei Männer stürmten hinter einem Schutzschild die Kellertreppe hinab.

Zu diesem Zeitpunkt waren zweiunddreißig Minuten vergangen, seitdem Frank Lahmann den Aufenthaltsort des Verdächtigen verraten hatte.

All diese Zeitangaben gingen aus dem exakt geführten Einsatzprotokoll hervor, das der Einsatzleiter anfertigte, bevor er sich vom Amtsarzt für eine Woche krankschreiben ließ. Nicht notiert in dem Protokoll waren die unerträglichen Sekunden, in denen die Beamten wie gelähmt vor dem Schreckensbild verharrten, das sich ihnen in dem Keller bot. Die Sekunden, in denen einige der härtesten Männer Berlins traumatisiert wurden, weil sie solch eine *»entsetzliche Scheiße«* (O-Ton des ersten Funkspruchs auf die Frage, was da unten los sei) noch nie zuvor in ihrem Leben gesehen hatten.

Am Ende waren die Notärzte dankbar, nicht auf sich allein gestellt zu sein. Keiner von beiden schämte sich seiner Tränen, als sie erkannten, dass hier unten jede medizinische Hilfe zu spät kam.

Blinder als blind ist der Ängstliche,
Zitternd vor Hoffnung, es sei nicht das Böse,
Freundlich empfängt er's,
Wehrlos, ach, müde der Angst,
Hoffend das Beste …
Bis es zu spät ist.

Max Frisch,
»Biedermann und die Brandstifter«

30. Kapitel

Der Nebel zog vom See über das Land und schuf eine märchenhafte Traumwelt. Schilf, Nadel- und Laubbäume waren ebenso wie die Pfeiler der Jagdhochsitze vom Unterholz an aufwärts wie in Seide gehüllt. Eine graue, schmutzige Seide, die nach Moos und feuchter Rinde roch und einen dünnen Film auf der Haut hinterließ. Der Kälte und der späten Stunde wegen war dieses Naturschauspiel hier draußen am Rande der Stadt wohl kaum jemandem aufgefallen. Wer wanderte schon nachts um halb zwei durch den Grunewald? In den angrenzenden Villengegenden hatte sich der Bodennebel weitgehend verflüchtigt und war dort nur noch als ein Dunsthauch zu spüren. Doch direkt am Wasser, dort, wo alles seinen Ausgang nahm, schien die Wolkendecke auf die Erde herabgefallen zu sein. Deutlich sichtbar würden die Schwaden erst in einigen Stunden, nach Sonnenaufgang, werden. Bis dahin war die Wand, die sich aus feinsten Tröpfchen speiste, nur eine Vorahnung; ein dunkler Schatten vor den schlecht geputzten Fenstern des alten Hausboots, hinter dem ich stand und mich an meinem Handy festhielt.

»Tut mir leid, ich weiß, es ist viel zu spät, aber ich würde ihn wirklich gerne sprechen!«

»Ach Zorro«, stöhnte Nicci. »Der Husten ist erst vor einer halben Stunde abgeklungen, und ich bin heilfroh, dass Julian endlich schläft.«

»Schon klar«, murmelte ich traurig. Es war ein Wunder, dass sie so ruhig blieb, obwohl ich sie mitten in der Nacht aus dem Bett gerissen hatte. Doch ich war mir sicher, sie hätte in meiner Situation ebenso gehandelt. Wenn man gerade dem sicheren Tod entkommen war, brauchte man die Nähe seiner Familie, ganz gleich, in welchem Auflösungsprozess diese sich befand.

Ich erwog, ob ich sie überreden sollte, nach oben zu gehen, damit sie nachsah, ob Julian durch das Klingeln geweckt worden war – aber wie sich herausstellte, war das gar nicht mehr nötig.

»Ach Mist.«

Nicci hatte den Hörer vom Mund genommen, dennoch konnte ich hören, wie sie sich über die nackten Füße beschwerte, mit denen mein Sohn die Treppe heruntergetapert war.

»Du holst dir den Tod!«

Wegen ihrer Angst vor Elektrosmog duldete sie keinen schnurlosen Telefonapparat im Haus. Ich betete zu Gott, dass sie Julian nicht wieder nach oben schickte.

Es raschelte in der Leitung, dann sprach ich mit dem Menschen, den ich mehr als alles auf der Welt liebte.

»Hey Kumpel, *happy birthday*.«

»Danke, Papi!« Julians Stimme klang schläfrig, aber glücklich. Eine Mischung, die ich im Augenblick nur schwer verkraften konnte.

»Es tut mir leid, dass ich dich geweckt habe. Ich wollte nur …«

Julian nutzte mein Stocken, um mich freudig zu unterbrechen.

»Mama hat heute noch was an die Leine gehängt.«

Meine Hand krallte sich fester um mein Handy, und ich kämpfte gegen die Tränen.

Die Leine. Früher war es mein Job gewesen, sie am Treppengeländer zu befestigen, das in den ersten Stock führte. Über das ganze Jahr hinweg hatten Nicci und ich Kleinigkeiten gehortet, über die Julian sich freuen mochte. Abziehbilder für ein Sammelalbum, eine Hörspiel-CD, eine neue Federtasche, aber auch große Geschenke wie zum Beispiel einen iPod oder letztes Jahr die PlayStation. All diese Überraschungen hingen jetzt einzeln verpackt zwischen Obst und Süßigkeiten an dieser Geburtstagsleine, und Julian durfte sich vom ersten Advent an täglich eine abmachen. Die größte an seinem Geburtstag. Die letzte an Weihnachten.

»Ich komme heute noch nach Hause und häng auch was dran«, versprach ich.

»Echt? Du hast sie mir gekauft?« Er klang so enthusiastisch, dass es mir das Herz zerriss.

Dieses Jahr hatte eine stoßsichere Digitaluhr mit eingebautem Radio auf seiner Wunschliste gestanden. Ich hatte natürlich keine Zeit gehabt, sie zu besorgen.

»Wann krieg ich sie?«

»Sobald du ausgeschlafen hast, Kumpel!«

Ich schloss die Augen, bevor sich eine Träne zwischen den Lidern hervorstehlen konnte.

Je älter wir werden, desto mehr fußt unser Leben auf uneingelösten Versprechungen. Natürlich gibt es immer einen guten Grund, warum man seinen Sohn nicht zu der Schulaufführung begleiten kann oder beim Elternabend fehlt. Weshalb man im Urlaub die Familie alleine an den Strand schickt, während man im Hotelzimmer auf eine E-Mail wartet. Gott hat sich gewiss gedacht, wenn er den Menschen das Bewusstsein der Sterblichkeit gibt, dann schafft er ein Paradies auf Erden. Eine Welt voller Individuen, die um die Endlichkeit ihres Lebens wissen und daher die kurze Zeit, die ihnen gegeben ist, sinnvoll nutzen werden. Pustekuchen. Die meisten Menschen, die ich kenne, wissen sehr wohl, dass sie im Leben täglich aufs Neue die Chance bekommen, ihre Zeit mit Geldverdienen zu verplempern. Aber sie haben nur eine einzige Chance, den elften Geburtstag ihres Kindes zu feiern. Eine Chance, die ich gerade verpasste.

»Um sieben?«, fragte er mich. Das war die späteste Frühstückszeit, wenn er zur ersten Stunde nicht zu spät kommen wollte, obwohl ich bezweifelte, dass Nicci ihn in diesem Zustand zur Schule gehen lassen würde.

»Ich werde kommen«, versprach ich und spürte, dass ich es ernst meinte. »Sieben Uhr. Ehrenwort. Und verzeih mir bitte, dass ich heute Abend nicht da war, als es dir so schlechtging, ja?«

»Kein Problem«, lachte er. »Mama hat mir doch erzählt, dass du den Mann suchst, der die Kinder entführt.«

Ach ja? Hat sie das?

»Das geht schon okay. Das ist jetzt wichtiger.«

Ich war völlig perplex und suchte nach Worten. Bevor ich ihn fragen konnte, was Mami noch über mich erzählt hatte, fing Julian plötzlich an zu husten. Einen Augenblick später war Nicci wieder am Apparat. »Es ist besser, ich bring ihn wieder ins Bett.«

»Danke.«

»Wofür? Ich bin seine Mutter.«

»Ich meine, für das, was du ihm erzählt hast. Ich weiß, du magst meinen Job nicht, und er hat ganz sicher auch dazu beigetragen, dass jetzt ein Graben, größer als die San-Andreas-Spalte, zwischen uns steht. Aber ich bin dir wirklich dankbar, dass du ihn nicht auch noch zwischen Julian und mich treibst.«

Schweigen. Eine Zeitlang hörte ich nur das Rauschen der Blätter vor dem Hausboot und das Knacken des Birkenholzes im Kamin, dann zog Nicci die Nase hoch. »Ach Zorro, es tut mir so leid.«
»Mir auch«, versicherte ich ihr. Dann lud ich ein weiteres Versprechen auf den Berg meiner gebrochenen Vorsätze. »Ich habe Julian gesagt, ich komme um sieben Uhr vorbei. Was hältst du davon, wenn wir gemeinsam frühstücken?«
»Okay.«
»Wir machen ein richtiges Happy-Birthday-Frühstück, so wie früher. Weißt du noch, als ich Julian immer schlafend nach unten trug und er erst vor den Kerzen seiner Torte aufgewacht ist?«
Sie schniefte erneut, und ich spürte, dass ich den Moment der Nähe zwischen uns nicht durch weiteres Gequatsche zerstören sollte, also verabschiedete ich mich.
»Bis nachher«, sagte sie, und dann, kurz bevor sie auflegte, stach sie zu. »Du vergisst doch den Donnerstag nicht, oder?«
Sieben Worte. Sieben Messer, die die Blase der Hoffnung zerschnitten.
Donnerstag.
Die Vorbesprechung für die Scheidung.
»Nein«, sagte ich und fühlte mich wie der armselige Trottel, der ich wohl war. »Ich werde da sein. Mit meinem Anwalt.«

29. Kapitel

(Noch 4 Stunden und 8 Minuten bis zum Ablauf des Ultimatums)

Alexander Zorbach (Ich)

Zuerst spürte ich ihre Hand auf meiner Schulter. Dann den Atem, mit dem ihre Worte auf meinen Nacken trafen. »Darf ich dich etwas fragen?«

Alina stand direkt hinter mir. So nah, dass ich mich nicht hätte umdrehen können, ohne sie zu berühren. Aber das wollte ich im Augenblick auch gar nicht. Ich wollte nur noch vor dem Fenster stehen bleiben und in die Dunkelheit des Waldes starren, die so gut zu meiner gegenwärtigen Gefühlslage passte.

»Vielleicht«, antwortete ich und kontrollierte, ob die Verbindung zu Nicci auch tatsächlich unterbrochen war. In meinem Handy lag eine anonymisierte Prepaid-Karte, die Grundausstattung eines Polizeireporters, und dennoch hatte ich Zweifel, ob Stoya mich nicht trotzdem darüber orten konnte. Ich beschloss, dass mir das nun gleichgültig war. Im Augenblick wusste ich ohnehin nicht mehr weiter, und die Option, die folgenden Nächte in Untersuchungshaft zu verbringen, hatte nach dem, was uns heute zugestoßen war, viel von ihrem Schrecken verloren.

»Was wir eben erlebt haben …«, sagte Alina leise.

Das in dem Keller …

»Was … *was* war das?«

Ich antwortete nicht, obwohl ich wusste, worauf sie hinauswollte.

Alina war gerade im wahrsten Sinne des Wortes mit dem

Bösen in Berührung gekommen. Der Augensammler hatte sein Opfer luftdicht mit Klarsichtfolie umwickelt und so den Verwesungsprozess am lebendigen Leib ausgelöst. Dann, um das Leiden der Unbekannten zu verlängern, hatte er ihren Tod absichtlich verhindert; hatte ihr einen Katheter und andere Zugänge gelegt, mit denen ihre medizinische Notversorgung sichergestellt war, inklusive der künstlichen Beatmung.

Ich drehte mich zu Alina um und sah sie an. Die Tatsache, dass sie seit unserer Flucht die Lider geschlossen hielt, schien mir ein eindeutiges Zeichen. Sie wollte sich abschotten. Wollte die visuelle Verbindung zu einer Welt, in der es perverse Psychopathen gab, die einem Menschenopfer abverlangten, endgültig kappen.

»Hättest du es denn geschafft?«, fragte sie mich nach einer Weile.

Was geschafft? Den Schalter umzulegen? Die Beatmungsmaschine abzustellen, damit das Licht wieder an- und die Tür wieder aufsprang? Die Frau zu töten, damit wir leben können?

»Ich weiß es nicht«, antwortete ich wahrheitsgemäß.

Natürlich war der armen Frau ohnehin nicht mehr zu helfen gewesen. Das wusste ich. Wie bei meiner Mutter hatten die intensivmedizinischen Geräte nicht ihr Leben, sondern nur noch ihr Sterben verlängert. Dennoch hatte mir der Mut gefehlt, zum zweiten Mal einen Menschen auf Verdacht zu töten.

Auf Verdacht!

Denn ich war mir zu keinem Zeitpunkt sicher gewesen, das Rätsel des Augensammlers richtig gelöst zu haben.

Du kannst die Pumpe abstellen und gewinnen …

»Zum Glück mussten wir am Ende diese Entscheidung

nicht fällen«, sagte ich, nahm Alinas Hand von meiner Schulter und setzte mich auf das Sofa, auf dem ich sie gestern Nachmittag zum ersten Mal vorgefunden hatte.
Sie setzte sich neben mich und tastete vorsichtig mit den schmalen Fingern auf der Oberfläche des Tisches vor ihren Knien entlang. Ich schob einen schweren Kaffeepott, den ich vor meinem Telefonat für sie aufgesetzt hatte, in ihre Richtung. Sie zog die Augenbrauen hoch, sagte aber nichts. Dann trank sie einen großen Schluck. Als sie die Tasse wieder absetzte, glänzten ihre Lippen in dem Schein der Kerze, die ich ebenso wie das Feuer im Ofen gleich nach unserer Ankunft angezündet hatte. Schließlich sagte sie: »Ja, zum Glück haben wir es auch so geschafft.«
Meinen eindringlichen Warnungen zum Trotz hatte Alina in dem Keller des Bungalows nicht auf mich gehört. Sie hatte nach den Armen, den Händen und auch nach den Fingern der sterbenden Frau getastet und war dabei auf das kleine Kästchen gestoßen, in dem der Zeigefinger des Opfers steckte: ein photoelektrischer Pulsmesser, wie ihn Operationspatienten angelegt bekommen, damit der Herzschlag während des operativen Eingriffs überwacht werden kann.
Alinas Überlegungen waren so einfach wie logisch gewesen. Allein das Abstellen der Beatmungsmaschine konnte den Tod der bedauernswerten Frau nicht garantieren. Erst das Fehlen des Pulses würde dem Augensammler die Gewissheit geben, dass das Opfer vollbracht war. Was den Umkehrschluss zuließ, dass man die lebenserhaltenden Geräte nicht abstellen musste, um die gewünschte Kettenreaktion auszulösen, von der ich mir den Weg zurück in die Freiheit versprach.
Es hatte mehrere atemlose Sekunden gedauert, die überraschend reißfeste Folie über dem zerschundenen Körper zu

zerstören und das Pulsmessgerät vom Finger der Frau zu entfernen. Schließlich, als es mir endlich gelungen war, geschah nichts.

Überhaupt nichts.

Es blieb dunkel, und auch das Dröhnen der Absaugpumpen hielt an. Doch dann, als ich kurz davorstand zu hyperventilieren, hörte TomTom auf zu winseln. Und es wurde still. Grabesstill.

Wenig später öffnete sich das Schloss der Kellertür mit einem sanften Klicken, und das Beatmungsgerät pumpte weiter Luft in die Lungen der verwesenden Frau. Sie selbst schien von den Vorgängen um sich herum nichts mehr mitbekommen zu haben. Ich war mir nicht einmal sicher, ob ihre ersten Reaktionen, die ich wahrgenommen hatte, als ich den Keller betreten hatte, willentlich oder nicht doch ein unkontrollierter Reflex gewesen waren.

Noch während ich mit Alina an der Hand die Treppe hoch durch das Wohnzimmer aus dem Bungalow gestürmt war, um vor der Tür die kalte, von jeglichem Todesduft befreite Luft in die Lungen zu pumpen, wählte ich die Nummer der Feuerwehr.

»Schnell. Hier stirbt jemand!«

Dann waren wir weitergerannt durch den zaunlosen Garten, der an einem kleinen Wirtschaftsweg endete, hatten den laubverdeckten Hundekot ignoriert, auf dem wir ausrutschten, und waren TomTom gefolgt, der uns zu dem Platz führte, an dem wir unser Auto abgestellt hatten.

Einen kurzen Augenblick war ich versucht gewesen, einfach aufzugeben. Mich zu stellen und Stoya alles zu erklären.

Aber was? Dass mich die Visionen einer Blinden in die Folterkammer des Augensammlers geführt hatten?

Am Ende war es Alina, die mich angetrieben hatte. Mich anschrie, ich solle keine Zeit verlieren und endlich losfahren.
Weg von diesem Ort des Grauens, dem Konzentrat aller zukünftigen Alpträume.
Ich hörte sie neben mir auf dem Sofa die Beine übereinanderschlagen und öffnete überrascht die Augen. Fast wäre ich aus Erschöpfung über meine alptraumhaften Erinnerungen eingeschlafen.
»An Tagen wie diesen verfluche ich mein Schicksal«, sagte sie leise. »Und damit meine ich nicht, dass ich blind bin.«
Sie trank einen weiteren Schluck. Ihre Unterlippe bebte und wollte selbst dann nicht aufhören zu zittern, als sie mit den Schneidezähnen darauf biss.
»Ich spreche von meiner *Gabe.*« Eine Träne löste sich aus ihrem rechten Auge.
Ich streckte die Hand nach ihr aus. »Vorhin im Keller«, sagte ich leise, »als du die sterbende Frau berührt hast, da ist es wieder passiert, nicht wahr?«
»Nein.« Sie sah auf. »Es ist schlimmer.«
»Wie meinst du das?«
Was kann denn noch schlimmer sein als das bisher Erlebte?
»Ich habe da unten in dem Keller etwas entdeckt.«
»Über den Augensammler?«, fragte ich.
»Nein, über mich.«
Sie riss sich die Perücke vom Kopf, tippte sich gegen die Stirn und schüttelte wütend den rasierten Schädel. »Ich habe in diesem Keller etwas ganz Schreckliches *über mich selbst* herausgefunden!«

28. Kapitel

(Noch 3 Stunden und 59 Minuten bis zum Ablauf des Ultimatums)

Philipp Stoya
(Leiter der Mordkommission)

»Wo ist er?«

»Tut mir leid, diesmal habe ich wirklich nicht die geringste Ahnung.«

Frank rieb sich das rechte Ohr und schien froh, dass Scholle bei diesem zweiten Verhör, diesmal auf dem Revier der Mordkommission, fehlte. Stoya war sich immer noch nicht sicher, was passiert wäre, wenn er nur eine Sekunde später von der Toilette zurück in den Konferenzraum gekommen wäre. Er hatte gesehen, wie Scholle blitzschnell den Griff gelockert und einen länglichen Gegenstand aus dem Ohr des Volontärs gezogen hatte.

»War nur Spaß, hab ihn etwas gekitzelt«, hatte er ihm versichert. Aber der Hass in den Augen und die unverhohlene Aggressivität in der Stimme seines Partners hatten eine andere Sprache gesprochen.

Er hätte zugestoßen!

Philipp wusste, wozu Scholle fähig war, wenn er bei einem Fall nicht weiterkam. Dabei war er nicht immer so rücksichtslos gewesen. Doch seine Scheidung hatte ihn verändert und den gutmütigen Polizisten in einen unberechenbaren Ermittler verwandelt. Seine Ehe mit der russischen Tänzerin, die er bei einer Razzia in einem Nachtlokal kennengelernt hatte, war von Anfang an unter keinem guten Stern gestanden. Scholle hatte wieder einmal Liebe mit

Mitleid verwechselt, eine direkte Nebenwirkung seines ausgeprägten Helfersyndroms. Er bezahlte die Ablöse aus dem Bordell, kleidete sie neu ein, zeigte ihr den Teil der Welt, den man mit seinem Einkommen bereisen konnte, und hoffte, sie von den Drogen wegzubekommen, wenn er sie heiratete und mit ihr raus aufs Brandenburgische Land zog. Seine Therapieversuche waren mit dem Tag beendet, an dem er Natascha mit einem privaten Freier aus alten Tagen im Ehebett erwischte.

Hätte der Richter der Mutter damals nicht das Recht zugesprochen, mit ihrem gemeinsamen Kind einmal im Jahr alleine verreisen zu dürfen, wäre Scholle heute vielleicht immer noch der gute Kumpel, dem der wöchentliche Kegelabend wichtiger war als ein abgeschlossener Fall.

Scholle war damals nur eine Minute zu spät gekommen. Er hatte auf dem Revier gesessen und überlegt, ob er es wirklich zulassen sollte, dass Natascha und sein Sohn Marcus gemeinsam in den Urlaub nach Moskau flogen. Sicher, die Sorgerechtsvereinbarung war eindeutig, er würde sich strafbar machen, wenn er jetzt zum Flughafen fahren und Natascha daran hindern würde, mit Marcus das Land zu verlassen.

Am Ende hatte sein Bauchgefühl gesiegt. Er war nach Schönefeld gerast, hatte den Dienstwagen im Halteverbot geparkt und war zum Abflugterminal gestürmt. Zu spät. Die Aeroflot-Maschine stand noch auf dem Rollfeld, aber die Türen waren bereits geschlossen. Seit einer Minute.

Ein halbes Jahr hatte er sich freigenommen, damit er die Dörfer rund um Jaroslawl nach seinem Jungen absuchen konnte. Ohne Erfolg. Natascha und Marcus waren wie vom russischen Erdboden verschluckt und tauchten nie wieder auf.

Als Scholle mit leeren Händen und zerrissenem Herzen zurückkam, schwor er sich, es niemals wieder so weit kommen zu lassen. Nie wieder würde er auch nur eine Minute zögern und über die Einhaltung von Vorschriften nachdenken, wenn sein Bauchgefühl ihm etwas anderes sagte.
»Ein letztes Mal. Wo hält Alexander Zorbach sich versteckt?«, fragte Stoya.
»Selbst wenn Sie jetzt wie Ihr Kollege einen Bleistift rausholen …« Frank zuckte mit den Achseln. »Ich kann's Ihnen nicht sagen.«
»Wirklich nicht?«, fragte Stoya. »Und hierzu?« Er öffnete einen braunen Pappordner und entnahm ihm mehrere Großaufnahmen, die er vor Frank auf dem Tisch ausbreitete. »Hierzu können Sie uns wohl auch nichts sagen?«
Der junge Mann schloss die Augen.
»Katharina Vanghal, Krankenschwester, siebenundfünfzig Jahre alt und Witwe«, kommentierte Stoya die Tatortfotos, die direkt aus dem Schlachthof der Hölle zu stammen schienen. »Nachbarn schildern sie als extrem zurückgezogen. Keine Freunde, keine Männer, nicht mal Haustiere. Wenn man von ihrem allseits bekannten Weihnachtsfimmel mal absieht, das gesamte Haus in eine Flutlichtanlage zu verwandeln, dann lebte sie bislang ein völlig unauffälliges, langweiliges Leben.«
Er machte eine kurze Pause. »Bis der Augensammler sich dazu entschloss, ihren Keller in einen Vakuumsarg zu verwandeln und sie die letzten Tage ihres Lebens dort zu foltern.«
»Grauenhaft.« Frank wandte sich ab.
»Ja, das ist es allerdings. Grauenhaft. Der Wahnsinnige hat ihren kompletten Körper in Plastikfolie eingewickelt. Wegen des Drucks des Verbandes und weil sie sich nicht rüh-

ren konnte, ist sie darunter buchstäblich bei lebendigem Leib verwest. Damit sie nicht zu früh stirbt, hat der Augensammler sie sediert, auf eine Kühlmatratze gelegt und mit Hilfe künstlicher Beatmung in der Dauerschwebe zwischen Leben und Tod gehalten. Offensichtlich ist der Augensammler nicht nur medizinisch bewandert, sondern auch Hobbytechniker, immerhin fanden wir einen Stromgenerator im Garten, extra nur für den Folterkeller installiert.«

Stoya hielt zwei Finger hoch und formte unbeabsichtigt das Victory-Zeichen. »Ein Generator für zwei Pumpen, mit denen er die Luft aus dem Keller saugen konnte!«

»Sie wissen, dass Zorbach zwei linke Hände hat«, entgegnete Frank. Er sah müde aus, und seine Lippen waren rissig. Stoya beschloss, ihn noch etwas unter Druck zu setzen, bevor er ihm ein Glas Wasser anbot.

»Aber er hat ein Motiv.«

»Bitte?«

Stoya nickte beiläufig, als habe er eine Bemerkung über das Wetter gemacht. »Katharina Vanghal arbeitete bis vor zwei Jahren im Park-Sanatorium, also dort, wo heute Zorbachs Mutter liegt. Sie war dort Krankenschwester, bis man ihr fristlos kündigte. In ihrer Akte steht, mehrere ihrer Patienten hätten an Dekubitus IV gelitten. Einem Wundgeschwür, das bis auf die Knochen reicht, weil ihre bettlägerigen Patienten nicht oft genug bewegt worden waren.«

»Das glauben Sie doch selbst nicht«, lachte Frank tonlos. »Mein Boss rächt sich an der Exkrankenschwester seiner Mutter?«

»Nein. Ehrlich gesagt *will* ich das nicht glauben. Aber warum finden wir seine Fingerabdrücke überall in diesem Keller, wenn er mit der Sache nichts zu tun hat?«

Der Volontär legte seufzend den Kopf in den Nacken und starrte an die Decke. »Himmel, wie oft denn noch. Es war die Blinde. Sie hat ihn dorthin geführt.«

»Scheiße.«

Stoya hieb mit der flachen Hand auf den Tisch. »Ich hab die Schnauze voll von diesem esoterischen Blödsinn. Ich will jetzt endlich wissen, was …«

»Entschuldigung?«

Der Chefermittler fuhr herum. Er hatte so laut gebrüllt, dass er das Klopfen der uniformierten Polizistin nicht bemerkt hatte.

»Was?«

Sie reichte ihm eine Akte.

»Was ist das?«

»Der Strafzettel, den wir überprüfen sollten.«

»Und?«

Die Oberlippe der schüchternen Blondine zitterte vor Nervosität, doch ihre Stimme klang fest. »Er gehört zu einem grünen VW Passat, Baujahr 97.« Dann nannte sie ihm den Halter.

Stoyas Ohren begannen zu dröhnen, und sein Mund wurde trocken. Jetzt war er es, der dringend etwas zu trinken benötigte. »Wiederholen Sie das noch einmal.«

»Er ist zugelassen auf eine Katharina Vanghal.«

Das kann nicht sein.

Stoya sah zu Frank herüber, der in diesem Moment ebenso fassungslos wirkte wie er.

Das ist unmöglich.

Der Wagen der gefolterten Krankenschwester hatte gestern Nachmittag tatsächlich auf dem Behindertenparkplatz gestanden, so wie Zorbach es die ganze Zeit über behauptet hatte.

»Sehen Sie!«, sagte Frank triumphierend, als die Polizistin die Tür hinter sich geschlossen hatte. »Der Augensammler war gestern bei der blinden Physiotherapeutin, so wie ich es Ihnen gesagt habe. Er wurde auf Video aufgenommen, als er das Mietshaus verließ. Eine Information, die Sie viel zu lange ignoriert haben. Keine Ahnung, woher die Blinde das alles weiß, aber ich denke, Sie sollten endlich mal anfangen, auf sie zu hören.«

»Ach ja, sollte ich das?« Stoya warf die Akte mit dem Strafzettel wütend vor sich auf den Tisch. »Sie glauben wirklich, ich sollte den Hinweisen eines Phantoms nachjagen?«

»Phantom?«

Stoya lachte kurz auf, als er den überraschten Ausdruck in Franks Augen sah.

»Ich habe sie überprüft. Niemand hat gestern die Aussage einer Alina Gregoriev zu Protokoll genommen. Keiner meiner Leute hat sie hier gesehen. Sie war nicht auf dem Revier, verstehen Sie, was ich sagen will?«

Frank hörte ihm mit offenem Mund zu.

»Gut, das ist nämlich noch nicht alles. Denn auch der Computer hat noch nie etwas von ihr gehört. Eine Alina Gregoriev ist in Berlin nicht gemeldet. In ganz Deutschland gibt es keine Physiotherapeutin mit diesem Namen. Also erzählen Sie mir bitte keinen Scheiß von einem blinden Medium, das durch Handauflegen in die Vergangenheit sehen kann. Woher hat Zorbach seine Informationen, wenn er nicht selbst der Täter ist?«

Er stemmte sich mit beiden Armen auf den Tisch und sah dem Volontär direkt in die Augen.

»Und sagen Sie mir nicht, von Alina Gregoriev. Denn diese Frau *existiert* nicht!«

27. Kapitel

(Noch 3 Stunden und 31 Minuten bis zum Ablauf des Ultimatums)

Alexander Zorbach (Ich)

Ich spürte es. Alina war dabei, sich in sich selbst zurückzuziehen. Das signalisierte mir ihre Körpersprache: die vor der Brust verschränkten Arme, die eng zusammengepressten Beine und die herabfallenden Mundwinkel. Trotz ihrer maskulinen Aufmachung mit Cowboystiefeln und Flickenjeans wirkte sie wie ein kleines, störrisches Mädchen, das meine Empfehlungen, den Kaffee zu trinken, solange er noch heiß war, mit ausdrucksloser Miene in den Wind schlug.

Was ist es? Was hast du so Schreckliches über dich herausgefunden?

Alina verschloss sich zusehends, und gleichzeitig, dessen war ich sicher, wollte sie reden. Sie brauchte ein Ventil. Die Frage war, was am Ende die Oberhand behielt: der Wunsch, seelischen Ballast abzuwerfen, oder die Angst davor, sich zu öffnen.

All meine Einsätze, sowohl die als Verhandlungsführer wie die als Journalist, hatten mich gelehrt, einen Menschen, der in einem derartigen emotionalen Zwiespalt gefangen war, weder zu drängen noch ihm zu viel Zeit zum Nachdenken zu geben. Es war eine Gratwanderung.

Die besten Erfahrungen hatte ich damit gemacht, die Unterhaltung auf ein vermeintlich sicheres Terrain zu verlegen, indem ich eine Frage stellte, die mein Gesprächspartner im Schlaf beantworten konnte. Eine Frage, die ihm unter Garantie schon hundertmal zuvor gestellt worden war.

Bei Alina fiel mir nur eine einzige ein. »Wie ist es passiert?« Ich sah prüfend auf ihre Hände, Lippen und Augen, ob sich hier eine körperliche Reaktion zeigte.

»Sag mir, wenn du nicht darüber reden willst, aber mich würde wirklich interessieren, wie du dein Augenlicht verloren hast.«

Sie atmete schwer. Sog die Luft ein, hielt sie an und stieß sie in einem langen Schwall wieder aus. Dann seufzte sie leise. »Es war ein Unfall.«

Sie öffnete die Lider und deutete auf ihre getrübten Augäpfel, die in dem fahlen Kerzenlicht wie stumpf polierte Glassteine wirkten. Dann öffnete sie den Reißverschluss ihrer Cordjacke, zog eine Packung Zigaretten hervor und steckte sich an der Kerze eine an.

»Es geschah vor zweiundzwanzig Jahren. Ich war drei Jahre alt und wollte zusammen mit meiner neuen Freundin aus der Nachbarschaft eine Sandburg bauen. Wir lebten noch nicht lange in Kalifornien, nachdem wir mit meinem Vater die Jahre zuvor einmal quer über den Globus von Großbaustelle zu Großbaustelle gejagt waren. Aber hier wurde Dad als Ingenieur für ein gewaltiges Staudammprojekt gebraucht, das sich über Jahre erstrecken sollte, weshalb wir erstmals ein Haus im Grünen gekauft hatten. So ein typisch amerikanisches Holzding, mit weißem Zaun und einer Garage in der Einfahrt.« Sie hielt inne.

»Die Garage«, sagte sie wie zu sich selbst.

»Was war damit?«

Sie nahm einen tiefen Zug und blies den Rauch in die flackernde Kerze. »Der Vorbesitzer hatte sie als Werkstatt genutzt, mit Tapeziertisch, Sägebank, Werkzeugen an den

Wänden und Farbdosen, wo man nur hintrat. Mein Vater hatte sich vorgenommen, das Ding so schnell wie möglich zu entrümpeln. Aber ich war schneller.«

Sie schluckte.

Jetzt wird's ernst. Jetzt kommen wir in die rote Zone des Gedächtnisses. Dort, wo die schmerzhaften Erinnerungen vergraben sind.

»Als wir zum Bauen der Sandburg eine Form brauchten, holte ich uns ein altes Einwegglas aus der Garage. Ich war ein ordentliches Mädchen. Vermutlich ein ordentlicheres, als ich es jetzt bin.« Sie lächelte freudlos. »Auf jeden Fall wollte ich es ausspülen, und das war ein Fehler.«

»Wieso?«

»In dem Glas war Kalziumkarbid, weiß der Geier, wozu der Vorbesitzer das gebraucht hat. Zum Glück gab es eine laute Explosion, sonst hätte meine Mutter den Unfall gar nicht so schnell mitbekommen.«

Alina blinzelte, als liefe hinter den nun wieder geschlossenen Lidern ein nur für sie sichtbarer Film ab.

»Kalziumkarbid und Wasser erzeugen Acetylen, ein giftiges Gas. Wäre der Rettungshubschrauber nicht so schnell zur Stelle gewesen, hätte die Explosion mich getötet. So verlor ich nur mein Augenlicht.« Bei »nur« malte sie imaginäre Gänsefüßchen in die Luft. »Meine Hornhaut ist zerstört. Irreparabel.«

»Das tut mir leid.«

»Shit happens«, sagte sie lakonisch und presste die Zigarette aus.

»Das ist schrecklich«, sagte ich leise.

Im Alter von drei Jahren. Lange bevor man die Wunder dieser Welt sehen kann. Nur zu verständlich, dass sie verbittert ist.

»Hast du dir deshalb dieses Hass-Tattoo stechen lassen?«
»Hass? Wie kommst du denn darauf?«, fragte sie verwundert. Dann umspielte ein leises Lächeln ihre Lippen. »Warte mal.«
Sie stand auf, zog sich die Jacke aus und knöpfte die ersten drei Knöpfe ihrer Bluse auf.
»Meinst du das hier?«
Sie setzte sich wieder zu mir und reckte mir den nackten Hals entgegen. Die runenhaften Buchstaben auf ihrer Haut formten das englische Wort *Fate* – nicht Hate!

»Schicksal«, übersetzte ich leise. Die Tätowierung schimmerte wie feuchte Tinte in dem warmen Kerzenschein.
Sie lächelte. »Kommt darauf an, wie man es sieht.«
Wie man es sieht. Auf Wiedersehen. Einen Augenblick …
Unsere Sprache ist voll von visuellen Redewendungen, und ich fragte mich, ob alle Blinden sie so selbstverständlich benutzten wie Alina. Sie verwunderte mich einmal mehr, als sie mir den Rücken zuwandte. »Sieh noch mal hin!«
Erst verstand ich nicht, worauf sie hinauswollte, doch dann, als ich ihr über die Schulter sah, sprang es mich förmlich an.
»Es ist ein Ambigramm«, sagte ich staunend, wobei ich mir nicht sicher war, ob das tatsächlich die richtige Bezeichnung war. Die Ambigramme, die ich kannte, zum Beispiel aus dem Thriller »Illuminati«, waren symmetrische Graphiken, die man um hundertachtzig Grad kippen konnte und die trotzdem das gleiche Wort ergaben. Einfachstes Beispiel ist die Buchstabenkombination WM. Das Tattoo von Alina jedoch war anders. So etwas hatte ich noch nie

gesehen. Wenn man den geschwungenen Schriftzug auf den Kopf stellte, formte sich ein völlig neues Wort mit einer ganz anderen Bedeutung.

»Luck«, flüsterte ich. »Glück.«

Sie nickte. »Oder Zufall. Ich ziehe diese Übersetzung vor.«

Schicksal oder Zufall, dachte ich. *Wie im Leben. Es kommt nur auf die Betrachtungsweise an.*

»Es ist ein asymmetrisches Ambigramm, um genau zu sein. Man steht davor, und dennoch erfasst man die Bedeutung nicht auf den ersten Blick, verstehst du? Deshalb habe ich es mir stechen lassen. Unsere Augen sind nicht wichtig. Den Beweis dafür trage ich bis in alle Ewigkeit auf meinem Körper.«

Ihre großen, trüben Augen waren direkt auf meinen Mund gerichtet. »Ich denke, es kommt nicht darauf an, was wir sehen, sondern nur darauf, was wir erkennen. Das versuche ich mir jedenfalls einzureden. Aber weißt du, was?«

Sie blinzelte, doch es war nicht mehr aufzuhalten. Der Damm war gebrochen. Die Tränen strömten ebenso plötzlich wie heftig über ihr Gesicht. »Es funktioniert einfach nicht!«

»Alina …«

Ich griff nach ihrer Hand, die sie sofort zurückzog. Berührte ihre Schulter und rutschte nach, als sie mir vollends den Rücken zudrehte.

»Ich kann mir noch so oft sagen, dass ich meine Augen nicht brauche«, sagte sie mit erstickter Stimme. Sie zog die Beine an, stellte die Stiefel auf die Couch und presste den

Kopf auf die Knie wie ein Flugzeugpassagier, der sich auf den Absturz der Maschine vorbereitet.

Oder auf den Absturz seiner Seele.

»Dass ich die Welt, in der ich lebe, nicht sehen muss …«

Ich versuchte es erneut und streichelte ihr den Rücken. Sie igelte sich nur noch weiter ein, indem sie die Schultern anzog, fast so, als wären meine Berührungen Schläge, denen sie so wenig Angriffsfläche wie möglich bieten wollte.

»Ich kann mich modisch kleiden, schminken, tätowieren und mir einreden, das würde meine Blindheit etwas weniger blind machen, verstehst du?« Ihr Körper bebte. »Aber das funktioniert so nicht«, wiederholte sie.

»Lass mich dir helfen!«

»Helfen?«, brüllte sie mich an. »Wie denn? Du hast doch keine Ahnung von der Welt, in der ich lebe. Du schließt die Augen, es wird schwarz, und dann denkst du: ›Aha, so ist es also, wenn man blind ist.‹ Aber so ist es nicht.«

»Das weiß ich …«

»Einen Scheiß weißt du. Oder hast du schon mal erlebt, dass man dich an der Schulter packt und gegen deinen Willen über die Straße führt, weil man denkt, dem Behinderten müsse geholfen werden? Hast du dich auch schon mal über Rollstuhlfahrer ärgern müssen, für die man die Bordkanten absenkt, weshalb ich jetzt verdammt noch mal nicht mehr weiß, wo der Bürgersteig aufhört und die Straße anfängt? Tun Menschen in deiner Gegenwart auch so, als wärst du Luft und reden nur mit deiner Begleitperson? Schätze, die Antwort ist nein, oder?«

Sie schluckte. »Du tust so verständnisvoll, aber in Wahrheit bist du ein Ignorant, Alex. Scheiße, ich wette, du hast dir noch nicht ein einziges Mal Gedanken über die Fünfernoppe auf deinem Tastentelefon gemacht. Du berührst sie täglich, denn sie ist auf *jeder* Fünf. Telefon, Taschenrechner, Geldautomat, Computer. Das ist unser Orientierungszeichen, damit wir blind telefonieren und Zahlen tippen können. Tag für Tag berührst du meine Welt und verschwendest trotzdem nicht einen einzigen Gedanken daran. Also erzähl mir nicht, dass du irgendetwas von mir und meinem Leben verstehst. Du kannst es dir nicht einmal annähernd vorstellen.« Sie zog die Nase hoch, wischte sich mit dem Ellbogen die Tränen vom Gesicht und atmete tief durch. Ein großer Teil ihrer Anspannung hatte sich mit dem Wortgewitter entladen. Als sie weiterredete, hielt sie die Stimme schon wieder etwas gesenkt. Doch sie war noch lange nicht fertig. Ich spürte, dass das Wichtigste, was sie mir zu sagen hatte, noch bevorstand.

»Manchmal nachts, wenn ich schlafe, träume ich davon, in einen Brunnen zu fallen. Ich falle und falle, mein Sturz in die Finsternis hört gar nicht mehr auf. Gleichzeitig wird es immer dunkler um mich herum. Ich strecke die Hände aus, um die Wände des Brunnens zu berühren, doch da sind keine mehr. Sie lösen sich auf, so wie meine letzten Erinnerungen an die Welt vor dem Unfall.«

Ein Holzscheit im Ofen durchbrach das folgende Schweigen.

»Sie verschwinden, verstehst du? Alles weg. Meine Erinnerungen an Licht, Farben, Formen, Gesichter, Gegenstände. Je tiefer ich falle, desto mehr bleichen sie aus. Und weißt du, was das wirklich Schreckliche daran ist?«

Dass es nicht aufhört, sobald du aufwachst.

»Ich schreie mich wach, und das Fallen hört auf«, sagte sie und klang auf einmal unendlich erschöpft. »Aber nur das Fallen. Alles andere ist noch da. Ich bin immer noch in diesem Zustand gefangen. In diesem schwarzen Loch, diesem

Nichts. Und dann sitze ich zitternd im Bett, verfluche den Tag, an dem ich Sandkuchen backen wollte, und frage mich, ob ich überhaupt noch existiere.«
Sie drehte den Kopf zu mir, als wollte sie mich ansehen. »Gibt es die Welt da draußen überhaupt?«
Ich wusste nicht, was ich darauf antworten sollte. Erst recht nicht auf die verstörende Frage, die sie mir als Nächstes stellte.
»Gibt es *mich?*«
Sie griff nach dem Saum ihrer Bluse und zerknüllte ihn wie ein Stück Papier. »Bin ich da, Alex?«
Ich zögerte, doch dann griff ich nach ihrer Hand und löste vorsichtig die ineinander verschränkten Finger.
»Ja, bist du.«
»Beweis es mir. Bitte, zeig es mir, damit ich es glauben kann.«
Sie tastete nach meinem Gesicht. Streichelte mir sanft über das Kinn, fuhr über die Lippen und ließ die Finger kurz auf meinen geschlossenen Augen verharren.
Ich erlebte einen der seltenen Momente im Leben, in dem die Erinnerungen verstummen. Ich dachte nicht mehr an das Baby auf der Brücke, nicht an meine gescheiterte Ehe, selbst das Gesicht von Charlie, deren Kinder ich aus den Fängen des Augensammlers retten wollte, verschwand von meinem inneren Auge. Stattdessen breitete sich ein Gefühl in mir aus, das ich fast vergessen hatte.
Zuletzt hatte ich es gespürt, als ich Nicci zum ersten Mal sah. Nicht mit den Augen und auch nicht mit dem Gehirn, hier irrte Alina, wenn sie glaubte, die wirklich wichtigen Dinge würde man damit erkennen. Wenn man einem Menschen so nahe sein will, dass man mit ihm am liebsten den Körper tauschen würde, setzt der Verstand aus, und die

Seele wird zum einzigen noch funktionierenden Sinnesorgan.
»Zeig es mir«, wiederholte sie noch einmal fordernd. »Zeig mir, dass ich noch da bin.«
Dann presste sie die Lippen auf meinen Mund, und ich war überrascht zu erfahren, wie sehr ich mir genau das gewünscht hatte.

26. Kapitel

(Noch 2 Stunden und 47 Minuten bis zum Ablauf des Ultimatums)

Frank Lahmann (Volontär)

Co-Halluzinationen«, sagte eine knurrige Stimme. Sie kam aus den Lautsprechern einer Telefonanlage, die vor ihnen auf dem braunlaminierten Tisch des Vernehmungsraumes stand. Professor Hohlfort war von seiner Dahlemer Villa aus zugeschaltet. »Ich tippe auf eine induzierte wahnhafte Störung.«

»Alina gibt es«, protestierte Frank. Er sah Stoya an. »Ich habe die Blinde doch selbst gesehen!«

Erst knisterte es, dann gab es ein lautes atmosphärisches Zischen, bevor der Profiler wieder über die Lautsprecher zu ihnen drang. »Ich nehme an, Sie arbeiten seit Monaten intensiv mit dem Gesuchten zusammen, Herr Lahmann?«

»Ja.«

»Sie stehen unter Stress, schlafen meist weniger als vier Stunden am Tag, und das seit Wochen?«

Diesmal nickte Frank nur noch zur Bestätigung.

»Nun, unter einem solchen Druck ist wiederholt das Phänomen beobachtet worden, dass ein geistig gesunder Mensch die Halluzinationen seines Partners übernommen hat. Meist geschieht das bei Personen, die in einem ausgeprägten Über-/Unterordnungsverhältnis zueinander stehen, bei Eheleuten mit einem dominierenden Teil zum Beispiel. Denkbar ist aber auch eine starke berufliche Abhängigkeit wie zwischen einem Volontär und seinem Mentor.«

»Wollen Sie mir etwa sagen, ich wäre ballaballa?«

»Nein, Frank. Sie sind lediglich die induzierte Person, die die Halluzination ihrer Bezugsperson übernommen hat. Das ist zwar außergewöhnlich, aber durchaus denkbar, wenn man sich die besonderen Umstände vor Augen führt, die Sie in den letzten Wochen gemeinsam durchstehen mussten. Immerhin waren Sie fast ununterbrochen mit einem der grausamsten Gewaltverbrechen der letzten Jahrzehnte konfrontiert.«

Frank starrte mit offenem Mund auf die Telefonanlage. Meinte der alte Knacker das tatsächlich ernst?

»Ich bin nicht verrückt. Und mein Boss ist es auch nicht.«

»Nun ja, in seiner Krankenakte steht dazu etwas anderes, oder?«

Stoya bestätigte Hohlforts Worte mit bedauerndem Achselzucken. »Zorbach und ich waren Kollegen, und wenn man jahrelang so eng zusammengearbeitet hat, bleibt kaum etwas verborgen. Es ist ein offenes Geheimnis, dass Zorbach seit der Sache mit dem Undine-Baby in psychiatrischer Behandlung ist. Er ist nicht der erste und ganz sicher nicht der letzte Exbulle, dessen Name in Dr. Roths Terminkalender steht.«

Frank schüttelte den Kopf. »Das kann ich nicht glauben.«

Es zischte wieder in der Leitung. »Zeigen Sie es ihm«, sagte Hohlfort.

Frank sah fragend zu Stoya. Der Chefermittler öffnete einen kleinen Laptop. Es dauerte keine zwanzig Sekunden, da hatte sich ein Bild aufgebaut, das Stoya zu ihm drehte.

»Das haben wir auf Zorbachs Computer in der Redaktion gefunden.«

Frank zog die Augenbrauen hoch und starrte auf den Bildschirm.

»Eine E-Mail?«, fragte er.

An: a.zorbach@gmx.net
Betreff: Motiv Augensammler

Seine Augen wanderten von der Kopfzeile zum Textteil der Mail.
»Er hat sie an sich selbst geschickt«, hörte er Stoya sagen. Es klang wie eine Frage.
»Das macht er oft«, bestätigte Frank. »Ist seine Methode, sich eine Sicherungskopie zu erstellen. Andere Leute ziehen sich wichtige Dateien auf einen USB-Stick. Alex schickt sie an sich selbst. Hat den Vorteil, dass er das Material von jedem Computer der Welt aus öffnen kann.«
»Interessant. Aber können Sie uns auch den Inhalt erklären?«, fragte Hohlfort.
Frank starrte eine Weile auf den Bildschirm und schüttelte den Kopf.

An: a.zorbach@gmx.net
Betreff: Motiv Augensammler

Warum denken alle immer nur an die Augen? Sie sind nichts als Ablenkung. Wie bei einem Zauberer, der rechts etwas explodieren lässt, damit wir das Kaninchen nicht sehen, das er links aus dem Hut zieht. Viel wichtiger ist die Familie. Er macht nur einen Liebestest!

»Wissen Sie, was er damit meint, Herr Lahmann? Mit dem Liebestest?«
Stoya hatte sich hinter ihm aufgebaut und warf einen Schatten auf den Monitor.
»Nein, keine Ahnung. Darüber hat er nie mit mir gesprochen.«

»Dann, so denke ich, wird es allerhöchste Zeit für ein Gespräch mit ihm«, knarrte Hohlforts Stimme aus den Lautsprechern.
Stoya klappte den Computer zu. »Sie wissen selbst, dass Ihr Boss über unerklärliches Täterwissen verfügt. Er kennt nicht nur die gefolterte Krankenschwester, sondern auch das jüngste Opfer, Lucia Traunstein, deren Handy er noch Stunden nach ihrer Ermordung angerufen hat. Das mag ein Beleg für seine Unschuld sein oder aber für seine Wahrnehmungsstörungen. Doch jetzt scheint er auch noch das Motiv des Augensammlers zu kennen. Ich habe keine Ahnung, was es mit dem verdammten Liebestest auf sich hat. Und ich weiß auch nicht, wie tief Zorbach in der Sache wirklich drinsteckt. Aber ich weiß ganz sicher, dass ich ihn so schnell wie möglich finden muss. Um jeden Preis.«
Stoya stützte sich mit beiden Händen auf dem Tisch ab und sah drohend auf Frank herab. Sein Gesicht war so nah, dass Frank die feinen Blutfäden sehen konnte, die sich auf den Flimmerhärchen in Stoyas Nasenlöchern festgesetzt hatten.
»Ich werde ihn finden. Und Sie werden mir dabei helfen, Frank. Ob Sie wollen oder nicht.«

25. Kapitel

(Noch 2 Stunden und 29 Minuten bis zum
Ablauf des Ultimatums)

Alexander Zorbach (Ich)

Gerade als ich spürte, dass sie kurz davor war, die Kontrolle zu verlieren, hörte sie auf. Einfach so. Sie blieb rittlings auf mir sitzen, verschränkte die Arme hinter dem Kopf und bewegte sich nicht mehr.

»Was ist?«, fragte ich verstört und zog die Hand unter ihrer Bluse hervor.

Eben noch hatte ich das Gefühl gehabt, ihre Gedanken lesen zu können, so sehr fühlte ich mich mit ihr verschmolzen, und plötzlich war sie meilenweit von mir entfernt, obwohl ich noch in ihr war.

»Ich fühle nichts«, keuchte sie atemlos.

Ich sah sie entgeistert an. Sie hatte laut geschrien und mir in den Nacken gebissen, während ihr Körper von einer Lustwelle durchflutet wurde.

»Ach ja?«, versuchte ich mit einem Scherz die Distanz zwischen uns wieder zu verringern. Ich packte sie an der Hüfte und schob das Becken etwas weiter vor. Sie stöhnte auf und presste die Hand vor den Mund.

»Du fühlst also rein gar nichts?«

»Idiot. Das meine ich nicht.«

Mit einer raschen Bewegung befreite sie sich aus meiner Umarmung und stieg von mir ab.

»Sondern?«

Ihre Füße tasteten vor dem Couchtisch nach ihrer Jeans.

»Es passiert einfach nichts, wenn ich dich anfasse. Den Augensammler habe ich nur kurz an den Schultern berührt. Aber mit dir kann ich schlafen und … nichts.« Sie schüttelte den Kopf. »Weißt du, ich hatte schon viele Männer. Ich weiß natürlich, dass ein einfacher Kontakt nicht ausreicht. Ich habe mich nur so oft gefragt, weshalb es immer nur bei den Arschlöchern passiert, die mir weh tun. Und nicht bei jemandem wie dir, mit dem es einfach schön ist.«

Mit dem es einfach schön ist.

Manchmal bedarf es nicht vieler Worte, um ein Gedicht zu formulieren.

»Ich kann nicht in deine Vergangenheit sehen«, stellte sie noch einmal klar.

»Glaub mir, darüber sind wir beide glücklich.«

Sie lachte nicht. Lächelte nicht einmal schwach. Alina blieb einfach neben mir sitzen, das eine Bein in ihrer Jeans, das andere auf der Couch abgestützt, und seufzte.

»Vielleicht habe ich nicht diese negative Energie in mir«, schlug ich vor. Noch vor wenigen Stunden hätte ich ihr geraten, psychologische Hilfe wegen ihrer Wahrnehmungsstörungen in Anspruch zu nehmen. Doch seitdem uns ihre Visionen in die Hölle des Augensammlers geführt hatten, war mein skeptisches Weltbild ins Wanken geraten.

»Nein, das ist es nicht.«

Sie knöpfte die Jeans zu und zog die Beine auf die Couch.

»Bis heute dachte ich auch, es hätte etwas mit der negativen Energie der Person zu tun, die ich berühre. Aber die arme Frau im Keller war voll davon, und trotzdem habe ich nichts außer dem gespürt, was auch deine Fingerspitzen ertastet haben. Und da wurde es mir klar. Ich wusste auf einmal, weshalb ich manchmal diese Empfindungen habe und manchmal nicht.«

»Weshalb?«, fragte ich leise.

Was hast du in dem Keller über dich herausgefunden?
»Es ist nicht die Berührung allein, die mich in die Vergangenheit mancher Menschen sehen lässt.«
»Sondern?«
»Der Schmerz!«
Ich wollte meine Hand zurücknehmen, doch Alina hielt sie fest.
»Ich erinnere mich nur unter Schmerzen.«
Die Worte strömten jetzt nur so aus ihrem Mund. »Meine erste Vision hatte ich, als ich sieben war, kurz nachdem mich ein Auto angefahren hatte. Noch heute rieche ich den schlechten Atem des Fahrers, wenn ich nur daran denke. Er stank nach Essensresten und billigem Schnaps, als er mir aufhelfen wollte. Ich versuchte, das rechte Bein zu belasten, da durchfuhr es mich wie ein Blitz. Und in dieser Aura des Schmerzes sah ich den Unfall ein zweites Mal.«
»Du hast *gesehen,* wie er dich angefahren hat?«
Sie nickte.
»Aus der Perspektive des Fahrers, mit seinen Augen. Ich beobachtete, wie er die Flasche verschraubte, aus der er sich nur eine Ampel zuvor noch einen genehmigt hatte. Dann sah ich ein Kind auf die Straße laufen. Ich hörte ihn noch fluchen, und dann gab es einen Schnitt. Als Nächstes beugte er sich über das kleine, vor Schmerzen heulende Mädchen auf dem Asphalt. Über mich.«
»Aber eben im Keller …?«
»… da war ich aufgeregt, ängstlich, rechnete mit dem Tod, aber es war nicht so wie damals, als der Mann mich anfuhr, oder wie kurz vor der Massage, als ich mir meine Zehen prellte.«
»Soll das etwa bedeuten …?«
»Ja.« Sie nickte. »Du musst mir weh tun.«

Ich stand so ruckartig auf, dass TomTom, der neben uns gedöst hatte, zusammenzuckte.
»Ich weiß, es klingt unglaublich, Alex. Aber als mir in meiner Wohnung die Vase auf den Fuß gefallen ist, ist es wieder passiert. Ich konnte mich an weitere Details erinnern.«
»Das meinst du doch nicht ernst.« Jetzt fing auch ich an, nach meinen Jeans zu suchen.
»Doch!« Sie drehte mir das Ohr zu, wie immer, wenn sie jemandem die volle Aufmerksamkeit schenkte.
»Der Schmerz sorgt nicht nur für neue Visionen. Wenn er intensiv genug ist, bringt er mir auch die alten zurück.«
Endlich fand ich meine Hose auf dem Parkett und tastete in den Taschen nach meinem Telefon.
»Was hast du vor?«, fragte Alina.
»Ich rufe die Polizei an. Wir stellen uns.«
»Was? Nein!«
»Doch!«
Schluss damit. Aus. Vorbei.
»Der Wahnsinn hat hier und jetzt ein Ende.«
Das Handy vibrierte, nachdem ich es aktiviert hatte.
Sieben Anrufe in Abwesenheit. Eine SMS.
Es gibt wirklich einen Strafzettel!, las ich den Vorschautext und öffnete schnell den Rest von Franks Nachricht.
Polizei hat das Auto des Augensammlers gefunden.
Als ich die Adresse las, wurde mir schwindelig.
Das ergibt keinen Sinn. Wieso sollte er das tun?
Der Augensammler hatte seinen Wagen direkt vor dem Pflegeheim meiner Mutter abgestellt.

24. Kapitel

Frank Lahmann (Volontär)

Das haben Sie richtig gemacht.«
Stoya legte Frank die Hand auf die Schulter und nahm ihm das Handy ab, mit dem er eben die SMS versandt hatte. Der junge Volontär zuckte unter seiner Berührung zusammen.
»Ach ja«, sagte er. »Und wieso fühle ich mich dann wie ein beschissener Verräter?«

23. Kapitel

(Noch 62 Minuten bis zum Ablauf des Ultimatums)

Alexander Zorbach (Ich)

Irgendetwas stimmt hier nicht.

Ich wusste es von der Sekunde an, in der ich das Krankenzimmer betrat.

Alina war mit TomTom im Auto geblieben, das in einer Seitenstraße hinter dem Sanatorium parkte. Es war schon für einen sehenden Menschen schwer genug, sich unbemerkt auf die Station zu schleichen. Ein Trio mit Hund und Gehstock wäre bereits am Empfang aufgehalten worden.

»Hallo Mama«, flüsterte ich und griff nach ihrer Hand. Das beklemmende Gefühl, dass hier etwas nicht mit rechten Dingen zuging, wurde stärker. »Ich bin wieder da.«

Etwas hat sich verändert.

Die gesamte Fahrt über hatte ich mit dem Schlimmsten gerechnet. Ich hatte erwartet, auf eine Schwester zu treffen, die gerade das leere Bett meiner Mutter überzog. Sie hätte sich umgedreht, entnervt die Augen verdreht, weil man mir nicht schon längst Bescheid gesagt hatte und der undankbare Job jetzt wieder an ihr hängen blieb.

»… müssen wir Ihnen leider mitteilen, dass Ihre Mutter heute Nacht … Aber es kam ja nicht ganz unerwartet … Vielleicht sogar eine Erleichterung, in gewisser Hinsicht …«

Doch dem war nicht so. Es gab kein leeres Bett, keine Schwester, und die Geräte, die meine Mutter am Sterben hinderten, waren nicht abgeschaltet.

Noch nicht.

Sie brummten, summten und zischten ihren elektronischen Lobgesang auf die Intensivmedizin. Eine morbide Symphonie, aufgeführt für ein apathisches Publikum, das schon lange nicht mehr die Geräusche seiner Umgebung wahrnahm.
Alles beim Alten.
Fast.
Ich war versucht, den Atemschlauch zu entfernen, der ihr Gesicht entstellte, doch ich brauchte nur in die hellgrauen, wässrigen Augen zu sehen, die hoch zu den matt gedimmten Deckenstrahlern starrten, um zu erkennen, dass es wirklich meine Mutter war, die hier im Wachkoma lag. Sie zuckte hin und wieder. Auch das war normal. Unbewusste Reflexe. Das Nachglühen auf der Mattscheibe eines alten Fernsehers, bei dem man schon längst den Stecker gezogen hat.
Alles beim Alten. Auch ihr Stöhnen und der Geruch der Körperlotion, mit der sie täglich eingerieben wurde. Völlig normal.
Trotzdem. Etwas stimmt hier nicht.
In diesem Augenblick summte mein Handy und informierte mich erneut, dass schon vor Stunden eine Nachricht auf meiner Nummer eingegangen war, zu der ich eine Rufumleitung eingerichtet hatte. Ich hörte die Meldung ab.
»Es ist das Pflaster.« Dr. Roth, der Mensch, mit dem ich am wenigsten gerechnet hatte, klang so, als hätte er im Lotto gewonnen.
Ich wechselte das Handy von einem Ohr zum anderen, in der vagen Hoffnung, dadurch besser zu verstehen, was er mir sagen wollte.
»Das Raucherentwöhnungsmittel, das Sie einnehmen, enthält Vareniclin. Dieser Stoff ist dem Goldregen, einer höchst giftigen Pflanze, sehr ähnlich. In den USA ist es bereits von der Flugsicherheit für Piloten verboten worden, weil das

Medikament, ähnlich wie der Goldregen, halluzinatorische Wachträume verursacht.«

Ich langte unter mein T-Shirt und tastete nach dem Klebestreifen auf meinem Oberarm.

»Sogenannte Varenic-Dreams. Wir haben starke Spuren von Vareniclin in Ihrem Blut gefunden, Herr Zorbach. Womöglich rührt daher Ihre Nervosität, und es würde mich nicht wundern, wenn Sie Farben, Gerüche und Lichter intensiver wahrnehmen.« Dr. Roth lachte. »Sie haben keine schizophrenen Visionen. Einfach runter mit dem Ding, und alles kommt wieder in Ordnung.«

Alles in Ordnung? Ich zerdrückte das Pflaster zwischen den Fingern und legte auf.

Nichts war hier in Ordnung. Ich konnte Frank nicht erreichen, die Polizei suchte mich wegen Mordes, und mein Psychiater sagte mir, ich solle mir wegen meiner Wahrnehmungsstörungen keine Sorgen machen.

Ich sah zu dem dunklen Fenster, hinter dem die Sonne noch nicht aufgehen wollte; ließ meine Augen über das graugesprenkelte Linoleum wandern, über die Batterie an medizinischen Geräten, deren Namen ich nicht kannte und deren Betriebsanleitungen so dick wie Telefonbücher sein mussten. Dann blieb mein Blick an dem schwenkbaren Nachttisch hängen, der Mutters altes Tagebuch beherbergte, aus dem ich ihr immer vorlas, wenn ich sie besuchte. Sie selbst würde es nie wieder in die Hand nehmen können, um darin zu blättern und in nostalgischen Erinnerungen zu schwelgen, etwa von dem Tag, an dem wir den Pfad im Nikolskoer Forst zu meinem späteren Refugium entdeckten.

Ich wollte gerade nachsehen, ob das kleine ledergebundene Bändchen mit der Goldgravur noch in der Schublade lag, als ich erkannte, was mich die ganze Zeit so beunruhigt hatte.

Das Foto.
Was zum Teufel ...?
Als ich sie das letzte Mal besucht hatte, hatte es dort noch nicht gestanden. Der Rahmen schon; den hatte ich ihr selbst vor vielen Jahren zu Weihnachten geschenkt, gemeinsam mit einem der wenigen Fotos, das sogar ich von mir mochte. Es war von meinem Vater in einem unbeobachteten Moment vor dem Hauseingang aufgenommen worden und zeigte den siebenjährigen Alex, wie er sich mit konzentrierter Miene die Schuhe zuband. Es hatte mich immer melancholisch gestimmt, wenn ich das Foto betrachtete, erinnerte es mich doch an eine Zeit, in der meine größten Sorgen darin bestanden hatten, wegen meiner billigen Schuhe auf dem Schulhof ausgelacht zu werden.
Ich griff nach dem Rahmen.
Das Bild von mir auf der Steintreppe steckte immer noch drin, allerdings nicht so, wie ich es kannte. Es war breiter geworden.
Wie ist das möglich?
Ich war geschrumpft, etwa auf die Hälfte der ursprünglichen Größe. Dadurch war der Bildausschnitt gewachsen, und dadurch war ich nicht mehr ...
... nicht mehr allein?
Meine Hände begannen zu zittern, als ich auf das zweite Gesicht starrte, das auf einmal rechts neben mir auf der Treppe saß und mir beim Binden der Schuhe zusah.
Wer bist du?, flüsterte ich in Gedanken. *Wer zum Teufel bist du?*
Die Gesichtszüge kamen mir vertraut vor, doch das Kind war noch jünger, als ich es damals gewesen war, und ich erkannte keinen meiner damaligen Freunde.
Was machst du auf meinem Bild?

Ich drehte den Rahmen um, öffnete die Klammern, mit denen das Foto hinter der Pappe eingefügt war, und löste das Bild heraus.
Und wie kommst du auf den Nachttisch meiner Mutter?
Der Junge hatte weißblonde Haare und trug ein buntes Pflaster über dem linken Auge, wie man es von Kindern kennt, die in jungen Jahren schielen.
... über dem linken Auge ....
Meine Verwirrung wuchs noch mehr, als ich die Bleistiftnotiz auf der Rückseite entdeckte.

Grünau, 21.7. (77)

Ich kam nicht mehr dazu, das Foto wieder zurückzustellen. Noch während ich über die Bedeutung des Datums nachdachte und über die Tatsache, dass ich in meiner Kindheit niemals in Grünau gewesen war, wurde ich verhaftet.

Zweiter Brief des Augensammlers, zugestellt via E-Mail über einen anonymen Account

An: thea@bergdorf-privat.com
Betreff: … und nichts als die Wahrheit!

Blinde Frau Bergdorf,

so muss ich Sie leider immer noch nennen. Denn noch sind Sie so *blind* wie die Spielfiguren in meinem Versteck.
Die Augen werden Ihnen erst jetzt mit dieser zweiten Mail geöffnet, die ich Ihnen – wie Sie hoffentlich dankbar zur Kenntnis nehmen – sogar noch vor Beendigung der Spielzeit sende. Wobei ich mittlerweile davon ausgehe, dass Sie Ihren privaten Account sehr viel unregelmäßiger checken als Ihre berufliche Mailadresse, sonst hätten Sie mein erstes Schreiben schon längst entdeckt und an die Behörden weitergeleitet, mindestens aber auf Ihrer Homepage veröffentlicht.
Nun, Sie können sich gewiss vorstellen, dass auch ich nicht mehr mit allem nachkomme, weil ich in dieser heißen Phase ebenfalls etwas eingespannt bin; daher komme ich gleich zum Wesentlichen: zu meinem Motiv, das ich Ihnen nur deshalb frei Haus liefere, damit Sie und Ihre jämmerliche Lügenfabrik, die Sie Redaktion nennen, die Hetzkampagne gegen mich in Zukunft etwas relativieren. (Wow, das war jetzt sicher ein viel zu langer Satz für jemanden, dessen hirnverblödende Zeitung sonst nur Sätze abdruckt, in denen kein Komma vorkommt.)
Alles, was ich tue, tue ich zum Erhalt des einzig wahren Wertesystems, für das es sich in dieser Welt überhaupt zu kämpfen lohnt: die Familie.

Ihr Blatt, das (pardon) weniger wert ist als die Scheiße auf den Seiten, mit denen die Leser ihre Vogelkäfige auslegen, verdammt mich als jemanden, der Familien zerstört. *Mich!* Das Gegenteil ist der Fall! Nichts liegt mir mehr am Herzen als die Wiederherstellung geordneter und wohlbehüteter Verhältnisse. Verhältnisse, die mein Bruder und ich nie erleben durften.

Ich denke, am meisten litt mein kleiner Bruder unter dem Liebesentzug unseres Vaters.

Vielleicht, weil er durch seine schwere Krankheit sensibilisierter war als ich. Der Verlust des linken Auges im Alter von fünf Jahren veränderte damals mehr als nur seine Sehkraft. Fast war es so, als habe der Krebs sich in seine Seele gefressen, nachdem dieser seinen Hunger nun nicht mehr an dem herausoperierten Auge stillen konnte.

Ich war psychisch stabiler als mein Bruder. Mir fiel es leichter, mich an die permanente Abwesenheit unseres Vaters zu gewöhnen, die ich selbst dann spürte, wenn er ausnahmsweise einmal nicht auf Geschäftsreise oder mit Freunden unterwegs war.

Mama hat uns irgendwann dann auch aufgegeben, und das meine ich nicht nur im übertragenen Sinne. Eines Tages packte sie ihre kleine Sporttasche, mit der sie sonst immer zum Fitnesstraining fuhr, griff sich all ihren Schmuck, die Ausweise und Bargeld und kam nie wieder.

Vater tobte. »Was soll ich mit euch Bengeln denn jetzt anstellen?«, schrie er uns an. Er schien sich weniger darüber zu ärgern, dass Mama abgehauen war, als dass sie uns nicht mitgenommen hatte.

Mein kleiner Bruder wollte es zuerst nicht begreifen, sondern suchte stundenlang das ganze Haus nach unserer Mutter ab. Im Keller, auf dem Dachboden, im Gartenhäuschen, er stieg sogar in den Kleiderschrank, vergrub sich weinend zwischen

den Kleidungsstücken, roch ihr Parfum und entdeckte, dass sie ihre Lieblingsbluse mitgenommen hatte.
Das lachsfarbene Ding aus Seide war ihr wichtig gewesen. Wir, die Kinder, hatten ihr nicht mehr gepasst.
Als mein Bruder an jenem Abend wieder von dem Liebestest sprach, fand ich zum ersten Mal zustimmende Worte. Zuvor war es immer nur ein Hirngespinst gewesen. Eine depressive Phantasie einsamer Kinder, die niemals verwirklicht werden würde. Mein Bruder hatte sich den Test ausgedacht, mit dem wir überprüfen konnten, ob uns unsere Eltern überhaupt noch liebhatten. Im Grunde war er simpel: Einer von uns beiden musste sterben.
Bis zu diesem Tag hatten wir immer nur davon gesprochen, Streichhölzer zu ziehen. Der, der gewann, sollte beim Begräbnis des anderen kontrollieren, ob Mama und Papa tatsächlich weinten.
Doch an jenem Tag, an dem uns unsere Mutter zurückließ, schlug ich meinem kleinen Bruder eine andere Methode vor, um die Liebe unseres Vaters zu testen.
Wir mussten uns verstecken!
Nicht in unserem Baumhaus oder in dem Verschlag am See, sondern irgendwo, wo wir noch nie zuvor gewesen waren.
»Wenn Papa uns noch liebt, wird er uns suchen. Und je schneller er uns findet, desto größer ist seine Liebe.«
Es war eine kindische Gleichung, wie sie nur ein Siebenjähriger mit seinem verzweifelten Bruder aushecken kann, aber in ihrer kindlichen Naivität war sie von einer bestechend einfachen Logik, die mich auch heute, viele Jahre später, noch immer fasziniert.
Wir fanden das geeignete Versteck bereits am nächsten Abend. Wer immer die uralte Gefriertruhe in den Wald gewuchtet hatte, hatte sich vorher wenigstens die Mühe gemacht, sie mit

heißem Wasser auszuwaschen. Weder Lebensmittelreste noch Aufkleber oder Gerüche deuteten auf das, was in ihr einst aufbewahrt worden war, bevor wir uns in sie hineinlegten.
Wir waren froh darüber, dass das geräumige Ding so nah an unserem Haus stand; am Rande einer Waldlichtung, noch dazu an dem Joggingpfad, den Papa jeden Abend nahm. Sie war eigentlich nicht zu übersehen, und so machten wir uns auch keine Sorgen, als wir den Deckel der Gefriertruhe nicht mehr anheben konnten, nachdem ich ihn über unseren Köpfen zugezogen hatte.
Anfangs machten wir sogar noch Scherze über den kaputten Schraubenzieher mit dem Holzgriff, den der Vorbesitzer in der Truhe zurückgelassen haben musste und der sich nun in meinen Hintern bohrte. Später, als die Luft immer dünner wurde, half er uns ebenso wenig wie die Münze, die ich in meiner Hosentasche fand.
Der Deckel saß fest. Und da die Truhe schon einige Jahre auf dem Buckel hatte, war sie noch nicht, wie heute aus Sicherheitsgründen vorgeschrieben, mit einem Magnetschloss, sondern mit einem Riegel versehen, der sich nur von außen öffnen ließ.
Unser Liebestest hatte sich ungewollt zu einer Prüfung auf Leben und Tod entwickelt.
»Papa wird bald kommen«, sagte ich.
Ich sagte es immer wieder. Zuerst laut und kräftig, dann, als ich langsam müde wurde, immer leiser. Ich sagte es, kurz bevor ich einschlief, und unmittelbar nach dem Aufwachen.
»Papa wird bald kommen.«
Mein kleiner Bruder hörte es aus meinem Mund, als er sich einnässte, als er zu weinen begann und als der Durst ihn wieder weckte. Schließlich wiederholte ich es auch, während er schlief und nicht mehr aufwachen wollte.

»Papa wird bald kommen. Er liebt uns, also wird er uns suchen und finden.«
Doch das war eine Lüge. Papa kam nicht.
Nicht nach vierundzwanzig Stunden. Nicht nach sechsunddreißig, nicht nach vierzig Stunden.
Am Ende wurden wir von einem Waldarbeiter befreit.
Nach fünfundvierzig Stunden und sieben Minuten.
Zu diesem Zeitpunkt war mein kleiner Bruder bereits erstickt.
Später sagte man mir, mein Vater habe geglaubt, Mama hätte es sich anders überlegt und wäre noch einmal zurückgekommen, um uns doch noch abzuholen. Also war er entspannt mit Freunden um die Häuser gezogen, anstatt nach uns zu suchen.
Noch heute bekomme ich die Vorstellung nicht aus dem Kopf, er könnte sich ein kühles Bier exakt in dem Augenblick genehmigt haben, in dem sich mein Bruder, rasend vor Durst, das Pflaster von seinem toten Auge gerissen hatte, um darauf herumzukauen. Und es vergeht keine Nacht, in der ich nicht in die leere Augenhöhle im Kopf meines leblosen Bruders starre, der nur sterben musste, weil sein Vater beim Liebestest versagte.
Meine Großeltern, zu denen das Jugendamt mich später schickte, als es mir körperlich wieder besserging, gestanden mir einmal, wie groß ihre Sorge gewesen sei, die Sauerstoffarmut in der Gefriertruhe habe womöglich auch bei mir bleibende Schäden hinterlassen. Opa, ein bis ins hohe Alter noch aktiver Dorftierarzt, war der Meinung, der Umgang mit hilfebedürftigen Lebewesen würde mir guttun. Er nahm mich mit in seine Praxis, ließ mich assistieren und weihte mich nach und nach in die Geheimnisse der Tiermedizin ein, die mir auch heute noch nützlich sind. Wie man bei einer Operation das Ketamin in Relation zum Alter, Gewicht und Zustand der Kreatur bemisst, um eine stabile Narkose zu gewährleisten.

Wie man bei einem Bernhardiner die Atemmaske ansetzt, bevor man ihm den Bauch aufschneidet. Oder wie man einer Katze das tumorblinde Auge entfernt. Opa lobte mich für mein Geschick und meinen Wissensdurst.
Und da meine Großeltern die Überreste der streunenden Dorfkatzen niemals fanden – weder die, die ich lebendig vergrub, noch die, die ich zuerst in einen Sack steckte, bevor ich sie mit Benzin übergoss –, verblasste irgendwann auch ihre Sorge über die nasse Bettwäsche, in der ich regelmäßig aufwachte.
»Das ist doch kein Wunder bei allem, was der Junge durchmachen musste«, sagten sie sich immer wieder.
Sie waren gute Pflegeeltern.
Lieb.
Alt.
Und ahnungslos.

22. Kapitel

(Noch 59 Minuten bis zum
Ablauf des Ultimatums)

Alexander Zorbach (Ich)

Sie hatten mit dem Zugriff gewartet, bis ich in dem Krankenzimmer verschwunden war. Hatten mich eine Weile durch den Spalt der angelehnten Badezimmertür beobachtet, vermutlich, um sicherzugehen, dass mir niemand folgte und ich keine Waffe bei mir trug. Schließlich, als ich durch das Foto abgelenkt war und den Bilderrahmen mit beiden Händen umfasste, schlugen sie zu. Zwei uniformierte Männer, ein jüngerer mit Schnurrbart und ein älterer, der zwar weniger Kraft, dafür aber das Überraschungsmoment auf seiner Seite hatte. Sie stürmten aus dem Badezimmer und packten mich von hinten.

Es wäre weder nötig gewesen, mich zu Boden zu drücken, noch mir die Plastikfesseln um die Handgelenke zu binden. Ich hatte mich ohnehin stellen wollen.

»Aber sicher doch«, lachte Scholle zynisch, als die beiden mich zu den Fahrstühlen führten, vor denen er breit grinsend auf mich wartete. »Ganz sicher wolltest du dich stellen.«

Ich fragte mich, warum der Krankenhausflur nicht vor meiner Verhaftung geräumt worden war. Um diese frühe Uhrzeit herrschte zwar kaum Betrieb, nur eine ängstliche Schwester huschte auf dem Gang an uns vorbei, doch was wäre passiert, wenn ich wirklich der Augensammler gewesen wäre? Wenn ich mich stärker zur Wehr gesetzt und Geiseln genommen hätte? Noch mehr wunderte ich mich

in diesem Zusammenhang über die Tatsache, dass die beiden Polizisten ganz offensichtlich keinem Spezialkommando angehörten, das auf die Festnahme gefährlicher Gewaltverbrecher spezialisiert war.
Scholle kontrollierte kurz meine Plastikfessel, dann stieg ich gemeinsam mit ihm und den uniformierten Beamten in einen Lastenfahrstuhl.
»Minus 1?«, sagte ich mit Blick auf die Knopfleiste des Fahrstuhls. »Bringt ihr mich durch den Keller raus?«
Der Junge mit dem Schnurrbart sah unbeteiligt auf die nackten Betonwände, die an uns vorbeizogen. Der Ältere kaute lässig auf einem Kaugummi herum und sah dabei durch mich hindurch. Nur Scholle reagierte auf meine Frage. »Was würdest du denn tun?«
Er sah auf seine Armbanduhr.
»Uns bleiben noch siebenundfünfzig Minuten bis zum Ablauf des Ultimatums, also sag du mir doch, wie du an meiner Stelle entscheiden würdest?«
Schweißperlen rannten ihm über die Stirn. Er verwischte sie mit der bloßen Hand und schien mich mit seinem Blick hypnotisieren zu wollen. »Was, wenn es dein Kind wäre?«
Wir passierten die erste Etage.
»Würdest du an meiner Stelle deine Zeit damit verplempern, mit dem Verdächtigen aufs Revier zu fahren, um dort auf seinen asozialen Anwalt zu warten, während Julian in irgendeinem beschissenen Versteck erstickt?«
Julian? Kannte er den Namen meines Sohnes aus den Akten, oder hatten wir schon einmal privat über unsere Kinder gesprochen?
Ich versuchte mich daran zu erinnern, was ich von Scholle wusste. Zu meiner Zeit war er noch nicht lange bei der Mordkommission gewesen. Außer bei einigen wenigen

Treffen in der Kantine und beim Sommerfest der Polizei hatte ich ihn nie persönlich gesprochen. Aber ich kannte natürlich seine Geschichte. Jeder auf dem Revier kannte sie. In der Presse wurden meist nur die Fälle von ausländischen Vätern breitgetreten, die ihren deutschen Ehefrauen das gemeinsame Kind entzogen, indem sie es – zum Beispiel in ein Land mit fundamentalistischer Regierung – entführten. Dass diese Fälle weder auf eine bestimmte Religion noch auf ein einziges Geschlecht abonniert sind, hatte Scholles Schicksal eindringlich dokumentiert.

»Himmel, du hast einer Frau in den Kopf geschossen, um ein Baby zu retten. Was würdest du dann erst tun, wenn der Augensammler vor dir steht?«

Erstaunt stellte ich fest, dass ich über Scholles rhetorische Fragen ernsthaft nachdachte.

Ich sah ihm in die kleinen verschwitzten Augen. Erkannte die von Wut getriebene Überzeugung darin und nickte ihm zu.

Sowenig mich mit diesem Menschen sonst verband, so sehr verstand ich, was er mir sagen wollte.

Scholle war ein Getriebener. Jemand, der schon einmal einen Menschen verloren hatte, weil er zu lange gezögert hatte. Dieser Fehler sollte ihm nicht ein zweites Mal unterlaufen.

Nicht mit mir.

Es ruckelte zweimal heftig, dann hatte der Lastenaufzug sein Ziel erreicht.

Minus 1.

»Da lang«, befahl er den beiden Polizisten und stieß mich ebenfalls nach links in den mit Energiesparlampen kalt ausgeleuchteten Kellerflur.

»Früher noch hätte ich es genauso gemacht wie du«, sagte

ich. »Ich hätte dem Augensammler die Scheiße aus dem Leib geprügelt, damit er mir das Versteck verrät. Aber seitdem ich die Frau auf der Brücke getötet habe, ist alles anders.«
Unser Weg endete nach zwanzig Metern am Kopfende des Ganges vor einer großen Flügeltür aus gebürstetem Edelstahl.
»Ach ja?« Er befahl den Polizisten, vor der Tür zu warten. »Und wieso?«
»Weil ich jetzt weiß, wie es ist, wenn man sich nicht sicher ist, ob man den Richtigen erwischt hat.«
Er lachte auf.
»Du machst einen Fehler. Ich bin nicht der Augensammler.«
Scholle wischte sich erneut den Schweiß von den Augenbrauen und kniff die Augen zusammen. »Wir werden sehen«, sagte er schließlich und blinzelte mir zu.
Dann öffnete er die Tür und stieß mich in die Dunkelheit.

21. Kapitel

(Noch 55 Minuten bis zum
Ablauf des Ultimatums)

Tobias Traunstein

Babuschka. Er war tatsächlich in dieser Puppe gefangen. Tobias hatte keine Ahnung, wogegen er den Holzsarg eingetauscht hatte, aber zumindest war Atemluft jetzt kein Problem mehr. Zum ersten Mal seit vielen, vielen Stunden hatte er nicht mehr das Gefühl, er müsse mit seinem Brustkorb einen Limokasten stemmen. Auch die Sterne tanzten nicht mehr vor seinen Augen, und er behielt das Gleichgewicht, selbst wenn er aufrecht stand. Denn das konnte er in seiner neuen, stahlumfassten Umgebung.
Sicher, es war immer noch dunkel, und seine Kopfschmerzen brüllten schlimmer als anfangs im Koffer. Kein Wunder, nachdem er den Schraubenzieher so lange in die Holzwand gestoßen hatte, bis sich erst einzelne Späne, dann ganze Splitter lösten und irgendwann die Platte durchbrach. Zunächst hatte er nur ein winziges Loch gehauen, gerade einmal groß genug für den Zeigefinger. Später, als die ganze Hand und dann der Unterarm hindurchpassten, war ihm klargeworden, dass er noch einmal von vorne anfangen musste, etwas weiter rechts. Etwas weiter oben. Das war Pech, aber es hätte noch schlimmer kommen können. Hätte er nur wenige Zentimeter weiter unterhalb begonnen, hätte er nicht den Riegel ertasten können, der den Deckel mit den Seitenwänden der Kiste verschloss. Seine Finger hatten ihn zwar schon berührt, aber er war zu weit entfernt, um ihn zu bewegen.

Und wo bin ich jetzt?

Tobias spürte eine neue Welle der Angst durch seinen Körper fluten. Er konnte sich nicht erinnern, jemals zuvor in einem Raum gewesen zu sein, dessen Wände so kalt und glatt gewesen waren.

Ein Müllwagen, dachte er panisch. *So stelle ich mir das Innere eines Müllwagens vor.*

Zum Glück roch es nicht ganz so streng. Eher nach Werkstatt oder nach Schiff.

Ja, verdammt. Hier riecht es wie auf dem Motorboot, das Papa sich mal kaufen wollte.

Nach Schmieröl und Brackwasser. Und außerdem schwankte es sanft.

Tobias hatte den gesamten Boden, alle Wände abgesucht und war sogar noch einmal in die Holzkiste zurückgeklettert, doch dieses Mal hatte er keinen weiteren Gegenstand gefunden, mit dem er etwas gegen die Metallwände ausrichten könnte.

An der einen Seite des Raumes hatte er zwar mittig einen dünnen Spalt ertasten können, aber er fand keinen Ansatz, um ihn mit dem Schraubenzieher aufzuhebeln. Nach dem dritten Versuch schon hatte sich der Stab vom Holzgriff gelöst und war mit einem lauten Klonk heruntergefallen. Jetzt lag er kraft- und nutzlos auf dem Boden.

Auf dem *schwankenden* Boden.

Zuerst hatte er es für eine weitere Gleichgewichtsstörung gehalten. Immerhin hatte er jetzt seit Tagen weder Nahrung noch Flüssigkeit zu sich genommen, und er fühlte sich matt und ausgelaugt. Da war es kein Wunder, wenn man glaubte, der Boden unter einem gäbe nach. Allerdings waren da auch noch diese Geräusche. Das Knirschen, als würde ein trockenes Tau zerreißen.

Da …, da ist es wieder!
Tobias kämpfte gegen die Müdigkeit an; diese unsagbar schwere, bleierne Müdigkeit, die ihn so plötzlich überfallen hatte wie die Dunkelheit, in der er aufgewacht war.
Angst, Hunger, Durst, Stress, Erschöpfung – all das hätte er vielleicht noch eine halbe Stunde länger ausgehalten, wenn da nicht etwas gefehlt hätte, was er jetzt fast noch mehr brauchte als die wiedergewonnene Atemluft. Und das war: Hoffnung.
Er konnte sich nicht vorstellen, hier jemals wieder herauszukommen. Nicht aus eigener Kraft. Die fehlte ihm schon jetzt, wo er doch nur versuchte, sich ein letztes Mal aufzurichten. Irgendwo hatte er mal gehört, dass Unfallopfer nicht einschlafen durften. Dass sie wach bleiben müssten, um nicht zu sterben.
Also muss ich aufstehen. Ich habe noch nie im Stehen gepennt. Nur im Liegen. Ich darf nicht …
»Scheiße!«
Tobias' Herz hämmerte unter seinem durchgeschwitzten T-Shirt.
Was war das?
Er taumelte einen Schritt rückwärts und spürte es noch einmal an seiner Schulter.
Das gibt's doch nicht. Wo kommt das auf einmal her?
Vorhin musste er im Dunkeln an dem Seil vorbeigelaufen sein.
Ein Tau? Warum hängt in diesem Stahlzimmer ein Tau von der Decke?
Er griff nach oben, schloss vorsichtig die Finger darum und ließ sie abwärts gleiten, bis der Plastikgriff am Ende des verschlungenen Kunststoffseils in seiner Hand lag.
Und jetzt?

Tobias zögerte. Nur kurz, dann tat er das, was jeder Mensch tun würde, dem sich eine Hand in der Dunkelheit reicht. Er zog daran.

O nein, bitte nein ....

Tobias ließ das Seil schnell wieder los, aber es war bereits zu spät.

Das wollte ich nicht ... bitte, nein ...

Der Boden unter seinen Füßen hatte wieder zu schwanken begonnen. Nur diesmal stärker als je zuvor.

20. Kapitel

(Noch 49 Minuten bis zum
Ablauf des Ultimatums)

Alexander Zorbach (Ich)

Weiße, staubverschmierte Fliesen, stumpf polierte Aluminiumtische, Dunstabzugshauben über den Werkbänken – im ersten Moment befürchtete ich, in der Pathologie des Sanatoriums gelandet zu sein.

Dann sah ich die Geschirrschränke und das dreckige Tellerfließband in der Mitte des Raumes und begann zu ahnen, wo ich war. Da Scholle die Neonleuchten über unseren Köpfen nicht anschalten wollte, waren die wenigen matten Strahlen einer Parklaterne, die durch die Souterrainfenster fielen, unsere einzige Lichtquelle. Das Zwielicht ließ mich nur Schatten und Konturen erkennen. Ich hatte das Gefühl, in einem Schwarzweißfoto zu stehen.

»Das war mal die Heimküche«, sagte Scholle und deutete auf drei große Kessel, die schräg rechts von ihm standen und die ich eher in einer Brauerei erwartet hätte. »Heute kochen die ihr Süppchen in dem neuen Anbau. Der gesamte Kellertrakt ist verwaist, was bedeutet, dass wir hier völlig ungestört sind.«

Ein Putzkrümel zerknirschte unter seinen Ledersohlen, als er zu einer quaderförmigen Arbeitsbatterie ging, die das rechte Drittel der stillgelegten Küche dominierte. Sie war etwa so groß wie ein Kompaktwagen, ausgestattet mit vier Kochfeldern, zwei Spülen und einer braungefliesten Arbeitsfläche, übersät mit dem obligatorischen Müll, der sich in jedem verwaisten Kellerraum ansammelt: eine kaputte

Verteilersteckdose, abgerissene Stromkabel, dreckiges Pappgeschirr, zu Aschenbechern umfunktionierte Plastikbecher und eine halbvolle Colaflasche. Scholle fegte den gesamten Krempel mit dem Ellbogen zu Boden.
»Weiß Stoya, dass wir hier sind?«, fragte ich.
Er lachte. »Na klar weiß er das. Offiziell wird er es aber niemals zugeben. Die feige Ratte will sich mit einer illegalen Festnahme ja nicht seine Karriere verbauen. Im Gegensatz zu mir glaubt Stoya nicht, dass du es warst. Er hat noch nicht einmal den Staatsanwalt angerufen, die Pfeife.«
Illegale Festnahme?
»Ihr habt keinen Haftbefehl?«
»Was glaubst du denn, weshalb Pat & Patachon da draußen vor der Tür stehen und keine Profis? Die beiden schulden mir noch einen Gefallen.«
Scholle zog einen Stadtplan aus seiner Jackentasche und breitete ihn über den Cerankochfeldern aus, die er eben freigelegt hatte.
»Stoya wollte sich nur mit dir unterhalten. Von Bulle zu Exbulle. Wollte dir eine letzte Chance geben, zu erklären, wieso du heute bereits an zwei Tatorten aufgekreuzt bist und so viele Details von dem Fall kennst. Zum Glück konnte ich ihn davon überzeugen, dass ich der bessere Mann bin, wenn es darum geht, diese Antworten etwas schneller von dir zu bekommen.«
Na klar. Vermutlich hatte Stoya ihm offiziell vor Zeugen gesagt, er solle mich zu einem Vieraugengespräch aufs Revier bringen, und dabei inoffiziell mit einem Auge gezwinkert.
Ich nutzte den Moment, in dem Scholle mir den Rücken zukehrte, um mich nach dem Notausgang umzusehen, den eine Großraumküche haben musste, doch Scholle hatte das

Licht nicht ohne Grund ausgelassen. Alles, was ich erkennen konnte, waren vier kleine Oberlichter, die ich niemals erreichen würde, bevor der fette Ermittler sich auf mich warf. Unter normalen Umständen wäre er kein ernstzunehmender Gegner für mich gewesen. Anders als ich kannte er Boxkämpfe nur vom Fernsehen. Weder Größe noch Masse konnten jahrelanges Training kompensieren. Die Fesseln um meine Hände hingegen schon.

»Lass mich gehen, Scholle. Noch ist es nicht zu spät.«

»Sicher doch.«

Er sah kurz auf seine Armbanduhr und seufzte. »Die Zeit rennt, also sparen wir uns ab sofort den Smalltalk und machen einen ganz simplen Deal: Ich sage dir alles, was ich weiß, und dann erzählst du mir, was ich hören will, okay?«

»Du machst einen großen Fehler, Scholle …«

»Also abgemacht, ich fang an. Wir haben das Fahrzeug gefunden, mit dem du die Kinder transportiert hast. Eine Streife hat es in Köpenick etwa zehn Autominuten von hier auf dem Parkplatz eines verlassenen Recyclinghofs entdeckt.«

Er tippte mit den Fingern auf das rechte untere Drittel der Karte.

»Ich bin der Falsche«, sagte ich.

»Im Kofferraum fanden sich eindeutige Beweise. Haare, Fasern, abgebrochene Fingernägel.«

»Mag ja sein, aber ich habe das Auto dort nicht abgestellt.«

Er hörte mir gar nicht zu. »Stoya ist bereits vor Ort. Derzeit durchkämmen acht Hundeführer die Gegend, aber wie du selbst siehst, ist es ein verdammt großes Industriegebiet.«

Sein Unterkiefer stampfte wütend beim Sprechen, als müsse er seine Worte kauen, bevor er sie mir an den Kopf schleuderte. »Viel zu groß, um es innerhalb der verbleibenden Zeit noch zu schaffen. Daher bin ich jetzt auf deine Kooperation angewiesen.«
»Scholle, bitte ...«
»Also, das war's von meiner Seite. Jetzt bist du dran. Sag mir, wo sie sind.«
»Ich weiß es nicht.«
»Wo ist das Versteck, in dem du die Kinder ertränkst?«
Ertränkst?
»Ich schwöre es. Ich suche den Dreckskerl doch genauso wie du.«
Er schüttelte den Kopf und sah mich an wie ein Vater, der langsam die Geduld mit seinem störrischen Kind verliert.
»Na schön«, sagte er und faltete den Stadtplan wieder zusammen. »Wenigstens gibt es hier unten noch Strom.«
Ich hörte ein Knacken, dann ein elektrostatisches Geräusch, als hätte jemand einen alten Fernseher eingeschaltet. Gleichzeitig leuchtete eine rote Lampe auf der Vorderseite des Küchenblocks auf.
Dann geschahen mehrere Dinge gleichzeitig.
Zuerst spürte ich einen Windhauch, dann schoss mir ein Schmerz durch den Nacken, und ich konnte den Kopf nicht mehr bewegen, ohne das Gefühl zu haben, mein Genick würde brechen. Scholles Oberarm presste mir die Luft ab, so dass ich noch nicht einmal schreien konnte, als er mich mit aller Gewalt zum Küchenblock riss, dessen Kochfelder bereits schwach glühten.
Dann trat er mir direkt vor die Beine, und ich sackte ein. Meine Knie schlugen hart auf den Bodenfliesen auf, als es plötzlich hell wurde.

Zuerst dachte ich, der Schmerz projiziere seine grellen Blitze direkt auf meine Netzhaut, doch dann flackerten die Neonstrahler über meinem Kopf, und ich begriff, dass jemand das Licht eingeschaltet haben musste.
Stoya?, dachte ich und betete, dass Scholle sich in der Einschätzung seines Partners getäuscht hatte.
Dann aber sah ich ein Paar verdreckte Stiefel in der Tür zum Kücheneingang auftauchen, und meine allerletzte Hoffnung, der Folter doch noch zu entgehen, war gestorben.

19. Kapitel

Ich habe doch gesagt, ich will nicht gestört …«
Scholle lockerte seinen Griff und lachte erstaunt auf. »Na sieh mal einer an.«
Er stieß mich zur Seite und ließ mich keuchend vor dem Küchenblock liegen.
»Ich wollte mir gerade oben im Foyer einen Kaffee ziehen, als sie sich beim Pförtner nach Zorbachs Mutter erkundigte«, hörte ich einen der beiden Polizisten sagen.
Scheiße, Alina. Du solltest doch im Auto warten, bis ich zurückkomme.
»Du hast vorhin von ihr erzählt, da dachte ich, du willst vielleicht auch mit ihr sprechen, Scholle.«
Im Augenblick schmerzte mein gequetschter Kehlkopf zu sehr, und ich benötigte all meine Kraft, um wieder frische Luft in meine Lungen zu pumpen, daher dauerte es eine Weile, bis ich den Kopf heben konnte. Aber ich hatte sie schon an ihren abgewetzten Cowboystiefeln erkannt, bevor sie Scholle ins Gesicht spuckte.
»Rühr mich nicht an, du Wichser.«
Der Ermittler bedankte sich grinsend bei dem Polizisten und bat ihn, den Raum wieder zu verlassen. Er wartete, bis die Tür ins Schloss gefallen war, dann packte er Alina am Arm, entwand ihr den Gehstock und stieß sie grob in meine Richtung.
»Na sieh mal einer an, das Phantom gibt es also doch!«
Phantom?
Ich stützte mich auf. Zu gerne hätte ich mir den Hals mas-

siert, aber meine Hände waren ja hinter dem Rücken gefesselt.
Was zum Teufel meint er damit?, dachte ich und wunderte mich im nächsten Moment, dass Scholle mir meine Frage beantwortete. Offenbar hatte ich sie laut ausgesprochen.
»Alina ist nicht ihr richtiger Name. Ja, da glotzt du, was, Zorbach? Und deine blinde Freundin hier hat auch nie eine Aussage bei uns gemacht.«
Falscher Name? Kein Protokoll?
Der dröhnende Schmerz in meinem Kopf ließ nur langsam nach, und so dauerte es, bis sich die Fragen in mein Bewusstsein vorgearbeitet hatten.
»Stimmt das?«, krächzte ich.
In dem grellen Licht wirkte Alina wie eine lebendige Leiche. Ihre Haut war blass, die vollen Lippen schienen völlig blutleer, und die stumpfen Augen ähnelten denen einer ausrangierten Spielzeugpuppe.
»Du warst gar nicht bei der Polizei?«
Ich musste an all die Dinge denken, die sie mir bereits bei unserem ersten Zusammentreffen auf dem Hausboot anvertraut hatte. Visionen von der letzten Tat des Augensammlers, von denen sich einige als wahr erwiesen hatten: *... fünfundvierzig Stunden und sieben Minuten, der Bungalow mit dem Basketballkorb neben der Garage.*
Gemischt mit Erinnerungen, die definitiv falsch waren: ... *nur ein Kind. Es wurden nicht zwei entführt ...* Oder gar keinen Sinn ergaben: ... *dann lachte die Frau und sagte ... Ich spiele gerade Verstecken mit unserem Sohn ... Ich kann ihn nirgends mehr finden ....O Gott ... geh auf gar keinen Fall in den Keller.*
»Blödsinn«, fauchte sie. »Selbstverständlich war ich auf dem Scheißrevier. Die haben mich an einen Schwachkopf

abgeschoben, der wahrscheinlich seinen Schreibkram nicht richtig erledigt hat.« Sie versuchte weiterhin vergeblich, Scholles Hände von ihrem Oberarm zu streifen.

»Und seit wann ist es verboten, unter einem Pseudonym zu arbeiten? Shiatsu ist eine Kunst, und Alina Gregoriev ist mein Künstlername. Himmel, wenn Sie so beschissen recherchieren, ist es kein Wunder, dass Sie den Augensammler nicht fassen.«

»Abwarten.«

Scholle griff nach Alinas Handgelenken und zerrte sie zum Küchenblock, wo er sie an dem mir gegenüberliegenden Ende mit einer Hand an die Spüle fesselte.

»Ein kaputter Exbulle und eine esoterische Blindschleiche«, sagte er kopfschüttelnd. »Na, da ist die Trümmertruppe ja endlich vollzählig.«

»Du machst einen großen Fehler«, sagte ich. Eine Sekunde später konnte ich nicht einmal mehr flüstern. Scholle war wieder an meine Seite der Arbeitsfläche getreten und hatte mir den Fuß mit voller Wucht in den Magen gerammt. Bevor ich wieder Luft holen konnte, lag ich schon quer über der Arbeitsplatte des Küchenblocks. Entsetzt riss ich den Kopf nach hinten und verharrte in dieser Position. *Nicht absenken …* Brust und Bauch gegen die kalte Keramikfläche gestemmt und das Gesicht – *nicht absenken, auf keinen Fall den Kopf senken* – direkt über der glühenden Herdplatte!

Das Letzte, was ich sah, bevor ich zu verbrennen glaubte, war, wie sich Alina mit dem Jackenärmel etwas Schweiß von der Stirn wischte. Sie stand keine zwei Meter von mir entfernt, und dennoch hätte es wegen des Küchenblocks, der uns trennte, keinen Unterschied gemacht, wenn sie in einem völlig anderen Raum gewesen wäre. Sie hätte mir

den nicht gefesselten Arm über die Herdplatte hinweg entgegenstrecken können und es nicht einmal geschafft, mich auch nur mit den Fingerspitzen zu berühren.
Zudem war Scholle kein Anfänger. Um böse Überraschungen zu vermeiden, hatte er alte Eimer, Spatel, Drahtrollen – einfach alles, was sich aus dem Müll am Boden als Waffe oder Wurfgeschoss gebrauchen ließ – aus unserer Reichweite geschafft.
Ich bin verloren, dachte ich und fragte mich, wie ich die Hitze im Gesicht nur noch eine Sekunde länger ertragen sollte. Dann wurde es schlimmer.
»Also, noch mal«, fragte Scholle mit angehaltenem Atem, »wo hast du die Kinder hingebracht?«
Der Abstand zwischen Kinn und Herdplatte wurde kleiner. Scholle presste seine Pranke fest auf meinen Kopf und drückte ihn unbarmherzig nach unten.
»Ich weiß es nicht!«, keuchte ich. Ein Schweißtropfen zerplatzte zischend auf den glühenden Spiralen direkt vor meinem Gesicht. Dann kamen die Spiralen noch näher, und ich musste die Augen schließen, bevor sie austrockneten.
»Wo ist das verdammte Versteck?«
O Gott, er ist wahnsinnig, dachte ich. *Er ist komplett wahnsinnig, und ich kann nichts dagegen tun.*
Meine Halswirbel knackten, und ich spürte, wie mir die Kräfte schwanden. Viel länger würde ich meine berstenden Nackenmuskeln nicht mehr anspannen können. »Ich weiß es nicht«, zischte ich und hatte keine Ahnung, ob Scholle mich überhaupt noch hören konnte.
Die Hitze brannte wie Höllenfeuer. Meine Nase war nur einen Fingerbreit von der Herdplatte entfernt, und ich hatte das Gefühl, meine Flimmerhärchen schmölzen.
»Aufhören«, rief eine Frauenstimme, von der ich annahm,

dass sie Alina gehörte. Meine Wahrnehmungsfähigkeit war auf das überlebensnotwendige Minimum reduziert. Ich glaubte, Alina noch Dinge sagen zu hören wie »Das ergibt keinen Sinn« oder »Sie foltern den Falschen«, aber ich war mir in dem Moment, in dem meine Lippen kurz davorstanden, eine glühende Herdplatte zu küssen, nicht mehr sicher. Sämtliches Blut meines Körpers wollte in den Kopf strömen, der auf das Doppelte seiner ursprünglichen Größe angeschwollen schien. Es pulsierte in meinen Adern, meinen Ohren und unter meiner Haut, die sich in meinen Angstvisionen bereits vom Schädel löste.

Mit der Kraft der Verzweiflung stemmte ich mich gegen das Presswerk auf meinem Hinterkopf, öffnete ein letztes Mal die Augen … und wollte schreien.

O Gott, nein, dachte ich noch, verwirrt über Scholles Schatten, der neben dem Küchenblock immer größer wurde.

Tu das nicht. Bitte …

Ich hoffte, nein, ich betete innerlich, dass Alina nicht so verrückt war, wie ich dachte, aber dann kündigte sie den Wahnsinn sogar an: »Sie müssen *mir* weh tun, wenn Sie eine Antwort wollen.«

Scholle schaffte es gerade noch, ein entsetztes »Scheiße« zu flüstern, da hatte Alina die freie linke Hand schon auf die rotglühende Herdplatte gepresst.

18. Kapitel

(Noch 39 Minuten bis zum Ablauf des Ultimatums)

Zwei Polizisten (vor dem Eingang zur stillgelegten Küche)

Was soll denn das werden?«, fragte der ältere Polizist und schob den Kaugummi mit der Zunge auf die andere Seite seines mahlenden Kiefers.

Sein jüngerer Kollege erstarrte in der Bewegung, mit der er gerade die große Eingangstür zur alten Sanatoriumsküche öffnen wollte, hinter der Alexander Zorbach so entsetzlich laut gebrüllt hatte.

»Neiiiiiiinnnnn …«

»Meinst du nicht, dass wir …«

»Was?«

Jetzt fing auch die Frau an zu schreien, noch lauter und gequälter als der Mann zuvor.

Der junge Polizist mit dem Schnurrbart wurde blass. »Nachsehen. Ich denke, wir sollten da mal nachsehen.«

»Hör mal, Kleiner. Er war eben schon sauer, als ich die Blinde reingebracht habe. Hat gesagt, er will nicht gestört werden. Egal, was passiert.«

Irgendetwas zerschnitt den Schrei der Frau in zwei Hälften. Der obere, spitze Teil starb sofort. Die dunklen, kehligen Laute röchelten noch eine Weile weiter.

»Ich sag dir mal was«, sagte der Ranghöhere leise, aber bestimmt. »Was dachtest du denn, was hier abgeht? Mann, wir sind mutterseelenallein in diesem Gebäudeteil.«

Es rumpelte, und Scholle fluchte lauthals: *»Scheiße, was zum Teufel …«*

Die Hand des jungen Polizisten wanderte wieder zur Türklinke.
»Wenn du da jetzt reingehst, verändert sich dein Leben, Junge. Dann musst du eine Entscheidung treffen. Und egal, welche es sein wird, danach, das garantiere ich dir, wird nichts mehr so sein, wie es mal war.«
Hinter der Tür gab es einen dumpfen Schlag. Dann stöhnte Zorbach auf, und es klang, als ziehe jemand einen Sack über einen Steinfußboden.
»Stell dir vor, du siehst etwas, was du melden musst«, erklärte der Ältere weiter. »Und wenn du das tust, dann hast du einen Feind fürs Leben, und niemand wird dich mehr als Partner wollen.«
Der Kaugummi wechselte wieder die Seite.
»Mach's wie ich. Wenn du schon irgendwohin gehen willst, dann lauf nach oben und zieh dir einen Kaffee aus dem Automaten, ja?« Er lachte. »Aber bring nicht wieder eine Blinde mit.«
Der Frischling griff sich nervös in den kurzgeschorenen Nacken. »Ich glaube, wenn ich es nicht melde, kann ich nicht mehr in den Spiegel schauen.«
»Was melden?«
»Na, die Scheiße da drinnen.«
»Wovon sprichst du?«, fragte der Ältere. Er legte sich die Hand hinter die rechte Ohrmuschel. »Ich kann nichts hören.«
Tatsächlich.
Der Jüngere hielt den Atem an und konzentrierte sich auf die Geräusche, die es nicht mehr gab.
Hinter den Türen der ehemaligen Küche war es still.
Totenstill, dachte er, und ihm wurde übel, als sich seine Finger langsam wieder von der Türklinke lösten.

17. Kapitel

Alina Gregoriev

Sorry, aber ich bin ein bisschen durcheinander. Ich spiele gerade Verstecken mit unserem Sohn. Und weißt du, was völlig verrückt ist? Ich kann ihn nirgends mehr finden.«

Noch konnte Alina die aufgeregte Stimme der Frau nur hören, und auch das nur dumpf, wie aus weiter Ferne. Der Schmerz, der ihr den größten Teil ihres Bewusstseins nahm und die Erinnerungen zurückbrachte, breitete sich nun wie ein Lavastrom in ihr aus. Für eine kurze Weile schwankte sie noch zwischen der quälenden Realität, in der sie den ranzig-süßlichen Geruch verbrennender Haut roch – *ihrer eigenen Haut* –, und der Traumwelt, in die sie immer tiefer hinabsank und in der der fassungslose Vater seiner Frau eine letzte Warnung über das laut gestellte Telefon schickte: *»O Gott. Wie konnte ich nur so blind sein? Es ist alles zu spät. Geh auf gar keinen Fall in den Keller.«*

Alina spürte noch, wie sie auf den Küchenfliesen aufschlug, und dann blieb von all dem Schmerz nur noch das Licht, das hinter ihren Augen tobte und in dem sie nun schon zum zweiten Mal die letzten Sekunden kurz vor der Entführung *sah*.

Aus einem Versteck hinter der Kellertür. Mit den Augen des Augensammlers!

»Hörst du mich? Geh nicht in den Keller.«

Die letzten Worte des Vaters vor dem Tod seiner Frau verebbten, und dann stellte jemand den Film in ihrem Kopf auf schnellen Vorlauf.

Sie musste noch einmal erleben, wie sie in einen fremden Körper schlüpfte und der Mutter das Genick brach, sie in den Garten verschleppte, das Kind ... – *nur ein Kind ... Wo, um Himmels willen, hat er das zweite versteckt?* – aus der Laube in den Kofferraum trug. Sie fuhr wieder zum Hügel, starrte durch ein Fernglas auf den ankommenden Vater, der vor seiner ermordeten Frau auf dem Rasen zusammenbrach. Dann setzte der Regisseur ihres Alptraums einen harten Schnitt und übersprang die Sequenz, in der sie zu dem Bungalow fuhr und eine Cola trank. Stattdessen zeigte sich ihr eine völlig neue Erinnerung, und hier ergaben die Bilder keine homogene Szene mehr, sondern waren wie in einem hektisch geschnittenen Filmtrailer fast zufällig aneinandergereiht.

Ein Rollstuhl. Ein Kinderkopf, der reglos an der Kopfstütze lehnt. Große Männerfüße in Turnschuhen, die den Stuhl erst über Schotter schieben, dann eine Rampe hinauf ...

Nein, keine Rampe. Das ist eher ein ...

Steg. Ja, ein Bootssteg.

Sie kann das Wasser unter den Holzplanken erkennen, es schimmert schwarz wie Tinte. Um sie herum sind viele weiße Flecken, viele Schatten. Platzhalter für Gegenstände, die sie vor ihrer Erblindung nicht kannte und die sie daher in ihren Erinnerungsträumen auch nicht *sehen* kann.

Der Film springt wieder nach vorne. Jetzt sieht sie ein Auge, es ist braun, es blinzelt und nähert sich einem Spiegel.

Gott, ich sehe seine Augen. Ich sehe die Augen des Mörders. Aber ich sehe sie nicht in einem Spiegel, sondern ...

... in dem Lupenglas eines Türspions.

Das Auge verschwindet, als sie spürt, wie ihre Wimpern eine kalte Metalltür berühren ...

... weiß und dick, mit einem Hebel zum Öffnen, wie bei ihrem alten amerikanischen Kühlschrank, nur sehr viel größer.
Und dann sieht sie hinein. Hinein in das Versteck. Bemerkt das Kind auf dem nackten Boden, die Beine angezogen, den Körper in Embryonalhaltung gekrümmt. Sie sieht den Jungen zucken, beobachtet, wie er würgt und sich die Hände an den Hals presst, und merkt, dass sie plötzlich eine Uhr in der Hand hält.
Es muss so etwas wie eine Stoppuhr sein, denn sie zeigt nur noch wenige Sekunden an.
Als Nächstes spürt sie die Tränen.
Ich weine, denkt sie noch und korrigiert sich sofort. *Nein, das bin ja nicht ich. Nicht ich weine, der Augensammler weint.*
Dann hört sie sich schreien, und diesmal ist es keine fremde, sondern ihre eigene Stimme. Sie versucht mit Händen und Füßen gegen die Schutztür zu treten, aber die Wand, hinter der gerade die letzten Sekunden des Ultimatums ungenutzt verstreichen, ist verschwunden.
Sie schlägt härter, schreit lauter, und als sie spürt, dass der Schmerz wieder aufflackert, öffnet sie die Augen.
Der Film reißt ab. Die Bilder sind verschwunden.
Alina ist zurück in dem vertrauten, alles verschluckenden schwarzen Nichts ihres Lebens.

16. Kapitel

(Noch 26 Minuten bis zum
Ablauf des Ultimatums)

Alexander Zorbach (Ich)

Ich komm jetzt zu dir«, rief ich in das Handy und trat das Gaspedal durch. Neben mir stöhnte Alina laut auf, weil sie wieder versucht hatte, die Finger zu krümmen. Die unversorgte Haut ihrer Handfläche sah aus wie in Wachs getaucht und warf bereits Blasen.

»Moment mal …« Stoya klang völlig verwirrt. »Zorbach? Bist du's?«

Ja, da staunst du, was?

Ich sah in den Rückspiegel zu Frank, der wie mechanisch TomToms Hals kraulte. Er sah aus, als könne er es selbst nicht fassen, was gerade geschehen war.

Sein Einbruch durch den Hintereingang. Alinas Selbstverstümmelung. Der Kampf. Die Flucht.

In nur wenigen Sekunden war so viel passiert, dass Franks Gehirn sicher Wochen brauchen würde, um es verarbeiten zu können. Zudem machte er sich immer noch schwere Vorwürfe, Stoyas Druck nachgegeben und mir eine fingierte SMS gesendet zu haben, mit der sie mich aus dem Versteck hatten locken können. Doch ich konnte Frank das nicht übelnehmen. Stoya, die Drecksau, hatte ihm versprochen, dass ich nicht verhaftet, sondern nur vernommen werden würde. Dass die Dinge am Ende so eskalierten, hatte niemand vorhersehen können. Außerdem hatte Frank, indem er uns eben befreit hatte, seinen Fehler längst wiedergutgemacht.

»Wo ist Scholle?«, fragte Stoya.
»Ich denke, jemand sollte mal in der alten Küche vorbeischauen.«
Ich verkniff mir weitere Ausführungen. Natürlich hätte ich ihm erklären können, dass es ein Fehler gewesen war, meinen Volontär wieder auf freien Fuß zu setzen, nur weil gegen ihn keine Verdachtsmomente vorlagen. Frank war vielleicht nicht kriminell, aber loyal. Kaum hatte er begriffen, dass Scholle mich abfangen sollte, setzte er sich ins Taxi und fuhr zum Park-Sanatorium. Erst wollte er am Hintereingang abgesetzt werden, dann aber bat er den Fahrer, neben dem Toyota zu parken, den sie in einer kleinen Seitenstraße passiert hatten. Noch beim Bezahlen sah er Alina, die sich langsam mit ihrem Stock etwa hundert Meter von ihm entfernt auf dem Bürgersteig vorantastete.
Er rief ihren Namen, aber der Wind schleuderte seine Worte in die Gegenrichtung. Also zog er die Kapuze seines Trenchcoats eng über den Kopf und wurde zu einem gesichtslosen Besucher des Krankenhauses. Als er endlich bis zum Empfang gelangt war, sah er, wie Alina von einem älteren Polizisten angesprochen und gleich danach abgeführt wurde. Erst wunderte er sich darüber, dass der Mann sie zu den Lastenaufzügen brachte. Dann darüber, dass der Fahrstuhl, wenn man der Anzeige glauben durfte, in den Keller fuhr.
Der Lift stoppte bei minus 1.
Frank nahm die Treppe.
Bauarbeiten. Kein Durchgang, informierte ein Schild im ersten Untergeschoss. Die Verwunderung war mittlerweile dem sicheren Gefühl gewichen, dass hier etwas nicht mit rechten Dingen zuging.
Die Tür war, wohl aus Sicherheitsgründen, nicht versperrt.

Pat & Patachon bemerkten ihn nicht, als er sofort nach rechts abbog und durch einen ebenfalls unverschlossenen Notausgang von hinten in die stillgelegte Großraumküche stieg.

Das alles hätte ich Stoya erzählen können, gemeinsam mit der Tatsache, dass Frank in dem Moment aus der Dunkelheit trat, als Stoyas sadistischer Partner mir ein Brandzeichen ins Gesicht pressen wollte. Der Schatten, der hinter mir immer größer geworden war, hatte nicht zu Scholle, sondern zu Frank gehört, der – mit einem Metallstreben bewaffnet, den er auf dem Boden gefunden hatte – Scholles Schrecksekunde ausnutzte. Er schlug in dem Moment zu, in dem der Ermittler, entsetzt über Alinas Selbstverstümmelung, für einen kurzen Moment den Griff um meinen Kopf lockerte. Doch für all diese Informationen war jetzt nicht die Zeit. Uns blieben noch fünfundzwanzig Minuten bis zum Ablauf des Ultimatums, und die wollte ich nicht damit verplempern, dass ich Stoya erzählte, wie wir durch den Notausgang zum Toyota geflüchtet waren, mit dem wir nun über die Stadtautobahn rasten.

»Wo bist du jetzt?«, fragte Stoya, merklich bemüht, seine Stimme so ruhig wie möglich klingen zu lassen.

»Auf dem Weg zu dir. Aber das ist jetzt nicht wichtig. Sag mir lieber, ob ihr das Auto in der Nähe eines Gewässers gefunden habt.«

»Welches Auto?«

»Spar dir die Spielchen und vergeude nicht noch mehr Zeit. Ja oder nein. Fluss, Kanal, See – ganz egal. Gibt's da Wasser in der Nähe?«

Ein kurzes Zögern, dann endlich ein kurzes, knappes: »Ja.«

»Gut. Es ist nur ein Schuss ins Blaue, und bitte frag jetzt nicht, wie ich darauf komme ...«

Ich will es ja selbst kaum glauben.

»… aber ihr solltet die Kinder auf einem Schiff suchen.«

»Ein Schiff?«

»Frachter, Segelboot, irgendwas, was schwimmt.«

Zumindest, wenn man sich darauf einlässt, dem Wahnsinn zu folgen, und darauf vertraut, dass Alinas letzte »Erinnerungen« einen Sinn ergeben.

»Mir ist schlecht«, stöhnte sie neben mir leise, und ich nahm kurz den Hörer zur Seite. Mein Angebot, sie zurück in die Klinik zu fahren, lehnte sie zum wiederholten Male energisch ab.

»Scheiße, wir haben keine Zeit, hier jeden Schlepper abzusuchen«, hörte ich Stoya aus meinem Handy bellen, das ich nun wieder ans Ohr nahm. »Uns bleibt nicht mal mehr eine halbe Stunde. Wenn du mich jetzt auf eine falsche Spur setzt …«

»Ihr habt doch gar keine Spur«, unterbrach ich ihn. »Und wenn das Versteck auf dem Wasser ist, ist es doch kein Wunder, dass die Hunde bisher nicht angeschlagen haben, oder?«

Pause. Ich hörte nichts als das Rauschen des Verkehrs, durch den ich mich gerade hindurchzwängte. »Ich kann dir nicht mit Sicherheit sagen, ob ich recht habe«, versuchte ich weiter, Stoya zu überzeugen. »Ehrlich gesagt, bin ich selbst nicht davon überzeugt. Aber wenn ihr ohnehin im Dunkeln tappt, was kann es schaden?«

Die folgende Gesprächspause war noch länger als die erste. Erst nach zwanzig Sekunden, die mir wie zwanzig Minuten erschienen, hörte ich, wie Stoya eine Entscheidung traf, die sich als Fehler herausstellen sollte.

15. Kapitel

(Noch 19 Minuten bis zum Ablauf des Ultimatums)

Philipp Stoya
(Leiter der Mordkommission)

Siehst nicht mal schön von weitem aus.
Die Textzeile der treffend ehrlichen Berlin-Hymne von Peter Fox wollte Stoya nicht aus dem Kopf gehen, als er den Blick über den spärlich beleuchteten Parkplatz gleiten ließ: aufgeplatzter Asphalt, ein windschiefes Parkwächterhäuschen mit eingetretenen Fenstern und abgerissener Schranke vor der Einfahrt, achtlos weggeworfener Wohlstandsmüll auf dem gesamten Gelände.
Der schon vor Jahren pleitegegangene Entsorgungsbetrieb war nur ein weiterer Beweis, dass die Hauptstadt vor die Hunde ging. Normalerweise wäre ein abgestelltes Fahrzeug hier erst aufgefallen, wenn die Bagger anrückten, um die Verbrennungsanlage samt Schornstein plattzumachen. Aber nachdem Kommissar Zufall die Mitarbeit bislang verweigert hatte, schob er jetzt auf einmal Überstunden. Jugendliche Randalierer mussten sich ausgerechnet den grünen VW Passat der Krankenschwester Katharina Vanghal aussuchen, um nach einem misslungenen Discobesuch (der Türsteher hatte sie gar nicht erst eingelassen) ihre Wut abzubauen. Und das in dem Moment, als eine übernächtigte Funkstreife vorbeikam, womit der Wagen, dem mittlerweile ein Seitenfenster und beide Außenspiegel fehlten, aktenkundig wurde. Weswegen im Computer alle Warnleuchten anschlugen, als wenige Stunden später im Zusam-

menhang mit dem Augensammler nach dem Fahrzeug gefahndet wurde.

»Wie viele Objekte kommen in Frage?«, fragte Stoya den Teamchef des Spezialeinsatzkommandos über sein Funkgerät und drehte sich zur Straßenseite.

»Ja oder nein. Fluss, Kanal, See – ganz egal. Gibt's da Wasser in der Nähe?«, erinnerte er sich an das Gespräch mit Zorbach, das er kurz zuvor beendet hatte. Bei dem Anblick, der sich ihm gerade bot, hätte Stoya am liebsten hysterisch gelacht.

Verdammt, Zorbach. Wir sind in Köpenick, hier gibt's nirgends eine trockene Stelle, dachte er. *Nur zehn Millionen Möglichkeiten, wo der Augensammler seine Opfer ertränken kann.*

Das Industriegelände, das sie bislang erfolglos durchkämmt hatten, lag an einem Gewässerdreieck, an der Stelle, in der Dahme, Spree und der Teltowkanal zusammenflossen. Selbst die Straßennamen hatten einen feuchten Beiklang. In diesem Moment stand er an der Kreuzung Regattastraße, Ecke Tauchersteig, wobei ihm der zweite Name wie ein böses Omen erschien.

Tauchersteig.

Das Funkgerät in seiner Hand knackte, dann kam die Antwort des Teamchefs. »Hier wimmelt es nur so von privaten Anlegestellen. Wir haben etwa ein Dutzend aufgebrachte Boote, die für den Winter vertäut sind.«

»Vergesst die Boote.«

Zorbach hatte etwas von einem großen Raum mit einer massiven Stahltür erzählt, und so etwas fand sich nicht auf einer Freizeitjolle.

»Es muss etwas Großes sein, vermutlich ein gewerblich genutztes Schiff.«

»Da kommen nur zwei in Frage.«
Stoya nickte. Ein Kohlenschlepper und ein Containerlastkahn. Der Mond schimmerte nur schwach durch die dichte Wolkendecke, aber der Landungssteg wurde von mehreren Laternen in schwefelgelbes Licht getaucht, also konnte Stoya die Schiffe von seinem Standpunkt aus gut erkennen.
Dank des nahenden Winters war der Güterverkehr auf den Berliner Gewässern schon stark zurückgegangen, und auch die beiden Industrieschiffe schienen ihren Dienst eingestellt zu haben und lagen unbewegt am gegenüberliegenden Ufer des Teltowkanals.
»Der Kohleschlepper ist näher am Steg«, sagte der Teamleiter über Funk.
Stoya nickte immer noch. Aus diesem Grund war er wieder zum Parkplatz zurückgegangen. Um sich ein Bild davon zu machen, wie der Augensammler die betäubten Kinder von hier aus am besten in sein Versteck gebracht haben könnte.
»Mit einem Rollstuhl«, hatte Zorbach behauptet. Also hatte der Täter alles doppelt machen müssen. Zweimal den Kofferraum öffnen, zweimal das betäubte Opfer in den Stuhl setzen, zweimal unbemerkt zu dem Bootsanlegesteg auf der anderen Straßenseite rollen, um sie dann …
Ja, um was zu tun? Wenn der Augensammler nicht geflogen war, dann blieb ihm nur eine einzige Möglichkeit. Er hatte sie in ein Zubringerboot verfrachten müssen, mit dem er ans andere Ufer gefahren war.
Aber wieso nur? Wieso ist er nicht gleich außen rum mit seinem Auto zum anderen Ufer gefahren?
»Wir nehmen das Containerschiff«, sagte er und fragte sich insgeheim, ob er jetzt ebenso wie Zorbach den Verstand

verloren hatte. Der Mistkerl war ganz offensichtlich durchgedreht, aber irgendetwas schien er zu wissen. Erst das Ultimatum, dann der Strafzettel und nicht zuletzt der Bungalow – er wollte es immer noch nicht so recht glauben, dass sein ehemaliger Kollege direkt in die Sache verstrickt war, aber es war nicht von der Hand zu weisen, dass er über Insiderinformationen verfügte. Und nachdem Scholle ganz offensichtlich versagt hatte, blieb ihnen jetzt nicht mehr die Zeit herauszufinden, wieso. Verdammt, ihnen blieb nicht einmal mehr Zeit, um die Halluzinationen der Blinden sorgfältig zu überprüfen.

»Der Kohlenschlepper ist aber vom Steg aus schneller zu erreichen«, sagte der Teamleiter. Stoya hörte den Außenbordmotor des Schlauchboots, mit dem der SEK-Chef, vier seiner Männer und ein Spürhund jetzt ans andere Ufer setzten, sowohl durch das Telefon als auch direkt durch die Luft über das Wasser hinweg. Augenscheinlich befolgten sie seine Anweisung und hielten Kurs auf das langgezogene Schiff, auf dem sich mindestens vierzig in drei Schichten gestapelte Stahlcontainer auftürmten.

»Gerade weil es etwas weiter abseits ankert, ist es unsere erste Wahl«, erklärte Stoya.

Während der Schlepper auch von der belebten Kreuzung aus einsehbar war, lag das Containerschiff quasi in seinem Schatten. Hinter dem Landungssteg erstreckte sich nichts als Bauwüste – ideal für jemanden, der heimlich einen sperrigen Körper an Bord bringen wollte.

Und außerdem wirkt der Kohlentransporter zu niedrig, dachte Stoya. *Zu niedrig für ein geräumiges Unterdeck, das ein Versteck, wie Zorbach es beschrieben hat, beherbergen könnte.*

Doch diesen Gedanken behielt er für sich. Wenn er sich

irrte, sollte man ihm später keinen Strick daraus drehen können, dass er seine Entscheidung nicht ausschließlich auf der Basis von Fakten, sondern auch aufgrund der Empfehlungen eines blinden Mediums gefällt hatte.

Und der Empfehlungen des Hauptverdächtigen!

»Mann, ist das Ding riesig«, sagte der Teamleiter, dessen Schlauchboot dem Zielobjekt immer näher kam.

»Eben. Uns bleibt erst recht keine Zeit, beide Schiffe zu stürmen!«

Stoya löste die schweißnassen Finger von dem Funkmikrophon und betete, das Richtige zu tun.

14. Kapitel

(Noch 13 Minuten bis zum
Ablauf des Ultimatums)

Tobias Traunstein

Einmal nach dem Sportunterricht hatte Kevin zum Scherz den Riemen gelöst, mit dem die schwere blaue Kunststoffmatte an der Turnhallenwand befestigt war. Tobias, der gerade damit beschäftigt war, sich die Schuhe zuzubinden, hatte nicht schnell genug reagieren können und war von dem Ungetüm begraben worden.
Schwerer noch als die dicke Schaumstoffwand drückte die lähmende Angst seinen kleinen Körper auf das Parkett. Er konnte nicht aufstehen, auch weil mehrere Kinder nun lachend auf die Matte gesprungen waren, um ihn aus Spaß daran zu hindern. Damals war er fest davon überzeugt gewesen, in wenigen Sekunden zu ersticken. Er hatte geschrien …
… *wie ein Mädchen, scheiße, wie peinlich …*
… hatte angefangen zu heulen …
Nur in die Hose hab ich mir nicht gepullert. Auch wenn ich kurz davorstand …
Und später, nachdem Herr Kerner den »Zwergenaufstand« beendet hatte, hatte er eine Woche lang nicht mehr mit Kevin geredet.
Oder war es Jens? Ach, egal …
Jetzt, da er mit eingezogenen Beinen auf dem kalten Fußboden lag und in die Abwesenheit von Licht starrte, merkte er, wie lächerlich seine Angst damals gewesen war. Die Matte hatte nicht an allen Ecken den Boden berührt, und

so war noch genügend Luft zum Atmen vorhanden gewesen. Auch jetzt, da er sich aus der Kiste befreit hatte, war Sauerstoff nicht mehr das Problem. Er drang durch die Fugen der Metallkabine, in der er jetzt lag. Doch anders als an jenem Tag in der Turnhalle wurde ihm langsam klar, dass es hier keinen Herrn Kerner gab; keinen Sportlehrer, der dem Unfug ein Ende bereiten und die Matte von seinem Kopf reißen würde. Damals war der Spuk schon nach wenigen Sekunden vorbei gewesen, und jetzt lag Tobias schon fast zwei Tage in der Dunkelheit. Ohne Wasser, ohne Essen. Sein Verlies stank nach Urin und Kot, aber das merkte er nun nicht mehr. Er dämmerte weg.

… habe ich eigentlich meinen Atlas dabei?, fragte er sich. *Nach Sport ist doch Erdkunde, und ich habe meinen Atlas vergessen …*

Er hörte etwas knacken, direkt unter dem Stahlboden, gegen den er das Ohr presste. Der Boden hatte aufgehört zu schwanken, was vielleicht ein gutes Zeichen war. Überhaupt schien der gesamte Raum sich nicht mehr zu bewegen, so wie er es getan hatte, kurz nachdem er an dem verdammten Seil gezogen hatte.

»Das Seil!«, stöhnte er. »Warum habe ich das nur getan?« Dann glitt Tobias wieder in seine fiebrige Gedankenwelt zurück, in der seine größte Angst darin bestand, einen Eintrag ins Klassenbuch zu bekommen.

Herr Pohl gibt mir ein Minus, wenn ich schon wieder den Atlas nicht dabeihabe. Das wär dann das dritte Minus, und Papa wird echt sauer sein …

Ein weiteres Geräusch schreckte ihn auf. Diesmal klang es angenehmer als das Dröhnen zuvor. Es war wie ein leises Flüstern. Sanft und einschläfernd. Tobias wollte wieder wegdämmern.

… denn bei drei Minus im Klassenbuch muss ich einmal nachsitzen …
Doch das wurde von einem neuen, ganz realen Gefühl verhindert. Denn auf einmal war sie überall, wo er sich abstützte, überall, wohin er in die Dunkelheit die Finger streckte, den Boden berührte: kalte, eisige, unsichtbare Nässe!
Gierig öffnete er den Mund und leckte wie ein Hund mit der Zunge über den feuchten Boden.
Wasser. Endlich.
Die ersten Tropfen fühlten sich wie Säure an, die die aufgerauhte Kehle von innen verätzte, so lange hatte er nichts mehr getrunken. Dann wurde es etwas besser. Das Wasser, wo immer es auch herkam, drang von unten in das Versteck und stieg sekündlich höher, was ihm das Trinken erleichterte, aber dann wurde er zu gierig.
Er verschluckte sich und begann zu würgen. Als er sich übergab, glaubte er, sein Schädel würde zerplatzen und in Stücken neben ihm in diese leicht salzig schmeckende Brühe fallen.
Ich kann nicht mehr, dachte Tobias verzweifelt und fühlte sich plötzlich selbst zum Trinken zu schwach.
Das Wasser umspülte erst wenige Zentimeter, dann immer mehr Regionen seines Körpers, kühlte ihn aus und sorgte dafür, dass ihn heftiger Schüttelfrost überfiel.
Das war's. Ich geb auf.
Das Schlucken, allein das Öffnen der Lippen erforderte übermenschliche Kräfte. An Aufstehen war gar nicht zu denken. Selbst das Liegen fiel ihm schwer. Wach zu bleiben schien unmöglich.
Also ist es doch das Beste, ich schlafe wieder ein, dachte er, halb in der Gegenwart, halb schon in einer gnädigen Traumwelt.

Dann kann Papi nicht böse sein, wenn ich einschlafe? Im Schlaf kriege ich doch kein Minus, oder?
Er lag seitlich, wie ein Embryo gekrümmt, auf dem Boden, das linke Auge schon vollständig vom Wasser bedeckt, als irgendwo hinter den Wänden seines Verstecks jemand laut seinen Namen schrie.

13. Kapitel

(Noch 10 Minuten bis zum
Ablauf des Ultimatums)

Spezialeinsatzkommando
(Auf dem Containerschiff)

»Tobias?«
Wenige Minuten, nachdem die Männer das kastenförmige Schiff betreten und die Aussichtslosigkeit ihres Unterfangens erkannt hatten, begannen sie damit, die Namen der Kinder zu brüllen.
»Lea? Tobias?«
Trotz der angeforderten Verstärkung, die von der Uferseite her dazugestoßen war, konnten sie in der verbleibenden Zeit unmöglich jeden einzelnen Container aufbrechen und durchsuchen. Zumal die Hunde nirgendwo anschlugen: nicht im Führerhäuschen, nicht im nach Schmieröl und Diesel stinkenden ersten Unterdeck; nur einmal kurz vor einer Innenkajüte, in der sie aber nur den Kapitän zu Tode erschreckten, der von dem Geräusch der aufbrechenden Tür geweckt worden war, um im nächsten Moment von Männern in schwarzen Tarnanzügen und Skimasken aus seiner Koje gezerrt zu werden.
Eine Minute später stürmten drei Beamte die innen liegenden Lagerflächen, während die Einsatzkräfte oben an Deck mit der Sisyphusarbeit begannen und die Plomben von den Containerschlössern sprengten.
»Tobias? Lea?«
Die Rufe hallten vom Deck über das Wasser des Teltowkanals, an dessen Ufer sich Schaulustige eingefunden hatten.

Zwei Jogger, ein Spaziergänger und eine Hundebesitzerin, die alle wissen wollten, was das immer größer werdende Aufgebot an Mannschaftswagen, Rettungsfahrzeugen und Polizeiautos in den frühen Morgenstunden hier zu bedeuten hatte.

Die Rufe der Männer im Bauch des Schiffes verhallten unerwidert zwischen den Stahlplatten, Heizungsrohren und in den Kabelschächten des Unterdecks.

Die Polizisten fühlten sich immer hilfloser, vergaßen teilweise den eigenen Schutz, wenn sie eine Tür öffneten, um eine Ecke stürmten oder in einen Gang leuchteten, ohne ihn vorher gesichert zu haben.

Noch sieben Minuten.

Es ist einfach nicht zu schaffen, dachte Stoya, der mittlerweile auch auf dem Schiff eingetroffen war.

Wir haben uns geirrt, dachte er gerade, als die Hunde im Maschinenraum anschlugen.

12. Kapitel

(Noch 5 Minuten bis zum Ablauf des Ultimatums)

Alexander Zorbach (Ich)

»Zu spät.« Ich starrte auf die unheilvoll flackernden Lichter der Polizeiwagen und wusste, dass der Einsatz chancenlos war.

»Was siehst du?«, fragte mich Alina, die mit Frank und TomTom ebenfalls ausgestiegen war.

Wir hatten den Toyota in sicherem Abstand zu den Absperrungen geparkt, etwa zweihundert Meter bevor die Straße zu einer Brücke wurde, die den Teltowkanal kreuzte.

Eine Brücke!

Schon wieder kämpfte ich gegen die Uhr, und wieder hatte mein Schicksal mich an eine Brücke geführt.

Schicksal oder Zufall?, dachte ich, und Alinas Tätowierung tauchte vor meinem geistigen Auge auf.

»Es sind zu wenig Männer, sie können nicht alle Schiffe durchsuchen«, setzte ich gerade an, ihre Frage zu beantworten, als mein Handy klingelte. Ich erwartete Stoya, doch dann sah ich auf das Display, und meine Verzweiflung wuchs.

»Bist du schon unterwegs?«

Keine Begrüßungsfloskel, keine Namen. Nur eine kurze, anklagende Frage.

Nicci schien die Antwort bereits zu kennen, denn ihre Stimme troff von Zweifeln.

Nein, verdammt. Ich schaffe es nicht.

Ich begann zu stammeln, wusste nicht, was ich sagen sollte. Die Wahrheit nämlich, dass ich gerade Zeuge wurde, wie ein Polizeiaufgebot vergeblich versuchte, zwei Kinder vor dem Erstickungstod zu retten, war so unerträglich, dass ich sie nicht als Ausrede missbrauchen wollte.

»Verdammt, Alex. Du hast es ihm versprochen. Er ist schon seit einer Stunde wach und furchtbar aufgeregt, weil du ihm gesagt hast, dass du um sieben Uhr mit uns frühstücken wirst. Kannst du dir überhaupt vorstellen, wie traurig Julian sein wird, wenn er gleich runterkommt, und sein Vater hat ihn an seinem eigenen Geburtstag vergessen?«

»Ich habe ihn nicht vergessen.«

»Aber du bist nicht hier. Es gibt kein gemeinsames Frühstück, und dein Geschenk hängt auch nicht an der Leine.«

Ich stöhnte und presste mir verzweifelt die Hand gegen die Stirn. Frank sah mich fragend an.

Das Geschenk! Wieso nur hatte ich Julian eine Uhr versprochen. So ein grausames, tödliches Ding, das am Ende doch zu nichts anderes nutze war, als uns von Sekunde zu Sekunde dem Tod näher zu bringen.

Ich sah auf meine eigene, altmodische Uhr – ein Erbstück meines Vaters – und hoffte, dass das teure Schweizer Stück erstmals fehlerhaft laufen würde. Dass die Zeiger aus irgendeinem Grund zu schnell nach vorne gesprungen waren. Ich blinzelte, und plötzlich fühlte ich, wie mein Gehirn etwas in meinem näheren Umfeld registrierte; etwas, was ich in diesem Augenblick nicht sofort deuten konnte.

Ich schloss die Augen und versuchte mich zu erinnern, woran ich gerade gedacht hatte, bevor diese tiefe Angst in all meine Poren gekrochen war, und dann erkannte ich es.

Ich öffnete die Lider, drehte den Kopf nach oben, und da stand es tatsächlich.

Das Straßenschild!
»Er kriegt sein Geschenk«, flüsterte ich ins Telefon und legte auf.
»Was ist?«, wollte Frank wissen.
Meine Finger waren klamm und fühlten sich blutleer an, während ich meine Armbanduhr abstreifte. »Ist zwar nicht die Marke, die sich Julian gewünscht hat, aber dafür zehnmal so teuer.«
Ich reichte sie ihm mit zittriger Hand.
»O nein, nein.« Frank schüttelte den Kopf. »Ich lass dich jetzt nicht allein.«
»Bitte, tu mir den Gefallen. Du weißt, wo ich früher gewohnt habe. Bring das Ding zu Nicci, sag ihr, sie soll sie polieren und einpacken, und sag ihr auch, dass ich es wieder gutmachen werde.«
»Nein.«
»Bitte, wir haben keine Zeit mehr.«
Alina, die reglos an dem Wagen gelehnt hatte, drehte das Ohr in meine Richtung. Auch sie wirkte auf einmal unglaublich angespannt, als spüre sie die Bedrohung, die ich eben erst wahrgenommen hatte.
Auf dem Straßenschild.
»Und wenn du Hilfe brauchst?«
Frank sah mir direkt in die Augen, und ich spürte, dass er es wusste. Er war jung, aber er war nicht blöd, das hatte er mehrfach bewiesen. Frank konnte eins und eins zusammenzählen und ahnte natürlich, dass ich ihn nicht ohne Grund von hier fortschickte.
»Du hilfst mir jetzt am meisten, wenn du das Geschenk zu meinem Sohn bringst, okay?«
Ich sah, wie er die Lippen spitzte, um einen letzten Einwand vorzubringen, aber dann schien er in sich zusammenzu-

sinken. Wortlos stieg er in den Wagen, warf mir einen traurigen, enttäuschten Blick zu und fuhr los, ohne sich zu verabschieden.

Meine Augen wanderten wieder zu dem Straßenschild. Laut dem ausgeblichenen Schriftzug befanden wir uns in der Grünauer Straße, und das nicht an irgendeiner Stelle, sondern direkt vor einem dunklen Lagergebäude.

Grünauer Straße.

Das war es, was mein Gehirn erkannt hatte, noch bevor meine Augen es sehen wollten.

Grünauer Straße 217.

Die Zahlen auf der Rückseite des Fotos, das ich auf dem Nachttisch meiner Mutter entdeckt hatte, waren kein Datum. Sondern eine Hausnummer.

Grünau 21.7.

Und wir standen direkt davor.

11. Kapitel

(Noch 3 Minuten bis zum
Ablauf des Ultimatums)

Alexander Zorbach (Ich)

Es war noch gar nicht lange her, da hatte ich mit Julian das Studiogelände des Filmparks Babelsberg besucht und mir die Kulissen eines Kriegsfilms angesehen, der dort produziert wurde. Ich weiß noch, wie beeindruckt wir von der Nachbildung eines zerbombten Hauses gewesen waren. Eingefallene Wände, zerplatzte Fensterscheiben, der ausgebrannte Dachstuhl, aus dem Mauerreste wie zersplitterte Knochen gen Himmel ragten – all das hatte man täuschend echt in Szene gesetzt. Doch das alles war ein müder Abklatsch gegenüber dem Anblick, der sich mir gerade bot.

Warum tut er das? Weshalb gibt der Augensammler mir all diese Hinweise?

Ich stand im ersten Hinterhof des verfallenen Fabrikgeländes an der Grünauer Straße 217 und hatte einmal mehr das Gefühl, an einer unsichtbaren Hundeleine ins Verderben geführt zu werden.

Er spielt ein Spiel, ordnete ich meine Gedanken. *Verstecken. Das älteste Kinderspiel der Welt. Und ich spiele es nach seinen Regeln. Folge seinen Hinweisen, die er mir wie Zettel bei einer Schnitzeljagd vor die Füße wirft.*

»Du musst mir helfen«, bat ich Alina.

Nicht mehr lange, und der Tag würde anbrechen, noch lag das morgendliche Berlin unter einem dichten Wolkenkessel. Sah man zum Himmel, wirkte der Mond wie eine Taschenlampe unter einer Daunendecke. In die Gänge, die die verschiedenen Höfe verbanden, drang kaum ein Lichtstrahl.

»Ich brauche einen Hinweis von dir.«

Alina ballte die linke Hand, und ich sah, wie der Schmerz ihr Gesicht verzerrte.

Ich brauche eine weitere Erinnerung!

Natürlich hatte ich Stoya bereits informiert, doch der Ermittler hatte keinen Zweifel daran gelassen, dass er nicht einen einzigen Mann mehr abziehen würde, nur um einer meiner neuen Phantastereien zu folgen. Und selbst wenn er mir gleich eine ganze Armee geschickt hätte, wäre es nicht ausreichend gewesen.

»Das Gelände ist einfach zu groß, Alina. Es gibt mindestens vier Höfe und rundherum nichts als Ruinen, das ist alles, was ich von hier aus erkenne.«

»Es tut mir leid, Alex.«

Sie öffnete die Lider, schloss sie aber sofort wieder, als ihr feiner, aber unangenehmer Schneeniesel in die Augen wehte.

»Alles, was ich vorhin gefühlt habe, war ein Schiff. Keine Fabrik, keine Lagerhalle.«

Das kann nicht sein. Das Foto, die Zahlen. Das kann kein Zufall sein.

Wieso nur stimmten Alinas Visionen teilweise so sehr mit der Wirklichkeit überein und teilweise überhaupt nicht?

»Und jetzt sehe ich übrigens nichts mehr, weil ...«

»Weil was?«

»Nichts«, winkte sie ab, aber ich wusste, was ihr beinahe herausgerutscht wäre.

»Weil das Kind bereits gestorben ist.«

»Was ist mit TomTom?«, fragte ich.

»Er kann uns hier auch nicht helfen. Selbst wenn wir eine Geruchsprobe der Kinder hätten, er ist kein Fährtenhund.«

Ich weiß.

Ich wusste auch, dass das Ultimatum mittlerweile fast vollständig aufgezehrt war. Zwar hatte ich keine Uhr mehr, um es zu kontrollieren, aber ich ahnte, uns blieben nur noch Sekunden.

Denk nach, Zorbach, denk nach.

Zu allen Seiten standen leere, dunkle Gebäude. Eines sah aus wie das andere. In keinem brannte Licht, alle Tore standen offen, vor jedem Eingang stapelten sich geheimnisvolle Gegenstände. Ich konnte so vieles ausmachen und gleichzeitig keine besonderen Zeichen, keine Hinweise oder Wegweiser erkennen.

Der Augensammler will spielen. Er stellt klare Regeln auf. Fünfundvierzig Stunden, sieben Minuten …

Schon der erste Hof war so riesig, dass der Stapel Lkw-Autoreifen in seiner Mitte wie der Überrest eines Spielzeuglasters wirkte. Hier gab es eine Milliarde Möglichkeiten, die Zwillingskinder zu verstecken. Himmel, sie konnten direkt unter uns sein oder da drüben an der Wand, vor der sich leere Katzenfutterdosen stapelten.

»Wohin willst du?«, hörte ich Alina rufen, als ich noch einmal zurück zur ersten Hofdurchfahrt ging, die zur Straße führte. Ich folgte mehr meinem Drang, *irgendetwas* zu tun, als einem konkreten Plan, als ich mein Handy öffnete und mit dem schwachen Schein des Displays auf die Tafel mit den alten Firmenschildern leuchtete.

Köpenicker Textilfabrik stand auf dem obersten und größten. Die anderen Emailleschilder waren entweder abgerissen, zerkratzt oder so verschmiert, dass man kaum mehr

die Schrift entziffern konnte, in der ursprünglich die einzelnen Abteilungen durchdekliniert worden waren: *Druck, Graphik, Verwaltung, Laden …*
Ich stützte mich mit der flachen Hand gegen die kalte Tafel.
Denk nach, Zorbach, denk nach. Er will, dass die Kinder gesucht werden. Es ist ein Spiel. Kein Spiel ohne Gewinnchance. Wenn er dir Hinweise gibt, dann nur, um eine Chancengleichheit herzustellen.
Wieso sollte er dich auf dieses Gelände locken, damit du hier versagst?
Vielleicht will er dich demütigen. Dich scheitern sehen, so knapp vor dem Ziel?
Vielleicht aber hat er hier einen weiteren Hinweis plaziert?
Ich trat einen Schritt zur Seite und leuchtete jetzt auf eines dieser obligatorischen Warnschilder, das Unbefugten verbietet, eine baufällige Sperrzone zu betreten.
Eine weitere Spielkarte?
»Vorsicht Lebensgefahr«, las ich laut vor.
Wie passend …
Dann fiel mein Blick auf die zweite Warnung, direkt darunter:
»Keller 77 komplett unter Wasser!«
Ich schrie so laut auf, dass TomTom im Hof anschlug.
Keller 77!
War das die Lösung? Eine weitere Spielkarte?
Noch während ich zu Alina zurückrannte, blitzte das Foto in meiner Erinnerung wieder auf.
Grünau 21.7. (77)
Von nun an ging auf einmal alles viel zu einfach.

10. Kapitel

(Noch 1 Minute bis zum
Ablauf des Ultimatums)

Tobias Traunstein

Er schwamm. Er strampelte. Er starb.
Tobias hatte sich vor diesen Tagen in der Dunkelheit noch nie ernsthaft mit dem Tod auseinandergesetzt. Wieso auch, er war ja gerade erst neun geworden. »In dem Alter hat man noch so viel vor sich«, pflegte sein Opa immer zu sagen, wenn er sich an Feiertagen zu Hause blicken ließ.
Scheiße, Opa. Hab nichts mehr vor mir. Mein Kopf klebt nämlich direkt unter der Decke in diesem Metallsarg, und ich habe noch einen winzigen Schlitz, durch den ich Luft sauge, und auch der füllt sich langsam mit Wasser.
Er weinte und spuckte die ersten Tropfen wieder aus, die ihm in den Mund fließen wollten. Das Wasser war aus allen Ritzen des Metallbehältnisses geströmt, durch den Boden, die Fugen der Wände. Von der Seite, von oben und von unten, die Flut kam aus allen Richtungen und hatte einen Brunnen geformt, der jetzt bis unter die Decke reichte. Einen tiefen, dunklen, kalten Brunnen, in dem Tobias nun zu ertrinken drohte.
Ich ersticke, dachte er, so wie damals unter der Sportmatte, nur dass es diesmal völlig anders war. Damals hatte er auch geheult, doch insgeheim hatte er gewusst, dass irgendwann Herr Kerner kommen und ihn befreien würde. Nur war das hier heute keine Turnhalle, und sein Vater war auch kein Sportlehrer, der ihm die Matte vom Kopf riss, damit er wieder atmen konnte. Sein Vater war …

… ein Nichts. Papa ist noch nie für mich da gewesen, wieso ausgerechnet heute? Eher würde Mami vorbeikommen.

Ja, Mami würde ihn sicher suchen. So wie damals, als sie beim Rodeln die Zeit vergessen hatten und sie ihnen voller Sorge den Waldweg entgegengelaufen war.

Tobias, hatte sie immer gerufen. *Lea, Tobias …*

Und er hatte sich gleichzeitig gefreut und geschämt, denn natürlich war er traurig, dass Mami seinetwegen geweint hatte. Aber dadurch wusste er wenigstens, wie sehr sie ihn vermisste.

Tobias, hallo? Tobias, wo bist du? Ihm war, als habe er vorhin, bevor das Wasser *(das auf gar keinen Fall* caldo, *sondern* molto freddo *ist)* ihn endgültig geweckt hatte, jemanden nach ihm rufen hören. War Mami vielleicht schon unterwegs?

Ja, Mami. Nicht Papa. Scheiß auf Papa, auf seine Tischgesetze und auf sein schlechtes Italienisch, auf seine Fremdwörter, die man nicht versteht, und vor allem scheiß auf seine Arbeit, die ihn immer davon abhält, mit mir im Garten zu spielen. Papa wird nicht kommen. Aber Mami …

Tobias' Lippen saugten das letzte bisschen Luft aus dem Spalt zwischen der Wasseroberfläche und der Metalldecke. Dann stieg der Pegel einen weiteren Millimeter, und sein Kopf war vollständig vom Wasser umschlossen. Er wusste, er ertrank. Aber dennoch war er voller Hoffnung, dass seine Mami ihn bald finden würde.

9. Kapitel

(Die letzte Minute des Ultimatums)

Philipp Stoya (Leiter der Mordkommission)
(Auf dem Containerschiff)

»Was ist dahinter?« Stoya hieb mit der Faust gegen die Stahltür.

»Das dürfen Sie nicht aufmachen«, antwortete der Kapitän.

»Weshalb?«

»Das ist ein Schott. Wenn Sie das öffnen, gehen hier die Lichter aus.«

Stoya griff nach dem Drehventil an der Tür. Obwohl er mit aller Kraft daran rüttelte, konnte er es keinen Millimeter weit bewegen.

»Hey, was soll das werden, hören Sie nicht?« Der Kapitän protestierte lauthals, als Stoya sich beim Einsatzleiter nach C-4-Sprengstoff erkundigte. »Ich verliere meinen Job, wenn Sie das öffnen.«

»Wieso das?«

»Mann, deswegen liegen wir doch hier fest. Der alte Kahn ist leck.«

Der Kapitän zeigte auf die Stahltür. »Dahinter steht Ihnen das Wasser bis zum Hals. Glauben Sie mir, Ihre Hunde haben nur wegen ein paar Wasserratten angeschlagen.«

8. Kapitel

Alexander Zorbach (Ich)
(Auf dem Industriegelände Grünauer Straße 217)

Wir hinterfragen meist nur unsere Fehler. Nie unsere Erfolge. Wenn etwas gutgeht, nehmen wir es als gottgegeben hin. Wir grämen uns, wenn wir Geld verlieren oder von der Liebe unseres Lebens verlassen werden. Doch weshalb sie bei uns bleibt, fragen wir uns ebenso selten, wie wir uns über eine bestandene Prüfung wundern. Dabei sind es meiner Meinung nach weniger die Fehler, aus denen wir Menschen lernen können, als die Erfolge, die wir nicht verdienen. Wenn wir diese nicht hinterfragen, lullen sie uns ein, machen uns selbstgefällig, und wir können sie niemals wiederholen.

Die letzte Minute des Ultimatums brach an, als ich meine eigene Lebensweisheit vergaß.

Der Eingang zum Bauträgerteil mit der Nummer 77 war nicht zu übersehen und lag im zweiten Hinterhof. Zum ersten Mal war Alina vorangegangen, denn hier, in dem ehemaligen Lagergebäude, war es finster wie die Nacht. Die einzigen Augen, die vielleicht noch etwas sehen konnten, waren die von TomTom.

So kam es, dass wir eine Art unheimlicher Polonaise aufführten, bei der ich, meine Hand auf ihren Schultern, hinter ihr in ein nach Schmieröl und Brackwasser stinkendes Treppenhaus stieg. Dabei betete ich, dass mein Zeitgefühl mich trog und uns noch ein paar Minuten zur Verfügung stehen würden; ebenso wie ich eine unsichtbare Macht darum anflehte, nicht der ziellose Spielball eines Irren ge-

worden zu sein, der mich voller Schadenfreude ins Nichts führte.
Am Ende blieb mir nicht einmal eine Sekunde mehr, um über den Wahnsinn zu reflektieren, den ich gerade durchlebte. Und es waren auch nicht TomToms, sondern meine Augen, die das erste Lebenszeichen sahen.
Rot, glühend, rund.
Ein kleiner Knopf in der Wand, nach dem man sucht, wenn im Treppenhaus eines Mietshauses das Licht ausfällt.
Er leuchtete, was bedeutete, dass es in diesem Gebäude Strom gab.
»Hier war jemand«, sagte ich leise und spürte, wie sich Alinas Schultermuskulatur unter meiner Hand verspannte.
Ich drückte auf den Knopf, und was ich dann fühlte, glich einer Explosion.
Licht!
Irgendjemand hatte hier, ausgerechnet im Gebäude 77 in der Grünauer Straße 217, die Sicherungen eingedreht.
Oder einen Generator aufgestellt. So wie vorhin, im Bungalow …
»Was ist passiert?«, fragte Alina. Der Lichteinbruch war so unvermittelt und stark gewesen, dass selbst sie die Veränderung bemerkt haben musste.
»Wir sind in dem Vorraum eines ehemaligen Lagergebäudes«, sagte ich. »Rechts vorn sind die Treppen, links die Lastenfahrstühle.«
Und direkt davor ….
»Wo willst du hin?«
Ich weiß nicht mehr, ob ich Alina die Antwort gab, bevor oder nachdem ich den Griff nach unten gedrückt und damit die Tür aufgerissen hatte.
Vielleicht hatte ich auch überhaupt nichts gesagt. Rückbli-

ckend betrachtet kann ich mich nur noch an meinen eigenen erleichterten Schrei erinnern, als sich die schwere, wuchtige Tür mit einem lauten Schmatzen von den Gummidichtungen löste und ich die Augen sah, die mich aus dem Inneren anstarrten.

Aus dem Inneren eines alten amerikanischen Kühlschranks.

»Mami?«, fragte die Kinderstimme leise, die zu den Augen gehörte.

Alina stöhnte hinter mir erleichtert auf. Mir schossen die Tränen in die Augen.

»Nein, ich bin nicht deine Mami«, sagte ich.

Charlie ist tot. Ermordet von dem Wahnsinnigen, der dich hier eingesperrt hat.

»Aber ich werde dir trotzdem helfen.«

Ich streckte den dunklen, völlig verängstigten Augen die Hand entgegen. Sofort fassten zwei kleine Hände nach ihr.

Der Körper war so leicht, dass ich ihn mühelos mit einem Arm aus seinem Gefängnis heben konnte.

Aus dem Versteck des Augensammlers.

»Okay, pass auf, du bist jetzt in Sicherheit«, sagte ich und prüfte dabei den Puls am Handgelenk.

Schwach, aber regelmäßig.

»Aber jetzt, jetzt braucht jemand anderes deine Hilfe.«

Schüchternes, verständnisvolles Kopfnicken.

»Lea«, sagte ich und versuchte, die Verzweiflung in meiner Stimme zu unterdrücken, »hast du irgendeine Ahnung, wo dein Bruder steckt?«

7. Kapitel

In einem Fahrstuhl?«

»Hm!« Lea nickte zaghaft. »Wo ist Mami?«

»Später, Süße.«

Später werden wir gemeinsam um Charlie weinen. Doch zuvor muss ich deinen Bruder retten.

»Ich habe gehört, wie er nach unten gefahren ist«, sagte sie.

Ich strich ihr über das nassgeschwitzte Haar und drehte mich zu dem Lastenaufzug hinter mir.

Nach unten? Bitte nein, lass den Fahrstuhl nicht in den Keller gefahren sein.

Ich sah die Warntafel in der Durchfahrt zum ersten Hof wieder vor mir.

Vorsicht – Lebensgefahr. Keller 77 komplett unter Wasser.

Von dieser Sekunde an überschlugen sich die Ereignisse.

Zuerst versuchte ich die Fahrstuhltüren mit bloßen Händen auseinanderzureißen, aber zum Glück verschwendete ich keine zehn Sekunden mit diesem Wahnsinnsunterfangen. Ich erinnerte mich an eine Eisenstange in einem Schutthaufen, über die wir auf dem Hinweg gestiegen waren, aber auch hier war mir das Risiko zu groß, sie draußen in der Dunkelheit nicht schnell genug zu finden.

Ich löste TomTom aus seinem Geschirr und klemmte die Haltebügel des Führungsgriffs in den Türspalt. Das Aluminium gab zwar etwas nach, doch es war stark genug, dass ich den Spalt immerhin so weit vergrößern konnte, bis erst die Finger meiner Hand und schließlich mein Fuß dazwischenpasste. Als Nächstes presste ich mich selbst mit der Schulter voran in den Schlitz und drückte die Knie gegen die Stahltür, die offensichtlich darauf programmiert war, sich zu öffnen, sobald ihr etwas im Wege stand. Aber noch konnte ich kein Gefühl der Erleichterung spüren. Erst recht nicht, als ich in den leeren Fahrstuhlschacht blickte.

Scheiße, nein. Ich sah nach unten. Die Fahrstuhldecke befand sich etwa anderthalb Meter unter mir. Was bedeutete, dass der Aufzug tatsächlich nach Ablauf des Ultimatums in den Keller gefahren war.

Ins Wasser!

Ich klemmte das Hundegeschirr in die Fahrstuhltür, sprang in den Schacht und wäre beinahe längs hingeschlagen.

Gott im Himmel, hilf!

Die gesamte Decke des Lastenaufzugs war mit Wasser überzogen.

Eine Minute? Zwei Minuten? Wie lange konnte ein Kind unter Wasser die Luft anhalten?

Schnell entdeckte ich die Quelle. Das Wasser drang aus der Einstiegsluke, die ein schlauer Konstrukteur für Techniker und Notfälle vorgesehen hatte, wobei er sicher nicht an Kinder gedacht hatte, die im Inneren des Fahrstuhls ertrinken würden.

Über mir hörte ich, wie Alina mit meinem Handy Hilfe herbeirief, während ich mühelos den Einstieg öffnete.

Zu spät, das ist doch alles zu spät!, dachte ich, obwohl bis hierhin noch alles erstaunlich glattgegangen war.

Zu glatt!

Jetzt schwappte das dunkle Wasser wie Tinte aus der Luke heraus.

»Tobias?«, rief ich unsinnigerweise. Ich streckte den Arm

in das dunkle Nichts unter mir und hielt die Luft an, als die Kälte des Wassers sich wie eine Manschette um mich legte. *Keinen Sinn. Das hat alles keinen Sinn mehr.* Ich suchte fieberhaft nach einer Möglichkeit. Nach einem anderen Ausweg.

Doch es gab keinen. Ich hatte keine Wahl.

Also hyperventilierte ich kurz und sog so viel Luft wie nur irgend möglich in meine Lungen – dann ließ ich mich, die Füße voran, in das kalte Wasser gleiten.

6. Kapitel

Es gibt einen Punkt, an dem die Steigerung von Kälte nicht mehr in Celsius, sondern in Schmerz gemessen wird, und diesen Punkt hatte ich mit meinem Sprung in das eisige Nichts erreicht. In meiner Haut steckten Abermillionen feinster Nadeln. Und mit jedem Meter, den ich zu Boden sank, wurden sie tiefer und tiefer in meinen Körper gerammt. Für einen Moment war der Schock so groß, dass ich mich nur auf mich selbst und mein Überleben konzentrierte. Dann stieß ich mit dem Schienbein gegen eine harte Kante, bevor meine Stiefel endlich den Boden des Lastenfahrstuhls berührten.

Tobias?

Ich streckte die Arme aus und öffnete die Augen, in der Hoffnung, das Kind entweder zu spüren oder zu sehen, doch keins von beidem geschah.

Wo treibt ein Ertrinkender hin? Nach oben? Sinkt er nach unten? Oder schwebt er wie ein Fisch in der Mitte?

Verdammt, ich hatte auf all meine Fragen keine Antworten, und nun spürte ich, wie mir die Luft ausging.

Und das, obwohl du erst seit wenigen Sekunden hier drin bist.

Mein Gott, es hat doch wirklich keinen Sinn mehr, dachte ich wieder, und dann glaubte ich zu platzen.

Mein Blut, die Restluft in den Lungen, alles schien von innen gegen meine Körperwände zu drücken, schien sie zerreißen zu wollen – und das war das herrlichste Gefühl aller Zeiten, denn endlich …

... endlich habe ich etwas berührt.

Ich presste etwas Luft aus meinen Lungen, sank weiter zu Boden und jubelte innerlich vor Glück, weil ich mich nicht getäuscht hatte.

Haare, Ohren, ein Mund. Ja, ja, ja .... Das war tatsächlich ein Gesicht.

Ich hielt seinen Kopf, zog ihn zu mir, und zum allerersten Mal seit vielen, vielen Stunden war die Hoffnung größer als meine Angst.

Vielleicht war doch nicht alles umsonst. Vielleicht schaffen wir es ja doch noch hier ...

Raus!

Ich wollte nur noch raus, jetzt, wo ich Tobias endlich gefunden hatte. Aber mit der Hoffnung kam auch das Gefühl der Erschöpfung zurück. Ich hatte nicht geschlafen, war beinahe gefoltert worden, hatte die schlimmsten Stunden meines Lebens durchlitten, und jetzt sorgte auch noch die niedrige Wassertemperatur dafür, dass meine letzten Kräfte schwanden. Im Augenblick konnte ich nicht spüren, ob Tobias in meinen erschlaffenden Armen noch lebte, aber ich fühlte sehr wohl, wie sich mein eigener Puls verlangsamte.

BummBumm, Bumm ... Bumm ...

Der Abstand meiner Herzschläge wurde größer.

Also raus, nur noch nach oben. Zum Licht.

Ich nahm Tobias in einen etwas verunglückten Schwitzkasten und stieß mich vom Boden des Fahrstuhls ab.

In diesem Augenblick wurden wir verschluckt.

5. Kapitel

Schwarz. Dunkel. Nichts.

Das Licht über meinem Kopf – *verdammt, war es überhaupt darüber gewesen?* – war so plötzlich erloschen, dass mir Tobias vor Schreck beinahe wieder entglitten wäre. Von einer Sekunde auf die andere hatte sich das Wasser in einen undurchsichtigen Ölfilm verwandelt, und ich hatte keine Ahnung mehr, in welche Richtung ich schwimmen sollte.

Wo zum Teufel war das Licht? Wo lag die Einstiegsluke?

Oben, unten, rechts, links. Diese Worte waren bedeutungslos geworden, ich hatte die Orientierung verloren.

Meine Panik hatte einen Punkt erreicht, an dem eine Steigerung nicht mehr möglich war. Vielleicht war das der Grund, weshalb ich auf einmal so ruhig wurde. Wie bei einem Ventil, bei dem eine kritische Grenze überschritten ist und das frei dreht, löste sich auch bei mir die Anspannung.

Oder ist das so, wenn man ertrinkt? Hatte ich nicht einmal selbst darüber geschrieben, wie ein Ertrinkender erst unendliche Qualen leidet in der Sekunde, in der das Wasser in seine Lungen strömt, dass diese Qualen dann aber in einen rauschartigen Zustand übergehen?

Ich wusste, bald würde ich es erfahren. Lange würde ich der Versuchung nicht mehr widerstehen können, den Mund zu öffnen und tief, ganz tief einzuatmen.

Dieses süße, unwiderstehliche Gefühl. Wie eine Sucht. Eine tödliche Droge, der man sich hingeben will.

Ich spürte, wie sich meine Hände von Tobias' Körper lösen wollten, etwa in der Sekunde, in der sich das Seil in meinem Bein verfing.
Ein Seil? Scheiße, verdammt, wo kommt das Seil denn auf einmal her?
Ich rüttelte mit meinem freien Arm daran und war erstaunt, dass es nicht nachgab. Ich war ohnehin zu keinem klaren Gedanken mehr fähig, und so überlegte ich gar nicht erst, ob das Seil am Boden eingeklemmt oder in der Decke verschraubt war, auch wenn dies den entscheidenden Unterschied zwischen Leben und Tod bedeuten mochte. Denn davon hing es ab, in welche Richtung ich mich jetzt hangelte. Mich und Tobias Traunstein, der von Sekunde zu Sekunde schwerer und lebloser in meinen Armen zu werden schien.
Ich strampelte wie ein Taucher, nur dass an meinen Füßen keine Flossen, sondern schwere Stiefel klebten, die mich nach unten reißen wollten.
Wirklich nach unten?
Zog mich mit nur einem Arm Stück für Stück hinauf.
Oder hinab?
Hangele ich mich in die falsche Richtung? In mein Verderben?
Ich riss die Augen auf, auch wenn ich nicht glaubte, irgendetwas hier unten in der pechschwarzen Dunkelheit erkennen zu können, aber mein Kopf fühlte sich an, als platze er, und es war mehr ein lächerlicher Reflex als eine bewusste Entscheidung. Fast als wollte ich über meine Augen einen Druckausgleich herbeiführen oder Sauerstoff aus dem Brackwasser filtern. Umso erstaunter war ich, als ich wirklich etwas sah.
Licht!

Tatsächlich war dahinten, dort, wo das Seil endete, ein kleiner, dünner Strahl.

Die Spinner haben alle recht, war mein letzter Gedanke, bevor mir das Seil aus den Fingern glitt.

So ist das Ende. Wir kämpfen uns durch ein kaltes, dunkles Nichts, doch wenn alles vorbei ist, sehen wir ein helles Licht am Ende des Weges.

Ich lächelte und atmete tief ein.

4. Kapitel

(55 Minuten nach Ablauf des Ultimatums)

Alina Gregoriev

Können Sie mir bitte sagen, was los ist?«, fragte Alina den Mann, der sich ihr weder vorgestellt hatte noch sonst irgendetwas sagte, während er ihre Brandwunde versorgte.

»Sorry, dazu bin ich nicht befugt«, antwortete er mit einer überraschend hellen Stimme, die viel zu dünn für seinen Körper klang.

Bislang hatte sie zwar nur die Hand des Rettungssanitäters gespürt, aber das war für einen Blinden im Allgemeinen ausreichend, um das Körpergewicht seines Gegenübers zu schätzen. Wenn sie sich einen ersten Eindruck von der Figur eines Menschen machen wollte, umschloss Alina kurz dessen Handgelenk und war im Bilde. Allerdings gab es im Augenblick nichts, was ihr gleichgültiger gewesen wäre als das Aussehen des übergewichtigen Mannes, der sie jetzt daran hindern wollte, den Rettungswagen zu verlassen.

»Halt, wir sind noch nicht fertig.«

Sie gab dem Druck seiner Hände nach, die sie wieder auf die Trage zurückpressten.

»Scheiß auf mich, was ist mit den anderen?«

Mit Zorbach? Mit dem Jungen?

Wieder wusste sie nicht, ob sie wütend oder dankbar darüber sein sollte, dass ihr der Anblick erspart geblieben war, der sich Stoyas Männern geboten hatte, nachdem sie ihnen endlich im Lagerhaus Nummer 77 zu Hilfe geeilt waren.

Die Bilder in ihrem Kopf, die Erinnerungen an die schreck-

lichen Minuten vor dem Lastenfahrstuhl, setzten sich fast ausschließlich aus Geräuschen und Gerüchen zusammen. Sie hatte gehört, wie die Fahrstuhltür wieder zugegangen war. Wie die Alubügel, die Zorbach dazwischengeklemmt hatte, mit einem lauten Knirschen erst verrutscht und dann zu Boden gefallen waren. Dann war das Licht ausgegangen, wie Lea ihr bestätigt hatte.
Lea, das tapfere kleine Mädchen, das still in sich hineinweinte, während Zorbach von diesem Moment an in dem Schacht völlig hilflos gewesen war. Ohne Werkzeug. Ohne Licht. Gefangen in einer Höhle, die Alina sich nur über die allgegenwärtigen Gerüche vorstellen konnte: modriges Wasser, schimmlige Wände, Müll und Körperausscheidungen.
Hätte sie gewusst, dass Tobias' Verlies längst geflutet war, wäre ihre Angst um die beiden ins Unermessliche gestiegen. Sie hatte Lea gebeten, den Lichtschalter wieder zu drücken, was Zorbach nun auch nichts mehr nutzte. Im Treppenhaus war es wieder hell, doch dort unten in dem Schacht, aus dem ihr Rufen schon lange nicht mehr erwidert wurde, konnte ja kein Licht mehr ankommen. Und das, was Zorbach vorhin gelungen war, war ihr jetzt unmöglich. Die Haltebügel von TomToms Geschirr waren verbogen, und sie allein war nicht kräftig genug, um den Fahrstuhlschacht wieder zu öffnen. Weder TomTom noch Lea noch ihre verbrannte linke Hand waren ihr bei den vergeblichen Versuchen eine große Hilfe gewesen.
Und so war ihr nichts anderes übriggeblieben, als zu warten und dabei das vor Erschöpfung zitternde Mädchen zu beruhigen, indem sie ihr Gesicht in Leas Haaren vergrub.
Obwohl Alina jegliches Zeitgefühl verloren hatte, war sie sich dennoch sicher, dass die Männer viel zu spät gekommen waren.

Vier Polizisten. Viele Minuten zu spät.

Sie drangen fast gleichzeitig in das Gebäude, so dass es sich anhörte, als quelle eine einheitliche Masse in das Treppenhaus. Die Masse löste sich auf, als sie Lea sahen. Zuvor noch hatte ihr Auftrag gelautet, Zorbach zu verhaften. Der Anblick des entführten *lebenden* Mädchens in Alinas Armen änderte alles.

Erst da begannen sie mir zu glauben, dachte Alina jetzt, aber es lag keine Befriedigung in diesem Gedanken.

»Sind sie noch hier?«, fragte sie den Mann im Rettungswagen, der ihr immer noch die Hand verband.

Oder hat man sie schon weggeschafft?

Sie spürte eine sanfte Körperbewegung und nahm an, dass sie durch ein Kopfnicken des Assistenten verursacht worden war.

Oder durch ein Kopfschütteln.

»Verdammt noch mal, behandeln Sie mich nicht wie ein Kleinkind, das nichts wissen darf. Ich habe doch alles mit angehört.«

»Das ist vergebene Liebesmüh. Die waren schon steif, als ich sie rauszog«, hatte der Polizist gesagt, der vor einer halben Stunde draußen vor ihrem Rettungswagen eine Zigarette geraucht und sich mit einem Kollegen über den Einsatz unterhalten hatte.

»Da könnten sie eher den Teddy meiner Tochter beatmen.«

Am liebsten wäre sie aus dem Wagen gesprungen, hätte dem Mann eine Ohrfeige gegeben und ihn angeschrien: *»Wie kannst du nur so reden, du Arschloch? Es stimmt, du hast die Tür geöffnet. Damit hatten sie wieder Licht. Du bist hineingesprungen, hast mit der Taschenlampe auf das Wasser geleuchtet und deine Hand hineingestreckt, um sie an dem Seil nach oben zu ziehen, in dem sie sich verfangen* *hatten. Aber du bist verdammt noch mal zu spät gekommen.«*

»Hatten Sie es schon einmal mit einem Ertrinkungsopfer zu tun?«, fragte sie den Rettungsassistenten traurig, der ihre Mullbinde mit einem abschließenden Pflaster versah. Noch gelang es ihr, die Tränen zurückzuhalten.

»Hm hm.«

Entweder hatte der Mann Anweisungen, ihr nicht zu antworten, oder er war selbst viel zu erschrocken von dem, was sich hier auf dem Fabrikgelände abgespielt hatte.

»Wie lange kann es dauern ...« Alina schluckte. »Ich meine, wann stellen Sie nach einem Badeunfall die Reanimationsversuche ein?«

Offenkundig wähnte er sich jetzt auf sicherem Terrain. »Schwer zu sagen. Einmal haben wir einen Mann nach zwanzig Minuten zurückgeholt. Aber das ist die Ausnahme.«

»Und was ist normal?«

Alina tastete nach ihrem Verband an der linken Hand.

»Ein bis zwei Minuten.«

Zwei Minuten?

So lange hatte es alleine schon gedauert, bis Zorbach in den Fahrstuhlschacht gelangt war. Weiß Gott, wie lange zuvor Tobias schon unter Wasser hatte aushalten müssen.

Unter Stress fliegen die Minuten wie Sternschnuppen vorbei, so schnell, dass man sie meist gar nicht bemerkt. Aber vielleicht war es ja eher wie bei einer Wurzelkanalbehandlung. Vielleicht hatten sich die Sekunden wie Stunden angefühlt, aber in Wahrheit war der Zeiger der Uhr gar nicht so weit vorangeschritten, wie sie befürchtete?

Alina wurde übel. Das Überleben zweier Menschen war zu einer nüchternen Mathematikaufgabe geworden. Eine Ad-

dition von Zeitspannen, deren Summe am Ende den sicheren Tod ergeben würde. *Fünf Minuten, bis der Fahrstuhl geöffnet war; zwei Minuten, die Zorbach in dem eisigen Wasser der Kabine hatte verbringen müssen; weitere zwei Minuten, bis er nach oben gezogen wurde …*
Das war zu viel. Zu viel für das Kind, für Alex, und am Ende, das war ihr mit einem Mal klargeworden, würde es auch für sie zu viel sein. Mit Zorbach war es wie mit ihrem Augenlicht. Erst in dem Moment seines Verlusts hatte sie seine wahre Bedeutung für ihr Leben erkannt.
Er hätte seine Uhr nicht weggeben sollen, dachte sie und konnte den Gedanken nicht stoppen, obwohl sie wusste, wie kindisch er war.
Damit hat er seine Zeit abgegeben.
Sie weinte und hörte nicht, wie der Rettungsassistent neben ihr aufstand. Er räusperte sich verlegen.
»Wusstest du, dass der Weltrekord im Luftanhalten bei siebzehn Minuten und vier Sekunden liegt?«
Das jäh in ihr aufbrechende Gefühl war so überwältigend, dass Alina zu ersticken glaubte.
»David Blaine, ein Apnoetaucher. Aber der wurde zuvor dreiundzwanzig Minuten lang mit Sauerstoff versorgt.«
Dicke Tränen quollen aus ihren blinden Augen. Von einer Sekunde auf die andere hatte sich die gesamte Welt verändert. Die Pole der Erde waren verschoben, Deutschland lag nicht mehr in Europa, Berlin befand sich auf einem anderen Planeten, und sie war kein Mensch mehr, sondern nur noch Energie.
»Aber hey, knapp drei Minuten ohne Training sind doch auch nicht so schlecht, oder?«
Positive Energie.
Alina sprang ruckartig auf und wollte nur noch eins: dem

Mann, zu dem die heisere, brüchige Stimme gehörte und der vor dem Eingang des Rettungswagens stand, in die Arme fallen.
»Du lebst?«, weinte sie und war glücklich.
»Ja, aber sei froh, dass du nicht sehen kannst, wie scheiße ich gerade aussehe.«
Zorbach fiel in ihr Lachen ein. Sie hörte, wie er Anstalten machte, zu ihr in den Wagen zu klettern.
»Und Tobias?«
Sie stützte sich an der Kante der Krankentrage ab, auf der sie bis eben noch gelegen hatte, und spürte, wie Zorbach innehielt.
Nein, bitte nicht.
Sie schlug sich die Hände vors Gesicht.
»Er war sechs Minuten unten«, hörte sie die schreckliche Information und wunderte sich, weshalb Alex immer noch so gefasst sprach. Ruhig, ja beinahe fröhlich. »Er war zweimal weg. Aber er scheint ein zäher Hund zu sein. Das Herz schlägt wieder. Es ist noch kritisch, und er wird eine Zeitlang im künstlichen Koma bleiben müssen, aber die Ärzte hoffen, sie bringen ihn durch.«
Von dieser Sekunde an hielt sie nichts mehr. Sie streckte die Arme aus, vergaß jede Vorsicht und lief einfach in die Richtung der offen stehenden Doppeltüren des Rettungswagens zu der Einstiegstreppe, auf deren oberster Stufe sie Zorbach vermutete. Sie lachte, euphorisiert von der Gewissheit, er werde sie schon auffangen, sollte sie fallen.
Alexander lebt. Beide Kinder befreit.
Jetzt, so war sie sich sicher, würde alles gut werden. Nichts konnte mehr schiefgehen.
Selten hatte ein Mensch sich so sehr geirrt.

3. Kapitel

(1 Stunde nach Ablauf des Ultimatums. 7.27 Uhr)

Alexander Zorbach (Ich)

Es gibt nur wenige Momente, in denen es uns Menschen gelingt, einzig und allein für den Augenblick zu leben. In denen es keine Zukunft und keine Vergangenheit gibt, sondern nur ein Hier und ein Jetzt.

In meinem Leben gab es zwei dieser Momente, an die ich mich bewusst erinnern kann. Einmal, als ich Julian zum ersten Mal als Baby auf den Arm nahm. Und dann jener Augenblick, an dem ich, in warme Decken gehüllt, mit weichen Knien auf der Metallstufe eines Rettungswagens auf Alinas Umarmung wartete.

Es war die Sekunde meiner größten Euphorie und gleichzeitig meiner tiefsten Erschöpfung. Noch vor einer Minute hatte ich mir meinen Weg hierher erkämpfen müssen; vorbei an besorgten Ärzten, die mich nach der gelungenen Wiederbelebung nicht von den Geräten hatten nehmen wollen; vorbei an Stoya, der mich am liebsten in der Sekunde verhört hätte, in der mein Herzschlag festgestellt worden war.

Meine Bronchien waren noch voller Wasser, ich benötigte eine intensive klinische Überwachung, so wie Tobias, der noch sehr viel länger ohne Sauerstoff hatte auskommen müssen. Aber meine Gesundheit war mir in jenem Augenblick der grenzenlosen Freude ebenso gleichgültig wie die abertausend Fragen, die wir noch zu klären hatten, sobald wir wieder zur Ruhe kommen durften.

Wieso hat Alina immer nur ein Kind gesehen? Weshalb

dachte sie, es sei in seinem Versteck gestorben, wenn Tobias noch am Leben ist?
Und wie oft hatte ich mich in den letzten Stunden nach dem Grund gefragt, weshalb ihre unerklärlichen Erinnerungen teilweise stimmten – das krumme Ultimatum, die Beschreibung des Bungalows –, uns aber im entscheidenden Moment beinahe in die Irre geführt hätten:
»Alles, was ich vorhin gefühlt habe, war ein Schiff. Keine Fabrik, keine Lagerhalle.«
Auch die Frage, weshalb der Augensammler ausgerechnet mich zu seiner Spielfigur gemacht hatte, indem er mir Alina schickte, mich zu der sterbenden Frau führte und das Foto auf dem Nachttisch meiner Mutter plazierte, zählte nicht mehr. Ich wollte nicht einmal wissen, *wer* der Augensammler war, dem wir seine Opfer in letzter Sekunde entrissen hatten. Denn es gab in diesem Moment keine Vergangenheit; keine Zukunft. Nur noch Gegenwart.
Eine Gegenwart, in der Alina eine ungeschickte Bewegung machte, die alles veränderte.
Sie stolperte.
Ihr Fuß hatte sich in einer Verstrebung der tragbaren Liege verfangen, als sie zu mir nach draußen eilen wollte. Sie taumelte und versuchte instinktiv, sich abzustützen, konnte aber natürlich den Haltegriff nicht sehen, der an der Wand neben dem Medikamentenschrank angebracht war. Infolgedessen glitt ihre Hand hilflos nach unten, riss einen Defibrillator zu Boden und traf direkt auf die harte Metallkante einer Ablagefläche.
Das Lachen wich ihr aus dem Gesicht, dann trieb ihr der Schmerz neue Tränen in die Augen.
»Deine Hand!«, brüllte ich, als könnte ich damit irgendetwas ungeschehen machen, und sprang die Treppe hoch.

Deine linke, verbrannte Hand.
Sie hatte ihr gesamtes Körpergewicht darauf gestützt. Die Metallkante musste sich durch den Verband hindurch in ihr Fleisch gedrückt haben.
»Ist schon gut«, stöhnte sie, als ich mich zu ihr niederkniete. Sie biss die Zähne zusammen.
»Alles kein Problem.« Ein dünner Schweißfilm glänzte auf ihrer Stirn. Der Schmerz schien noch anzuhalten, als ich sie in die Arme schloss. Drückte. Mich abermals wie ein Ertrinkender an sie klammerte und sie nie wieder loslassen wollte.
»Alles ist gut!«, hörte ich sie noch sagen. Sie wollte es noch einmal wiederholen, aber es gelang ihr nicht mehr. Und ich hätte es ihr auch nicht mehr geglaubt.
Denn während meine Arme sich fester um sie schlossen, wurde ihr Widerstand immer stärker. Es fühlte sich an, als hätte mit einem Mal das Blut in ihren Adern aufgehört zu fließen, und ich würde kein lebendiges Wesen, sondern eine Marmorstatue halten, als sie leise sagte: »Ich habe was gespürt!«
Nein!
Ich schloss die Augen.
»Es ist nicht die Berührung allein ... Ich erinnere mich nur unter Schmerzen.«
Meine Beine zitterten, als ich von ihr zurückwich.
»Was?«
»Dein Telefon!«
Ich sah nach oben, zu dem Kleiderhaken, an dem der Rettungsassistent Alinas Cordjacke befestigt hatte.
Das Summen wurde von Mal zu Mal lauter.
»Was ist damit?«, fragte ich und stand auf.
»Nicht rangehen«, krächzte Alina und vergrub weinend das Gesicht in den Händen. »Bitte, geh nicht ran.«

2. Kapitel

Zyniker sagen, das Sterben beginne mit der Geburt. Wie jede polarisierende These enthält auch diese drastische Aussage ein Fünkchen Wahrheit. Jeder Mensch erreicht irgendwann einen Punkt, in dem sein Leben endet und das Sterben beginnt. Eine unendlich kleine, aber messbare, logische Sekunde, in der wir eine unsichtbare Grenze überschreiten, die den Wendepunkt unseres Daseins markiert. Hinter der Grenze liegt dann all das, was wir einst als Zukunft betrachtet haben. Und vor uns ist nur noch der Tod. Bei den meisten Menschen findet sich dieser Scheidepunkt irgendwo auf dem letzten Viertel ihrer Lebenslinie. Andere, die beispielsweise an einer tödlichen Krankheit leiden, stoßen vielleicht schon zur Halbzeit an diese Grenze. Kaum jemand überschreitet sie wissentlich. Nur wenige Menschen können sagen, wann ihre Lebensphase endet und das Sterben beginnt. So wie ich. Ich kann es Ihnen ganz genau sagen.

Bei mir begann das Sterben in der Sekunde, in der ich im Rettungswagen das Handy an mein Ohr hielt und die nervös lachende Stimme meiner Frau hörte: »Sorry, aber ich bin ein bisschen durcheinander. Ich spiele gerade Verstecken mit unserem Sohn. Und weißt du, was völlig verrückt ist? Ich kann ihn nirgends mehr finden.«

Wumm.

Tief im Innersten meiner Seele war eine Tür zugefallen, die all das, wofür ich jemals gelebt hatte, für immer wegschloss.

O Gott, dachte ich und sagte es laut.
»O Gott!«
Alles um mich herum begann sich zu drehen, während ich wie betäubt aus dem Rettungswagen taumelte.
»Wie konnte ich nur so blind sein?«
All die ungeklärten Fragen. All die offenen Antworten. Jetzt ergab alles einen schrecklichen, einen grauenhaften Sinn.
»Es ist alles zu spät«, krächzte ich weinend in den Hörer, gelähmt von der Erkenntnis, dass wir die gesamte Zeit in die falsche Richtung geschaut hatten. Rückwärts, nach hinten.
Dabei konnte Alina nicht in die Vergangenheit sehen. Hatte es nie gekonnt. Alles, was sie mir erzählt hatte, war niemals geschehen.
Noch nicht.
Mittlerweile war auch ich gestolpert, lag auf den Knien vor dem Rettungswagen und atmete keuchend in den feuchten Schotter unter meinem Gesicht. Ich wollte mich übergeben, als mir die wahre Bedeutung meiner Erkenntnis bewusst wurde.
Es wird alles erst passieren.
Das Grauen lag noch vor mir. Alina hatte niemals in die Vergangenheit geblickt. Immer nur in die Zukunft!
»Geh auf gar keinen Fall in den Keller. Hörst du mich?«, schrie ich entsetzt in den Hörer und rappelte mich wieder hoch.
Der Ausgang? Wo ist mein Auto?
»Geh nicht in den Keller«, wiederholte ich.
Es war Wahnsinn, aber wenn meine schlimmsten Vermutungen sich bewahrheiten sollten, dann musste ich mich an das Drehbuch des Augensammlers halten, aus dem Alina

mir schon vor Stunden vorgelesen hatte. Nur dass ich, anders als in Alinas Vision, um jeden Preis mit meiner Warnung zu Nicci durchdringen musste, wenn sie überleben sollte.

»Geh nicht in den Keller!«

Ich strauchelte, die Beine knickten unter mir weg, und doch durfte ich nicht aufgeben. Musste mich gegen das Unvermeidliche stemmen, das ich die ganze Zeit direkt vor Augen gehabt und doch nie gesehen hatte. Selbst dann, als Nicci den letzten Satz ihres Lebens sagte: »Schatz, du machst mir Angst.«

Danach hörte ich die Kampfgeräusche.

Ein Mann hinter der Kellertür. Er fällt sie an. Bricht ihr das Genick. Schleift sie in den Garten …

Die Geräusche passten zu dem Szenario, das Alina mir beschrieben hatte.

Ich begann zu schreien, als mir einfiel, dass auf Niccis Grundstück eine Holzlaube stand.

1. Kapitel

Alexander Zorbach (Ich)

Später (sehr viel später) sollte ich mich in den wenigen kurzen Momenten fragen, in denen der Cocktail aus Antidepressiva und Beruhigungsmitteln mir einen zusammenhängenden Gedanken erlaubte, wie ich den tödlichen Irrtum so lange hatte übersehen können.
Alina hatte noch nie zuvor mit jemandem ausführlich über ihre Gabe geredet. Hätte sie es getan, unter weniger chaotischen Umständen, wäre ihr vielleicht schon sehr viel früher aufgefallen, dass nicht ein einziges Detail der Visionen zwingend bewies, dass sie sich an die *Vergangenheit* erinnerte. Schon ihre erste Vision, der Unfall mit dem betrunkenen Autofahrer: Sie meinte, sich selbst auf dem Asphalt liegen zu sehen, aber wieso sollte Alina das letzte Mädchen gewesen sein, das der Trinker angefahren hatte? Und der zudringliche Student, dem sie auf den Kopf zusagte, dass er seine Schwester schändete? Hier war es sogar aktenkundig! Der Student hatte es mindestens noch ein Mal getan, bevor er sich das Leben nahm, und vermutlich war es diese zukünftige Vergewaltigung, die Alina *gesehen* hatte, und nicht eine bereits vergangene.
Blind. Wir waren so blind.
Die Fahrt von der Grünauer Straße zum Rudower Dörferblick dauert normalerweise eine Viertelstunde. Ich schaffte sie in zehn Minuten und kam dennoch eine Ewigkeit zu spät.
»Dann brach ich ihr das Genick. Es gab ein Geräusch, als hätte ich ein rohes Ei zerdrückt. Sie war sofort tot.«

Die Sätze, die Alina mir gestern bereits gesagt hatte, wanderten wie ein billiger Stereoeffekt in meinem Kopf von einem Ohr zum anderen. Ich hieb mir gegen den Schädel, stellte das Radio an, drehte es so laut es nur ging und konnte die Erinnerung an unsere erste Unterhaltung auf dem Hausboot nicht übertönen.
»Was haben Sie mit der Leiche getan?«
»Ich zerrte sie an dem Kabel nach draußen ... durch das Wohnzimmer zu einer Terrassentür und schleifte sie in den Garten ... In der Nähe des Zauns, etwas abseits von einem kleinen Schuppen, ließ ich sie schließlich liegen.«
Ich betete wieder zu einem Gott, an den ich nicht mehr glauben wollte, flehte ihn an, er möge mich als Narr entlarven – *niemand kann in die Zukunft sehen, das ist unmöglich* –, wenn ich in wenigen Sekunden in die Straße bog, in der ich zwölf Jahre meines Lebens mit Nicci verbracht hatte.
Hätte sich in diesem Augenblick die Straße vor mir geteilt und das Auto verschluckt, hätte ich gelassener reagiert. Wahrscheinlich hätte ich mich sogar gefreut, denn dann wäre mir meine Zukunft erspart geblieben.
»Was geschah als Nächstes?«, hörte ich meine eigene Stimme in der Erinnerung fragen.
»Sie meinen, nachdem ich der toten Frau die Stoppuhr in die Hand gedrückt hatte?«
Ich drückte aufs Gas. Schoss auf das Haus am Ende der Straße zu.
»Ich ging zu dem Geräteschuppen ... Er war aus Holz, nicht aus Metall ... Das gekrümmte Bündel auf dem Boden sah aus wie ein alter Teppich, doch es war ein weiterer Körper. Etwas kleiner und leichter als die Frau, die jetzt tot auf dem Rasen lag.«

Julian!

»Lebte er noch?«

Ein Schwarm schwarzer Vögel stob auf, als ich den Toyota direkt in der Zufahrt parkte.

Bitte nicht, lieber Gott, bitte nicht. Lass das heute nicht der Tag sein, an dem ich für meinen Fehler auf der Brücke bezahle.

Ich sprang aus dem Wagen, biss mir auf die Hand, um nicht gleich loszuschreien, und verlor das Gleichgewicht. Hier draußen am Stadtrand waren die Temperaturen kälter, und der Schnee blieb länger liegen. Ich rutschte aus, die Beine knickten auf dem glatten Kiesweg um, und in der Sekunde, in der ich hinschlug, zerbrach etwas in mir, was sich nie wieder kitten lassen würde.

Ich kroch auf allen vieren weiter, richtete mich dann auf, rannte zum Garten an der großen Linde vorbei, an der ich irgendwann mal eine Schaukel hatte aufhängen wollen, und stolperte auf den Rasen. »Nicci!«, schrie ich laut, riss den Kopf in den Nacken und brach endgültig zusammen.

Nicci!

Ich brüllte den Namen immer wieder und immer lauter, doch ihre gebrochenen Augen wollten nicht blinzeln. Ihr Mund sich nie wieder öffnen.

In dieser Sekunde wollte ich ebenso tot sein wie sie und hasste mich dafür, dass ich noch lebte. Ich hasste mich für mein Leben, das ein einziger Fehler war, für den meine Frau sterben musste und für den mein Sohn jetzt qualvoll büßen würde …

»Herr im Himmel, Julian!«

Ich sah zu dem Schuppen. Der Holzriegel war lose. Die Tür stand weit offen.

»Ich brachte den Kleinen zu einem Auto, das hinter dem

Zaun am Waldrand parkte. Ich glaube, es war frühmorgens, kurz nach Sonnenaufgang. Plötzlich war alles wieder dunkel, und ich dachte schon, die Vision wäre vorbei. Dann gingen zwei rote Lichter im Kofferraum des Wagens an, in den ich den Jungen legte.«

Ich schlug mir gegen den Kopf, als wollte ich mir die bittere Wahrheit aus dem Schädel prügeln.

»Ich weiß noch, dass wir eine Weile bergauf gefahren sind, es gab mehrere Kurven, doch dann stoppte der Wagen wieder, und ich stieg aus.«

»Was haben Sie dann getan?«

»Gar nichts. Ich stand einfach nur da und habe zugesehen.«

»Zugesehen?«

»Ja. Auf einmal lag etwas Schweres in meinen Händen.«

Einst, vor langer Zeit, als Julian noch ein Baby gewesen war und ich mir nichts anderes hatte vorstellen können, als ein guter Vater zu sein, hatte ich an dieser Stelle mit ihm gesessen, an der mich jetzt mein seelischer Schmerz zerriss.

Ich hatte seinen schlafenden Kopf an meine Brust gepresst; mit sanftem Griff, um zu verhindern, dass er zur Seite sank, fast so, wie ich jetzt Niccis toten Körper hielt.

Was hatten wir damals für Träume gehabt? Welche Pläne hatten unsere kleine Familie einst zusammengehalten? Und wie schnell war es mir gelungen, alles zu zerstören.

Ich löste die Stoppuhr aus Niccis kalten Fingern und stand auf.

Alt hatten wir werden wollen, hier am Fuße des Rudower Dörferblicks, dem sechsundachtzig Meter hohen Aussichtspunkt am Rande Berlins, von dem man an sonnigen Tagen einen perfekten Rundblick gleich über drei Dörfer

hatte. Über Bohnsdorf, Schönefeld und Waßmannsdorf. Und natürlich über unser eigenes Grundstück.
Ich sah hinab auf den toten Körper meiner ermordeten Frau und dann hinauf, hoch zu der Spitze des begrünten Trümmerbergs, an dessen Fuß all unsere Hoffnungen erst geboren und dann auf ewig zerplatzt waren, und war mir nicht sicher, ob mich die Tränen in den Augen täuschten. Oder ob ich dort oben wirklich einen Mann erkannte, dessen Fernglas sich in der kalten Wintersonne spiegelte.

Letzter Brief des Augensammlers, zugestellt via E-Mail über einen anonymen Account

An: thea@bergdorf-privat.com
Betreff: Letzte Worte

Sehr geehrte Frau Bergdorf,

ich denke, das wird für eine lange Zeit die letzte Mail sein, die Sie von mir erhalten. Ich hoffe, Sie registrieren, dass meine Anrede Ihnen gegenüber respektvoller gewählt ist als in den Briefen zuvor, obwohl ich mir nicht sicher bin, ob Sie mir den gleichen Respekt in Ihrer zukünftigen Berichterstattung zollen werden.

Vermutlich halten Sie mich trotz der Befreiung der Zwillinge immer noch für das Ungeheuer, das seinen Spitznamen verdient. Dabei ist es nicht so, als hätten mich die Bilder, die sich mir durch mein Fernglas boten, völlig unberührt gelassen. Als ich Zorbachs Zusammenbruch von meinem Standpunkt auf dem Hügel aus beobachtete, verspürte ich eine tiefe innere Traurigkeit.

Alexander Zorbach, einen mir so lieben und vertrauten Menschen, in diesem Zustand zu sehen – gebrochen, um Jahre gealtert, als wäre in dem Moment, als er seine tote Frau in den Arm nahm, alles Leben auch aus ihm gewichen –, das hat mir das Herz zerrissen.

Er war ein Mentor für mich, der Vater, den ich nie hatte. Jemand, dem ich nacheifern wollte, der mir ein Vorbild war. Nicht nur am Arbeitsplatz, wo ich seinen Eifer und seinen Humor imitierte. Selbst äußerlich wollte ich ihm gleichen, wenn ich mir heimlich die Anziehsachen kaufte, die auch er mit Vorliebe

trug. Kleidung, in der ich nach dem Verlassen von Alinas Praxis von der Kamera der Galerie gefilmt worden war.
Was hatte ich nicht alles getan, nur um ihm nahe zu sein, und jetzt hatte er alles zerstört. Wieso nur hatte er so lange so fest die Augen verschlossen? Wollte er es denn nicht sehen? Meine unzähligen Hinweise, die ihm die Gefahr des Spiels vor Augen führten und ihn warnen sollten, sich nicht unüberlegt hineinzustürzen! Zugegeben, ich wollte spielen. Aber nicht mit ihm. Er hatte in dieser Runde nichts zu suchen.
Sie können mir sicher einiges vorwerfen. Nur nicht, dass ich ein unfairer Spielleiter gewesen wäre. Ich habe es Ihnen schon einmal geschrieben, und jetzt haben Sie den Beweis: Ich halte mich an die Regeln, die ich bestimmt habe, und wenn ich sie doch einmal ändere, dann immer nur zugunsten meiner zahllosen Gegner.
In Zorbachs Fall habe ich ihm schon lange vor Beginn der ersten Runde die Wahl gelassen, ob er sich überhaupt auf das Spielfeld begeben will.
Die Stimmen im Polizeifunk, verursacht durch einen kleinen Störsender, den ich mir mit Hilfe weniger Gerätschaften gebaut habe, die in jedem gut sortierten Elektronikmarkt erhältlich sind. Dann die Brieftasche, die ich ihm in der Redaktion entwendet und am Tatort plaziert habe. Damit hatte ich ihn an einen Scheideweg geführt. Nun lag es an ihm, die Zeichen zu deuten. Waren sie eine Mahnung, den Augensammler zur Strecke zu bringen, um sich selbst von dem Verdacht reinzuwaschen? Oder eine Warnung, sich um das zu kümmern, worauf es im Leben wirklich ankommt: um die Familie.
Zorbach hat sich entschieden. Er hat die Arbeit über das Wohl seines Kindes gestellt und sich darangemacht, mich zu jagen. So wie all die anderen Väter, deren Kinder ich bislang versteckte. Väter, die ihr Leben lang die Wahl hatten, ob sie lieber

Geld verdienen und rumhuren oder sich mehr um ihr eigen Fleisch und Blut kümmern wollten. Väter, die so egoistisch und rücksichtslos waren wie mein eigener, der lieber mit seinen Saufkumpanen um die Häuser zog, als uns aus der Kühltruhe zu befreien. Ein Egoismus, der meinen kleinen Bruder das Leben und mich den Verstand kostete. So würde es ein Psychiater zumindest analysieren. Natürlich, das gebe ich gerne zu, ist es verhaltensauffällig, dass ich stets die Rahmenbedingungen herstelle, die mir und meinem Bruder damals gegeben waren. Eine Mutter, die für uns gestorben war und die ich deshalb von Anfang an vom Spielfeld verbannen muss. Ein Vater, der sein Kind vernachlässigt. Ein Versteck, dessen Luft fünfundvierzig Stunden und sieben Minuten vorhält, und eine Leiche, der wie meinem Bruder das linke Auge fehlt.

Ich habe lange daran getüftelt, wie ich das genaue Ultimatum garantieren kann, denn es widerspräche den Regeln des Spiels, wenn ein Teilnehmer womöglich schon vor Ablauf der Frist erstickte. Ebenso unfair wäre es, wenn einem Kind mehr Zeit als dem anderen zur Verfügung stünde. Mein Bruder hatte auch nur fünfundvierzig Stunden und sieben Minuten, und es gab keinen Joker, den er hätte ziehen können, um sich einen weiteren Luftvorrat zu erkaufen. Am liebsten hätte ich auch eine Gefriertruhe benutzt, aber leider ist es nahezu unmöglich, im Voraus zu berechnen, wie lange man in solch einem luftdichten Verlies überlebt. Jemand, der in Panik hyperventiliert, verbraucht die Restmenge schneller als ein Schlafender, und ich selbst bin der lebende Beweis, dass zwei Menschen unterschiedlich lange mit ein und derselben Sauerstoffmenge auskommen können. Somit sah ich die einzige Möglichkeit, annähernd identische Rahmenbedingungen zu schaffen, darin, die Luft zu einem von mir vorherbestimmten Zeitpunkt vollständig aus dem Versteck zu lassen. Meine Versuche im Bungalow der Krankenschwester, den Keller mit Hilfe einer Pumpe leerzusaugen, waren nicht sehr überzeugend, und ich bezweifle auch, dass Zorbach und Alina hier unten erstickt wären, da es mir nie so recht gelungen war, die Kellerräume wirklich luftdicht abzuriegeln. Somit entschied ich mich für eine andere Lösung, dem Versteck den Sauerstoff zu entziehen – indem ich es flutete.

Sie spielen ein schreckliches, ein krankes Spiel, werden Sie mir zurufen. *Ein faires Spiel*, werde ich Ihnen antworten. Selbst die Opfer haben eine reale Chance, wie man an dem kleinen Tobias sieht.

Er hätte sich all die Stunden gar nicht so sehr abmühen müssen. Selbst wenn er im Koffer geblieben und sich nicht aus der Kiste befreit hätte, wäre er nicht vor Ablauf des Ultimatums gestorben, er wäre eingeschlafen. Allerdings habe ich ihm die Werkzeuge nicht beigelegt, um ein perverses Vergnügen aus seinen nutzlosen Bemühungen zu ziehen. Weder die Münze noch der Schraubenzieher waren Grabbeigaben, sondern echte Hilfsmittel, mit denen ich ihm eine Chance auf Selbstbefreiung gab, die mein Bruder und ich niemals hatten. Leider ließ Toby sich zu sehr verunsichern, als der Fahrstuhl plötzlich wenige Meter nach unten fuhr, nur weil er an dem Seil gezogen hatte. Hätte er einen klaren Kopf bewahrt und sich an dem Seil nach oben gezogen, hätte er eventuell die Luke öffnen können, durch die Zorbach später einstieg.

Aber Tobias verpasste seine Chance, und wenig später fuhr der Fahrstuhl endgültig in den überfluteten Keller. Exakt nach fünfundvierzig Stunden und sieben Minuten. Auch hier erkennen Sie, wie großzügig ich bin, da ich die Zeit, die ein gesunder Mensch unter Wasser verbringen kann, nicht in meine Rechnung mit einbezog.

Wenn Sie sich jetzt fragen: *»Und was ist mit Lea? Wieso war* *sie nicht in dem Aufzug?«*, enthüllt allein dieser Gedanke, dass Sie rein gar nichts verstanden haben. Mir geht es doch nicht darum, eine Familie auszulöschen. *Ich* habe damals den Liebestest überlebt, und somit durfte es auch bei dieser Spielrunde eine Überlebende geben. Der Sauerstoff in Leas Kühlschrank hätte noch lange gereicht. Eher wäre sie in ihrem Versteck verdurstet.

Sie können es drehen und wenden, wie Sie wollen: Das Spiel ist gerecht, und noch nie wurde es so fair wie im Falle von Zorbach gespielt.

Ich habe ihn gewarnt, wenngleich jede Warnung auch eine Probe war. Aber ist es nicht so mit jeder Sünde im Leben? Auf der Zigarettenschachtel lauert ein Totenkopf, und gleichzeitig wissen wir um den berauschenden Effekt des Inhalts. Jede Warnung ist gleichzeitig eine Verlockung. So wie Alina, meine blinde Seherin, die ich zu Zorbach auf sein Hausboot schickte. Die Adresse hatte mir seine Mutter verraten. Natürlich nicht persönlich, denn zum Sprechen ist sie ja kaum mehr in der Lage. Aber das Tagebuch in ihrem Nachttisch, aus dem Zorbach ihr immer vorlas, wenn er die Zeit fand, sie zu besuchen, enthielt eine detaillierte Beschreibung jenes Tages, an dem sie durch Zufall den geheimen Pfad im Wald fand. Ich hatte mir das Buch geborgt, als ich meine Großmutter im Sanatorium besuchte.

Sicher ist es kein Zufall, dass meine Oma aus dem Altersheim, in dem sie so gequält worden war, ausgerechnet in das Sanatorium verlegt wurde, in dem heute auch Zorbachs Mutter liegt. Ich selbst hatte ja nach meinem Artikel dafür gesorgt, dass sie in ein Heim kam, in dem man besser auf seine Patienten achtgibt. Hier, im Park-Sanatorium – so wusste ich dank meiner Recherchen – war Katharina Vanghal, die Pflegerin, die meine Oma so vernachlässigt hatte, schon einmal enttarnt und

fristlos entlassen worden. Monate bevor sie von einem nachlässigen Personalchef eines anderen Heimes wieder angestellt wurde, um nun meine Oma in ihrem eigenen Bett vergammeln zu lassen, bis sie bis auf die Knochen wundgelegen war. Dekubitus. Eine Qual, die ich der Vanghal mit gleicher Münze heimgezahlt habe, als ich in ihr Haus eindrang, sie sedierte und in Plastikfolie wickelte. Zu diesem Zeitpunkt war das nichts als eine wohltuende, reinigende Rache. Ich wusste noch nicht, dass auch ihre lebendige Verwesung einmal einen Sinn innerhalb meines großen Spiels ergeben würde.
Als Zorbach und Alina den Strafzettel überprüfen lassen wollten, schickte ich sie zu Vanghals Bungalow. Das war die Verlockung. Gleichzeitig warnte ich Zorbach ausdrücklich davor, ihn zu betreten. Gab ihm sogar Zeichen über das elektronische Laufband an der Haustür, das ich mit einer einfachen SMS verändern kann.
Auch hier hatte er die Wahl: weitermachen oder kapitulieren?
Und wieder entschied er sich gegen seine Familie und für das Spiel. Obwohl sein Kind krank war. Obwohl Julian Geburtstag hatte, betrat er die Finsternis. Wieder verhielt er sich nicht anders als all die anderen Väter, die ihre Kinder monatelang verlassen, ihre Geburtstage vergessen und die Kleinen mit der quälenden Frage nachts allein in ihren Kinderbetten zurücklassen: »Liebt Papi mich überhaupt noch?«
Sehen Sie, wie fair ich bin? Ich habe meinen Jägern direkt in die Hände gespielt, als ich in einer E-Mail, die ich in Zorbachs Rechner an ihn selbst verschickte, mein wahres Motiv andeutete. Ich habe sogar ein belastendes Foto auf dem Nachttisch von Zorbachs Mutter plaziert, eine Fotomontage, die meinen Bruder zeigte – versehen mit einem entscheidenden Hinweis auf der Rückseite! Und schließlich, als mein Spielmacher aus-

gewechselt werden sollte, habe ich Scholles Foulspiel unterbunden und Zorbach wieder zurück auf das Feld geführt.
Warum, fragen Sie sich? Die Antwort ist ganz einfach: Ich, der Augensammler, will nicht gewinnen. Ich glaube an die Liebe: an die Liebe der Väter zu ihren Kindern. Indem ich sie auf die Probe stelle, gebe ich ihnen die Möglichkeit, es mir und der Welt zu beweisen. Erst wenn ich verliere, bin ich glücklich! Aus diesem Grund helfe ich meinen Widersachern und brachte Zorbach sogar höchstpersönlich zum alles entscheidenden Finale an der Grünauer Straße.
Und wieder lag es nur an ihm, welche Richtung er einschlagen würde: nach vorne, ins Verderben, oder nach Hause zu seinem Sohn, der sich ein Geburtstagsgeschenk von ihm erhoffte.
Hohlfort hatte nur in einem Punkt recht: Ich bin kein Sammler. Ich bin ein Tester. Ich teste die Liebe der Väter zu ihren Kindern. Immer und immer wieder, in der Hoffnung, endlich ein anderes Ergebnis zu erhalten als das, was ich selbst erfahren habe.
Zufall oder Schicksal?
Eine Frage, die mich schon immer beschäftigt und mich nach den jüngsten Ereignissen wohl nie mehr zur Ruhe kommen lassen wird.
War es Zufall oder Schicksal, als mir Alina im Polizeirevier in die Arme lief, wo sie eine Aussage über den Augensammler machen wollte? Nur Stunden nachdem ich sie in ihrer Praxis aufgesucht hatte, um von den Schmerzen befreit zu werden, die ich mir durch eine falsche Bewegung beim Verladen der Traunsteinschen Kinder zugezogen hatte?
Was sollte eine Blinde schon über den Augensammler wissen, einen Mann, den selbst ein Sehender noch nie zu Gesicht bekommen hatte?
Ich musste es herausfinden, bevor sie mit einem Beamten

sprach, also gab ich mich als Polizist aus, führte sie in ein leeres Wartezimmer, verstellte meine Stimme und tat so, als nähme ich ihre Aussage zu Protokoll. Hin und wieder wurde die Tür geöffnet, aber für einen Außenstehenden musste mein »Verhör« wie ein ganz normales Gespräch ausgesehen haben.

Danach schickte ich sie zu Zorbach, wieder um ihn auf die Probe zu stellen. Aus dem Tagebuch seiner Mutter wusste ich, wo er sich verkroch, wenn er alleine sein wollte und einen Platz zum Nachdenken brauchte. Mir war klar, dass er dorthin fahren würde, sobald ich ihn mit der Nachricht aufgescheucht hatte, die Polizei würde nach ihm suchen. Er hätte Alina wegschicken und allein in der Verborgenheit bleiben können. Besser noch, er hätte zu Julian fahren und seinen elften Geburtstag feiern sollen.

Jedoch muss ich gestehen, dass ich Zorbachs Verwirrung nachvollziehen kann und sogar teile, nachdem Alina das krumme Ultimatum preisgab.

Je mehr ich darüber nachdenke, desto sicherer bin ich mir jedoch, dass es für all die Ereignisse eine logische Erklärung gibt. Geben muss. Was halten Sie hiervon:

Ich war müde an jenem Tag in Alinas Physiotherapiepraxis. Während ich auf den Beginn der Massage wartete, fielen mir die Augen zu. Vielleicht habe ich schon geschlafen, eingelullt durch die sanften Klänge der Entspannungsmusik? Habe im Traum geredet? Eine Zahl gemurmelt?

Fünfundvierzig Stunden und sieben Minuten.

Womöglich hat Alina kurz zuvor etwas über den Augensammler gelesen oder im Fernsehen gehört und war darüber in Gedanken versunken, während sie mit dem nackten Fuß gegen die Vase stieß. Der Schmerz hat sich über jede andere Empfindung gelegt und sie vergessen lassen, was ihr Unterbewusstsein aufschnappte.

Fünfundvierzig Stunden und sieben Minuten …

Das krumme Ultimatum.

Aber wie konnte sie so sicher sein, dass ich die Bestie war, nach der alle Welt sucht?

Schicksal oder Zufall?

Ich gebe offen zu, ich weiß es nicht. Ich bin mir noch nicht einmal sicher, ob ich jetzt, in diesem Augenblick, noch der Herr meiner eigenen Handlungen bin. Hat Alina den vorherbestimmten Lauf der Dinge gesehen, oder hat sie mich nur auf eine Idee gebracht?

Fest steht, dass ich ursprünglich für Julian einen ganz anderen Plan gehabt hatte. Doch dann kam diese Blinde daher und erzählte immerzu von einem Versteckspiel, währenddessen das Kind verschwunden wäre. Diese Geschichte hatte für mich den Hauch des Genialen. Was für eine Parallele! Was für eine Symbolik! Ich entführe ein Kind während des Versteckspielens, um das Spiel auf einer neuen, existenziellen Ebene fortzusetzen! Ein Spiel im Spiel!

Natürlich hatte ich bis zum Schluss Skrupel, ob ich wirklich Julian als nächstes Opfer auswählen sollte. Aber dann wertete ich es als Zeichen, dass Zorbach sich ein letztes Mal seinem Sohn entziehen wollte, indem er ausgerechnet mich mit der Uhr zu ihm nach Hause schickte. Als ich vor Niccis Haus stand, kam Julian mir bereits entgegengerannt. Er kannte mich, schließlich hatte Zorbach mich schon einmal mit zum Essen mitgebracht, und somit wäre es bestimmt keine große Mühe gewesen, Julian den Floh ins Ohr zu setzen, er solle seine Mutter zu einer Runde Verstecken überreden. Aber das war gar nicht mehr nötig, denn – ich gestehe, das ist mir selbst etwas unheimlich – genau das spielten sie bereits. Ich gab ihm zwar noch den Tipp, sich im Geräteschuppen zu verstecken, wo ich ihn schließlich betäubte. Aber irgendwie werde ich den Gedanken nicht los, dass er dieses Versteck auch ohne meine Einmischung gewählt hätte. So wie Nicci von ganz allein genau die Worte sprach, die Alina ihr bereits Stunden zuvor in den Mund gelegt hatte:

»Sorry, aber ich bin ein bisschen durcheinander. Ich spiele gerade Verstecken mit unserem Sohn. Und weißt du, was völlig verrückt ist? Ich kann ihn nirgends mehr finden.«

War das alles wirklich ein vorherbestimmtes *Schicksal*, so wie Alina es gesehen hatte?

Oder *Zufall*, denn was hätte eine Mutter in einer solchen Situation schon anderes sagen können?

Ich weiß nicht, was ich denken soll, und eine Option erscheint mir unwahrscheinlicher als die andere. Fest steht nur, dass mich Alina mit ihrer letzten Vision auf eine gute Idee gebracht hat. Nachdem der bewährte Fahrstuhl ab sofort leider ausscheidet, war ich zuerst etwas hilflos, wohin ich Julian nun bringen sollte. Doch jetzt, nachdem meine Identität bekannt sein dürfte, erscheint mir ein bewegliches Versteck wesentlich sinnvoller. Ein Schiff, das dieses Mal nicht so schnell gefunden wird.

Ich weiß, was Sie denken. Aber erinnern Sie sich an den Aufkleber auf dem Armaturenbrett im Wagen meiner Oma: *Es ist einfach, die Zukunft vorherzusagen, wenn man sie gestaltet*, oder etwa nicht?

Alina konnte nie in die Vergangenheit sehen, und ich bin nicht sicher, ob sie tatsächlich in die Zukunft blickt. Aber so oder so hat sie das Drehbuch meiner zukünftigen Tat mitgestaltet, und ich muss gestehen, es bereitet mir ein großes Vergnügen, mich in weiten Teilen daran zu halten.

Zufall oder Schicksal?

Ich weiß es nicht. Nur, spiele ich mein Spiel nicht auch aus diesem Grund? Um herauszufinden, ob es den Vätern gelingt, das von mir Vorherbestimmte zu verändern?

Wird es Zorbach noch einmal gelingen? Wird er seinen Sohn suchen und befreien, jetzt, da er über meine nächsten Schritte bereits informiert ist? Und wird es mir gelingen, von Alinas Vorhersagen abzuweichen und mein Schicksal selbst zu beeinflussen?

Ich bin mir nicht sicher, aber ich werde es herausfinden.

Die Zeit läuft.

Das Spiel geht weiter.

Viel Spaß dabei wünscht Ihnen

Ihr

Frank Lahmann

Prolog

Alexander Zorbach (Ich)

Habe ich Sie nicht gewarnt? Vor den Geschichten, die sich mit rostigen Widerhaken tiefer und tiefer in das Bewusstsein dessen graben, der sie sich anhören muss.
Perpetuum morbile. Geschichten, die niemals begonnen haben und auch niemals enden werden, denn sie handeln vom ewigen Sterben.
Ich hatte Ihnen eindringlich geraten, nicht weiterzulesen.
Diese Zeilen, Gott weiß, wie Sie an sie geraten sind, waren nicht für Sie bestimmt. Für niemanden. Nicht einmal für Ihren größten Feind.
Ich sagte doch, ich spreche aus Erfahrung.
Jetzt wissen Sie es: Die Geschichte des Mannes, dessen Tränen wie Blutstropfen aus den Augen quellen – die Geschichte des Mannes, der das verdrehte Bündel menschlichen Fleisches an sich presst, das nur wenige Minuten zuvor noch geatmet, geliebt und gelebt hat –, diese Geschichte, die Sie gerade gelesen haben, ist kein Buch.
Sie ist mein Schicksal.
Mein Leben.
Denn der Mann, der am Höhepunkt seiner Qualen erkennen musste, dass das Sterben erst begonnen hat – dieser Mann bin ich.

Erstes Kapitel. Der Anfang

(Noch 45 Stunden und 7 Minuten
bis zum Ablauf des Ultimatums)

Die Suche hat begonnen …

Zum Buch und Danksagung

Normalerweise beginne ich meine Danksagung mit einer virtuellen Verbeugung vor dem Menschen, der mir als Autor am wichtigsten ist – Ihnen, dem Leser. Dieses Mal möchte ich einige von Ihnen sogar namentlich aufzählen, denn noch nie zuvor habe ich beim Schreiben eines Buches so zahlreiche Unterstützung durch meine Leser erhalten wie beim *Augensammler.*

Kaum hatte ich Anfang 2009 getwittert, dass bei meinem nächsten Roman eine blinde Physiotherapeutin eine wichtige Rolle spielen wird, erreichten mich die ersten Reaktionen von Blinden, die meine Werke als Hörbücher konsumieren und die mir Hilfe bei der Recherche anboten – meist verbunden mit dem Hinweis: »Über uns wird so viel Mist geschrieben und verfilmt, bitte mach nicht die gleichen Fehler wie so viele andere.«

Eine Warnung, die ich sehr ernst nahm und die dazu führte, dass ich von der ersten Zeile an ständig mit blinden und sehbehinderten Menschen in Kontakt stand.

Meine Recherche begann damit, dass ich einen Interviewfragebogen erstellte, mit dem ich mir einen ersten Zugang zu dieser mir fremden Welt erschließen wollte. Was sind die gängigsten falschen Klischees? Wie träumen Blinde? Wie meistern sie ihren Alltag am Computer, beim Telefonieren, Wäschewaschen etc.? Eine Auswahl an Originalantworten können Sie unter **www.sebastianfitzek.de** einsehen.

Um grobe Fehler zu vermeiden, ist Alina Gregoriev einer

real existierenden Person nachempfunden: Mike May, der ebenfalls wegen eines Unfalls im Alter von drei Jahren erblindete. Wenn Sie über mein Buch hinaus Interesse an seinem spannenden und wahren Schicksal haben, dann kann ich Ihnen nur seine Biographie *Der Blinde, der wieder sehen lernte – Eine wahre Geschichte* von Robert Kurson ans Herz legen. Mike May fuhr als Kind ohne fremde Hilfe über mehrere Meilen hinweg alleine Fahrrad, war Schülerlotse und ist bei Skirennen mit 105 km/h die Hänge heruntergerast – Weltrekord für Blinde! Seine Fähigkeiten sind so unvorstellbar, dass ich sie für Alinas Darstellung etwas abmildern musste. Die Realität hätte mir sonst niemand geglaubt.

Ein weiteres Buch, das Sie unbedingt gelesen, nein *gesehen* haben sollten, sofern es nicht vergriffen ist, heißt: *Ich weiß, wo ich bin* von Ulrike Zollitsch. Dieser eindrucksvolle Band zeigt selbstgezeichnete Bilder von Kindern, die von Geburt an blind sind. Dank der Methode des Tastzeichnens, bei der die Kinder mit einem Stift ihre Vorstellungswelt in eine Zeichenfolie stanzten, entstanden »Urbilder des seelischen Erlebens«. Ein direkter Einblick in die Welt eines Menschen, der noch nie zuvor *irgendetwas* gesehen hat!

Empfehlenswert ist auch die Website **www.anderssehen.at,** in der fast alle Fragen beantwortet werden, die ein Laie zum Thema Sehstörungen und Blindheit nur stellen kann, und die mir deshalb eine ganz wichtige Quelle war. Oder wussten Sie zum Beispiel, was für eine herausragende Leistung es ist, beim Einkaufen blind und ohne fremde Hilfe zu bezahlen? (Tasten Sie mal bei Gelegenheit in Ihrer Hosentasche die passenden Münzen ab, ohne hinzusehen, oder versuchen Sie mit geschlossenen Augen eine Quittung zu unterschreiben.)

Schließlich habe ich einer Gruppe blinder und sehbehinder-

1 2 3 4

ter Menschen vorab die wichtigsten Kapitel zum Lesen gegeben. Hier möchte ich besonders Uwe Röder (1) danken, der mehrere Massen-Telefonchat-Termine organisiert hat, sowie Jenni Grulke (2), die sich bereit erklärte, allen Beteiligten die Kapitel vorzulesen. Nur dadurch war ich in der Lage, grobe Fehler zu vermeiden; wie zum Beispiel den, dass ein Blindenhund in einer fremden Umgebung niemals so ruhig schlafen würde, wie ich es in meiner ersten Fassung noch beschrieben hatte. Ich lernte, dass einige Blinde sich schminken und tätowieren lassen, erfuhr viel über ihre Sorgen und Ängste und die teilweise unbegreiflich ignorante und verletzende Behandlung durch Sehende.
Für diese und unzählige weitere wertvolle Einsichten danke ich an dieser Stelle neben den oben bereits Genannten: Feeodora Ziemann, Andrea Czech (3), Petra Klewes (4), Günther Sollfrank, Christine Klocke, Sahre Wippig (5), Roswitha Wagerer, Niels Luithardt (6), Helge Jörres, Anke Mädler (7), Nuray Gürler, Andreas Heister, Brigitte Rieger, Fanny Holz, Karina Scheulen, Johanna Sopart und Victoria Amwenyo.
Insgesamt bin ich von der Hilfsbereitschaft und Offenheit aller hier aufgezählten Menschen überwältigt. Ich habe in

5 6 7 8

den letzten Monaten so viel Interessantes erfahren und gelernt, dass ich all die Informationen nicht in einem einzigen Buch unterbringen konnte. Auch deshalb spiele ich mit dem Gedanken, Alina und Zorbach in einem weiteren Thriller mal wieder auftauchen zu lassen.

Allerdings, auch das muss ich ganz offen eingestehen, ist es einem Sehenden wie mir unmöglich, sich vollends in die Welt eines Blinden hineinzuversetzen. Trotz intensivster Recherche, stundenlanger Interviews und Gespräche, trotz mehrerer Selbstversuche z.B. in Dunkelrestaurants und trotz der Vorlektüre durch Blinde wird es mir vermutlich nicht gelungen sein, jeden Fehler in der Darstellung (für die selbstverständlich nur ich die Verantwortung trage) zu vermeiden.

Das ist schon mal dem Umstand geschuldet, dass *Der Augensammler* kein Sachbuch, sondern eine rein fiktive Geschichte ist und Alina Gregoriev durch ihre »Gabe« natürlich aus dem Rahmen fällt. Allerdings, so hoffe ich, merkt man meinem Buch die Hochachtung und den Respekt an, die ich vor den Menschen habe, die ihr Leben ohne Augenlicht meistern. Ein Respekt, der mit jeder Zeile gewachsen ist, die ich geschrieben habe.

In diesem Zusammenhang will ich ganz ausdrücklich Lisa Manthey (8) hervorheben, eine 16-jährige junge Frau, die mir jede Frage beantwortete, die ich ihr zum Schulalltag eines blinden Teenagers stellte.

*

So, und nun ist es Zeit, den Rest der Bande vorzustellen. Ich weiß nicht, wie es Ihnen geht, aber mit den meisten Danksagungen, die ich kenne, ist es so wie mit dem Abspann beim Kinofilm. Keiner schaut hin, weil man die Namen ohnehin nicht kennt, die da im Schnelldurchlauf an einem vorbeirattern.
Um diesen Abspann-Effekt zu vermeiden, verliere ich hier immer ein paar Worte über die Personen, bei denen ich in der Kreide stehe. (Eine Erwähnung im Buch kommt mich nämlich billiger als eine Einladung zum Essen, und mit einigen von den Chaoten, die mich inspirieren, will man ja auch nicht unbedingt in der Öffentlichkeit gesehen werden, nicht wahr, Fruti (35)?)
Daher auch die Zahlen hinter den jeweiligen Namen. Falls es Ihnen noch nicht aufgefallen sein sollte (Sie Blitzmerker!), korrespondieren die jeweils mit einem Foto. So können Sie sich im wahrsten Sinne des Wortes ein besseres Bild von meinen Helfern machen, sofern diese mit einem Abdruck einverstanden waren oder den Abgabetermin nicht verpeilt haben. Alle Bilder wurden mir freiwillig geschickt und von den Betreffenden selbst ausgewählt. Sollten einige davon Ihr Auge beleidigen, dann können Sie mich dafür also nicht verantwortlich machen. Nicht mal für mein eigenes, das hat der Verlag gemacht. Aber das Foto ist immer noch besser als bei *Das Kind,* auf dem ich aussehe wie ein japanischer Punker mit Doppelkinn.

13, 11, 9, 16

im Uhrezigersinn von oben
19, 14, 15, 181, 17

Beginnen wir mit meinem Verlag. Besonders hervorheben muss ich wieder Hans-Peter Übleis und Beate Kuckertz (9). Die beiden haben ein untrügliches Gespür für gute Geschichten und – was mich immer wieder ganz besonders freut – eine wunderschöne Unterschrift (10). Die macht sich wirklich super unter meinen Verträgen.

10

Zwei weitere Namen müssen ganz besonders fett gedruckt werden – Carolin Graehl (11) und Regine Weisbrod (12), mein Lektoratsdreamteam. Ich hab nachgezählt: Ihr habt mir genau 252 Anmerkungen an meinen ersten Entwurf geheftet; immerhin sechs davon waren positiv. Ich muss eine masochistische Ader haben, wenn ich euch dafür liebe. Tausend Dank, ihr habt wieder einmal das Beste aus meinem Buch herausgeholt.
Auch die Herstellung hat sich mal wieder selbst übertroffen – danke, Sibylle Dietzel (13)! Ich bin gespannt, wie viele sich diesmal wegen der Rückwärtspaginierung beschweren. (Ja, das soll so sein!)

12 20 21 22

Pro Jahr werden über 100 000 neue Bücher auf den Markt geworfen. Damit meines etwas höher auf diesem Papierberg liegt, habe ich zwei Weltmeister des Bücherweitwurfs (auch Marketing genannt) an meiner Seite: Kerstin Reitze de la Maza (14) und Christian Tesch.

Ich hab ein schreckliches Namensgedächtnis, und daher ist mein Dank an folgende Personen bitte stellvertretend für das gesamte Droemer-Team zu verstehen: Susanne Klein (15), Monika Neudeck (16), Iris Haas (17), Andrea Bauer (18), Konstanze Treber (19), Noomi Rohrbach, Georg Regis, Andreas Thiele (20), Katrin Englberger (21), Heide Bogner (22).

Auch diesmal will ich keinesfalls vergessen: meine Entdeckerin Frau Dr. Andrea Müller (23) (wieder zurück im Verlag) und Klaus Kluge (24) (immer noch abtrünnig ;-).

Und außerhalb des Verlags reißt die Liste der Unterstützer ebenfalls nicht ab:

Roman Hocke (25) – Du bist der Mann, der mich zum Autor machte, indem Du mir einen Vertrag besorgt hast, obwohl mich alle schon abgelehnt hatten. Danke auch an den Rest Deiner Crew von der AVA: Christine Ziehl (26), Uwe Neumahr (27), Claudia Bachmann (28) und Claudia von Hornstein (29).

23 24 25 26

Mich wundert, dass die Liste meiner besten Freunde und Vertrauten nicht von Buch zu Buch kürzer wird, da ich durch das Schreiben immer weniger Zeit auf die Pflege meiner Sozialkontakte verwende. Aber Zsolt Bács (30), Oliver Kalkofe (31), Thomas Koschwitz (32), Peter Prange (33), Dirk Stiller (34), Andreas Frutiger (35), Arno Müller (36), Jochen Trus (37), Ivo Beck (38) melden sich regelmäßig bei mir, und sei es auch nur, weil ich ihnen noch nicht ihre DVDs wieder zurückgegeben habe oder weil ich mal wieder den Wurzelkanaltermin mit einer fadenscheinigen Begründung sausen ließ, nicht wahr, Uli? (Ulrike Heintzenberg (39) – beste Zahnärztin der Welt!) Simon Jäger (40) danke ich für seine wunderbare Stimme, die meine Hörbücher veredelt, und Michael Treutler (41) für seinen phantastischen Einsatz bei audible.

27 28 29 30

31

32

33

34

Ich danke Gerlinde (42), mit der ich die aberwitzigsten Lesungen halten darf und die ebenfalls das Zeug zur Schriftstellerin hat. Deine Geschichte ist super, schreib sie endlich! Na los, mach schon …
Thomas Zorbach (43) – Dir danke ich für Deinen wundervollen Nachnamen, den ich mir ausborgen durfte, und für Deine unglaubliche Unterstützung bei der Verwirklichung völlig abgedrehter Ideen mit Deinen Jungs und Mädels von vm-people. Auf dem Foto hast Du Dich übrigens sehr gut gehalten für Deine 56 Jahre!
Natürlich danke ich Manuela Raschke (44), die ich immer als mein Gehirn vorstelle, die aber sehr viel besser aussieht und die mein gesamtes Leben managed. (In dem Zusammenhang will ich auch Barbara Hermann (45) erwähnen.) Manu – Dich darf ich hier nicht zu sehr loben, sonst spannt

35

36

37

38

39

40

41

42

mich Dein Mann Kalle (46) (Ex-Fitnesstrainer von Graciano Rocchigiani) das nächste Mal in einen Sandsack.
Zwei Menschen, die ich nicht missen will und die von Anfang an dabei waren, sind Sabrina Rabow (47) (Ihre Frau, wenn Sie in die Presse wollen) und Christian Meyer (48) (Ihr Mann, wenn jemand Sie da wieder rausholen soll).
Ich danke den drei Familien-Fitzeks – Clemens (50), Sabine (49) und Freimut (51), dreimal dürfen Sie raten, wer davon mein Vater ist – für den fachlichen, aber in erster Linie für den emotionalen Beistand. Nicht ohne Grund spielt die Familie in all meinen Büchern eine wichtige Rolle, nur habe ich im Gegensatz zu meinen Helden das Glück, dass unsere noch intakt ist. Und zu dieser Familie zählt natürlich auch Sandra (52), die es schafft, ihr Leben mit einem Verrückten zu teilen, der mitten im Satz einfach aufhört zu reden, weil ihm gerade ein anderer Gedanke …
… ähhm … wo war ich? Ach ja … Polizisten!
Ich danke den Kriminalhauptkommissaren Ingo Dietrich und Michael Adamski für die spannenden Einblicke in ihre Ermittlungsarbeit.
Zum Abschluss muss ich die Person vorstellen, die mich überhaupt erst auf die Idee zum *Augensammler* gebracht hat: meine Physiotherapeutin Cordula Jungbluth, die mich jetzt schon seit vier Jahren durch die Shiatsu-Mangel dreht

43 44 45 46

und mich nach jeder Sitzung mit treffenden Erkenntnissen über mein Leben und meine Psyche verblüfft, die sie angeblich während der Behandlung aus meinem Körper »gelesen« hätte. Zuerst war ich nur amüsiert, als sie mir sagte, ich sei als kleiner Junge ein Außenseiter gewesen (wer war das nicht?) und in mir würden noch viele unbewältigte Konflikte toben (ach was?). Dann aber dachte ich mir: »Moment mal, wenn sie wirklich durchs bloße Berühren in meine Vergangenheit sehen kann, was würde passieren, wenn ich ein Serienmörder wäre? Würde sie es merken, wenn ich kurz vor der Massage in meinem Keller jemanden ermordet hätte?« Und so war die Idee geboren. (Nicht die, in den Keller zu gehen, sondern an den Schreibtisch natürlich ...)

47 48 49, 50 51

52

Übrigens, erst vor kurzem unterbrach Frau Jungbluth einmal ihre Massage und sagte zu mir: »In Ihrem neuen Thriller geht es viel um Ersticken, habe ich recht?« – ohne dass ich ihr je etwas über den *Augensammler*erzählt hatte. Sie meinte, sie habe Atemnot bekommen, als sie mich abtastete. Frau Jungbluth – ich ziehe meinen imaginären Hut vor Ihnen und freue mich auf unseren nächsten Termin!

So, jetzt schließe ich wie immer mit dankbaren Grüßen an alle Buchhändlerinnen und Buchhändler, alle vom Vertrieb und an jeden, der in einer Bibliothek arbeitet und dafür sorgt, dass Sie dieses Buch hier gerade in Ihren Händen halten können.

Und wenn Sie jetzt, nach diesem Danksagungsmarathon, noch die Kraft haben, mir Ihre Meinung zum Buch zu schicken, dann erreichen Sie mich auf folgenden Wegen:

ichfandssuper@sebastianfitzek.de
(für Lob, Autogrammanfragen, Heiratsanträge etc.)
Oder:
kritik@wandertindenspamfilter.de
(für Beschwerden etc.)

Natürlich funktioniert
fitzek@sebastianfitzek.de
auch weiterhin.

Auf Wiederlesen
Ihr
Sebastian Fitzek
Berlin, im März 2010